全新譯校 經典新版世界名著 34

Sans Famille

苦兒流浪記

〔法〕埃克多・馬婁 著

章衣萍、林雪清 譯

經典新版　世界名著

閱讀經典名著確實是不一樣的宴饗。人們對於經典名著，不會只說「我讀過」，而是說「我又讀了」。事實上，我每次去讀它，都會讀出新的東西，新的精神。

——當代義大利名作家、後設小說大師卡爾維諾（Italo Calvino）

真正的光明，絕不是永遠沒有黑暗的時候，只是永不被黑暗掩沒罷了。真正的英雄，絕不是永遠沒有卑下的情欲，只是永不被卑下的情欲所征服罷了。閱讀經典名著，永遠可以使人自我昇華，不陷於猥瑣。

——法國名作家、諾貝爾文學獎得主羅曼羅蘭（Romain Rolland）

閱讀文學經典、世界名著，能夠滋潤現代人的心靈，使人對世事、愛情與人性重新有一番體悟。

——美國現代名作家、諾貝爾文學獎得主海明威（Ernest Hemingway）

台灣曾出版的世界名著與文學經典可謂汗牛充棟，然而，細察譯文品質與內容，大多是三十至五十年代大陸譯者的手筆，其行文用語的方式與風格，早已與當代讀者的閱讀習慣、閱讀趣味脫節，以致不再能喚起讀者的關注。這一套「經典新版　世界名著」是全新譯本，行文清晰、流暢、優雅，用語力求充分符合當代人的品味。故而，是「後真相時代」中尋求心靈滋養者最適切的選擇。

序

張一渠

人生兩個寶；
雙手與大腦！
用腦不用手，
快要被打倒；
用手不用腦，
飯也吃不飽：
手腦都會用，
才算是開天闢地的大好老。

這是陶知行先生的手腦相長歌。一個人——要不是死人的話——用手時不會用腦，便呆頭呆腦；用腦時不會用手，便笨手笨腳。事實告訴我們，這一個人即使是活人，也只是活死人了。陶先生說手和腦是「人生」的「兩個寶」，確是實話，這「兩個寶」，是誰都有的，誰都可以用的；但誰會用呢？老實說：誰都容易會用，誰都不容易會並用啊！

《苦兒流浪記》中的苦兒路美，他會用這「兩個寶」了，他會並用這「兩個寶」了！他不是天生就會並用這「兩個寶」的，可是他有手，他會拚命地用手，他有腦，他會拚命地用腦，他會拚命地用腦時拚命地用手，他會拚命地用手時拚命地用腦。他視為母親的奶媽寶蓮教他那樣用手時，他便拚命地那樣用手的同時去拚命地那樣用腦。他認做親生父親一般的花匠亞根教他這樣用手時，他便拚命地這樣用手的同時也去拚命地這樣用腦。他口口聲聲稱做一生唯一的大恩人的師父李士老人教他這樣那樣地用手用腦時，他也就拚命地這樣那樣地用手時去用腦，這樣那樣地用腦時去用手。苦兒路美真的是手腦都會用的好孩子呵！所以結局，他不被人打倒，他飯也吃得飽，他是苦兒，他是開天闢地的大好老了！

章衣萍先生和林雪清女士合譯這部《苦兒流浪記》，不避辛勞地譯了六個多月，他們說是並不辛勞；因為這個開天闢地的大好老苦兒路美的事蹟，有激勵他們奮勇譯述的力量。我也為了這部《苦兒流浪記》，足足花了一個月時間親眼校閱過，因為它也有吸引我樂於校閱的力量，所以在這一個月的校閱期間內，我也並不感到麻煩，枯燥，厭惡，疲勞。自然，這部偉大的《苦兒流浪記》，是值得我們先睹為快的；尤其是小孩子們，它能儘量忠實地指導小孩子們怎樣去用手時用腦，怎樣去用腦時用手，怎樣去向嚴雪烈日狂風暴雨的境域前進。怎樣去和饑餓寒暑疾病盜賊諸魔力奮鬥——做一個開天闢地的大好老來。

大約這部偉大的《苦兒流浪記》出版那一天吧，我要把它寄給我最最疼愛的正在小學念書的女兒瑤華看，叫她也學學苦兒路美，拚命地用腦用手，拚命地用手用腦，一樣地做一個開天闢地的大好老，我想。

《苦兒流浪記》代序

曾澤

這像是一個仁慈的女人！
她有春水般愛的柔情，
涵養著我的心靈；
她有烈火般愛的熱情，
燃燒著我的心靈。
我的心靈呀，
尤其孩子們的心靈，
花一般地在她的愛的嘘拂之中萌發，生長，榮潤！

《苦兒流浪記》序

章衣萍

莫內德（Hector Malot）的《苦兒流浪記》（原名San Famille）是法國一部很有名的小說，幾乎有全世界的譯本了。我國從前也有包天笑的譯本，是刪節的，是文言的。我一向愛好這書，因為這是很好的一本教育小說，讀了令人興奮的。但是要譯呢，沒有工夫，自己也覺得沒有那麼大的能力，總是想想就算了。但我很歡喜認識林雪清女士，因為她的努力和耐心，這部書居然成功了，而且很流利。原書成後曾經納入曙天和我的修改，因為要給兒童看，所以流利最要緊。我們用的是很完整的本子，大約沒有什麼遺漏的了。但有時為了方便瞭解起見，也許加上幾句，使兒童更容易看懂。

這書中的苦兒名叫路美，他一直到了九歲，還當那養他的女人是他自己的母親。那女人待他很好。他在九歲以前，幾乎沒有見過那女人的丈夫，就是他當作父親的耶路姆。可是一次耶路姆從巴黎受了傷，輟工回來，卻給路美很不好的印象。耶路姆嫌路美：「骨格那樣柔弱，瘦巴巴的，手腳沒有一件像樣的。」他要把這苦兒送到孤兒院去。路美發現了他們的秘密，才知道自己不是他們的兒子。

路美是怎樣來的呢？他原來是一個棄兒，生後五六個月，就被丟在外面，耶路姆撿來的。養到九歲了，耶路姆就瞞了他的妻，去當給李士老人，一個走江湖耍把戲的老人。他有一隻猴子，叫做喬利先生，三隻狗，一隻是卡彼，一隻是彼奴，一隻是朵兒。他們合成一個「李士班」。路美加入「李士班」後，就跟了李士老人，到處流浪獻藝。但是李士老人實在是一個好人，他對路美很好，他教路美懂得許多世間做人的大道理。李士老人教訓路美說：「凡事都應該留意，而且應該順從。對於自己所應當做的事，應該用全力去做。這就是處世的秘訣。」

因為李士老人是個好人，所以他的狗也是好的。李士老人說得對：「世間有句土話，狗是主人的鏡子，只要看看所養的狗怎麼樣，馬上就可以明白牠的主人是何等樣人，盜賊之狗就是盜賊，農人之狗，就是野狗，親切而溫柔的人的狗，也就溫柔親切。」他又告訴路美：「人們說，什麼都靠運氣，那是不對的。三分運氣，要七分努力。」這都是很好的話。

可是李士老人到處演藝，終於凍死在巴黎郊外了，路美因為抱著卡彼睡，所以還有些活氣。一個花匠叫做亞根的，把他救活了。他們的另外兩條狗兒，老早全給狼吃去了。猴子喬利也死了。於今只剩得路美和卡彼。路美於是就在花匠亞根家住下。亞根也是好人。路美也就把亞根當作父親。他描寫花匠的勞動生活：

「我從小在村裡就看過農夫們的工作，但是巴黎近郊的花匠們的勞動，實在使我驚服。那勇氣，那精力，都不是我們村裡的農夫所能追及的。早上，在離太陽未出前三點鐘或四點鐘時，就爬起來，這長時間的一日中，不休不息，他們拚命地工作，那勤勉實在使人感嘆。我從前也曾用小孩子弱小的腕力耕過田，不過在沒有到這裡來以前，我絕不知道那田園是可以因耕耘和勞動的，在一年中間，變得沒有一個時候是無用的。所以，這花匠的生活，又教識了我以種種活用的學問。」

這是很好的教育生活。這就是陶知行先生所提倡的「教學做」的教育。

他在亞根家兩年，念了許多植物的，歷史的，旅行遊記的書。亞根的兒子亞歷，澤民，女兒葉琴，小女兒麗色，是個啞子，她同路美很好。可是大自然的災難卻降臨在這一家！雨雹打破了花園的玻璃，漂亮的花園頓時零落，一點也不好了！本來亞根是負了債來造花園的，因此亞根破產之後，又受訟累，只得入獄，一家人也就東西離散了。可是路美始終是一個好孩子，他帶了豎琴，牽了卡彼，仍舊度他的流浪生涯。

一個很小的孩子，背豎琴，牽小狗，度他自食其藝的流浪生涯，而不願意為人的奴隸。這是很值得尊重的自立精神。在他徬徨的途中，遇見了馬撤，他從前見過的喀爾手下的苦孩子。兩個可憐的小朋友湊在一塊，努力地向前進。他們的袋裡是空的，肚子是餓的，然而，看哪：

> 季節是這樣溫暖，四月的太陽在明淨的天空中輝煌。……道路是乾爽的，沒有一點泥濘。青綠的野外開著野菊花，各處的庭園發出盛開的花香；微風吹過時，牆上的花瓣片片吹落我們的帽上。小鳥歡樂地歌唱著，燕兒追著渺小的昆蟲，掠過地面飛了過去。卡彼更是得了解放，在我們的周圍亂跳，牠向著馬車也吠，向著石頭也吠，牠不知道是心裡高興還是什麼，總是無緣無故地向著什麼都亂吠。

這是他們離開巴黎時的風景的描寫。

以後他們的事更複雜了。路美想去看他心愛的啞女孩麗色，再去看葉琴，看亞歷，看澤民。他又想回到故鄉斜巴隴，去看看養他的女人寶蓮。他們那樣窮，沿途獻藝，然而路美終想買一匹母牛，去送寶蓮，表示他的一點孝心。

馬撒雖然在人販子喀爾的家裡吃了很多苦，但自從跟了路美東跑西走，牽了卡彼沿途賺錢，三個半月的生活，太陽和新鮮的空氣，使馬撒恢復了健康和活潑的本質。馬撒遇著事總看好的半面，不看壞的半面，他是一個小樂天家。他們先順路去看亞歷，本來是看了就走的。可是因為出了不幸，亞歷在煤炭坑中工作，不慎被壓在煤炭的底下，傷了手臂。他要休息三四個禮拜才可以工作，路美就自告奮勇，成了亞歷的替工，這是一種勇敢的少年精神。

這樣路美成了煤坑夫，馬撒仍牽了卡彼獻藝。路美在煤炭坑裡，遇著一個工人，他是有學問的，大家送他一個綽號，叫做「教館先生」。他告訴路美：「一個人不單是動動手腳就算的，還非得使用頭腦不可。」

這可是陶知行式的哲學的反證了。

在煤炭坑內工作了若干時，不幸的災難又降臨到他們的身上。煤炭坑裡發生洪水，淹沒了二百多人。路美他們受了「教館先生」的指示，躲在一個高的地方，躲了十四天，他們六個人終於被掘得救了。

路美和馬撒仍舊走上他們的征途，豎琴掛在肩上，背囊掛在背上，「前進吧」，他們牽了卡彼前進了。這一對可愛的勇敢少年！

路美究竟是誰的兒子呢？

我應該追述從前，李士老人因為犯法入獄，路美曾遇著「白鳥號」上的美麗甘夫人。她是一個英國的寡婦，有爵位和遺產。她的兩個兒子，大的沒有了，小的叫做亞沙，多病，為了轉地療養，他們坐著船，到法國來養病。因為這小兒子若養不大，那些爵位和財產都得轉入叔叔的手裡。路美在白鳥船上受著美麗甘夫人的撫養時，他曾想：像亞沙那樣地給母親疼愛——一天接受了十次二十次的親吻，若自己也可以自由地和母親親吻，呀，能夠這樣的人，是多麼的幸福啊！我不能接受我親生母親的親吻，也不能向她親吻。我是帶著悲慘命運出世的孤兒呀！不過，我或者還能夠再碰見那念念不忘的母親一次吧，這是我最高的希望，最大的喜悅呀！然而我不能再喚她作母親了。我這一生只有孤單地一個人挨過吧！這真是無家之兒的悲哀！

李士老人出獄了，路美只好仍舊跟著李士老人，離開美麗甘夫人和亞沙再度流浪生涯。之後，李士老人凍斃道旁，路美為花匠亞根所救，以後一切的事情，我們在前面也說過了。

路美究竟是誰的兒子呢？

路美的家人去找路美，耶路姆想發財，到巴黎去找路美，找不著，客死巴黎。路美和馬撤從寶蓮口中得了消息，回到巴黎找耶路姆時，他已經死了。究竟父親是誰，這個疑團很不容易明白。路美和馬撤落到英國的壞人漆德興手裡。路美竟以為漆德興是他的父親，但那都是亞森・美麗甘（亞沙的叔父）的詭計。後來，漆德興一家做賊，路美被捕入獄。脫逃之後，再回法國找美麗甘夫人，那時美麗甘夫人已到瑞士的日內瓦湖邊，與亞沙在那裡住下養病。

路美唱了「拿坡里之歌」，發現麗色已經會說話，那真是很好的消息呀。現在他已經見過美麗甘夫人，想把亞森・美麗甘要殺死亞沙的詭計告訴她。哪知道，美麗甘夫人已經找到寶蓮媽媽，才知道路美就是她失散的大兒子。「嬰孩的襁褓，白外套，花邊的鞋子，帽子」都作了證人。路美究竟怎樣丟的呢？我們且看美麗甘夫人與亞森・美麗甘的對話：

美麗甘夫人不等他開口，就說：「我請你來，不為別的。」夫人的聲音帶抖，然而很鎮靜地說：「是為了向您介紹我的長子，我終於有幸找到了他，所以我想叫他見見你。」夫人緊握著我的手，接著說：「這小孩子就是，你想必早已知道了吧。因為在偷走他的人家裡，你已經檢查過他的身體了。」

「這到底是怎麼一回事……」克森還想裝做不知情，但是面色已經完全變了。

「那男子做賊去偷教堂的東西，現在被關在英國的獄中，他已經把這件事完全自首了。這裡有封信就是證明。他把怎樣偷走這個孩子；怎樣把他扔在巴黎的傷兵院前，為了不讓別人發現這個孩子，又怎樣小心地剪掉了孩子內衣上的徽章；這裡還有孩子的襁褓。這位慷慨扶養了我兒子的善良的女人一直由保管著這些東西。您要不要看看這封信？看看這些衣服？」

亞森的詭計暴露，他就是強辯也沒有用了。從此，路美成了美麗甘夫人的兒子，亞沙的哥哥。而且，馬撤和麗色也成了他們「一輩子離不開的朋友」。

這是《苦兒流浪記》小說的大概。

這篇小說是很動人的。我們看了小說中的描寫人物，如路美，馬撤，李士老人，花匠亞根，莫不活靈活現。而且，無論寫景寫情，都十分美麗。這是值得少年兒童人手一讀的有趣味和有益的書。

「十年後」的團圓，我們不消說了。那都是努力奮鬥的結果，是勇往直前的精神的好收穫。我們看了麗色成了路美的夫人，而且馬撤成了偉大的音樂家，我們也來高唱一聲慶祝之歌吧！

願《苦兒流浪記》成為全讀者們的好朋友！

目錄

Contents

chapter 1 生長

我一直到了九歲，還當那養我的女人是我自己的母親。每次我哭泣時，那女人就跑到我身旁來，抱著搖我，直等到我淚乾時才止，我沒有一回不是接受了她的親吻才上床睡覺的。十二月刺骨的冷風，飛著大雪，吹到那冰凍的玻璃窗上的夜裡，她會擁抱我冰冷的雙足，給我取暖，一面還唱歌給我聽，那歌曲的調子和語句，到現在還有些牢記在我的耳朵裡。

當我把家裡的母牛帶到田野去放牛時，時常碰著驟雨；這時候，她就從別的地方跑到我身旁來，讓我騎在她的肩上，撩起衣裳，蓋住了頭，然後把我帶回家裡去。或者我和別的小孩子噪鬧，哭了回來時，她就很溫柔地勸慰我，直到我不哭了為止。之後，她就教訓我，指正我的錯處。

她說話時很溫柔，眼睛裡充滿了慈愛的光芒，她是非常疼我的，即使罵我的時候，還是含滿了溫柔。這種種地方看來，都使我只當她是我真的母親。

我自從發現了下面的事情之後，才知道她並非我的生母——

我們的鄉村，叫做斜巴隴，是法蘭西中部一個很窮僻的村子。這村子之所以貧窮，並非農人們的懶怠所致，完全是因為地方不良的緣故。眼界所及處，都是長遍了羊齒類和灌木的荒地，其間雖還有些丘陵的起伏，然而，在這不十分高的小山上，卻時常吹著強烈的風，所以稍為高大一點的樹木，是不能生長起來的。不過山谷低處，也有不少的栗樹與橡樹。谷底還有急流的淺澗，向辣爾河流去。細小的耕地與人家，沿著這小河的兩旁散處，我就是住在這散處的一家中，聽著溪流的歌聲長大的。

在這故事未開始以前，我在這家裡沒有看見過一個男子。可是母親（我總當她是自己的母親的那女人）並不是寡婦。她的丈夫是一個石工。這地方的勞動者都是到巴黎去找工作做的，她的丈夫也是一樣在巴黎工作。但是自從我懂得人事以來，他卻一次也不曾回到村裡來過。這村裡，同他在巴黎一起做工的同鄉，有時回鄉時，他便託他們帶一點錢回家來。這時候，他們不說別的，照例有幾句話：「耶路姆身體平安，時時都有工可做，你們不必繫念。這是他託我帶回來的錢，你算算有沒有錯。」

母親只要聽到這幾句話就滿足了。大家看見她的丈夫不回來，就以為是他們夫婦不和，那是錯的。母親時常告訴我，巴黎是最好賺錢的地方，所以在能夠做工時，就在那裡做工，等到積下了一點錢，足夠安安樂樂地過以後的日子時，他就會回來的。

在十一月的一個黃昏，我正在門口斬樹枝燒火，來了一位素不認識的男子，問我這裡是不是耶路姆的家。我告訴他這裡就是，於是，他就推開柴門跑進去。我從沒有見過這樣一個滿身是泥的人，泥水一直濺到了帽子上，那雙鞋子像從泥田裡拔起來的一樣，只要一看，便知道他是在泥濘的道路上走了好幾里路來的。

母親聽到人聲，跑了出來時，他已經跨進屋子裡來了。他馬上說：「我是從巴黎來的，有話要對你們說……」

但是，這話語和從前的有點不同。他並沒有接著說我們時常聽慣的「耶路姆身體平安，時時都有工可做……」那幾句話。母親合著手掌，聲音帶抖地說：「耶路姆一定有什麼事發生了，呀，我的上帝呀！」

「唔，用不著那樣驚怪，耶路姆不過是受了傷，絕不會死的，你安靜點吧。不過，或者會成廢人也未可定，但是，也許不會有這樣的事吧。現在，他住在療養院裡，我也是住在那裡的，因為病好了，要回家去，所以耶路姆就託我，叫我順路來說一聲。好，太陽已經下山了，我還要趕上三里很糟的路啦！我要走了。」

當那男子想要回去時，母親因為還想探詢得更詳細些，所以把他留住了。

「在黑夜裡要趕上三里這樣糟的山路，那是不行的。並且聽說山頂還有狼犬出沒，驚擾行人，所以還是在這裡住一夜，明朝再動身好。」母親這樣說，把他留下來了，趕快請他吃晚飯。於是，那男子就坐近爐邊，似乎餓得很地拿起叉子來吃東西，一面把耶路姆負傷的詳情告訴我們。

據他說，耶路姆正在做工的那地方，忽然造房子的木架子倒了下來，把耶路姆壓住了，可是包工頭說：那時候他不應該站在那地方的，所以不答應給他撫恤金。說話的要點不過是這樣。那男子還繼續著說：「耶路姆運氣真不好，要是運氣好的話，他可以領到一筆撫恤金的，但是那貪吝的包工頭一個錢也不情願出。所以，我勸耶路姆和他打官司。」

母親睜大眼睛說：「打官司！打官司是很花錢的事，怎麼做得到……」

「不過，唔，你要想想，把官司打勝了，是多麼的好呀。」

第二天，那男子一早就回去了。母親擔心著想了一夜，想到巴黎去看一看。可是，那麼遠的旅行，要花費許多的旅費，我們窮人哪裡輕易做得到呀！想來想去，想到沒有法子時，母親就跑到村裡的教堂，去找牧師商量。牧師勸她不要匆匆忙忙就跑到巴黎去，倒不如待他寫封信去問問，等回信來再說。他就替我們寫了一封信寄到耶路姆住的醫院去。

不上幾天，我們就接到耶路姆的回信，說：「就是到巴黎來，也沒有什麼法子，而且現在正在和包工頭打官司，所以無論如何，還不如想法子寄點錢來。」

因此，母親就把到巴黎去的念頭打消，辛辛苦苦找了一點錢，寄到巴黎去，不久，耶路姆又有信來了，那是因為費用不夠，又來催錢的信。母親只好東湊西挪，總算又寄了一點錢去。但是，第三回來催促時，一切的力量與希望都告盡了。寫信去告訴他再不能想法子時，他又再來信，說：「把母牛賣了，湊一些錢寄來吧！」

可是，把母牛賣去，這在農民是多麼悲慘的一件事呀！曾經在法蘭西的鄉村裡住過的人們，一定立刻就明白的吧。在博物學者看來，母牛不過是一種反芻動物；到郊外去散步的人們，母牛只當是點綴風景的東西；在都會的紳士看來，以為母牛不過是喝咖啡時和製造奶油的好材料吧。然而，在農民呢，世界上再沒有比一頭母牛更寶貴的東西了。無論是怎麼窮苦，怎麼樣多子女的農家，只要在牛欄裡有一頭母牛，那就是這一家族絕不至於餓死的保證。白天只要一個不會做什麼事情的小孩子，把牠帶到田野去，牠就會自己吃草，一點也不費事。可是這樣，那一家的晚餐的湯裡，就有自家製的奶油，也有牛奶煮的馬鈴薯，早晨的咖啡裡呢，另有無上的味道和滋養。父親母親，老人小孩，全靠著這母牛過日子。

我們也是這樣。我和母親雖然很不容易有肉吃，然而有這路熱特（母牛的名字）在，我們不會有缺少牛奶的日子，我們可以得到十分的滋養。路熱特不只是我們的生命之泉，牠是我們的伴侶，是我們的朋友，不，我們還當牠是我們家族的一員呢。我們時常當牠是談話的對象，路熱特也會明白我們所說的話。而且，路熱特所想講的話，我們也可以從牠那潤澤柔和的眼中看出來。

真的！我們三人是一輩子都不願離開的家族呀。然而現在，無論如何，除了與路熱特分離之外，再沒有使耶路姆滿足之道了。

牛販子來了。他裝出很不合意的神情，側首搖頭端詳路熱特之後，說，這樣的瘦牛，真沒有辦法，買了也做不到生意。不會有好的奶吧，奶油也不會好的，買了牠只有自己吃虧，不過，就算幫幫你這老實有名的大嬸的忙，買了牠去吧。

剛想把母牛從牛欄裡趕出來時，路熱特似乎懂得人們所說的話，死站住了四隻腳，發出悲傷的鳴聲，死活不願意出來。牛販子把鞭子遞給我，叫我轉到牠背後，用鞭子打牠的屁股。母親不答應他這樣做，自己拿起了勒口索，像哀求一樣地說：「啊，出來吧，路熱特，你出來吧！」

路熱特不再抵抗了，爽快地走出來，但是當牠用那像要訴苦般的潮濕的眼睛看著我們時，我的心裡實在難過極了。牛販子把路熱特牽了出去，把勒口索繫在運貨的馬車後，帶牠去了。我們也走進屋子裡，但是路熱特那可憐的鳴聲，遠遠還可以聽得見。

我們再沒有牛奶吃了，也沒有奶油吃了，早上是一片麵包，晚餐也只是馬鈴薯和鹽。賣了路熱特之後，沒有多少時候，就是「謝肉祭」的節日。去年的此日，母親也像其他的法國人們一樣，做了薄餅和包水果的餡餅。當母親看見我吃得很多很多時，她是多麼的高興呀！

但是，今年此日呢，沒有溶混麵粉的牛奶，沒有煎餅的奶油，哪裡還有「謝肉祭」，一切都完了。這是多麼令人傷心呀！

然而到了「謝肉祭」的那天，母親給了我意外的盛餐，她到臨近的人家裡去要了一些牛奶，又到了別的一家去分些奶油。當我午後回到家裡一看時，母親正在把麵粉放入蒸籠內，我趕快跑到母親身旁，叫了起來。

「呀！麵粉！」

母親看見我睜圓了眼睛的面孔，含著微笑說：「唔，是麵粉啦，路美！你摸摸看，這是很細的上等麵粉啊！」

我想問問這麵粉要拿來做什麼，但是這句話湧到咽喉時，我拚命地咽住了，裝出不開心的樣子。我知道家裡一點牛奶一點奶油都沒有了，要使母親想起了薄餅的事，那在我小孩子的心裡，也覺得太淒慘了。

母親看見我不作聲時，就說：「路美，你知道麵粉可以做出什麼東西？」

「麵包。」

「還有呢？」

「還有……唔，什麼呢，我不曉得。」

「不，你曉得的。不過你是一個孝順母親的好孩子，所以不告訴我吧。今天不是『謝肉祭』嗎？這是要做薄餅和水果餡餅的日子啦！但是你知道我們家裡沒有牛奶，沒有奶油，所以你裝著沒有想到的樣子吧。呀，你是一個溫存的好孩子啊！」

「呵，媽媽！」

「你真是孝順而可愛的小孩子呀，我怎麼能夠讓你在今天的日子裡傷心呢！你，打開這蒸籠看看。」

我趕快把籠蓋揭開一看，呀！碗裡盛著牛奶，一小盤奶油，圍著碗碟旁邊，四五個雞蛋和一個蘋果！

「唔，把雞蛋拿出來，把蘋果皮削了吧。」

我在削了皮切蘋果時，母親把雞蛋打入了麵粉中，一匙一匙地把牛奶添進，不斷地在小碟子裡攪拌，最後再把切好的蘋果放了進去，一齊拌好，放在熱灰上，讓它這樣地放著，到了黃昏，晚餐時候，這個好吃的水果餡餅就熟了，現在我們只有等待時間的過去了。

呀，時間真過得太慢了呀！

好容易快要到太陽下山的時刻了。

「喂，路美！你也學學做薄餅吧，你把爐火生起來，不要弄得出煙啊。」

這還用說呢！我馬上折斷了小樹枝，生起了火來。祭日的蠟燭點得亮亮的。母親再用牛奶來調混麵粉，加入了沙糖。我遵著母親的吩咐，把鍋子放在火爐上，放進了奶油，奶油齊齊地溶化了，久沒有聞到的美味的香氣充滿了全屋子。脂肪熱跳的聲音，在我的耳朵裡變成了華麗的音樂。現在，我就要把麵粉放下去，自己來做薄餅了，當我想到這裡，歡喜得全身興奮時，我聽到了戶外的腳步聲。

呀！是誰呀？是誰來這裡搶奪我的幸福呀！

chapter 2 耶路姆

我想這大概是鄰居的人來討火種的吧，一面把母親掬起給我的麵粉倒入鍋子裡。

突然，有用杖或其他的東西敲門的聲音，門猛烈地開了。

「誰呀？」母親也沒有回頭，只這樣說。

是誰走了進來?爐火的光焰，當面照出了一位穿白洋布工人服、手裡拿著拐杖的男子。這男子用粗暴的語調開口說：「什麼呀，鬧祭日的盛餐麼？」

母親一看見這男子的面貌，倉忙地站起來：「呀，是你，耶路姆！」

母親這樣說後，牽起我的手，推我到那男子的面前：「路美，這就是你的父親啦！」

我聽說是父親，就像一般的小孩對自己的父親一樣地抱住了他，想和他親吻，但是耶路姆卻舉起手裡的拐杖隔住了我，對著母親說：「這小傢伙?唔，你瞞著了我隨便亂說……」

「可是，耶路姆，那太……」

「這不是騙了我嗎？」

耶路姆斜執著那粗大的拐杖，向我走近了三四步，我也不覺向後倒退。我做錯了什麼事嗎？我只為了想跟他親吻，並沒想到他會這樣的對我不好。

「謝肉祭的慶祝嗎，這太擺架子了。」耶路姆看了看四周說：「肚子餓得要命，有什麼給我吃的東西嗎？」

「現在正在做薄餅啦。」

「那不用你說，我也知道，但是，我能夠吃薄餅嗎！跑了十里路來，腿像木頭一樣的啦。」

「可是，我們一點也沒有預備，我們並不知道你要回來。」

「那麼晚飯也沒有得吃嗎？」他看見碟子裡的奶油，說：「唔，這裡還有奶油……」

他看看天井，那是常掛著豬油的屋樑的鉤子，本早已空懸著了好久了，不過孤孤單單地還有一點乾的大蒜頭和洋蔥頭。

「唔，還有洋蔥頭。」他用手裡的拐杖敲了敲，打落了四五個洋蔥頭，「有了這個東西和奶油，大可以做一碗特製的好湯，喂，走開吧！」

他推開了我，拿起鍋子來，把我那還沒有弄好的薄餅粗暴地弄倒了。

「喂，你做什麼？這樣慢手慢腳的，還不快點給我做湯！」

我只有畏縮起來，向耶路姆所指示的桌子那邊走去。

母親忠實地聽從他的命令，著手做湯。我躲在桌子角裡畏縮地看著耶路姆的樣子。他的年歲與母親差不多，大概是五十歲左右吧，容貌很可怕而且似乎很刻薄，因為負傷，脖子曲向右邊，這更使他的樣子難看。

「怎麼，奶油只有這一點點嗎？」他這樣說著，把小碟子的奶油都倒入鍋子裡，一點不存。呀！什麼都完了！還說什麼奶油，什麼薄餅呀！

然而，我的心裡已經不再想什麼奶油，什麼薄餅，什麼水果餡餅了。這些東西，隨他去吧，我只有想到，這可怕的男子就是我的父親嗎？我的心裡是多麼難過呀！

我一直到現在，一點不知道關於耶路姆的事情，不過我驀然地想，要是他是我的父親的話，那麼他一定會像母親一樣的溫柔的。但是眼前的父親和我的想像離得太遠了，我只有感到不可言喻的恐怖和苦惱。

「你為什麼總是發呆呢，你又不是木偶，湯盤子也趕快擺起來啦！」

被他這樣一說，我戰慄地把湯盤子拿了出來。這時湯已經煮好了，母親把湯裝往各人的盤子裡。

耶路姆離開他圍著的暖爐角，就著食桌坐下，開始吃東西，因為我的盤子也擺好了，所以又不能不吃。耶路姆時時停止了羹匙，盯著眼看我，我真害怕，心胸跳動，哪裡還有食欲。但是，為了又怕又想看的心理，我像小偷一樣時時偷看耶路姆。當我眼睛的視線才剛碰著他時，我又只有垂下頭去。

「他時常這樣吃不下的嗎？」耶路姆用羹匙指著我，向母親說。

「不是的，他總是吃得很好的，不過……」

「那麼，更糟糕啦，最好不用吃飯……」

我連說話的勇氣都沒有了。母親也很沒趣味，無聊地只有給她的丈夫添湯添菜。

「你不餓嗎？」耶路姆催促我回答。

「不！」

「不餓？那麼到那邊睡覺去。一上床就趕快睡覺。知道嗎？不好好睡覺，我是不答應的。」

母親不作聲地遞遞眼色叫我睡覺去，我當然也沒有反抗的意思。

中等以下的農家，大概廚房都是兼做寢室的，我們也當然是這樣。靠近暖爐的那邊，並列著食桌櫥子之類，對面的靠壁，是母親的床鋪，凹在壁裡垂著紅布的，就是我的床。

我趕快把衣裳脫了，將被窩拖出來，鑽了進去。

這是可以聽從命令來做的，但是能不能睡著又是另一個問題了。我一點也不想睡，心裡充滿著悲傷的情緒，就算是命令，也睡不著，這樣可怕的人能夠做我的父親嗎？他是我的父親，為什麼這樣地對待我呢？

將面朝壁，勉強想將這念頭趕跑，快點睡著，但是眼睛卻更加清晰起來。

這時候，我聽見了走近我的床來的足音。因為那是笨重難移的足音，所以我知道那不是母親。

溫暖的呼氣吹近我的髮上，同時，一個像壓抑著的聲音說：「喂，睡著了嗎？」

我不作聲。於是，母親說：「路美睡著了啦，他一上床就會睡的。……無論講什麼都不要緊啦。」

耶路姆再走開去，同時母親的聲音說：「耶路姆，我最擔心的就是那官司啦，到底怎麼樣了呢？」

「打敗了！」

「怎麼呀？」

「官司打敗，錢也沒有了，人也變成殘廢了。這就已經夠了，誰知回家來一看，那嚼麵包的小傢伙還在……你為什麼不照我所說的去做呀！」

「但是，我做不下手啦……」

「送到孤兒院去，為什麼做不下手呢？」

「可是，耶路姆，自己的奶養大的小孩，怎麼能把他送到那種悲慘的地方去呢。」

「真好笑，他又不是你的兒子。」

「……我也曾有一回想照你的話送去，可是那時候剛巧這孩子病了，所以……」

「病好了時，為什麼不把他帶去？」

「那也是因為他還沒有完全好，他那咳聲真是使人聽見也會心痛的，恰像我們可愛的小孩子死去時一樣的……把他送到悲慘的孤兒院去，那斷然沒有生存的希望了。」

「那麼，他現在不是一點病都沒有嗎？」

「現在，他年紀也大了，特意養到了這時候……」

「幾歲啦？」

「算九歲啦。」

「就算九歲了，也沒有不可以送到孤兒院去的理由，那在他或許是很可憐，但是那有什麼要緊，他只是到他應該去的地方去罷了。」

「呀！耶路姆，請你不要那樣做吧！」

「什麼？不要那樣做？笨貨！我就要那樣做。」

二人沉默了一刻。我偷偷地嘆了一口氣，我的心胸凝住了。

我聽見了母親的嘆息。「耶路姆！你到了巴黎後，完全變了另一個人了！」

「是呀，第一，我已經變成這樣的一個廢人了，以後你想我們怎麼樣過日子呢？我們已經是一個錢都沒有了。母牛也賣了去，到什麼地方去找一片麵包吃呢？哪裡還有力量養他人的兒子呢。」

「但是，耶路姆，路美是我最寶貝的兒子啦。」

「什麼話？路美是你的兒子？不要隨口胡說吧。第一，那傢伙也像一個農家的小孩子嗎？我在吃飯時細看了他，骨骼那樣柔弱，瘦巴巴的，手腳沒有一件像樣的。」

「路美是這村裡最好看，最溫柔的小孩啊。」

「好看？好看有什麼用處呢？溫柔也可以當飯吃嗎？看看他的骨骼呢！那樣的肩膀，草畚什麼都挑不起來啦。那是城市的小孩子，同我們沒有關係的。」

「但是，耶路姆，像路美那樣又正直、氣質又好、又聰明的小孩子，是不可多得的，以後一定對我們多少有好處……」

「笨貨！我們能夠等待那樣久嗎？我已經不能再做工了。」

「可是，這小孩子的家人來接他時，我們又怎樣打算？」

「他的家人來接他？蠢貨！要是會來接他的話，那不知是來了幾百次了。我從前也預算，有一天可以得到多多的謝禮，所以把他拾了回來，現在想起來，那是我這一輩子的錯誤。那時他包在漂亮的綢緞裡，所以才是那樣想啦……他家裡的人恐怕是死光了吧。呀，真倒楣！」

「呀！……我可不是那樣想，不久之後，他們的家人一定會來吧……」

「唔！你們女人總是不容易斷念的。」

「但是他家人真的來了時，你想怎麼樣？」

「還能怎麼樣，告訴他們，請到孤兒院去找吧。呀，這話不要再說了，真使人生氣，明天我到村衙門去一趟，你也這樣想吧！我現在到朋友那裡去，一個鐘頭就回來。」

打開了門，耶路姆出去了。

忍氣吞聲的我，等著他的足音走遠了之後，爬了起來，哭喚著母親。母親吃了一驚，跑到我旁邊來。

「媽媽！我不願意到孤兒院裡去！」

「啊！路美，我怎麼能讓你去呀！」母親突然抱緊了我親吻。我心裡壯了幾分，所以眼淚也止住了。

母親溫柔地說：「你沒有睡著麼？」

「這也不能怪我不好。」

「我並不是責罵你，我們的話，你都聽到了？」

「呀！媽媽不是我的真媽媽啊，父親也不是我的真父親啊。」

這話一半表示我極端的失望，一半表示我興奮的情緒。但是她似乎沒有注意到。

「路美！你不要恨我吧，我是想待有機會時告訴你的，但是我把你像真正的兒子一般地愛惜，你也總當我是你自己的母親，所以我不願意隨便將此事使你知道，而引你的起傷心，所以直到今天都沒有告訴你……但是你現在聽到了。真可憐啊，你是被人家拋棄的小孩，你的母親也不知是生是死。

「說起這故事來，那是在八年前，那時候，耶路姆也是在巴黎做工。當他去上工的一天早晨，走到了傷兵院前的樹蔭路上，那時候雖然還沒有人走動，但是他卻聽到了小孩子的哭聲。那是從一個鐵門那邊發出來的，所以他跑到那邊一看時……天空才發白，那時又是二月寒冷的清早，在鐵門邊放著一個小孩子。耶路姆抱起了那小孩，想叫人來，看看四周，一個躲在樹蔭的男子突然地跑走了，一定是那個人把小孩子拋棄了，看見有人拾起，所以就放心跑了。

「小孩子拚命地哭叫，耶路姆那時真的左右為難，剛巧有他的同伴走過，於是他們一塊兒到警察的站崗屋子去，在那裡給小孩子取暖，但是無論怎樣哄他，那小孩總是哭個不停，大家想一定是他的肚子餓了，就把鄰近有奶吃的婦人喚了來，讓他吃飽，這才不哭了。之後，就想查查他身上有沒有什麼憑據，就在火爐邊把小孩子脫光，啊，那是出生五六個月，肥團團、薔薇色的最好看不過的小孩！而且包裹著他的毛氈和衣服都是上等貨，大家就想這大概是好人家的小孩，為了什麼緣故把他拋棄了，要不然就是哪個人去偷了出來拋棄了的……

「據說這是警察的意見，當然，他們找不出什麼可以做線索的特徵，所以警察種種查問之後，說只有送到孤兒院去，但是耶路姆想：這小孩子很健康，就是養育起來，也不必怎麼樣費事，而且穿的都是綢緞，那麼，總有一天他的親生父母們會送了謝禮來接他回去的。耶路姆有了這種欲望，所以就說自己要養育他，徵求了警察的允許，便把小孩領了回來。這樣，我就做了你的母親。」

母親再接著說下去：「剛巧那時候我生了一個與你同歲的兒子，所以奶也有得剩，抱了你回來也不見得有什麼費事，然而不久，我自己的小孩死掉了。以後，我更加愛惜你，把你當做自己的孩子，直到今日。可是耶路姆不答應，他說，過了三年若是再沒有人來接你時，就把你送入孤兒院去。」

「呀，媽媽！求你不要將我送到孤兒院去！」我緊抱了母親。

「我哪裡願意把你送去呢！路美是我最愛惜的兒子啊。我一定要想別的法子的……其實耶路姆也不是那樣可怕的壞人，實在是窮急無奈，想到了以後三餐不飽時，他就這樣地自暴自棄……不要緊的，我們以後三個人都找事做就行了。路美，你也會找點事做，賺幾個錢來幫幫忙吧？」

「唔，媽媽，我什麼事都可以做，只要不要把我送到孤兒院去。」

「一定不會送你去的，好孩子，你乖乖地睡覺吧，不要給耶路姆回來看見，省得他吵鬧。」

母親親熱地在我頰上吻了吻，就離開我的床。

受了強大的感動，我興奮了起來，就是想入睡也無法睡得著，那樣親切那樣溫柔的母親並不是我真的母親啊！那麼，我的母親又是怎樣一個人呢？是還要更親切更溫柔的人嗎？啊！不，絕不會的！這世上再沒有比現在這母親更親切更溫柔的人了。

但是我的父親呢——我想，可以做父親的人，一定不會像耶路姆那樣刻薄，絕不是像那樣揮動拐杖，用著冷酷可怕的眼光來睨視自己兒子的父親。

耶路姆的意思是無論怎麼樣，都想將我送入孤兒院，但是母親到底怎樣能阻止他呢！

我記起村裡有兩個大家都喚他們是「孤兒院的小孩」的小孩子。頸上掛著白鐵有號碼的牌子，穿著像乞丐般的髒衣服，村裡的人們當他們是尋開心的東西，任意欺侮。村裡的小孩子們，像趕著野犬亂跳一樣地，跟在這兩個小孩子背後戲謔。恰似野犬是沒有保護者一樣，這兩個小孩子也沒有一個人來保護他們。

呀！我無論怎樣辛苦，絕不願意有像這兩個小孩子一樣的身世。頸上掛著號碼牌，是多麼令人不快。說是孤兒院的小孩走過了，那一大群的小孩就緊隨在後邊，是多麼的令人討厭！

想到這裡，我就全身戰慄，牙齒互擊得發出聲來，難以忍耐，哪裡還能夠入睡，但是耶路姆恐怕就要回來了，他又要講出什麼可怕的話來了吧。幸而睡魔比耶路姆來得早，我迷迷糊糊地睡著了。

這一晚，我不能夠安安穩穩地睡覺，一直做著噩夢。不過，我想母親一定會勸服耶路姆，不再提起把我送到孤兒院去的事了吧。

然而，第二天差不多要到正午時，耶路姆對我說，叫我把帽子戴好，和他一塊兒出去。我吃了一驚，望望母親，母親用眼光示意，叫我乖乖地跟他去，她還偷偷地做著手勢，意思就是說叫我安心。

那麼，真的不要緊吧。我戴上帽子，跟著耶路姆出去了。他到底要把我帶到什麼地方去呢？母親雖然保證給我安心，但是我總覺得有點可怕。

我知道要到村子去，是很遠的，走起來要一個鐘頭才可以走到，我現在就是被帶到那裡去的。在這長遠的路途中，耶路姆只對我說了一次話。他那歪在右邊的脖子一點也不動，慢慢地曳著跛足。他大概是提防著我不是柔順地跟著他跑，所以時時反看背後，然而他的脖子不能夠轉動，所以他只好全身轉過來。

我預備著萬一的時候，就跳入溝裡逃走，所以總跑得離開耶路姆一些。不過到了接近村落時，耶路姆似乎知道了我的計略，緊緊地握著我的手，拖近了身邊跑。我已經不能夠逃走了，什麼都做不到了。

chapter 3 李士老人

給耶路姆拉著手，走進村裡時，人們都回頭看我們。大概我的樣子，是像被縛了拖著跑的偷東西的狗一樣的吧。

當我們走到一家咖啡店的門前時，站在門口的一個男子喚住了耶路姆，叫他進去。於是，耶路姆就放開了我的手，但是這回，他卻拉住了我的耳朵，讓我先走進咖啡店裡去。

我感到似乎遇到救星了。我想，咖啡店不是一個危險的地方，並且我以為進咖啡店，似乎是一件風雅入時的事情。我從前總是想進一次咖啡店去看看的。

聖母院旅館的咖啡店！那在我的耳朵裡，是多麼風雅的名字呀！（鄉下的咖啡店多數是兼營旅館的）我時常走過這咖啡店前，看見了滿面通紅、蹣蹣跚跚從那門口走出來的人們。我也曾聽見了唱流行小調的歌聲，和喝醉酒的人們的聲音振動了那玻璃窗，那些人到底是在裡邊做什麼呢？紅色的窗簾裡到底有什麼事發生著呢？我每次走過時，總是覺得不可思議，但是今天，我居然走進這咖啡店來看看了。

那叫耶路姆進去的，就是這咖啡店的主人。他們二人對坐在一張圓桌子的兩邊。我呢，遵依了他的命令到那邊的火爐旁去，坐在一張茶榻上，望著屋內四周的樣子。和我對面的那一角，坐著一位滿嘴白鬚的老人，因為他的奇怪的服裝是我從不曾看過的，所以不能不引起我的注意。

銀色捲捲的長髮披在肩上，白髮上戴著飾了綠色和紅色羽毛的灰色高帽。身上穿著翻毛的羊皮背心，青天鵝絨的袖子垂在兩臂上，這天鵝絨的色彩已經褪色了。著了呢絨褲子的腿上，繞著好幾條十字形的紅帶子。

這老人靠在椅背上，左腕垂在椅後，一隻腳曲架在椅子的橫端，右手擋在這腳上，托住了面頰。他那悠閒的樣子，不似一個活人，就像把村裡教會的聖像拿了出來，放在那裡一樣的。

老人的面前，有三隻狗，一點不動地臥在一堆取暖。一隻是鬈毛的白獅子狗，一隻是長毛的黑獅子狗，其餘的一隻是灰色很敏捷的小母狗。那隻白獅子狗戴著一頂警察的舊帽子，帽子的皮帶兜住了下頷。

這老人到底是怎樣的人呢？我很奇怪地注神看著他時，耶路姆正在和店主人開始用普通的聲音談話。雖然聽不十分清楚，但是我知道他們正在談論我的事。

其中，我聽到了耶路姆這樣說——我想到村的衙門去，請求不用將他送到孤兒院去，留在我的家裡養育，叫孤兒院要補給我多少的津貼。

這樣，母親那時做手勢叫我安心的理由就明白了。要是這樣，那原是沒有什麼可怕的。我嘆了一口氣。

老人無意中傾聽了兩人的談話，突然指著我，對耶路姆說起話來：「對不起，你所說的煩累的東西，就是這小孩子嗎？」

「是的……」

「你以為你能夠向孤兒院拿到津貼嗎？」

「那可不知道，不過這小孩子本來是人家拋棄的，我得了許可才領回家裡來養育，那麼，孤兒院未嘗不可以給我一些津貼。」

「照道理講來，是應該這樣的，不過世間的人不一定都講道理的，我敢擔保，你到衙門去是沒有用的。」

「那麼，我把他送到孤兒院去，也不見得有不收容的道理吧，老伯伯，你想對不對？」

「可是，最初你自己懇請領下來的，養到了現在了，恐怕不容易吧。」

「孤兒院也不收容時，那就只好當以前給他吃的飯錢都吃虧了，把他趕出去。」

我的心臟像晨鐘一樣地跳動起來了。

老人想了一會，說：「不過，也有好的打算吧，例如將這一個煩累捨了，還可以打得幾文錢的算盤。」

「喂，老伯伯，要是有那樣合算的事，那我馬上就請你喝一瓶葡萄酒。」

「那你就快請客吧，算盤已經打好了。」

「真的嗎？老伯伯。」

「當然是真的。」

老人這樣說後，離開椅子，走到耶路姆面前來。

當老人站起來時，我發覺了一件奇怪的事情。那就是那羊皮背心自己晃動起來，我想這大概是有小狗藏在他的腋下吧。

老人坐在耶路姆的面前：「你的希望，就是讓這小孩子從今以後不用再吃你的飯，或是吃你的飯就使你得到一點津貼，隨便哪一樣都行，是嗎？」

「唔，是的……」

「那麼，我現在就領這孩子去吧。」

「唔，把這小孩子給你？」

耶路姆突然變了音調，凝視著老人。

「你不是想能夠早一天把這煩累捨去的嗎？」

「唔，但是，等一等。給了你嗎？我若是想找一個來領他的人，那要多少都有的。不是我自誇，這樣好的小孩是不容易多得的。唔，你好好地看看。」

「是的，我看著了呢。」

「路美，到這邊來。」

他對我說話的語氣，突然變溫柔了。

我戰戰兢兢地走到耶路姆和老人的旁邊。

「沒有什麼可怕的。」老人像慰撫我般地說。

「喂，好好地看看。」

「我也說他是一個好孩子，所以我才領他來養；要是鬼怪一般的小孩子，那我早就不必開口了。」

「要是他像矮人國的小鬼或轆轤頭的話，那我也不給你了。」

「唔，想叫他去玩把戲給人家看嗎？我很抱歉啦，這小孩子正像普通的人一樣，一點也不奇怪，他不會做你的搖錢樹吧。」

「但是，老伯伯，叫他做點事，也可以賺點錢啦。」

「叫他做事，他太柔弱了。」

「太柔弱？不要說笑話了。個子雖然小了些，但是也不比大人小多少。看看他這腿，有這樣筆直的腿的小孩子，也不多見吧？」

耶路姆這樣說時，把我的褲子捲起來給他看。

「什麼，蚊子腳一樣！」

「這手臂怎麼樣呢？」

「也同竹竿差不了多少，平時倒沒甚要緊，一旦有事時就不行啦。根基太薄弱了，沒有鍛煉過的身體。」

「沒有鍛煉過？你摸摸看。這樣的堅實啦。唔，老伯伯，你試摸摸看。」

老人用乾瘦見骨的手摸摸我的腿，又敲敲看。歪歪脖子，蹙蹙額表示不滿意。

我曾經嘗過同樣的苦痛，那是在我們賣那母牛路熱特時，牛販子就像現在這老人試驗我一樣地，摸摸敲敲地在那路熱特身上，而且一樣地歪歪脖子蹙蹙額說，這不是一頭好的母牛，就算買了，也再賣不出去，不成生意經。他雖然這樣說，卻把母牛買了牽著走了。

這老人也會用同樣的口調將我買了帶走吧。

呀！媽媽！我的媽媽！假使媽媽在這裡，她一定會救我呀！我想把昨夜耶路姆對母親說的話——他說我只是一個皮包骨的瘦鬼，手足都不像樣子——搬出來，這萬一或者會使這老人對我斷念時……然而，這絕對沒有成功的希望！只能夠博得耶路姆幾下巴掌的光顧吧，所以我也不敢說出來。

老人試驗了我之後：「老實說，也不過是一個普通的小孩子，而且出身又是城市的小孩子，無論如何，做不了農家的事。要不相信，你可叫他駕一頭牛耕田看，看他能夠維持多久……」

「十年總可以的。」

「一個月也不容易。」

「可是，老伯伯，你再檢查一回看看，肩膀，胸部，什麼地方都不壞啦。」

我夾在耶路姆和老人之間，被推過來，又被推過去。

到了最後，老人就說：「那麼，就這樣吧，我也不買斷了這小孩子，不過是先借去，我們的契約就是一年十個法郎，好嗎？」

「一年只有十個法郎！」

「十個法郎是好價錢了，而且是先付錢，手裡拿著了五個二法郎的銀幣，還可以把煩累捨了，這真是所謂喜從天降呢。」

「但是，老伯伯，我自己養育時，預料每個月可以從村衙門處領到三個法郎啦。」

「就算領到了三個法郎，你也非得給他吃飯不可呀。」

「我還可以叫他做工呢。」

「你要是以為這小孩子可以做工，那早就不必當他是一筆煩累了。你從頭至尾，話都是講得不對的。要是你從孤兒院借了小孩子出來做工，那你就非得納給孤兒院的租錢不可。」

「總之，一個月沒有三個法郎，我就不把這小傢伙放手。」

「那麼，你就到村脩門去求情好了。但是假使村脩門不交給你，而讓別人領去時，你又怎麼樣呢？那不是兩頭都弄不到手了嗎？這事只要你和我決定了，那就不必再去亂跑。只要你坐在那裡伸一伸手，萬事就順遂了。」

老人拿出了皮夾，取出五個二法郎的銀幣，在掌中鏘鐺鏘鐺玩弄。

耶路姆似乎忍不住了，看著那銀幣：「說不定，這小孩子的父母也許要來接他回去的。」

「來接了也不妨事。」

「我以為，他的父母會拿很多很多的謝禮來接他回去的，所以才把他養到現在呢。」

「然而，你不是斷定了沒有人來接他了，所以才想把他趕出去的嗎？不過，就是他的父母來接他，也一定是到你的地方來的，因為他們並不曉得我的地方……那麼，你無論何時，在我這裡把這小孩子帶回去好了。」

「那也是，不過你在各地亂跑時，不見得不會碰著他的父母。」

「那時候就五五對分吧，那我現在就多給你五個法郎吧。」

「不要那樣小氣吧，就給我到二十個法郎好了。」

「那麼，這話不必再說了。第一，這小孩子沒有那樣多的用處。」

「到底你想要他做什麼事呢？用手足可以做得來的事，他都能夠做。」

老人像嘲笑他般地看著耶路姆，慢慢喝酒，一面說：「唔，做我的夥伴啦。我是這樣的老人了，在長途的旅行之後，若是遇著下雨，一步都不能夠出門時，人就寂寞得要命，所以想把這小孩子借了去，在這樣的時候，可以談談話，也算是一種安慰。」

「唔，那樣的事才容易呢，腿力也比你強得多啦。」

「不，那不見得，還是小孩子呢……而且不只是走路，還要他舞動跳走啦，我想讓他也加入李士班哩。」

「什麼?李士班?」

「班長就是我啦，只要說李士老人就有人知道。你不知道嗎?哈哈哈哈哈哈，你想問這班人在哪裡嗎?好的，你等等吧。你要看時，我可以全都叫來給你看看。」

「那很有意思，老伯伯，叫他們出來給我們見識見識。」

咖啡店裡的人們的眼光，都向著李士老人看。

老人打開了那羊皮背心，取出了那藏在左腋下的奇怪的動物。他的背心之所以時時晃動，就是這動物的勾當。我最初以為那是小狗，實在是錯了。我從沒有看見過這樣奇怪的動物。若使我曾到小學校去念書，或者能夠有圖畫書看時，那我或者早就知道了，但是在偏僻的鄉下，沒曾見過世面便長大的我，看見了這小動物，連想像也想像不出來。

我也曾想這或許是不幸的妖怪小孩吧，穿上了縫著金線花邊的紅衣裳，手足俱全。與人們不同的，就是手足都長著黑毛。面貌也和別的動物不同，和人的形狀沒有多大差異，潮潤光輝的一雙眼，接近在一塊，雖然有點奇怪，然而連口唇都齊全。我驚呆地看著牠時，耶路姆大聲說:「什麼呀!猴子嘛。」這時候，我才知道那就是曾經聽人家說過的猴子。

李士老人把這小猴子放在桌上，說:

「現在向諸位朝見的，是李士班的第一名角，藝名叫做喬利先生的，就是這猴子，喂，先生，向觀賞的諸位見見禮吧。」

喬利先生把拿到唇邊去的兩手伸開，彎一彎腰，向觀眾遞送親吻。

「第二個是卡彼，向觀覽的諸位表示敬禮呀。」

這樣地命令那白獅子狗時，那伏在地上不動的、戴著警察帽子的白狗，就用後腳站了起來，前腳交叉在胸前向著觀眾行禮。之後，牠轉向著牠的伴侶那邊，伸出了一隻放在胸前的腳，向牠們招手，這時，那目不轉睛地看卡彼的兩隻狗也用後腳站了起來，恰像交際界的男女牽手一樣地，各伸了前腳出去牽住，向前走六步，又退後三步，向觀眾們致敬。

這些都弄完了之後，李士老人說：「卡彼是狗兒們的總監督，卡彼這個字是義大話的大將軍那字的省語。我的狗兒都是很伶俐的，其中尤其是卡彼最是聰明，牠能夠瞭解我的命令，並且教給其他的狗，牠是這樣一個奇怪的尤物。還有這位漂亮的黑毛的年輕獅子狗，叫做彼奴君，這是風流才子的意思啦；這英國種的可愛的牝狗是朵兒小姐，是採溫柔的這個字義呀。以上共四人，就是本班的演員，不要說法蘭西，我們走遍了全世界，聽天從命，安閒地過我們的日子。」

老人這樣說後，叫一聲卡彼，卡彼就把前腳交叉起在胸前，望著老人。

「卡彼先生，你請到這邊來，今天諸位觀客都是貴客，你得好好地尊重儀節——好吧。」老人指著我，說：「這個小傢伙睜著滾圓圓的眼睛望著你，他說，想知道現在是幾點鐘。我拜託你，請你告訴他吧。」

卡彼就走近了主人的身旁，掀開了羊皮的外衣，從裡邊背心的袋子裡拿出了一個大銀殼錶，看了一看，清楚大聲吠了兩下，然後又小聲密吠了三下。時間正是兩點三刻。

卡彼先生，謝謝你。這次是朵兒小姐的跳繩。」

卡彼在主人上衣的口袋裡銜出了一根繩子，對黑毛的彼奴做做手勢，彼奴走到卡彼的面前，對面站住，銜起了卡彼拋過來的繩子的一端，兩隻狗很熟手地回動那繩子，同時，可愛的朵兒小姐用溫柔的眼光看望主人純熟地作跳繩戲，真的有這樣奇怪的狗兒們，我只有呆呆地癡看著。

技藝表演完後，老人向耶路姆說：「怎麼樣？我的弟子們都很伶俐吧。但是這伶俐和愚蠢都是有了比較才顯得出來的。我所以要把這小孩列入為這些演員中的一員，也就為了這點。」

「老伯伯，我可有一點不放心啦。」

「那就是說，把這小孩子扮一名笨貨的演員，那麼，使狗們的伶俐處更襯托得格外顯明了。」

「那麼，你想把他當笨貨看嗎？這欺人太甚了，唔唔。」

「但是，演笨貨的角色，沒有聰明是不行的，這小孩子似乎還不蠢笨，再教導教導他也會成器吧。那是後來的事，現在正是試驗這小孩子是伶俐的或是蠢笨的好機會。若他是伶俐的小孩子，他一定明白：與其每天自朝至晚，在一樣的曠野中趕牧母牛，倒不如加入李士班做伴侶，不要說法蘭西，我們要到全歐洲，一邊遊覽一邊旅行，這樣，便更是安樂有趣味了。若他是蠢笨的小孩子，他就會說不願意做李士的弟子，流涕叫哭吧。李士不喜歡那樣蠢笨的小孩子，是不會帶他去的，看不到好逛的地方，還要被送到孤兒院去，食不飽，衣不足，一天到晚受人的酷使，呀，那才是可憐的……」

我也不是蠢笨到連李士老人所說的話也不懂的，但是那裡有我所跨不過的痛心的關口。

實在的，李士老人的弟子們，是滑稽而有趣味的對手，偕牠們去遊行獻技，那一定是愉快的說：但是這樣就非得離開母親的身旁不可。然而我雖不答應，也恐怕非和母親生離不可吧！耶路姆一定會送我入孤兒院去的。

我不知怎麼樣好，眼裡滿含著了眼淚，這時候，那老人輕輕地用指頭彈彈我的面頰說：「怎麼了，看看你也不會哭出來，大概是明白了我的話了吧，從明天起就和我一塊兒……」

「老伯伯，我拜託你，請你不要把我帶去吧，我願永遠地留在母親的膝下……」我正帶哭聲懇求他的時候，卡彼突然猛吠起來，我吃了一驚，望望那邊。

一看時，卡彼已經跳上了小猴子喬利先生蹲著的桌上。大家都在注意著我時，狡猾的小猴子悄悄地偷喝了李士老人沒有喝完的餘酒，剛巧給卡彼看見了，生了氣就捉住了那猴子。

李士看見這樣子，就用嚴厲的口調說：「喂，喬利，像你這樣貪饞的東西，我可不能把你放過。到屋角上去，把面朝著牆壁！彼奴，你看守著牠，只要牠動一動，就掌牠幾個耳光吧。知道了嗎？卡彼先生，你真是好狗，喂，把手伸出來吧。」

小猴子低聲地啼叫，畏縮地被彼奴趕到屋角裡去。卡彼似乎很得意地跑到主人面前，伸出前腳，老人緊緊地給牠握了一握。

「那麼，我們繼續談下去吧，十五法郎，你可以賣了吧。我無法出更高的價錢了。」老人接著和耶路姆談判。

「請你出夠二十法郎啦，我也是二十法郎以下不能放手的。」

兩人你一言我一語地爭論著，李士老人說：「這孩子恐怕太無聊了吧，讓他到院子裡去逛逛，我們再來慢慢地商量吧。」

他使使眼色，耶路姆就對我說：「唔，那樣也好，路美。你到院子裡去吧。不聽到我喚你時，不許進來。」

我聽從了他，到院子裡去。但是一點也不想逛，我只坐在石頭上沉思，我的命運將怎麼樣了呢？屋子裡的人就會把它斷定吧。

我為了寒冷與苦惱而發抖，差不多過了一個鐘頭時，耶路姆自己一個人跑到院子裡來，他不是來找我預備交給李士老人的嗎？

「路美，回去吧，回家裡去吧。」

回家去！那麼，我永久可以留在母親的身旁嗎？我很想問問耶路姆，可是我又不敢，為什麼呢？因為耶路姆的樣子似乎很不高興。

chapter 4

慈愛的家

耶路姆默默地前進，離到家差不多還有十分鐘的時候，他突然停了一停，同時，用力拉拉我的耳朵說：「路美！你今天聽到的話，回家時若是亂講，看我要不要你的命，曉得吧？」

我只有順從他的命令。回到家裡時，母親已經等得不耐煩了。

「耶路姆，辛苦了吧，村衙門的意見怎麼樣呢？」

「我沒有到村衙門去呀。」

「唔！你沒有到村衙門去嗎？」

「是的，我在聖母院的咖啡店碰著了幾位朋友，就在那裡喝了幾杯，已經是四點鐘了……雖然討厭也沒法子，明天再去跑一次吧。」

聽聽耶路姆的語調，他和那老人的商量，似乎沒有得到好結果。我想，明天大概真的把我帶到村衙門去吧。

雖然是受了耶路姆的恐嚇，但是我還是想把詳細的情形說給母親聽，不過耶路姆總是坐守在家裡，沒有告訴她的機會。不一刻，天已經暗黑，我又非得上床睡覺不可了。

我在想著，明天偷個機會，一定要對母親說，不久就睡著了。第二天睡醒時，看見母親已經不在，我尋遍了屋子裡，但是什麼地方都沒有母親的影子。耶路姆看見我這樣子，就問說：「你亂跑做什麼？」

「我在找尋母親。」

「她有事到村裡去了，不到下午不回來的。」

為什麼母親要到村裡去呢？母親不在，使我又擔心起來了。母親昨夜一句也沒有提及要到村裡去的話。耶路姆也要帶我到村裡去，為什麼母親不同我們一塊兒去呢？等到下午母親回家後，我才同耶路姆去嗎？我心裡感到了滿胸的恐懼，我覺得危險已經迫到我身邊來了。耶路姆更把滿含著意思的眼光時時望望我，我真嫌惡極了，所以跑到屋後的田園去。

那是一個小園子，但是在我們，那是寶貴的園地，除麥粒以外，我們的食物大概都是在這裡生長的——馬鈴薯、蠶豆、捲心菜、紅蘿蔔、蕪菁等都有。這裡當然沒有荒廢的土地，不過母親還闢了一小角給我自由使用。在那裡，我種了一些花草——這些是我每天早晨帶母牛路熱特出去的途上，在樹林裡或路旁採來的——造了一個庭園。

這雖然不是一個美麗的庭園，但是種了各種我所喜歡的東西，滿足了我的空想，使我快樂。想到了這庭園是由我自己造成的時候，我快樂極了。「我的庭園」這句話，我一天反覆說了差不多二十次。

夏天播的種子，有的不到明年的春天就發芽了，另外一些長得很高大，這更足以刺激我的好奇心，使我滿足。水仙花含了黃色的苞，丁香花長出了紫色的花梗，蓮馨草在皺紋的葉子包著的中心伸出了可愛的花蕾。這花要等到什麼時候，是怎樣地開放呢？我自己問著自己，一天不知道光顧了多少次「我的庭園」。

然而我的庭園中，還有比這花草使我更留戀的一部分，那就是種了人家給我的、這村裡的人們還不曉得的野菜——菊薯的地方。給我菊薯的種子的人說，這菊薯比馬鈴薯好吃得多，而且含有朝鮮薊、蕪菁及其他種種野菜味道的稀奇東西。

我培植了這菊薯，預備給母親意外的食品，嚇她一跳的，所以種了菊薯的事，也沒對母親說，不久菊薯發了芽，母親問我是什麼東西時，我想先騙她這是開花的東西，等到它長大起來，結了果時，我就在母親不在時掘了出來，做一味好吃的東西。

怎麼做呢？這樣詳細的地方，我還沒有想到，不過我想，總之，在母親回來吃晚飯時嚇她一跳就是了。所以，我很不耐煩地等待著這菊薯的發芽。我抱著「應該出來了」的希望，一天不知到那裡去看多少次，但是都沒有一點起色，我以為恐怕不會萌芽了。就是現在，我還是伏在地上，鼻尖貼著泥土，凝看著那種了菊薯的地方，突然：

「路美，我有事對你說，你進來吧。」

我趕快跑進家裡。然而，我是多麼的吃驚呀！昨日的那老人帶了狗來，在我們家裡呢。

這一剎那間，我什麼都明白了，老人是來帶我走的！耶路姆也知道，若是母親在家，就有點不便，因此他早就把母親趕到村裡去。

這樣直覺地知道了之後，我現在除了向老人求情之外，沒有別的路可走，所以我突然地跪在老人面前：「啊，老伯伯！我懇求你，懇求你不要把我帶走吧！」我帶哭地懇求他。

老人用溫柔的語調說：「你是好孩子，我這老伯伯絕不會使你吃苦的。我絕不會打罵小孩子，而且我的弟子們都是你有趣的伴侶，你為什麼不願意跟我去呢？」

「我不能離開母親的身旁呀！……」

那時，耶路姆突然又拉了我的耳朵說：「笨小鬼！無論如何你不能再賴在家裡了！到孤兒院去，要不然就跟這位老伯伯去，隨你喜歡挑一樣！」

「我願意跟著母親！」

「喂，不要那樣生氣吧，不能因為小孩子思戀他的母親就要打罵他，心軟就是他的長處。」

耶路姆像火一般地生氣了：「什麼話！這小鬼！看不起我吧。你不去，就拿棍子趕你出去！」

「老伯伯，你那樣寬容他，反增長了他的放肆了。」

「那麼，我就把說定了的錢給你吧。」

老人這樣說時，在耶路姆面前數了二十個法郎遞給他，耶路姆收了起來，放入口袋裡去。

「應該給我的包袱呢？」老人說。

「噢，就是這個。」耶路姆用下巴指示了一個用水色的木棉巾結了四個角的包袱。

老人似乎有點不放心，拿了包袱打開一看，裡邊放著我的兩件舊襯衫和一條麻布褲子。老人似質問般地看著耶路姆說：「說定的東西似乎還不夠啦，你說把夏冬的衣服都給我，所以我才出多了五個法郎。」

「天地知道，總共也只有這麼多東西。」耶路姆冷淡地說。

然而老人也並不生氣：「唔，問問這小孩子就會知道的，不過，我現在沒有閒工夫來和你吵鬧了，我還得趕路呢。喂，小孩子，叫什麼名字？」

「叫路美。」

「那麼，路美，拿起包袱向前走吧。卡彼，開步走！」老人用像軍隊的號令一般的口氣說。我伸開兩手向老人懇求，又向耶路姆懇求，但是，兩人都轉向別處，裝做不知，我淚下如雨，這時，老人走近我來，拉著我的手走。

呀！我只有給他拉著走了。當跨過這住慣的茅屋的門時，我覺得似乎有人擒住了我的頭髮向後拉一樣地難過，朦朧的淚眼看遍了屋子的周圍，然而沒有一個可以救我的人。可是，我還是提高喉嚨大聲叫了兩聲：「媽媽！媽媽！」

但是，沒有一個人答應，我嗚嗚咽咽地給老人牽著走了。

「老伯伯，祝你前途平安！」耶路姆從背後說了一聲別離的寒暄，縮進家裡去了。

再哭泣掙扎也無用了，我的命運已經決定了。

老人溫存地對我說：「路美，喂，走吧，好孩子。」

老人牽著我的手，我緊依他的身旁無可奈何地移步，老人配合著我的步調慢慢地走。

越過了山嶺，我們到別的村裡去。我們攀登了屈曲的山路。在每個轉彎處回頭看時，母親的屋子漸漸地縮小了。

我很熟悉這條路，走到了煞尾的彎角最高處，就是可以看見母親屋子最後的地方。那最高的地方，有好幾分鐘的路程，母親的屋子還可以看到幾分鐘，從此一切就完了。以後的路程，是我從未到過的地方，很幸福很長遠地住慣了的家，一旦離別之後，我連這親暱的屋子也不能再看見了。幸而這山嶺接連得長，然而，後來總歸到了最後的轉角處了，老人還沒有放開我的手。

「老伯伯，讓我息一息吧。」我真誠地懇求。

「想休息，就讓你息一息吧。」他這樣說後才放開手。但是這時候，我看見老人對卡彼使了使眼色，卡彼就離開前列，像看守羊群一般地轉到了我的身後。唉，卡彼已經做了我的看守者了，假使我想逃脫，牠一定馬上就擒住我吧。

我走到青草叢生的墩上坐下時，卡彼也蹲在我的身旁，我用含淚的眼睛找尋母親的屋子。放眼望去，隔著田畝與樹林處，望見了現在我們從那裡走上來的山谷，再一直望過去，直到了最底下的樹木之間，就是我那住慣的屋子孤單地安立在那裡，煙囪吐出了黃色的煙，筆直地吹上了無風的蒼空，煙灰剛巧吹到我這邊消失了。

或許是想像嗎？我覺得這煙含著了櫧葉的香氣，——那是母親和我放在從山林裡拾回來的枯枝柴把上面曬乾了的，——我還覺得自己似乎坐在我的小椅上，雙腳伸入暖灰之中，靠近了那從煙囪發出來的煙時，常吹到我臉上的那樣暖熱。

雖說是在眼簾下，然而這山是很高的，所以隔得很遠；不過那邊所有的東西映在我眼裡，雖說是細小，卻明白地可以辨得出來。在庭隅的草稈上，一隻母雞正在找尋食物。其餘的雞都已賣掉，現在只剩這隻母雞了。這一隻也因食料不足，長不大，還是小小的，不知道的人從此處看來時，恐怕只當是一匹鳩在那裡吧。

屋前有一株梨樹，那樹幹彎彎曲曲的，所以我是當它做馬騎來遊戲的。碧綠的草原中，小溪如畫了銀線一般地流過了門前。我不能不憶起：為了架設我自己手製的水車玩具，辛辛苦苦從小溪引水來的那回事。

一切的事物這樣地活現在我眼前：我用慣的那架單輪車，我手製的犁，從前養過兔子的兔籬，還有「我的庭園」！花開時有誰來看呢？我種植的菊薯有誰來吃呢？是那刻薄的耶路姆嗎？

這顯現在眼前的眷戀的眺望，再走前一步時，就永久從我的眼界消失了。我的眼睛充滿了熱淚。

這時候，啊，看呀！沿著從街道到我們家裡的小路上，不是有一頂白頭巾在走路嗎？這白頭巾給樹木遮住了，又現出來。那白顏色，恰像穿插在棕樹枝間的翻飛的蝴蝶那樣渺小的移動。人生真有眼裡看不見的東西，卻在心裡明顯得不可思議的一瞬間，我馬上曉得那就是母親的頭巾。

這時候，我聽見了李士的聲音：「喂，走吧。」

「呀！老伯伯，我求你再等一會好嗎？」我懇求地說。

「唔，你的腿還是靠不住啦，這樣一點點山路就疲倦了，長遠的旅行怎麼好？」

然而，我這時候不想回答他什麼。我一心只凝望著那女人的白頭巾。呀，那是媽媽的頭髮吧！那是媽媽的裙子吧！她一定是在趕著回家吧，她的腳步是從未見過的快啊。

呀，她推開柴門走進前庭了，她的影子走進屋子裡去了。我不覺站上了墩上。卡彼似吃了一驚地跳上來，走到我身旁來，我也不知道。可是，母親並沒有在屋子裡逗留多少時候，她從家中飛跑了出來，兩手向空中，在絕望的神情中向庭院田隴間各處找尋。

她是在找尋我啊！這樣一想時，我難過極了。我身體伸向前面，盡我的喉力叫喚：「媽媽！媽媽！」然而我的聲音絕望地不能夠越過山谷，達到那裡，也不能勝過小溪的流水聲，只在岩谷最靜的空氣中消失了。

老人在喚著我：「喂，怎麼啦，在這樣的地方瞎叫！你發狂了嗎？」

我仍是不回答，一心凝視著母親的影子，然而母親卻一點也不知道我在這樣的地方，頭也不回來一看。她看見了我不在庭前，也不在園子裡，她就跑到路上去。她開始在門前跑來跑去，我更盡力地叫喚。

老人似乎察覺這事情了，他也跑上了墩上來。

「什麼，你的母親在那裡？」

我淚如泉湧，一邊指給老人看，老人也似乎看見了。「你真是可憐的小孩子呀！」他的喉嚨也哽住了。

這充滿同情的話給了我勇氣。「老伯伯，我求求你，請你讓我回去吧！」

老人不作聲，牽著我的手走下了墩來。

「已經休息了十分鐘了，讓我們走吧。卡彼！彼奴！」

卡彼在我的背後，彼奴在面前，走了。

只五六步山路又轉彎了，怎樣地想望下去，也望不到山下，也望不見我久住的屋子，前途只有無盡的小山的起伏。

chapter 5

途中

不能因為了他花二十個法郎買了一個小孩子，就說他是吃小孩子的惡鬼。這老人也不是買了我來吃的，這老人是人販子中稀奇的善人。

越過了山嶺，走到傾向南部地方的斜坡時，老人才放了我的手：「喂，跟著我慢慢地走下來吧，假使你想逃走，也有卡彼和彼奴跟著你，你看看牠們那尖銳的牙齒好不厲害。」

不用他說，我早知道我無論如何不能逃走了，我知道就算我逃走了，也沒有去處。我不做聲嘆了一口氣，老人就說：「你還很傷心吧，我也知道你的心情，所以並不叱責你，你想哭時，就儘量地哭一場吧。然而，給我帶了去，也未嘗於你不好。你想想這一點，還是開心些吧。假使我不帶你來，你結果又是怎麼樣呢？十成中有九成是到孤兒院去。那養育你的他們，並非你的父母，你叫慣了媽媽的那女人，似乎很疼愛你，你也當她是真的母親一樣的戀慕，不過耶路姆不答應時，她也不能夠把你養在家裡。你就想想這一點就好了，耶路姆是一個殘酷的人，那也是因為貧窮的緣故，他想到為了別人的兒子而不能不餓死自己時，就嫌惡你了，你也不應該埋怨他。路美，人生就像鳥住籠裡一樣的，不能夠什麼事都從心所欲的。」

這話是嘗盡了人世一切的辛酸的人的經驗之談。然而我現在的心裡，已經充滿了比道理還要強加百倍的事實，那就是和那母親的生別，我再不能看見那養育我愛撫我、而且比誰都要疼愛我的人的面容了！這念頭似乎束緊了我的咽喉一樣，想一開口時，淚泉就不能不湧了出來。

我一面想著老人的話，一面前進。真的，老人的話是對的，耶路姆並非我的父親，也非我的什麼人，所以耶路姆並沒有因為我而挨餓的義務，他因為被眼前的貧苦所迫，而想把我趕出去的，我以為從前在他們家裡承他們養育，那只有感恩，並不應該來埋怨他們的。

「噢，路美，你細想想我說的話才好，我並非為使你不幸而把你帶走的。」老人看見了我不作聲，又這樣說。

走下了相當險峻的斜坡，我們到了廣漠無涯、寂靜單調的原野。沒有人家，也沒有樹林。我們只看見開著桃紅色小花的小灌木和紫雲英等，在微風吹過時的波動。感到了不可言喻的悲傷的心情，我更加沉默了。

老人指著曠野的盡頭說：「喂，到了這樣茫無涯際的曠野來，想逃也逃不了，不如斷念了好。」

老人一定以為我還在想著逃走的事吧，我早就把這念頭拋棄了，然而，他將帶我到什麼地方去呢？我有點擔心。但是，我想——這高大的、蓄著白髮的老人，似乎並不像我想像的那樣可怕的人，就算做了我的主人，也絕不是一個殘酷的主人吧。

我們在這寂寞的曠野上走了很久，然而還看不見盡頭。我對於旅行完全抱著了錯誤的想像，在我幼稚的心中想像的旅行之國，是有稀奇的樹木，有圖畫一般的人家，是很美麗不過的地方，然而這又是多麼的相差得遠呀！

在這樣的曠野中，不曾休息，一意趕路，這次要算我的第一次。我的主人把喬利騎在肩上，規則地大踏著大步前進，三隻狗兒也不離主人身側地運足向前，而且主人時時對狗兒們說安慰的話語。他有時用法語說，有時卻用我不曉得的語言。

狗們和老人似乎都不覺得疲倦，然而我卻腳酸手軟了，身體的疲勞再加上心神的疲勞，我不再能夠跟著他們一塊兒走了，但是又不好意思說要他們讓自己休息一下，我只有拖著變成木棍一樣的腿，辛辛苦苦僅得趕上他們。

不一刻，主人也注意到了，說：「路美，你穿的是木靴，所以不好走路，等到了優雪爾時，買雙皮靴給你，忍耐著走到那裡吧。」

這話給了我不少的活力，我不知是多麼想要一雙皮靴啊！村中只有村長的兒子和聖母院旅館的兒子有皮靴。在星期日赴教堂做禮拜時，農人們都咕咕喀喀拖著木靴吵鬧得很凶，他們兩人的皮靴卻踏踏地作響，這在小孩子的心中，是多麼的羨慕啊！

「優雪爾？離這裡還遠嗎？」

「唔，你說出本心話來了！」老人含笑說：「你想要皮靴嗎？那麼，我買雙靴底打了鐵釘的給你吧，再買一件天鵝絨的短褲和上衣給你，帽子也買新的，這樣，你的眼淚就乾了吧。只要壯一壯氣，到優雪爾的六里路算不得什麼。」

靴底打了鐵釘的皮靴！這已經夠我高興了，還有天鵝絨的短褲和上衣，還有新帽子！呀，要是母親看見了我那樣子，會是多麼的歡喜啊！

因為可以得到皮靴和天鵝絨褲子的歡喜，我一時快活起來，然而還要趕六里路這事，似乎做不到。假使走不到時，那又怎麼樣呢？尤其是當我們出門時，沒有一片浮雲的蔚藍天空，現在漸漸地暗下來，而且不久就下起微雨來，似乎不容易停止。

老人因為穿了羊皮外套，所以不十分潮濕，但是這件衣裳是不能夠容我沾光的，就連喬利也享受不到，不過喬利被二三點雨滴打濕臉時，早就鑽進那口袋裡去了。狗兒們和我卻沒有一件遮體的雨具，不久就滿身淋漓了。不過狗還可以時時搖搖身體把水滴抖落，不算什麼，但是我呢，沒有天賦那樣的本領，衣服都打濕了漸漸加重，身體也像冰一樣的冷，然而還不能不繼續趕路呀！

「你時常會傷風嗎？」我的主人問。

「不，我從不曾傷過風。」

「唔，這樣很好，你似乎還算強健，可是這樣濕透了衣服沒有辦法，不要出了毛病呀，我們歇下來吧，不趕到優雪爾去吧。唔，那邊不是有村子嗎，今晚就在那裡歇一夜吧。」

不一刻，我們到了那小村裡了。但是那裡一間旅店都沒有，我們就到農家去求一夜的借宿，可是沒有一家肯給這帶了泥濘滿身的小孩和狗、像乞食一樣的老頭子借宿的。

「這裡不是旅館！」無論哪家，都是這樣說，把門關了。大海茫茫，我們沒有一點可靠的陸地。不過，我的主人還是有耐性地一家一家叩問，但是什麼地方都沒有願意容納我們的人家呢！

到優雪爾還有四里路，不過照這樣看起來，恐怕非走到那裡去不可了。天色已經黃昏了，我們的身體也淋淋漓漓而且冰冷了，尤其是我的雙足已像木棍一樣的麻木了，然而……呀呀，假使我是在母親的身旁的話！

幸而最後的那一家卻很親切，借給我們一間堆東西的房子。不過那裡不准我們用火，就是燈火也不許點，我的主人隨身拿著的火柴，也被沒收了去，不過能夠在房子內睡覺，也就夠歡喜了。

李士老人是一個思慮周到的人，他連食物也帶著走，他打開背上的軍隊用的背囊，取出了一條又長又大的麵包，把它切成四塊。這分法使我有點不明白，然而這時候，我才知道我的主人怎麼樣使弟子們謹守命令和怎麼樣訓練弟子們的方法之一。那是這樣：當我們一家走過一家，彷徨求宿的時候，黑狗彼奴跑進一間店裡，偷了一個麵包來。看到了這回事的我的主人，怒看著牠說：「彼奴！今晚，曉得吧？」只這樣一句，示意地說。

我把這事忘記了。然而現在主人把麵包切成四塊時，我就覺得彼奴有點頹喪。讓喬利在中央，我和老人坐在羊齒的乾葉子上，三隻狗靜靜地坐在我們面前，卡彼和朵兒抬著頭凝望主人，唯獨彼奴卻垂著頭，像是恐怕要受主人的叱責一樣。

主人果然用嚴格的語調說：「小偷到那角上去，不准吃東西，就睡覺！」

彼奴悄然地站了起來，離開隊列，去到主人指示的角上，鑽進了乾葉裡。以後雖看不見牠的影子，然而哀訴般傷心的微細的啼聲卻響了許久。

老人把切成四塊的麵包分給我們，老人自己和喬利共吃。我和母親在賣了母牛之後，雖然過著十分窮困的生活，然而我這次所發生的變化，更是使我感覺了多少的苦痛啊！

母親每天晚餐時做給我的湯，雖然沒有奶油，也還是覺得美味的，床鋪雖然是硬的，然而連臉都可以鑽進去的被褥，是多麼的舒適呀！但是，今天晚上呢，沒有墊褥，也沒有被蓋，在枯乾草葉上和衣就睡的這一晚，還算是僥倖的呢！

身體像棉花一樣的疲倦，腳上生了水泡，而且淋濕的衣服貼緊了身上，我抖索不能自禁。

「你冷嗎？」老人問我說。

「唔，有點冷。」

堆東西的屋子雖然黑黝黝的，但我聽見了老人取出背囊打開的聲音：「路美，這是我沒有濕到的襯衣和背心，你把濕衣服脫了，穿上這個吧，再鑽入乾葉裡去，等一會就會暖和起來，睡得著了。」

我聽從了他的話，鑽進了枯葉裡，然而一點也睡不著。想起了悲慘的命運，我只有輾轉反側。從今後每天我都非得過這樣的生活不可嗎？下雨天也不得歇息，非得走到了爬不動的地步，每晚在這樣的柴堆裡睡覺不可嗎？再沒有像母親一樣地疼愛我的人了嗎？

心裡煩悶、涕淚交流的時候，我忽然感到了溫暖的呼氣吹著我的面孔，伸手一摸時，我觸到了卡彼的毛，卡彼在枯葉上爬到我的身旁來了。卡彼的鼻息吹著了我的面孔和頭髮。為什麼跑到我的身旁來呢？

卡彼靠近我，睡在乾葉上，溫柔地舐舐我的手。我被卡彼這可愛的行為所感動，坐起半截身子來，猛烈地擁抱了牠的頭。但是，因為抱了牠冰冷的項頸，卡彼的呼吸塞住了，所以就掙扎脫去。我把牠放開後，牠伸了前腳給我，以後，就靜靜地不動。我忘記了一身的疲勞和傷心，我覺得塞住的咽喉輕鬆了許多了。我並不孤獨，我有朋友了！

第二天早晨，我們一早就出發。雨已經完全歇了，天空是蔚藍的。吹了一夜的乾燥的風，道路也都乾了。路旁的草叢中，小鳥欣快地唱著歌，連狗兒也快活地亂跳。卡彼時時走到我身旁，用後腳站了起來，向我發出特別的一聲吠聲。我明白牠的意思。

「不要膽小，拿出活力來吧！」這好像是卡彼的話語。

卡彼是一隻伶俐的狗，很懂得人們的話，而且能使人們明白牠的意思，只要尾巴一動，大抵的事都可以使人明白。尤其是我和卡彼之間，言語更是無用的東西，從最初認識的第一天起，我們就能夠互相瞭解了。

不一會，我們到了優雪爾鎮，我從前幾乎沒有踏出我們的村外一步，所以想到了這次可以看見村鎮時，我的好奇心受了掀動，然而到了優雪爾一看，我就失望了。

這裡只有聳著小塔的舊世紀的舊房子，在對建築有趣的人們或是適宜吧，然而在我眼裡，不覺得有什麼趣，只覺得是軒連宇並的髒房子罷了。鞋店在什麼地方呢？我的目標只是鞋店，別的東西都映不進我的眼裡。尖塔、中古時代風的建築物、紀念碑等等東西，都和我完全沒有關係。

不久，老人停在一間靠近市場、煤煙昏黑的陰暗的舊店前。

這家鋪面陳列著數根舊槍、掛著銀肩章和飾著金線的舊軍服，洋燈，和幾個裝著鎖面與生銹鑰匙的籠子。老人帶我進了店裡，店裡雖然很寬，但是這房子似乎從沒有日光射進來過一樣，實在暗得可怕，我想像不出在這樣陰森的店裡，會有像靴子那樣的好東西可買。

然而，打了鐵釘的上等皮靴是在這樣黑暗的地方賣的呢！老人不單買了皮靴給我，還在這店裡購入了青天鵝絨的上衣和毛織的褲子，連呢帽子也買給我了。這些東西都是我身上從來不曾穿過的，我的主人或者真的是世界中最好的人吧。

chapter 6 初次的表演

青天鵝絨的顏色是褪了的，毛織的褲子是擦得發光了的，帽子呢，給雨水和塵垢弄得辨不出本來的顏色了。終而我覺得這些東西都和我的身分不相襯，實在太漂亮了。

我真想把這些行頭穿戴起來看看呢！但是，到了旅館裡，我的主人從背囊裡拿出剪刀，將那特地買來給我的褲子齊膝蓋剪斷了。

我吃了一驚看著他時，他說：「不把這個剪了，你就和別的小孩子沒有分別啦，我們現在是在法國，所以要把你裝成一個義大利小孩；等到了義大利時，就非得將你裝成一個法國小孩不可啦。」

我更覺得奇怪了，主人繼續說：「你以為我們是什麼人？我們是賣藝的，所以非得穿上惹人注目的服裝不可。唔，裝得像普通的樣子，或是穿上鄉巴佬的衣服到公園去，一個鬼也不會聚到我們的周圍來的，所以，要想找碗飯吃，就非裝得怪樣怪相的不可。其實誰又願意這樣做呢，你曉得吧？」

就這樣，在午前時明明是一個法國小孩的我，到了午後，突然就變成了一個義大利小孩了。

那麼，我的褲子是大家都知道的，沒有膝下的一截，所以，在小腿子的襪子上再交叉地繞著紅色的絲帶。帽子上也飾了絲帶和紙花。別人看見我這樣子時，不知怎麼想呢？可是我自己卻覺得真漂亮，那一定是漂亮的吧，因為我的好友卡彼恍惚地老看著我之後，似乎真的滿足地伸了一隻前腳給我了呢。

但是，小猴子喬利卻和卡彼不同，牠在我的面前扭捏地裝模作樣學著我穿衣戴帽的樣子，等到我穿戴齊全之後，又叉著腰身，裝出大人的樣子望望我，挺起胸冷笑。當然，這同人的笑法是不同的，不過喬利的確會笑，我以後同牠住了很久，就知道牠確實會取笑人，所以我覺得給這東西取笑，就有傷於我的自尊心了。

「唔，這樣你的服裝也齊全了，就開始做點事吧。明天是這裡的市集日，你應該登臺獻獻本領啦。」

我問登臺獻什麼本領，主人就給我說明了那就是初次在觀眾面前做戲給大家看的一回事。

「明天我們聚集起觀眾來，做做功夫給他們看吧。你也有一定的角色，所以非得柔順地工作不可。」

我還是不十分明白，驚惶地看著主人。

「在觀眾面前做你的把戲啦，我出了大把的錢從耶路姆處將你借來，並不只是帶你去各地遊逛的，我不是那樣有錢的人。你不給我做點功夫時，我就得不到三餐。曉得嗎？你要和小猴子和狗們在一塊兒做戲。」

「但是，老伯伯，我不知把戲是怎麼樣做呢。」我覺得害怕地說。

「所以，我現在就來教你。你以為卡彼本來自己就會用後腳學走路的嗎？而朵兒會隨便跳繩的嗎？卡彼和朵兒都是經過了長時間辛苦的訓練，才能成為一位演員呢。你也非得努心用功能夠同卡彼、朵兒們攜手共演不可。你曉得嗎?那麼,馬上就來幹吧。」

我一直到現在,總以為做功夫就是掘泥土,砍柴,或是打石一類的東西,誰知此外還有這樣的功夫呢。

老人還繼續說:「明天的演題,叫做『喬利先生的僕人』。那戲的大綱是這樣:喬利先生從前用了一個叫卡彼的僕人,很夠滿足,但是卡彼現在年老了,不便做事,所以喬利先生就想要一個新的僕人,那麼,卡彼就擔任了周旋另一個僕人的任務。曉得吧?而且卡彼找到來替代牠的僕人,並非一隻狗,而是一位叫做路美的鄉下小孩子。」

「那是跟我同名啊!」

「不是同名,你就是演那僕人的角色。你是一個鄉下佬,跑來做喬利先生的僕人的。」

我不十分明白:「不過,猴子也有僕人嗎?」

「那就叫做演戲呀!曉得了嗎?你就住在喬利的地方,初次充當一個僕人,然而喬利先生看見你的面孔很有點笨樣子,所以牠想,來了一個笨東西了,並且真的當你是一個笨東西。」

「那麼我真太無聊了,那樣的……」

「無聊也沒有法子,這是做給觀眾看的呢,你不要想牠是猴子,只當是到漂亮人家去謁見一樣的做法。主人命你預備食堂的鋪設,那時你怎麼樣呢?這裡剛巧有一張桌子,我的戲也正是這樣的,你試做做鋪設食桌的功夫吧。」

桌子上放了二三隻碟子,一個杯子,一把刀,一根叉,一條白布。這些東西,應該怎樣排法呢?

我照著他的語，走近桌旁，伸出手去，但是不知從什麼地方做起，只彎著身子不知所措，面孔漲得通紅；這時候，主人拍著手笑起來說：「噢，噢！好呀！你那表情真好，我從前雇的小孩子太驕傲了，自以為自己裝扮的笨貨是再好沒有的了，現在你這不懂世故的樣子真好。」

「但是，我實在不知道要怎麼樣才好呢。」

「對呀，這就是你的優點，明天後天或者難辦得到吧，不過再等四五天，你一定嫻熟的。第一，先想像你這不知所措的地方，再表現出那不知怎麼做才好的樣子，你現在的樣子就是了。不懂世故的鄉巴佬到猴子的地方去做僕人，他比猴子還要懵懂，還要笨拙，所以這齣戲的另一個題目就叫做『兩人中比較更笨拙的，並非人們所想像的那一個』。比喬利還要愚蠢，這就是你所演的角色。想要演得好，就像你現在所做的那樣好了。你只要用著那心情，努力地表演，那麼不久，你就可以成了真正的演員了。」

這「喬利先生的僕人」是一齣約莫二十分鐘演完的雜劇，然而今日的練習卻費了三個鐘頭。那還不只是我一個人的試演，狗兒、猴子都在一塊，不必說二次三次，有時竟重演至十次之多。

狗們時常會忘記了自己的角色，因為要牠們記住，就很費時間。我看著那練習，為了我的主人的忍耐性和那種溫柔的態度吃了一驚。在我們村裡，家畜稍有不聽話時，就打罵隨之，他們以為除此之外，沒有矯正家畜壞習慣的方法。然而我的主人呢，在長久的練習之間，狗們無論是做錯了，或是不照他所說的做去，他總是沒有一回顯出過怒容，也沒有一回罵過我們。

「喂，再做一次！卡彼，你太不留心了。喬利，你怎麼了？」他總是這樣要求，但是牠們畢竟是很聽從主人的話的。

練習完時，我的主人說：「怎麼樣，路美，你明天能夠好好地表演嗎？」

「怎麼樣？我可不知道。」

「你不高興表演嗎？」

「也沒有不高興的地方……有趣得很。」

「那就好，本來你是伶俐的小孩子，還有那更可貴的謹慎的性質，你再柔順地學習下去，一定無論什麼事都會成功。就近來說，譬如將狗和喬利比較起來，喬利比狗更敏捷更伶俐，但是沒有柔順的性質。記得快也忘得快。還不止此，你吩咐牠，牠也絕不會高高興興去做；遇著牠不高興的時候，一動也不動。說左牠偏向右，說右牠偏向左，那也是猴子的天性，沒有法子，所以我從沒有向猴子發過脾氣。猴子和狗不同，牠完全沒有要盡義務的心情。在這點看起來，猴子就遠不及狗好，曉得嗎？路美。」

我點點頭。

「凡事都應該留意，而且應該順從。對於自己所應當做的事，就該盡全力去做，這就是處世的秘訣。」

我把「我們村裡的人對待禽獸，絕沒有像他這樣」的話告訴李士老人時，我的主人就含笑說：「拿起棍棒對待禽獸，那是不對的，人們要是不溫柔地對待牠們時，獸類絕不會聽他的話的；若是動不動就用棍打，那麼動物見了人就害怕。這害怕的心理，尤其是使牠學技藝時，更是不好。我個人的經驗，覺得我一生氣時，就完全變了另一個人，而不是本來的我了，所以教人就是所以教我。我教狗們學技藝，而狗們又教我怎樣做人。我使狗們得了智慧，然而狗們卻矯正了我的性質，教我溫柔。」

我以為主人所說的話真好笑，忍不住笑了起來，主人就說：「你覺得這話好笑嗎？那麼，你試想想看，假使主人要使狗有好脾氣的話，那主人就非得以身作則不可。假使我在教練卡彼時發了脾氣，那麼卡彼也一定會照樣地模仿，我之所以能夠自己審慎著，也是卡彼牠們的福蔭啊。世間有句土話，狗是主人的鏡子，只要看看所養的狗怎麼樣，馬上就可以明白牠的主人是何等樣人。盜賊之狗是盜賊。農人之狗就是野狗。親切而溫柔的人的狗也就溫柔親切。你知道嗎？」

這樣地練習完了之後，我們只有等待著明日的到來，我的夥伴在觀眾前獻技，已經不知道有幾千幾百次了，所以牠們閒若無事，然而我可不行。假使演得不好，主人將怎麼樣呢？觀眾又會怎麼樣地嘲笑我呢？我擔著心入睡，在夢裡還夢到了給人嘲笑的情景。

第二天，我們離開了旅館，要到市上的廣場去賣藝了，我的擔心一刻一刻地高漲起來。

一大堆的人們堂堂皇皇要到那大空地去了，所以李士老人領在前頭，昂首挺胸，鎳製的橫笛吹得很有趣地向前進，人獸們腳步整齊，行列正肅，隨後跟著，第二個是卡彼，背上騎著悠容的喬利先生。這位先生的服裝，是英國的陸軍大將的軍服，猩緋紅的上衣，嵌金線的褲子，頭上戴著飾著鳥毛的拿破崙帽。

稍離開處，是彼奴和朵兒，最後的押軍就是我。我們謹守著主人吩咐的距離，所以行列的外觀，還不致有大不雅觀處。

這行列惹起了人人的注意，固然是事實，然而最引動優雪爾街上的人們的好奇心的，還是響遍了全鎮的李士老人的奇怪的橫笛聲，當這音聲振動窗上的玻璃時，家家都倉忙地打開窗子，伸出頭來望望街上，小孩子們從家裡跑出來跟在後面，連莫名其妙的鄉下人們也和小孩子們在一塊慢慢地跟了來，待我們到了大空地時，我們真的成了一個雄壯的行列。

我們在空地的樹下占了陣地，將繩子繫在四圍的樹木上，圍了一個大圈，這樣我們的舞臺就成立了。先獻小技的，是狗兒們去做了幾套，然而我只在擔心著自己的扮演，也記不起他們做了些什麼。不過朦朧地殘留在腦裡的，就是李士老人拋了橫笛，用「環珴林」奏著活潑的跳舞曲和溫柔的曲譜，指揮著牠們的表演。

觀眾在圍繩之外，排成了好幾列。我為這熱鬧吃了一驚，看看四周，可是他們的眼睛都望著這邊，所以我像看見了炫目的東西一樣，把眼睛轉向了別處。

第一次的幾套小技已經完了，卡彼銜著圓盆子向「看把戲的諸位貴官」募錢。若是有了緊束著錢袋、裝做不知道的人時，卡彼就把圓盆子放在圍繩內人們伸手不到的地方，自己站在那人的面前，吠二三聲，用前腳輕輕地撲撲他的口袋。

觀眾們大笑起來：「呀，世上真的有這樣伶俐的狗啊！牠竟知道了那個人有錢啊！」

「喂，站在那裡的先生！打開錢包給牠幾個吧。」

「唔，等一等，我就給的。」

「小氣的東西！」

「你最近不就要承繼你伯父的遺產了嗎？」

這樣的輿論，使他自動拿出錢來。

不一會，卡彼似很得意地卸著盛滿了錢的圓盆子交給主人。

這次畢竟輪到我和喬利登場了。

李士老人用拿著環珴林的手做做手勢，向觀眾們說：「滿場的老爺太太們！現在我們排演一齣獨幕喜劇，讓諸位指教指教。劇名叫做『喬利先生的僕人』，又名『兩人中比較更愚蠢的，並非人們所想像的那一個』。劇情和演員們的技巧，我老人一概不說，只求諸位拉長耳朵，睜圓眼睛，預備著拍掌來看。」

雖然說是「有趣的雜劇」，其實是一齣無言劇，不講話，只裝樣子給人家看的。這齣戲中的兩個演員喬利和卡彼，不用說是非這樣不能演的，就是第三個演員（這正是我啦）也不能夠在觀眾前說上兩句話的，所以編做了無言劇，真是想得好。當然，若不是我們的主人時時插上一些講解，恐怕難以使觀眾們十分明白的吧。

第一場是喬利先生的登場。這時主人的開場白是：

「先生本來是英國鼎鼎大名的陸軍大將，這次因了印度戰爭的軍功，又蒙皇帝賜下了高官厚祿，這位大將從前用一個僕人——不，是只用了一個僕狗，那就太不好看了，大財也發了，官位也高升了，所以體面也非得堂皇起來不可。這次他想用一個真的僕人，大將以為禽獸到現在總是給人做奴隸的，這時期太長了，所以此次非得把人和獸反轉顛倒過來不可。」

主人掛上環珴林，奏出戰爭歌譜時，喬利將軍就意氣洋洋地登場，牠的樣子很嫻熟，像在等待僕人到來的人一樣地慢慢地踱來踱去，從口袋裡取出火柴和雪茄，點著火抽煙，時時把煙吹到觀眾那邊去，因為僕人還不來，有點焦躁，便發起脾氣來，眼睛亂轉，緊咬著下唇，頓頓足。

以第三次的頓足為號，排定了我跟著卡彼登場了，我因為原來約定了：若是我呆呆地忘記了時間，卡彼就會提醒我的，不用擔心。我正在躊躇的時候，果然卡彼伸了隻手給我，趕快把我帶上了舞臺。

喬利將軍瞅了我一眼，舉高兩手做出失驚的樣子，像是說，這就是我今天想雇的僕人嗎？真的是意外的好傢伙呀！他走近了我身旁，探探我的面貌，又在我的周圍繞了幾個圈子，像失驚般地聳聳肩膀。

那樣子實在好笑，所以觀眾們都一齊地大笑起來。無論在誰的眼裡，都十分明白這猴子是當我是一個真正老牌的笨貨的，而且觀眾也似乎完全當我是一個呆子。

劇中的故事，什麼地方都要表示我的笨頭笨腦，這實在太難為情了，我無論做什麼事都非裝著蠢樣子不可，而喬利的一舉一動都顯示牠的聰明伶俐。

一刻後，將軍把我拖到桌前。在這裡，又有主人的旁白：

「大將雖然對這僕人沒有法子了，但是他想，人這個東西，雖說是沒有氣概的，不過拿點麵包給他吃吃，或者也會聰明一點亦說不定。所以就叫這新僕人吃麵包，這又演出什麼好把戲來呢？請諸君——」

我就坐上了預備齊全的食桌前的椅子，碟子上放了一塊餐布。這餐布是做什麼用的呢？我拿起來看看，但是莫名其妙的樣子。

卡彼很擔心地使眼色告訴我：「那是你用的啦」。

我傾頭側耳想了一刻，才記起般地把布拿到鼻子上，哼的一聲揩揩鼻涕，將軍看見我這舉動，捧腹大笑。卡彼為我的笨頭笨腦吃了一驚，向後倒了下去。在這時，我們博得了大喝彩。

糟糕！這不是揩鼻涕的呀！那麼是做什麼用的呢？再想了一回，這次，把布塊捲了當做領帶。喬利將軍又是大笑，卡彼又是跌倒。

將軍以為照這樣子看來，說不定這僕人是沒有頭腦的呢，所以突然將我從椅子上拉下來，自己坐了上去，敏捷地吃起麵包來。

將軍是曉得餐布的使用法的，牠用嫻熟的態度，把餐布的一角插入軍服的鈕洞，披在膝上。牠樣子從容地撕麵包，喝葡萄酒。然而最博得觀眾的嘆賞者，是在吃完飯之後，命令我拿牙籤來，巧妙地用牙籤剔牙。

這齣戲完後，博得了雷一般的拍手。我們的表演，在大成功裡告終了。

「猴子表演得多麼伶俐呀！僕人表演得多麼愚蠢呀！」在回旅館的途中，李士老人這樣說著稱讚我們。我已經成了一個出類拔萃的喜劇角色了。

chapter 7 修學

李士全班（除我在外）的演員都具有高明的演技，不過這演技是沒有變化的，這就是牠們的弱點，在同一個地方演過二三次後，就不能再演下去了。所以，在一個村鎮中不能夠停留多少時候，非得從市過市，從村過村，不斷地漂流不可。

在優雪爾鎮住了三日後，不能不離開了。那麼，到什麼地方去呢？走出了旅館後，我這樣發問時，主人望著我說：「你曉得這方面的地理嗎？」

「不曉得。」

「那麼，你為什麼要問呢？」

我答不出來，凝視著面前直通到那邊山谷去的、雪白的大道。

主人再接著說：「我們現在到奧略克，由那裡到波爾多，由波爾多到比列涅去啦。你覺得怎麼樣？」

「可是，師父（我已這樣對李士老人稱呼慣了）曾經去過那些地方了嗎？」

「這回第一次去呢。」

「然而從前沒有去過的地方，你為什麼曉得呢？」我覺得奇怪，所以這樣發問。

主人望了望我的身上，似乎要在我的身上找出什麼東西一般地望著我說：「你還不曉得念書吧？」

「不曉得。」

「書是怎麼樣的東西，你曉得嗎？」

「唔，曉得。在教堂做彌撒祈禱時，大家都打開書來看的，我時常在那裡看見皮面的漂亮的書，書裡還有圖畫呢。」

「是的，那麼你得知道書上可以記上祈禱的字句吧。」

「唔。」

「書上可以記上祈禱的字句，你在教堂裡祈禱時，非得記住母親教給你的字句不可。但是，拿著書祈禱的人，就不用記住了，他們不用這樣的費心。這就叫做讀書。書中還可以記上祈禱以外的種種文字，這次休歇的時候，我把我的書給你看看吧。這書中寫著了我們以後要去巡遊的各國的地名，連那地方的風俗、習慣、從前的故事、偉人們的名字等都寫上了，我只要翻開那書看看時，就可以明白那地方的一切，像我親身曾去過似的。」

我從前的生活，完全是和野蠻人一樣，所以對於文明生活的觀念，一些也沒有，老人的這番話，就像打開了我心中的茅塞一般。

然而，我也有一次曾經到學校去過，不過，那只是一個月左右的短期。這一個月中，我一次也不曾拿過書本，也沒有學到誦書，也沒有習字。

在我做小孩子的時候，鄉下還有很多沒有學校的地方，就是有學校，那些先生好像什麼都不懂，或者是因為他自己的事忙，總不能教給小孩子們一點東西。

我進的學校也是這樣，先生能夠曉得一點什麼嗎？不，先生大概是曉得的吧。我不應該侮辱先生，說他是「不學無術」之徒，然而先生不能教給我和其他的小孩子一點東西，也是事實。

我們的先生除教書以外，還做其他的事。先生本來的職業是木靴店，從早到晚，他都賣力地工作。人們只看見他每時每刻揮著刀，把毛櫸或胡桃樹的木屑撒遍周圍，然而對於學生呢，除了寒暄幾句好天氣啦，天雨啦，冷啦，熱啦之外，不曾教過一次誦書或算術等類的東西。一切的學課，他都委給了他的女兒，可是這女兒又是一位縫衣匠，在父親揮動兩柄刀時，女兒正在熱心地做針線。結果，這一個月中間，我不曾學到一點東西。

這也不是沒有道理的，先生不能不吃飯，而學生的人數呢，連我只有十二人，每月的學費每人是二角，他一個月的總收入，只有二元四角錢，這當然不夠他三十天的生活費，所以就非得撒木屑，做針線不可了。

現在無論什麼地方，也恐怕尋不出這樣的學校來吧。

「師父，讀書很難嗎？」我心頭想著，走了很久，才問。

「讀書在頭腦魯鈍的人，恐怕不容易吧，尤其是無心向學的人更加困難。你似乎尚不至於魯鈍，不過……」

「那我不知道，不過，我不是無心向學的。」

「唔，這樣就好，我也可以教教你……算了，前途還遠呢。」主人一面說，一面前進。他似乎不十分願意教我，那時候我以為讀書，只要翻開書本來，解說一兩句，就可以明白一切的了。

那天，我雖耐心地等待著，然而結果他一點也沒有教給我。第二天，我們繼續著旅行，主人在路旁拾起了一片骯髒的木板。

「喂，這就是你的書本啦。」

我以為主人在說笑話，我望望他，然而主人的臉色是很認真的。

我凝看著木板，那是一隻手腕一樣長、兩個手掌一樣寬、削得光光的櫸板，無論怎麼樣找，也看不出有字有圖畫來，怎麼樣來讀這塊白的木板呢？

「唔，你想想看。」主人看著我的樣子含笑說。

「師父和我開玩笑的吧。」

「哪裡！拿著不懂事的人來開玩笑，是最不好的啦。拿你來開玩笑，那才是我的恥辱呢。喂，路美，那邊有樹木，我們就在那裡息一息吧，你看我怎麼樣用這木板來教你讀書。」

不久，我們到了樹蔭底下，那裡鋪滿著柔軟的青草，白色的小菊像人工播種般地開遍各處。喬利的鎖鏈一解開來，讓牠自由時，馬上攀登著樹，從這枝跳到那枝，像要搖落胡桃來，那樣地抱著樹枝搖個不息。狗兒們柔順而且疲倦，所以圍繞著我們的四邊睡下了。

李士老人從口袋中取出了小刀，把拾來的櫸板削成薄薄的，兩面都修得光滑地，造成了十三枚方形的小板子。

我目不轉睛地看著，努心地運用所有的智慧來推測，然而還不能明白這小木片到底怎麼樣可做書本，我知道書本是綴合了若干張的紙張，紙上又排列著黑字的東西；不過，這木片哪裡有紙呢？哪裡有黑字呢？

「在這木片的兩面，用刀子各雕成一個字母，那麼，不就成了二十六個字母了嗎？你在那上邊就記住了那字母的樣子和讀法，等到你會將我所說的單語，用字母排成時，那你就算是會念書了。」

不久，我的口袋裡都裝滿了木片。從第二日起，一有閒空時，我就在木片上用功。然而，想記住和記得住，這是完全兩樣的事情，很不容易從心所欲地弄得清楚，甚至有時我想，還是從頭就不學它好。並非是自己偷懶，然而有時反而卡彼比我先記住了，這就傷了我的自尊心不少。

主人想起了卡彼會看鐘點，就想叫卡彼和我共學，所以我們就在一塊兒受教。我與卡彼是同級生，我當然不高興輸給我的同級生的卡彼啦。卡彼不能說話，所以當然不能夠發音。牠從草上排著的字中，待主人念起來時，就一一用腳踢了出來。最初是我比卡彼進步得快。然而牠比我有更正確的記憶力，一旦記住的字，牠絕不會忘記的。

每當我念錯時，主人就說：「要是卡彼就不會錯了。」卡彼就像知道了主人所說的話，勝利般地搖動尾巴。

「比獸類還要愚鈍——那在做戲時是好的，但是在實際上，那就是恥辱了。」主人接著說。我想，我非得拚命地用功不可了。到了後來，卡彼在拼自己的名字 **Capi** 還拼不清楚時，我已經漸漸地會念書了。

有一次，主人對我說：「路美，你現在已經會念書了，以後只要用心就得了，這次再學學音樂的歌譜，看看成績怎麼樣？」

「會看音樂的歌譜時，就像師父一樣地會唱歌嗎？」我眼睛睜圓地問。大抵是因為我從前在村裡時，所聽的歌都像破銅鑼一般的難聽吧，所以，每當我聽到主人唱的歌時，總是恍恍惚惚，把什麼都忘記了，我真想自己也能唱得那樣就好。

「那麼，你也想唱得像我一樣嗎？」

「我可不能唱得像師父那樣好，不過……」我用力地說。

「你喜歡我唱的歌嗎？」

「我再喜歡沒有了，夜鶯也唱得很好，但是也及不得師父呢，師父一唱時，我就不知不覺地落淚或是發笑了。」

「唔，這樣嗎？」主人說後，凝望著我。

我有點躊躇地，再接著說：「是的……師父唱得悲傷時，我雖然不懂得其中的字句，可是我總像到了母親的膝下一樣，我似乎看見了母親。」

主人的眼睛裡滿含著眼淚不作聲，我看見他不開口，以為是自己說錯了話，所以擔著心。

主人用感動的口氣說：「路美，我並不是有什麼不高興，不過你現在這番話，卻使我記起了我年輕時的事情，你不必擔心，我教你學唱就是了。你雖是小孩子，你卻知道憐憫之情，不久，你就會使人為你傷心了，這時候就要來……」

說到這裡，主人咽住了，他似乎感情太興奮了，所以不再說下去了。

他還想說什麼呢，我無從猜得出。然而，到了後來，經過了很多日子之後，在一種悲傷的可怕的事情之下，我竟洞察出主人此時的心情了，那就是我今後所要說出來的題目。

從第二天起，主人就教我認樂譜。在木片上，刻了五線譜和1、2、3、4等音符。學認樂譜比認字難得多，我無論如何都記不住時，主人——他對狗兒們雖然很有耐性——也忍不住了，叫了起來：「要是狗或猴子的話，那我還當牠是畜牲，可以忍耐得住，對於你，就太難為情了。」

他像做戲時一般地高舉兩手，又突然地垂了下來，拍拍自己的屁股。

喬利凡遇著牠以為可笑的事，就要摹仿著做，主人此時的樣子，牠完全又記住了；以後當我在師父面前記不起功課來時，牠就高舉兩手，拍拍屁股，故意取笑我。

「喂，你看，連喬利都看不起你。」

然而，我卻以為喬利實在是看不起主人，在仿學著他，所以，給喬利愚弄了，我也不十分生氣。不久，我就通過了第一個難關，以後總算勉強可以將樂譜的音符認得出了。

我們天天都在繼續著旅行，不過因為距離的關係，有時走一天，有時卻走半天就息下了。在到一個地方時，立刻要表演，賺錢來維持那天的生活，所以就非得不停地訓練狗和猴子不可，我要偷點時間來讀書及學音樂，就不很容易了。途中的樹下或草地就是我的教室，一有空時，就把口袋裡的木片拿出來用功，我的用功法，完全是和其他的小孩子不同的。

我被罵時雖然覺得很苦，但是，有一天，主人溫柔地拍拍我的頰上說：「你的性格很好，而且耐性也強，你和我同住，就會像平常的人一樣地讀書，還要學成一個有名的會唱歌的人吧。」

真的，我之所以能成為一個平常的人，就是全靠了主人的福蔭。而且，同時，這漂泊的生活，給了我健康。當我跟著母親時，耶路姆說我是「城市的小孩」，李士老人說我的手腳「像蚊子一般」，我是那麼樣的消瘦而不健康的小孩，然而自從跟了這主人之後，不避風雨，不嫌寒暑，嘗盡了艱難困苦，在露天之下漂來漂去，卻使我的手足變得健壯，肺腑強壯，皮膚堅實，不怕寒暑，不畏風雨，養成了那不畏困難苦病的剛強的精神。若使我的身體與精神沒有受過這一番訓練的話，在遇著了我在下面要說的非常的事故時，一定是忍受不住的吧。

我們自從優雪爾出發後，向法國的南部去巡遊，一望見村落時，我就給狗兒們裝扮。這是很容易的，可是叫喬利穿陸軍大將服，那就有點費事，牠知道穿起這衣服時，就非得做一套不可，所以裝出很多滑稽的樣子，不讓我給牠裝扮。我就叫卡彼來幫忙。卡彼是伶俐聰慧的狗，知道制服喬利的好法子，那法子，猴子也只有降服了，柔順地穿起衣服來。

全班的扮裝既已完備，李士老人吹響隨身的笛子。這行列若是引動不到人時，就不表演，若是引動了群眾，那麼，就在那裡演幾場，然後馬上離開那村，到別的地方去。等到了大市鎮時，才可以從容地逗留三四天，在這逗留的期間，午前我偕卡彼到街上去遊逛。

第一次住在一個大市鎮裡，當我出去散步時，主人對我說：「若你是其他的小孩子的話，這時候正在學校念書，然而你卻跟著我四方漂泊，不過這也不比在學校讀書壞些。尤其是到了大地方時，你很可張大眼睛好好觀察，若是碰見了你所不明白或是不曉得的東西時，你就回來，不必客氣地問我好了，我雖然不是什麼事都懂得，可是足以使你的好奇心滿足的說明，大概總可以做得到。我也不是生來就是玩把戲的，從前也曾修過高級的學業的。」

「師父從前學過什麼東西呢？」

「唔，這話等改天再說吧，只要你明白這可憐的玩狗戲的主人，本來也是有身分的人呀，這樣就好了。反之，你現在雖然做著賤鄙的工作，然而只要把心抱得定，那你一定有一天會成功的。人們說，什麼都是靠運氣，那是不對的，三分運氣，要七分努力。路美，我告訴你吧，我在閒暇時教給你的功課，好好地用功吧，而且把我時常講給你聽的話，也好好地記住吧，現在還不曉得，但是等到你長大了時，一定會有一天想起我所說的話的。你會真心地想起，我將你從你母親的懷裡奪來，我這貧窮的把戲師父是個好人呢。我總相信你跟了我，並非你的不幸。」

這番言語，永存在我的耳中；同時我渴望著能夠知道我的主人是何等身分的人物，為什麼這樣的落魄？

chapter 8

國王的故事

我們繼續了數個月的漂泊，到了一個叫做繆拉的大村裡，住在一間旅館的小房子中過夜。就在那天，主人告訴了我以下的故事：

「從前這村裡，出了一位法國歷史上有名的偉人，或者他曾經在這旅館做過工也未可知。那人從一個馬夫出身，做到了義大利的涅布林士的國王，在王位六年。他的名字叫做繆拉，這村的名字，就是用他的名字來紀念的。我同那國王很熟，時常和他談過話……呀，那也成了過去了的夢了！」

老人嘆了一口氣。

我吃了一驚地問：「那麼，你是在那國王還在做馬夫的時候認識他的嗎？」

「不是，」主人悲傷地笑了笑說：「繆拉將軍做馬夫時，是在這村裡，我卻是這一次才到這村裡來。我認識他是在涅布林士的王宮裡……唉，那是三十年前的事了！」

「那樣，師父是真的認得國王吧？」

我這突然說出來的話，似乎很可笑，所以主人大聲發笑了。

我們坐在馬房——這或許是從前那國王在這裡當馬夫的地方，也未可知——前的板凳上，背著牆背，聽師父說話。一株茂盛的大樹蓋在我們頭上，蟬兒很單調地在叫著，對面的屋頂上已經可以窺見東升的月亮。那是一個清涼舒適的晚上。雖然是九點鐘了，而落日的餘光還沒有消盡。

「路美，你想睡覺嗎？還想聽繆拉國王的歷史嗎？」

「好的，師父，請你講國王的歷史吧！」

主人的正面浴著月光，告訴我那繆拉將軍的很長的歷史。我從前也曾聽人說，歷史是有趣味的，然而什麼叫做歷史呢，我可不知道。母親只知道她眼之所及的地方的故事，而且我也沒有想到世界上還有什麼旁的地方，所以從母親那裡，也不曾聽她講過歷史，因此，主人這次所說的國王的故事，在我想來是很有趣味的！而且，主人還認得那國王呢！他和國王談過不知多少次的談話呢！

到底，我們的主人是何等人物呢？他年輕時，做過什麼事情呢？因為什麼事才變成這樣可憐的老頭子呢？從聽了繆拉國王的故事以後，我對於主人的好奇心，更加強了。

我們在各地方流浪之後，不久就到了波爾多港來。

在這裡，我第一次看見了海，看見了輪船，還看見了漂亮的城市。我知道了種種新奇的東西。因為這是一個大城市，所以我們能夠表演到七日之久。

可是，自從離開這裡，到比列涅的途中，實在是討厭的地方，使我嘗盡了艱難困苦。沒有樹林，沒有田園，甚至連人也看不見，只有一片廣漠的荒地。

到了這裡時，主人對我說：「喂，我們現在到了闌都（這裡荒地的名稱）了。這片荒地，足足有二十五里遠，你的腿應該好好地預備一下啊。」

應該預備的，並不只是腿，頭腦心胸都非得預備不可。為什麼呢？因為在這渺無際涯的荒野中漂流時，我的心思就不覺陷入悲哀和絕望的境地了。

雖說是早已有心理準備了，然而無論怎麼樣拚命地走，還是覺得總似乎在一個地方動也沒有動一樣，前後左右，一望無涯，只有小灌木叢生著，蓮馨草和山苔等豐茂的葉子在微風中起伏，或是波浪一般動盪的羊齒類。老人雖然說過走到黃昏時，就可走到一個村莊上，然而，到了太陽下山了，還看不見一點村莊的影子。

早上我們是大清早就出發的，所以我已經是十二分的疲倦了。太陽西下了，現在再找不到村落的話，今夜就連睡的地方也沒有了，我們想到此事，腳步更加竭力地加快。不一會，強健的主人也疲勞不堪了，說要在路旁休息一會。

我看見了那邊有一座黑黝黝的小山，所以想在主人休息時，到那邊去望望，看附近有沒有燈火的地方，並叫了卡彼給我做伴。然而，卡彼也累得不想動了，蹲在主人的身旁，裝做聽不見。

「路美，你害怕嗎？」

給主人這樣一說，我就鬧著意氣，連卡彼也不帶，一個人走向小山去。

四周已經完全黑下來了，那天晚上，也沒有月亮，只有空中的星星在閃爍，因為白漫漫的水蒸氣佈滿了大地，所以星光也有幾分朦朧。我留心著左右，一步一步前進，映在眼裡的東西似乎都有點奇怪，要看出一株草叢來，也得先在肚裡想一想，不然，草叢就會不像草叢的。蓮馨草的莖，灌木的彎曲的樹枝，以及一切的東西，都像空想的世界裡的生物一樣，我覺得這荒地似乎完全變成了魔的世界一樣了。

主人曾問過我，害怕不害怕？那一定是他知道了這潮濕的荒地中，時常有奇怪的事發生吧，我想——若是其他小孩子的話，他一定會害怕起來，不敢前進吧。我卻不是那樣沒有膽量的，我壯壯膽，放膽向前走。

我以為近在眼前的小山，卻意外的遠，好容易到了山下，想爬上去時，蓮馨草及其他的羊齒類茂盛得高過我頭上，我不能不在那下邊鑽過去。結果到了一個稍高的地方，張開碟子一般大的眼睛，向四方回望，可是一點也望不出燈火來。

我的視線只有在夜色中消滅了，我眼裡所映的，只有不明的物形，奇怪的影子，像人魚一樣地伸著手向我的蓮馨草，和在跳舞般的草叢這一類的東西。

我豎著耳朵，想聽聽有沒有牛叫或犬吠的聲音。是多麼寂靜的空氣呀！我不覺全身發抖了。同時，一種無聊的恐怖潛入了我的胸裡。害怕什麼？我不知道，雖然不知道，卻感到危險似乎已經落在頭上一樣了。

我想趕快逃回主人的地方去，畏畏縮縮地看看周圍。突然，我看見了在那邊蓮馨草上，聳出了一個又黑又大的影子，而且動了起來，同時我還聽見似乎是這黑影碰著小樹枝所引起的瑟瑟的樹葉聲。

我這時候真的所謂疑心出暗鬼了，我以為自己一定是看錯了。那是死一般的沒有風的晚上，像羊齒那般容易搖動的枝葉尚且一點也不會動搖，要使那枝葉動搖，而且發出聲音來，就非得有風不可。不然，就是有人走過吧。

有人走過？沒有這個道理。若是有人的話，那斷沒有突出草木上那樣高的道理，這是我所不知道的動物，或是夜之怪鳥，或是那可怕的長腳蜘蛛的妖精，我判別不出來。總之，這一定是妖怪無疑。

想到了這裡，我一刻也站不住了，所以拔起腳向主人處狂奔。然而，真奇怪，雖說是下坡，卻不能比爬上來時更快，絆住了蓮馨草，又碰著了草林而跌倒，靴子踏進了荊棘堆裡去，處處使我不能不停步。

好容易下了山坡，戰兢地回頭一看時，那妖怪更接近我了。我跑得幾乎喘不過氣來，也不敢再回頭看，脊上似乎已經給妖怪摸著了，好像毛刺刺的。

我像發狂一樣地拚命地飛跑，總算跑到了主人休息的地方了，我動也不會動地倒在主人的足旁。三隻狗兒以為有什麼事發生了，大聲喚吠起來。

我緊緊地喘著氣，用差不多就要斷氣了的聲音說：「妖怪……妖怪……」我再說不出以下的話來了。

「什麼？妖怪？」主人似乎望了望那方向。在狗吠聲中，我聽見了主人哈哈地大笑，同時他拍拍俯伏著的我的肩膀，說：「你比妖怪還要怪蠢呀，壯壯膽，看清楚了妖怪的原形再說吧！」

主人的笑聲給了我勇氣，我抬起半身，睜開眼望著主人手指的地方。使我失魂的妖怪，站在那邊，動也不動。

可是恐怖之念尚未完全消失，我的心臟還是跳得厲害，不過，我現在不是孤孤單單一個人了，旁邊有我的主人，有狗兒們。我壯一壯膽，看看那妖怪，可是，與我初看見時也沒有什麼變異，映在我眼裡的，依然是一個妖怪。

是獸呢？還是人呢？說是人嗎？他也有那樣的身體頭頸手足；說是獸嗎？他又像全身生毛的

野獸；不過，他是用長得可怕的乾瘦的後腳站了起來的。天色太黑了，不能看得十分清楚，然而他那瘦長的黑影，卻浮現在星空中。

我奇怪地看著他時，主人向這妖怪說話了。

「從這裡到村裡去還遠嗎？」

妖怪不答，然而發出了鳥啼般的笑聲。

那麼，這是鳥嗎？

主人再問問他，想得到他的回答。主人的樣子，似乎是著了魔般的，要不然，他這件事就做得太沒常識了。為什麼呢？因為即使禽獸可以懂得人類的言語，又哪裡能夠答應人們的問話呢？

可是，那妖怪竟開口說話了！他說，這附近沒有村莊，只有羊欄，我可以帶你們到那裡去。

「那麼，就煩你帶我們去吧。」主人說。

這可就奇怪了，能夠像人們一樣地說話，那麼，他也是人類吧？然而會有那樣長腳的人嗎？就他說話的樣子看起來，別沒有什麼好怕的地方，大可以走到近旁去看看，然而，我卻沒有這樣的膽量。我只得就背起了包袱，默默地跟著了主人的背後走。

主人一開步時，就對我說：「路美，你現在曉得了你害怕的妖怪的原形嗎？」

但是，我還是不明白。我以為這大概是故事中的大山怪吧，我小聲地問問主人：「這地方有這樣高的怪人嗎？」

「是的，這裡的人們乘了木馬，就變成了那樣的妖怪。」

這地方的住民，在這多沙地和沼地的荒野旅行時，多數是乘著那樣的木造的馬趕路的。主人這樣地向我說明了。

那天晚上，就在這曠野中的羊欄住了一宿，第二天，我們始向比列涅出發。在幾日的漂流之後，到了比列涅一個叫做維的地方。這裡是聞名的避寒地，當我們到那裡的時候，已經是初冬的時節，市鎮裡漸漸呈著繁華的景象了。

我們在這裡過了一個很舒服的冬天。英國的客人很多，都到這裡來避寒，對於我們的表演是再好沒有的機會了，戲劇大概是「喬利先生的僕人」、「大將之死」、「正義之勝利」、「下痢藥」等類一定的東西；稍為壞一點的觀客，在二三次連演之後，就開口罵：「什麼呀，只有這幾套嗎？」不過小孩子們卻是百看不厭的，同樣的東西也來看好幾次。

那班小孩大概也是英國小孩子，到後來都和我們熟識了起來，而且時常拿了糖果等來，分給我及狗兒們。只要不下雨，我們每天都得開演。

不久，春天近了，我們的觀客一天一天減少，英國小孩子們來同我及狗兒們作最後一次的握手後，回到他們的故鄉去了。在這裡已經做不成生意，我們又開始無止境的漂泊了。

chapter 9 別離

經過一個相當長遠的漂泊之後，在一天的黃昏，我們到了一個沿著河流的大都市。這裡的房子，大多數是用紅色的磚和瓦蓋成的，道路也是用尖形的石子鋪成的，這是一個使旅行者感到困難的、舊式的城市。主人說，這地方叫做都魯斯，住的多是法國的舊式家庭和貴族們。我們預備在這裡多住一些日子。

進了旅館的第二日，照例是出去找那適於表演的地點，我們到街上去。這市中適當的地方很多，往來繁盛的廣場和街路很多，其中尤其是靠近植物園的圓形廣場更佳，青草如茵，蓧懸木和栗樹等造成了美觀的陰影，數條大街都從這裡像車軸一般地延伸出去，我們就選定了這地方。

第二日開始表演時，果然來了很多觀客，我們歡喜得不得了，不過那裡派出的警察卻要與我們為難。也不知道他是討厭狗呢，或是恐怕那些群眾多事，造成警戒的麻煩，總之，他竟越法來干涉，要我們走開。

像我們這樣身分很低的人，不管他有理無理，還是服從警察命令為佳吧，然而我的主人卻不是這樣想。主人雖然不過是玩狗戲的老頭子，然而他具有和這身分不相稱的自尊心；並且，主人對於權利的觀念，是一步也不肯退讓的，——這是他曾對我說過的——他在街上表演，早已領了執照，並不曾違反什麼規則，所以他對警察的命令不能無條件聽從。

當主人遇著了什麼事，以為犯不著發脾氣時，或是愚弄他人時，他總裝出高官貴人般的架子來對待他人一樣地，故意用鄭重的言語來說話。

此時，警察命令我們走開時，他就脫了帽子，一鞠躬，大聲說：「代表警察權的名譽的大老爺！在鄙人沒有走開之前，有一點質問的話要說，明達的大老爺，不知道用什麼規則來禁止我這貧賤的把戲師在公開的地方表演，賺幾個錢糊口，懇求大老爺將規則拿出來，給我們後輩見識見識。」

警察似乎是滿肚子氣，說：「不必再多話了，只要靜靜地服從命令就好。」

「不，我絕不是說不服從大老爺的命令，我只是懇求大老爺把規則給我這卑賤之人看一看，那我馬上就可以走開的。」

警察口中還是喃喃地說些什麼，不過也只好默默地走開了。

我的主人把帽子拿在手上，彎著腰身，目送他走了之後，還暫時繼續著那侮辱的態度。大概主人今日的這場交涉，與其說是戲弄了警察而開心，倒不如說是利用了警察來博得觀客們的歡心吧。

我們以為警察大抵不會再來了，第二日還是在那地方表演，誰知一開場時，昨日的那警察跳過了我們圍在四周的麻繩，踱了過來。但是，這回他不是來叫我們走開。

「喂，喂！你的狗為什麼不嵌口網呢？」

「這真奇怪！」主人還是用那照例的語調說：「你是來叫我把狗兒們嵌起口網嗎？」

「是呀，市街取締規則中規定了的，你不知道嗎？」

我們那時正開演著「下痢藥」的那一齣，這次是在都魯斯第一次表演，所以圍繩之外，觀客真的像堵牆一般地圍起來，正演在中段時來了阻礙，所以觀眾就噪了起來。

「別搗亂吧！」有這樣呼喚的。

「等演完了再說吧！」也有這樣叫著的。

誰也不對警察方面表同情。

李士老人揮手制止觀客，脫了帽子，彎彎腰，鄭重得帽子的鳥毛都拖在地下了，他這樣地三鞠躬之後，說：「代表警察權的名譽的大老爺！賢明的大老爺！真的叫這李士班的喜劇戲子們嵌上口網嗎？」

「是的，不錯，馬上就把口網嵌起來！」

主人他似乎也不理會警察這無理的命令，只是像講給觀眾聽一樣地，用演戲的口吻說：「這是什麼話？叫這卡彼、彼奴或是朵兒嵌口網，那未免太沒有道理了。你試看看，卡彼是世界最有名的醫生，牠是來診視這不幸的喬利將軍的毛病的，若使把醫生的鼻頭嵌起口網來時，那牠又哪裡能夠命令調製那『其效如神』的藥劑呢？要是你命令說，把聽診筒掛到耳朵裡去的話，那倒未嘗不可。至於說將口網嵌在卡彼先生這名醫的鼻頭時，那很對不起，這才是亙古未聞的命令……」

觀客們狂笑了起來。老人小孩子的笑聲都混在一起，笑個不休。

主人更加高興地說：「而且，就是這可愛的朵兒小姐，若是在她那玲瓏的鼻頭嵌起口網，那她哪裡還能夠用媚人的話語來勸這頑固的病人服藥呢？這與其煩勞賢明的大老爺去費神多事，倒不如直接請看官諸先生評評理。」

看熱鬧的貴客們雖然不老實陳說他們的意見，不過都拍掌大笑了。尤其是那頑皮的喬利，牠站在「代表警察權的大老爺」的背後，學著他的樣子，叉著手腕，握著拳頭，叉叉腰，或是挺挺胸，一舉一動，沒有不學著做，所以，觀客們更加覺得有趣味。

不堪主人的愚弄，又激於觀眾的嘲笑，警察發了脾氣，轉過足跟想走了。恰當這時，他發現那猴子正在學他，像鬥牛者和牛對看著地凝視著他，所以更激起了「大老爺」的脾氣。大家都不服氣地看了一會。

笑聲又起了，但這是最後的一次笑聲了。警察像威嚇我們一般地高舉著拳頭說：「明天你若再不嵌起口網來，那我就要起訴你們了。」

「那麼，明天再會吧。」主人鎮定地說。

警察大踏步走開了，主人又一鞠到地，像送達官顯貴一般地望著警察的影子。那一天是平安無事地演完了。

我以為主人在表演完後，一定會去買口網的，誰知卻大不然，回旅館後，他也像沒有這回事的，不提起和警察吵鬧的事。我有點不放心，問：「師父，還是今天先買了口網，讓卡彼嵌慣些好吧？不要在表演時把口網弄破了，那就糟糕了……」

「路美，你以為我真的會老老實實嵌起口網來嗎？」

「可是……警察氣得那個樣子……」

「你是鄉下的小孩子，所以怕警察。不要緊的，我明天想好法子弄得他不能夠去起訴我。我不用那使狗兒們吃虧的方法，我要把這件事來做談資使觀眾們開心。我要把警察也編進劇裡去，使我們的表演別開生面，請他也替我們演一套。觀眾也好，我們也好，大家得到一種意外的開心。明天你先帶了喬利到廣場去，彈著豎琴先招攬一些觀眾就得了。那時候警察一定會來的，等到那當兒，我就帶了狗兒們進去，把戲也在那時候開演，曉得了嗎？」

要我一個人先去準備演那樣危險的把戲，這在我一點也不覺得有趣味。不過我知道主人的個性，也知道主人的命令是不能反抗的，他一旦說出來的計畫，斷不能使他放棄不幹的。那麼，我只有服從他的命令。

第二天，我先帶了喬利到廣場去，張了繩子，開始奏我的豎琴。馬上就有很多觀眾聚了過來，圍繩外已經熱鬧起來了。

我在比列涅過了一冬，就跟主人學會了彈豎琴，歌兒也唱得相當好了，所以彈起豎琴來時，就算是一個音樂家了。許多歌中，我唱義大利的「拿坡里之歌」最為拿手，合著豎琴唱起了那歌，博得大大的喝彩。

實在的，我的豎琴已經成為這戲班的一種特色的東西了。然而我知道今天聚在周圍的人們，並非來聽我歌唱的，他們大抵都是昨天的那一班人，而且似乎還招了一些新來的。

都魯斯這地方的人們，——別的地方也是一樣——誰也都不喜歡警察。所以，他們像約定了般地，來看那天的義大利人怎樣地對付警察，怎樣地愚弄警察。

我的主人雖只說了「明天再會吧」一句話，然而觀眾們看看主人的樣子和語調，知道那比警察還要強勢的主人，一定是會把這警察當做笑資，玩一套把戲的。

然而，他們只看見我獨自一個人帶喬利來，大家就有點不放心，其中且有人問我，那義大利人為什麼不來，我告訴他們，主人隨後就來了，便高唱起那我得意的「拿坡里之歌」。

不到五分鐘，那警察果然跑來了。喬利最先看見他，就一隻手曲起來，一隻手握著拳頭叉在腰裡，挺著胸膛，裝成威嚴的樣子，在圍繩內踱來踱去。觀眾一齊笑了起來，猴子更是得意，拍掌的聲音也響了好幾次。我捏著一把汗，心想觀眾不要發笑就好了。

警察似乎是怒不可遏地睨著我和喬利，觀眾們又覺得這個好笑，互相指語。我拚命地忍著笑，要是在主人還沒有來時，就讓警察生氣，那才糟糕呢。

我戰戰兢兢地，擔心他馬上就會發脾氣。警察的樣子似乎是再忍不住了，他喝開了站在圍繩前的人們，自己在那裡踱來踱去，每當走過我的面前時，總是白眼地睨著我，就像是說要你看看厲害吧，我覺得今天不是安穩無事可以開交的。

對於此事完全不知的喬利，還是照樣地學著警察的樣子開玩笑。警察走到我面前時，牠也跟在背後，白眼地睨著我，這樣又引起觀眾的大笑。

我擔心警察就要發脾氣，害怕得不得了，叱罵喬利，想叫牠不要那樣做。誰知牠正是大得意地學著，不聽我的指揮。我要把牠捉住時，牠又敏快地逃走了。

這時候，那警察大概是肚裡發了火，把理性都蒙蔽了吧，他以為我是在唆使猴子，所以滿面漲得通紅，跳進圍繩裡來，一步跨到了我的身旁，我吃了一驚，剛想往後退避，一個巴掌已經打在我的頰上了。

我眼睛剎時昏花，要倒下去了。恰當這時，有一個人跑了來，將我抱住，我好容易站定了一看，就是我的主人，李士老人。

主人站在我和警察中間，握住了警察高舉的拳頭。

「你打這小孩子是什麼道理呢？你真是卑鄙無恥！不像一個警察的行為！」

警察掙扎著想拂開被主人捉住的手，主人緊緊地握著不肯放鬆。

這時候，主人的風采真是堂堂不可侵犯，雪一般的白髮，銀一般的鬍鬚，毅然高抬的頭，顯示著憤怒與威嚴的那高貴的表情，我是再不會忘記的。

我以為那警察懾於主人的威風，一定會鑽到地下去的，誰知不然，他拚命地拉開了手臂，突然抓住了主人的胸膛，猛烈地一推，主人幾乎要跌倒了，幸而又站了起來。主人舉起右手向警察的臂上猛擊了一下。

主人也算是老年人中比較有力的，然而和這筋骨強壯的年輕警察對抗起來，就沒有勝利的希望了。我擔心著看看情形，主人已經再不和他拉扯了，只瞪著警察說：「像我這樣年老的老人，你想怎麼樣呢？」

「你是毆打警官的犯人，即時要逮捕你，送你到警察署去！」

「你打了這小孩子，難道你對嗎？」

「不要講道理了，不要吵鬧，跟著我走！」

主人知道了在這裡吵鬧也是無益，所以對我說：「你把狗和猴子帶回旅館去，等我的消息好了。」

沒有再說話的餘暇，他給那橫暴的警察拉著走了。

主人想要使觀眾們開心的計畫，為了小猴子的小聰明出了岔子，弄成了一齣悲劇。呀，這是多麼可悲的事情呀！

狗兒們還想跟著主人去，然而我把牠們帶住了。習慣於服從命令的牠們，柔順地走回了我的身旁。

那時候，我發覺了狗兒們都嵌著了口網，但是這不是普通用鐵造成的，不過是用連有漂亮的毛纓的絲帶，在鼻頭處紮了紮就算的東西。白毛的卡彼用的，是紅色的絲帶，黑毛的彼奴是用白的，灰色的朵兒是用青的，那是連色彩都配好的戲臺上的口網。主人是預備著這樣的裝束，來玩弄那警察的。

看見了主人被拉了去，觀客們一下就走散了。其中，也有站著談論的。

「實在是沒道理的警察啦！」

「老人也不好。」

「那警察是不該打小孩子的，小孩子一點也沒有做什麼。」

「同警察吵鬧，就是不合算的，老人也太可憐了。恐怕非嘗嘗鐵窗風味不可吧。」

我擔著心，垂頭喪氣回旅館去了。

只在最初的時候，我才當李士老人是可怕的人販子一樣的，以後我一日一日地和他親密了起來，現在我的心底，早已栽植了對主人的很深的情愛了。我們兩人一直到現在，沒有一天分離過，尤其是在尋不著宿所的夜裡，辛辛苦苦得到一點草稈時，主人也一定分一半給我。名叫做父親的人，也少有像老人這樣地愛惜他的兒子的吧。

主人耐心地教我讀書，寫字，唱歌。還不止此。在長遠的旅途中，眼之所見，耳之所聞，無不拿來做教給我的材料，就是我沒有像到學校去的小孩子一樣地學到了種種的科目，然而這活用的學問，的確在他們之上。在下雪的日子，主人把自己身上的東西分了給我穿。在盛夏的旅行中，他又把我背著的東西分了給自己背上。在食桌——我們大抵是在樹蔭或草上用餐的，——主人也常是自己占了壞的地方，把好的讓給我吃。雖然有時也要拉我的耳朵，或是賞我一個耳光，使我心裡難過；但是，若當這也是懲戒我下次的教訓的話，那麼，我簡直沒有一點兒不平。我哪裡能夠忘記了主人對我細心的注意，溫柔的言語，和種種親切的地方呢。呀，主人是真心愛著我的，我也是真心愛著主人的啊！

就算是暫時，然而不能不和主人分離的這回事，是多麼的傷心啊！什麼時候才能夠再看見主人的容貌呢？觀客們說他非入獄不可，真的是這樣嗎？牢獄又是多麼可怕的地方呢？他哪時才得從牢獄中放出來呢？這期間我將怎麼樣？我將怎樣地度日呢？

主人的錢袋總是帶在身上的，被警察拉去時，也沒有交給我的餘暇，我的袋裡只有一點點的零用錢而已。這所有的零錢，能夠支持得住三隻狗和喬利及我的食用嗎？

我在不安和懊惱之中過了兩天，在旅館的後院裡，一步也不踏出去，看守著猴子和狗們過日子。牠們也似乎在操心吧，一點也不活潑。

到了第三天，主人有信帶到了。信裡說，我現在警察的拘留所中，禮拜六將以抵抗警察官吏罪與毆打罪的罪名，在輕罪裁判所開審。我因一時的激憤，毆打了警察，這是我的過失處。總之，禮拜六的那天，你到裁判所來旁聽好了，一定對於你也有點用處吧。主人對我的行動加以訓誡之後，還要我替他好好地撫養喬利、卡彼、朵兒、彼奴。

這信是在百忙中偷著空寫的吧，我在讀著這信時，卡彼鑽進了我的兩腿之間，嗅著信的氣味，搖著尾巴，一定是信中有主人的氣味吧。自從主人被拘留以來，這是第一次卡彼的神色呈著生氣。

聽人家說，輕罪裁判所是午前十點鐘開庭的，所以禮拜六的那天，我九點鐘就到裁判所去，靠著門旁等他們開門。門一開時，第一個進去的就是我。漸漸地，旁聽的人多了起來，到後來竟是擠滿了，前次的觀客，也來了很多人。

我這是第一次入裁判所，法庭的情形當然不知道，不過總不能不感到一種恐怖。我想著今天的裁判是關於我的主人的，而非關於我的，然而，總覺得自己也有點危險似的，所以我躲在大火爐後邊，靠著牆站住，總想避開人們的眼目，縮成一團。

最初被喚出來的，並不是我的主人，他們是竊盜犯、騷擾犯一類的犯人。他們雖各自主張了自己的無罪，然而法官的判決卻是個個有罪，我擔心我的主人大概也要像他們那樣判決吧。

沒有多久，我的主人被拉了出來，夾在兩個憲兵中間坐下。最初的訊問和主人的答辯，我都不能聽見，我只是瞪著滾圓的眼睛望著。

主人站了起來，雪白的頭髮垂在肩上，他像覺得害羞似地低下頭。

裁判長繼續問：「那麼，你對於行使職權的警官毆打了幾次，是嗎？」

「不，裁判長先生，不是數次，我只打了他一次。當我跑到表演的地點時，那警察正在毆打我帶來的小孩，所以，我就忘記了上下……」

「可是，那小孩子並非你的親兒子吧？」

「是的，可是我愛他就像我的親生兒子一樣，那小孩實在很乖，性格也非常溫柔，可是警察卻不講道理，將他毆打，我為了阻止他打，跑到中間去，只是為了小孩子而採取正當防衛的手段。」

「不過，你毆打警官總是真的。」

「是的，那是為了保護小孩子……他太不講道理了，所以我激動起來，就一時忘記了上下。」

「然而，你到了這年紀，就不應該忘記了犯法呀。」

「裁判長先生，總之，人是不能夠像想像那樣完善的，我現在悔過了。」

我覺得主人的答辯，實在堂皇正當。

裁判長這回向警察訊問了。警察對於主人的毆打罪陳述以外，還用力地說明主人唆使動物模仿警察的舉動，在公眾之前加以無限的侮辱。

在警察的辯明之間，主人並不十分傾聽，他時時眼光射向旁聽席方面。我知道主人是在找尋我，所以分開群眾，從躲身的地方走到前排去。

主人看見了我，那沉在憂愁裡的神色突然變光亮了，我不覺眼裡含著了淚珠。

裁判長再向主人說：「你沒有什麼要講的話了嗎？」

「是，我本身是沒有什麼可講的事了，不過關於那小孩的事，我想求得裁判長的同情。他離開了我，就沒有謀生之道，所以求裁判長為了他的緣故，寬恕我。」

我看看裁判長的樣子，似乎會判主人無罪釋放。不過，一個威嚴的官吏向裁判長講了四五分鐘的話，然後，裁判長用嚴肅的語調宣告說：「義大利人李士因犯侮辱及毆打警官一罪，判處輕監禁兩個月，罰金四十元。」

兩個月間的監禁！

我朦朧的淚眼看見先前的主人走進來的那扇門又開了，主人跟在憲兵背後走了進去，那扇門馬上就關了起來。

呀！兩個月間的別離！這期間中我將怎麼樣呢？我將到什麼地方去呢？

chapter 10 被逐了出來

胸中充滿了悲哀，眼也哭得紅腫了，我一顛一跛地走回了旅館。

剛巧在後院子的出口處碰著了旅館的主人。我想走過去，到繫著狗兒們的狗柵那邊去，但是，旅館的主人把我叫住了。

「喂，小孩子，你的師父怎麼樣了？」

「關進牢裡去了。」

「幾個月？」

「兩個月。」

「罰金呢？」

「四十元。」

「唔，兩個月還要四十個法郎嗎？」旅館主人喃喃地說了二三次。

我想這樣就走出後院子去了，可是旅館主人又把我喚住。

「你在這期間，怎麼樣找飯吃呢？」

「我不知道。」我傷心地答了。

「什麼，你不知道？那麼，你沒有養活你自己和猴子及狗們的錢嗎？」

「唔，沒有。」

「那麼，你以為我能夠讓你們白吃飯嗎？」

「不，我，並不想依靠什麼別人。」實在的，我並沒有想到依靠別人。

旅館主人凝視著我說：「唔，那很好。你的師父的帳還沒有還清，我不能讓你再在這裡白吃兩個月的飯，請你馬上滾出去吧！」

我沒有想依靠誰，這是事實，然而，我卻想不到馬上就要從這裡被趕出去。

「我們非得馬上出去不可嗎？我們到什麼地方去才好呢？」

「那我可不知道，我平素和你的師父也沒有深交，連認識也不認識，我一點也沒有養活你的義務。」

我想不出辦法來，呆呆地站著。我該怎麼說呢？而且這人所說的話也不錯，他沒有應該養我這非親非戚的理由，不過，若是不是白吃的話……

我不作聲在癡想時，旅館主人催促著說：「喂，馬上就給我出去。不要躊躇，趕快把狗和猴子帶了走，不過，你師父的背囊就暫時寄在我這裡，他一出監獄時，第一步就會來拿的，那時候我再和他算帳吧。」

他這話使我想起了一個辦法，我以為我發現了可以讓我們住在這裡等待師父的方法了。

「那麼，讓我們也一塊兒住在這裡，等到那時候吧，等師父出來，一塊兒算還給你好了……」

「什麼話？不要說太便宜的話吧，你的師父或者會把從前的欠帳和你這幾天的帳還清，可是，他付了四十元的罰金之後，還能夠付你們兩個月的食宿費嗎？」

「我們吃的東西，不拘什麼都好……」

「你還可以說，不過狗和猴子們都不能讓牠們餓死啊。不，我一刻也不能看顧你了。」

「不過……」我真是日暮窮途了。

「你一個人也可以找生活嘛，帶著狗們到村裡去賣把戲，討飯吃去吧。」

「不過，這樣走了，等師父出獄後，也不知道到什麼地方去找我們了，那不行……」

我以為這兩三日中，師父一定有信來，告訴我應該怎麼做的，在這信還沒有接到之前，無論如何，我想住在這裡。

「什麼，碰不到師父不行？這你大可不必操心，這兩個月期間，你到哪裡去轉轉，算到了師父可出來時，再回到這裡來好了。」

「不過，師父或者會有信來的……」

「有信來了，我自然給你收起來的。」

「可是，我馬上就想看看來信呢……」

「討厭的東西！我忍不住了，我沒有這樣工夫和你拌嘴，你不快點跑，看我會不會趕你出去！只准你五分鐘的預備，你快點收拾好，滾出去！」

我知道除了馬上出去之外，別無長策，我跑到狗欄裡，將縛在那裡的三隻狗和喬利的繩子放了，背起了我自己的背囊，把豎琴掛在肩上，讓猴子像往常主人做的一樣，騎在背囊上，帶著三隻狗走出了旅館的院子。

站在出口處看著我的樣子的旅館主人，向我說：「有信來時，我幫你留起來就是了。」

我急忙中想起了這市鎮，狗兒們都沒有嵌口網，萬一被警察看見了，責罵起來時，我將怎麼樣對答呢？我實在是擔心得不得了。要是有錢買口網還好，但是我的口袋中，僅僅有二十一枚銅板，若是因為沒有口網，而致被警察捉到時，那我們這一戲班的人畜們又怎麼樣呢？而且若使我也像主人一樣地，被捉入監獄時，那麼，就沒有人來收養這狗和猴子了吧。沒有家，沒有父母的我，現在成了這戲班的班頭，成了一個家的家長了。我感到了重大的責任。

在趕程的途中，狗們總是抬起頭來，像訴苦般地望著我。我知道牠們的心裡，並沒有言語的必要，牠們是腹中饑餓了。

背囊上的喬利也時時拉拉我的耳朵，使我不能不回頭去看，牠用手摸摸肚皮，表示牠肚空的樣子。其實我也和牠們一樣饑火如焚，這是有道理的，因為我們連早餐還沒曾吃過呢。但是，僅僅二十一個銅板，哪裡能夠做吃齊三餐那樣花費的事呢，今天非得想辦法，弄得吃一頓就可以過一日的法子。

我因為一心害怕給那警察碰著，挨罵，所以什麼都無暇顧及，只想快些離開這地方，只求快點，不管什麼方向。我們又沒有要到什麼地方去的目的地，橫豎什麼地方都沒有可以不用錢，有飯吃，有房子住的，那麼朝東向西還不是一樣。

現在快到夏天了，所以沒有擔心被蓋的必要，這要算不幸中之大幸。在星空之下，樹木之蔭，或是他人的房子的簷下，我們都可以耐得過去，不過吃東西這件事就為難了！真的，我怎樣來糊這一家五口呢？

在兩個鐘頭以內，我們沒有停過步，只是拚命地趕路。狗兒們用更可憐的眼神望著我，猴子不斷地拉我的耳朵，摸肚皮給我看。

總算離開了都魯斯的城市，我才放下心來，同時，看見了一間麵包店，我跳了進去，買一斤半麵包。

麵包店的女主人看見我們饑餓的樣子，說：「買兩斤吧，一斤半不夠吃的。」

就是兩斤，也不會夠吃的，然而我又哪裡能買兩斤呢！一斤要賣十個銅板，那麼買了兩斤之後，我的財產就只剩兩個銅板了。明日的事情尚不可知，我不能冒險在今天將二十銅板用完。一斤半只要十五個銅板，那麼，還有七個，有了七個銅板，明天一天就可以不必餓死，而且可以等待賺到五個銅板或十個的機會。

我匆急地這樣一想，就對女店主說，一斤半夠了，叫她不用多切。女店主將六斤一條的長麵包切了一塊出來，放在秤裡稱定。呀！現在給我們儘量吃的話，那六斤的麵包也不會多吧。

不過女店主說，多稱了一個銅板，要我給她十六個，沒有法子，我默默地付了她十六個銅板，緊緊地挾住了那麵包跑出店外來。

狗兒們很開心地在我的周圍亂跳亂跑地跟著了來。猴子發出咭咭的低聲，拉著我的頭髮。

不一刻，我們到了一株路旁的樹蔭裡。

我把豎琴取下來，斜倚在樹幹上，自己卻坐在草上。狗兒們是卡彼在當中，並列蹲在我的面前。猴子因為沒有走路，不會疲倦，所以，牠站在我的身旁，預備我一切開麵包時就偷走。

切麵包也不能隨便。我盡可能地公平地切成了五塊，更切成薄片，順次遞給牠們。喬利的食量很小，當我們肚子還沒有填滿時，牠卻已經吃飽了。所以我把牠剩下的三片放入背囊裡，預備等一等再給狗兒們吃。可是此外還剩了四片多，我們就當它是食後的點心吃。

這樣的會餐之後，並沒有像狂食桌餘暇的演說之可能，讀者諸君諒也早已知道了。不過，我以為想說給大家聽的，就是這時候了，所以我正一正身，對著牠們說：「卡彼，朵兒，彼奴，喬利，你們是我最可依靠的朋友，然而我現在不能不告訴你們那傷心的報告，師父已經進獄裡去了，所以，以後的兩個月間，我們不能看到師父的面。」

「嗚！」卡彼哼了一聲。

「那在師父固然是傷心的事，在我們更為傷心啦。我們托了師父的福蔭，才活到了今日，以後我們怎麼樣去討飯吃呢？完全沒有依靠了。第一，我沒有錢！」

卡彼似乎聽懂了最後的這句話，牠用後腳站了起來，學著在「觀眾」面前討錢時的樣子。

「好的，好的，卡彼，你說我們可以去表演賺錢嗎，那也好的，然而賺不到錢時，又怎麼辦好呢？我的袋裡只有六個銅板了，所以，非得賣力地表演不可。我現在是你們的班頭了，你們應該什麼都要服從我的命令，少吃一點，多做一些，曉得了嗎？我們現在是相依為命了。你們非得好好地聽我的話不可呀。曉得了嗎？」

我不知道我的夥伴可會曉得這一場衷心的演說，不過平素師父也是每當有事時，就當牠們是朋友一樣地和牠們談話慣了，所以大抵牠們也能夠明白。那麼，我這場演說，牠們也一定會曉得是什麼意思。牠們知道了主人給警察抓了去，以後就不會回來，這一定是有什麼意外的事情發生了，牠們也似乎明白了我的演說就是對牠們說明這件事的，從牠們靜靜地傾聽著我的演說就可以看得出來。

然而這裡的所謂牠們，並不連喬利也在內。因為很少能有一件事情能夠長遠留住牠的注意力的，這次也是如此，最初，牠算最認真地傾聽著，但是經過了一二十句話之後，牠就坐不住跳到了樹上，一點也不關心似的，自己在嬉戲了。若是卡彼如此做，在我的演說中逃了出去，在那裡亂跳，那我是忍不住的，不過猴子的本性本來就是那樣的，所以我並沒有去和牠生氣。

暫時休息之後，我們又出發了。

約莫走了一個鐘頭，看見前面有一個村子，外觀似是很貧窮的村子，可是我們現在不是選擇地方的時候了。小村裡沒有多少錢好賺，然而沒有討厭的警察來橫加干涉。這樣一想時，我就振作了起來，趕快給演員們扮演起來，而且排整了行列，走入那村裡去。

最可憐的，是這次沒有了師父的橫笛聲，也沒有那奇怪的惹人注意的師父的堂皇的風采，只是一個含愁的小孩子在路上走，一點也引不起人們的好奇心。像沒有大將的軍隊走過一樣，人們看了我們一眼，又像沒有事般地走了過去。沒有一個人會跟著我們來的。呀！這樣也能夠順利地表演嗎？

chapter 11 落魄

在法國，無論怎樣僻小的村裡，都有像公園一樣、四周種植了樹木的廣場。我們走到了這村裡的小廣場中，在篆懸樹的樹蔭下噴水塔旁找了一個位置，取下了肩上的豎琴，先奏一曲「旋舞曲」。

這曲是繁華的，我的指頭輕快地在弦上滑走，然而我的心情沉重，好像兩肩上負著了重荷一般地，一點也不感得輕快。

我命令彼奴和朵兒去跳舞，牠們馬上就和著音樂舞起來，然而，誰也不走近我們的周圍來。看看四周，這方形的小廣場像被遺忘了一般地，沒有一個人影。不過在那一方的房子前面，有一些女人把椅子拿到路上來，她們在那裡織衣服或是談笑。

我繼續彈琴，朵兒和彼奴不斷地跳舞，恐怕就有人會來吧。一個，二個，三個……十個，人們會漸漸集攏來吧？但是，我徒然地彈奏，朵兒和卡彼枉然跳舞，人們一個也不注意到我們。似乎是完全絕望了，不過我還是鼓起勇氣來，指頭加倍用力，喧嘩地彈響了豎琴。

這時候，一個似是初學開步的小孩子一顛一跛地從家裡走出來，走過街路，向我們這邊來。我一看見這小孩，心裡就想，行了！他的母親也一定跟著要來的，那麼，臨近的女人們也會來看，我們也就可以討到幾個錢了。

我以為不應該嚇跑了這小孩，所以把豎琴彈得慢了一些。

小孩子搖搖擺擺地走近來了，他就要走到我們身邊了，這時候，坐在門口做針線的母親，似乎才發覺自己的兒子不在身旁，看看四周，後來看見小孩走近了我們，但是她並不是自己趕來，反而把那小孩喚回去。她喚了兩三次那小孩的名字，那小孩就柔順地把向著我們的腳步轉向了他母親那方，走了回去。

一定是這村裡的人不喜歡「旋舞曲」吧，所以，我叫朵兒和彼奴停止跳舞，我一個人唱起了那「拿坡里之歌」來。這回應該有誰來聽了吧。

唱完了第一節，剛移到第二節去的時候，一個穿了短衣、戴著毛織帽子的男子，大步地跨到我這邊來，我以為對了，加倍大聲地唱起來。

「喂，你在這裡做什麼？」

我吃了一驚，停止唱歌，望望那男子。

「喂，為什麼不答我呢？」

「老伯伯，我在這裡唱歌啦。」

「你得了可以在這村裡唱歌的執照嗎？」

「沒有，老伯伯。」

「沒有執照？那麼，快點給我滾出這村去！要不然我要告發你。這小鬼！」

「但是，老伯伯，我一點也……」

「什麼老伯伯！我是這村的村內看守人啦，村裡不准叫化子的把戲班入境的。」

村內看守人就是村裡警察一樣的東西，然而我一點也不知道這男子就是看守人。和這樣的人吵起來，就要吃虧，已經有師父的先例了，我一句話也不敢出聲，把豎琴掛在肩上，馬上默默地帶著狗兒們頹然走了。

五分鐘內，我們就離開了對待外客不客氣的、防衛嚴謹的村落了。狗兒們也似乎知道我碰了釘子了，垂頭喪氣地跟著我走。

到了村外，我以為那村內監守人老爺不會趕來了，所以，我想將此事說給狗兒們知道，用手做做記號，三隻狗兒就圍上了我來。

「因為我們沒有執照，所以就被趕了出來啦，今天已經沒有買麵包的餘錢了，只好不吃晚飯，而且非得在外邊野宿不可。」

狗兒們聽了我說不吃晚飯，就像鳴不平一樣地哼起來，我從袋裡拿了六個銅板出來，給牠們看。

「只有這麼多錢，今天把這個花完了，明天就沒得吃了，你們也得想想明天的事情不可啊。」

我這樣地教訓著牠們，把六個銅板又放入袋裡。

卡彼和朵兒似乎明白了，喪氣地垂下頭去，只有那不守紀律的饞食的彼奴還在哼著，無論我怎麼叱責，牠總是不停，所以我就對卡彼說：「卡彼，你叫彼奴也聽話吧。」

卡彼就用前腳來打彼奴，兩隻狗兒似乎議論起來了，兩方卻露牙瞪視著，然而彼奴一點也不改那抵抗的態度。牠似乎是強硬主張把六個銅板都用了再說，不過卡彼更有氣勢，牠當真發怒了，這樣彼奴才縮下了，不作聲。

那麼，接下來就是找宿所了，當然，今晚非得在星空下露宿不可了。季節是暖和的，就在外邊睡覺也不成什麼大問題，不過非得注意不可的，就是狼狗的來襲，這不知比那警察還要危險多少倍呢。我萬望著能夠找到一個安穩的棲所，四處張望地在田路上前進。

但是走來走去，總是寂寞的道路，有的只是牧場和原野。在這裡要是有「看更寮」就好了，可是望斷天邊也望不見那樣的東西，一時使天空變成薔薇色的夕照也消失了，宿所還是找不到，我們只有決心在附近的灌木林中過夜了。

灌木間散佈著大的花崗石，是多麼寂寞、僻靜的荒野呢，然而除此處以外，也不見得有更適當的地方。我以為若是找得一個像屏風般的大岩石的石蔭時，多少還可以避免夜風和冷氣。狗兒們是不怕的，不過我和喬利就比不得牠們。尤其是我，因為是負了班頭的重任，更不能不想法子避免疾病。就是喬利病了，要我來看顧牠，那也是不對的。

我為了要尋一個安穩的地方，所以從岩石與灌木間走進去，拚命地找尋，剛巧有一塊高大的岩石像傘般地突出來，岩下又像洞窟一樣的，而且有很多枯葉被風吹了來，堆在窟內。於是，我算是尋到了一張自然的睡床了。只是沒有麵包，未免美中不足，不過也沒有法子。不要想到麵包去，只想到睡覺的事去吧。世間有句俗語說：「食飽思睡」，一點東西不吃而想睡著，實在是很痛苦的。

那麼，我們就算在洞穴中過夜了。我命令著卡彼，叫牠在洞口看守，提防那狼狗，這在卡彼是很可憐的，不過除此之外，別無安全的辦法了，卡彼柔順地就了衛兵的勞役，我得以安心地睡覺了。

我橫倒在枯松葉上，把喬利納入上衣之間。彼奴和朵兒滾圓地睡在我的腳底處。我因為全班的事情的擔心勝過了疲勞，很不容易睡得著，明天的命運又怎麼樣呢？我覺得肚子餓得很，而且口很乾，伸手入袋裡數了幾次銅板，然而三個兩仙的銅板（注：三個兩仙——二分——的銅板，所以前後文都說是六個），絕不會變成四個。一，二，三——就沒有了。

若是明天得不到一個銅板的收入時，從明後天起，怕連表演的力氣也沒有了吧，那麼，結果只有餓死溝壑了。就算不至餓死在野外，每個村的村內看守人是不是一定會趕我們出境，每一個市的警察是不是都會叫狗兒們要嵌起口網來呢？

睡不成眠，仰望天空，無數的星辰在寂靜的空中輝耀，風死葉靜，蟲聲和鳥音俱絕；就是那在遠方田路中經過的車輪聲也聽不到，是何等的寂寞呀！無依無靠，孤單地被遺落在這廣漠的世界中，這悲傷的念頭盤踞著了我的心胸。我不覺眼淚盈眶，心如針刺，哭了出來。我眷戀的母親呀！我親愛的師父呀！

我趴伏著，臉埋在兩掌中嗚咽哭泣。突然有溫暖的呼氣吹到了我的髮上，抬起頭一看，長大而溫暖的舌舐了舐我的臉，那是卡彼。正像最開始流浪的那一天，在鄉下的小屋子裡勉勵我一樣的，牠今夜聽見了哭聲，又來安慰我了。

我兩腕緊抱著卡彼的頭，和牠親吻。卡彼一時呼不出氣，發出哼哼的聲音，我覺得這似乎是卡彼也在陪我一齊嗚咽。

第二天張開眼時，已經是日上三竿了，溫和而暢快的光線照到我們的身上來，昨夜憂愁的心情也在這明朗的日光中消失了。小鳥在枝上歌唱，我們隱約地聽見了遠方教堂的早禱鐘聲。

我們倉忙地收拾，從這裡出發，向著那晨鐘傳來的方向走去，馬上我們就看見村落。我們似乎覺得聞到了剛上鍋的麵包香。一日只吃一餐就睡覺的翌日的饑餓！這是不能夠形容的。我決定了！今日就把這六個銅板用了吧，以後總可以想法子的吧。

我們用鼻子很容易就尋到了麵包店，但是六個銅板只能買到一斤差一點，每人只分到一片，剛送進口裡去時就已經告罄了。

該是準備賺錢的時候了，像昨日那樣的失敗也會有的，所以我們先到村上去看看，看定了地點，觀察了村人的態度風向，先察明那是敵人還是朋友不可。

早上看定了地點，下午才來開場吧，我一心在打算著的時候，突然後面發出令人魂散的叫聲。回頭一看，彼奴被一位肥胖的老太婆趕著，逃到我們這邊來，我馬上就明白了一切。我正在想心事的當中，彼奴離開了我們，偷跑到人家家裡偷了一塊肉出來，現在牠的嘴裡還銜著一塊肉呢。

老太婆拚命大叫：「小偷！偷肉賊！不要放那狗走了！牠們的夥伴也都捉起來吧。快點！快點！」

聽到最後兩句話時，我突然感到了苛責——至少感到了對自己的狗的責任，使我不堪，我拚命地跑，若是那老太婆叫我賠那塊肉的代價，那就糟糕了。

不能夠賠償，就是入獄吧。我一人獄，這一班演員就只有四散。這樣一想，我逃得更快了。卡彼和朵兒也跟著我，喬利怕被我跌倒，更加圈緊我的脖子。呀！我的苦處！

要是只有從後面追來的人的話，那我們還可以希望逃得脫，然而給老太婆大聲一叫，從兩側的房子中也走出了四五個農人來，似乎是要阻住我們的去路。呀，這樣一來，死路一條了！我正在不知怎麼樣好時，突然發現了一條橫巷，我們便像疾風捲葉般地逃入那橫巷去了。

我盡我的性命在那小路上逃跑，幸而他們似乎趕不上來了。不久，我們已經逃出了村外，走上田隴的道上。雖然是拚命逃得這條性命來，但是已經喘不過氣了，我們就停了下來。

我們大概跑了有二十里路吧，回頭一望，村子已經遠在後面，連人影也看不見了，我們這才安了心。

卡彼和朵兒總是緊隨在我背後，可是彼奴卻不想走近我們，遠立在那邊，牠大概在吃著剛偷來的肉吧。我大聲喚著牠。然而牠早已知道到我這邊來，一定要受我嚴重的責罰，所以反向別方面逃去，不見了。

彼奴也不是特別的品行不好，牠是不堪饑餓才去行竊的，不過我不能因為這樣就放過了牠，偷東西就非得受罰不可。這是李士班嚴重的規則，若把這規則付之等閒時，恐怕這次朵兒也要學著做了，到最後，卡彼恐怕難免也要墮入這誘惑中吧。

我為了懲諸來者的緣故，無論如何，非得在牠們面前責罰彼奴不可，那麼，就應該先把牠帶到我面前來。然而這不是容易的事，這時候，我所恃者，只有卡彼。

「喂，卡彼！你去把彼奴尋了來吧。」

卡彼為執行我的命令，去了。不過卡彼的樣子也不像平時受命時那般的熱心，牠望著我的視線，似乎不十分願意替我去做捉捕彼奴的警察，牠是想替彼奴辯護，來解釋給我聽似的。

我當然不能丟下卡彼，自己先走，在卡彼沒有帶回犯人之前，我不能離開此地，然而彼奴似乎不會馬上就回來，因為彼奴絕不會順從地跟著牠回來的。當然，我們現在就算在這裡多等一會兒，也不是十分辛苦的事。離村子已經有好幾里路了，用不著怕還有人追來，而且也沒有非得到什麼地方去做某種事不可的目的，倒不如從容地休息一會兒，來籌備再舉的機會。

我們剛巧來到一個風景美麗、適於休息的地方。我們像狂人一樣地跑了來，這裡已經是南方的美麗的運河河畔了。

從斯都魯出發以來，我們總是經過很多塵埃鋪地的鄉下，到了這裡，水清林茂，綠草如茵，尤其是我們足邊的流水，像瀑布一樣地流過了開滿花的石岩上，注入運河去，真是所謂風景如畫的地方。在這樣的地方，以草為褥，橫躺著疲勞的身體，來等待狗兒們的歸來，也絕不是不舒服的了。

但是，等了差不多一個鐘頭，還不見牠們回來。卡彼和彼奴的影子都望不見，我有點擔心起來的時候，卡彼才垂頭喪氣地獨自跑了回來。

「彼奴怎麼樣了？」

卡彼惶恐地走到我的面前蹲下了，我仔細看牠的樣子，突然發現牠的耳朵負了傷。卡彼和彼奴之間發生了什麼事，早已不問而知了，彼奴和卡彼相打，咬傷了牠的耳朵。一定是彼奴無論如何不肯回來，所以卡彼只有空跑一回，獨自回來。然而，我對於這不能夠完成使命、萎靡地回來的卡彼，也沒有叱責的勇氣。

卡彼已經是空著手回來了，我們再沒有別法，只有等待彼奴反了心自己回來。我知道彼奴的個性，牠雖然一開始不聽話，最後牠還是會後悔，甘受責罰的。那時，恐怕牠就會回來了吧，我決意忍著性子等牠回來。

我就將喬利從肩上放下來，用繩子好好地縛在樹幹，因為我怕喬利也會起了模仿彼奴的壞念頭。我自己橫臥在松樹下，卡彼和朵兒就睡在我的足旁。但是，彼奴總不回來，不久，我也迷迷糊糊地睡著了。

等到我睡醒時，太陽已經到了我的頭上了。時間已經過了不少了，不過，要知道時間過了多久，並沒有依靠太陽的必要，我們胃囊的空虛已經告訴我們經過的時間了，卡彼和朵兒用不堪直視的憔悴的樣子向我哀訴；喬利做著鬼臉來責備我。

彼奴沒有一點像是會回來的樣子。我叫叫看，吹著口笛，但總不見牠的影子。牠想是飽餐了一頓之後，舒舒服服在叢林裡睡覺了吧。

我的環境實在太不容易了，若是我這樣地就離開，那麼，彼奴就成了迷路的孩子，再不會碰著我們了吧；然而，我們又不能在這裡死等，因為我們今天連一點吃的東西都沒有了。

我一刻一刻地感到了食欲的激昂，狗兒們更用絕望的眼光望著我，猴子摸摸肚皮發出了怨聲。

chapter 12

遊覽船「白鳥」

無論怎樣等待，彼奴總是不回來，所以我命令卡彼再去找找看。然而，過了三十分鐘後，卡彼還是獨自跑回來，牠搖著頭，好像說牠什麼地方都找過了，卻找不到彼奴。

呀！這怎麼樣好呢？彼奴雖然犯了不可寬赦的罪，連累我們也陷入可怕的境遇，但是我們無論怎樣應該找牠回來。師父所寶貴的三隻狗，我若是不能如數交還給他，他將怎樣想呢？而且我自己也很疼愛那任性的彼奴啊。

想了好久，我決計犧牲一餐飯，等到黃昏時再說。胃腑不斷地喚著饑餓，實在有點痛苦，我想出一個法子來欺騙餓蟲，這不只是我一個人的問題，還得使大家都忘記了饑餓不可。那麼，應該怎麼樣做呢？

突然，我想起了從前聽李士老人講過的故事。他說，軍隊在遠行之後覺得疲倦時，可以聽聽音樂而忘記疲勞，我若是奏起活潑暢快的音樂，大家或許也會忘記了饑餓；而且使狗兒和猴子也舞起來，牠們在跳著舞的時候，一定能忘記了一切罷。所以，我就把放在樹旁的豎琴拿起，背向著運河，將演員們並列在面前，奏起了跳舞曲。我們在荒野中，四處一個人影也沒有，使我們覺得很自由。

演員們受了班頭的命令，沒有法子，不高興地跳舞起來。從早到現在，只吃過一片麵包，也不能怪牠們沒有興致跳舞，不過，當我按拍子彈起琴來時，牠們自然而然地按拍子舞起來。我忘記了饑餓，彈得更起勁，牠們也似乎忘記了饑餓，賣力地舞個不停。

「萬歲！」突然有這樣的聲音從我背後傳過來，這是小孩子的喉音。我急忙回頭一看。

河上停了一艘白色的美麗的船，船舷處用金字寫了「白鳥」兩個字，這船正在轉駛向我們這邊來。

這是一艘我從不曾看過的奇怪的船，比普通在運河中行駛的船要短得多，在離水沒有多高的甲板上，蓋了一間玻璃門的房子，房子前設了一條用蔓草攀成的蔽日的走廊，而且那纏繞屋頂的藤蔓，像瀑布一樣地垂了下來，使看了的人也覺得清涼爽快。

走廊處映著兩個人的影子，一位三十六七歲、高貴、然而帶著幾分憂愁的女人站著，一位和我年紀差不多的小男孩睡在藤椅上。向我們喝彩，大呼「萬歲」的，一定是這小孩吧。

在「講故事」裡所聽到的白鳥，是載著女王或勇士的船，然而現在停在我眼前的白鳥，絕不是我的敵人。我在驚奇中回過神來時，舉高我的帽子和他應答。

那女人似乎是一位外國人，她用與我們不相同的聲音說：「沒有一個看客，你自己是在玩什麼哪？」

「我正在訓練我的演員們……而且自己也想借此開開心……」我用平時師父教給我的、鄭重的語調說。

船上小孩喚著那女人，小聲地說了些什麼，女人又離開了小孩子，向著我說：「你再玩玩看，好嗎？」

這才是我所希望的，現在的我們，還有比這更希求的事嗎！我靜一靜亂跳的心，半藏著我的喜悅，說：「是跳舞呢，還是演齣戲看看？」

「噢噢！演戲！」小孩叫了起來。

但是那女人說，還是跳舞好，制止了小孩。

「但是跳舞，不是很快就完了嗎……」

「若是你看得喜歡，那麼在跳完舞後，我們再弄點巴黎學來的各種技藝請你看看吧。」我乘著高興，把師父教我的開場白嘩嘩啦啦說了一場。

我以為他不叫我們演戲，那才是幸運呢，因為彼奴不在，我們的演員就不夠了，而且裝衣服的師父的背囊丟在旅館裡，沒有帶得來。

我拿了豎琴，彈起跳舞曲來。卡彼就用前腳抱住了朵兒的腰舞了起來。喬利因為沒有對手，自己一個人舉起了一隻腳在獨舞。我們忘記了疲勞。演員們都知道在「高官貴客」面前獻技，只要獻完了，一定會有一餐飯吃的，所以都不惜賣力地舞蹈。

在這旋舞曲跳得正熱鬧時，突然，彼奴從小叢林裡跳了出來，靜靜地走入場內，和喬利舞了起來，我不覺心裡燃著了感謝之念，幾乎流出淚來。

跳舞之外，我們還做了種種的表演。在表演時，我注意著演員們的舉動，看著那小孩，他似乎是看我們看得出神了，然而很奇怪，他卻一點也不會動，他橫躺在睡椅上，不時拍掌喝彩而已。他大概是身體麻痹，不會動吧？我覺得他似乎被捆在木板上一樣，不能動彈。

那艘船被風一吹，漸漸地離我們更近了，現在我好似在船上一樣，能夠把那孩子更看得清楚了，頭髮是淡褐色的，面色蒼白得連額上的青筋都顯出來，面貌全體是溫柔的、帶病而沉鬱的樣子。

我們表演完後，那女人溫柔地說道：「辛苦了，我們要給你們多少錢呢？」

「那是隨你賞賜的，你們認為沒有意思的話，只要給我們一點點就得了。」

「那麼，媽媽，多賞他們一點吧。」小孩子這樣說，又用我不懂的話說了些什麼。

「這小孩說，想叫你的演員們過來給他看看。」

我答應了他，向卡彼做了手勢，卡彼一跳就跳上那艘船。

「其他的呢？」小孩子說。

彼奴和朵兒也接著跳上船去。

「還有那猴子……」小孩子似乎要把全部的演員喚上船去。

要使喬利跳上船去，那是極容易的事，不過我卻不放心，若是我放開手，讓牠上船去，真不知道牠會玩什麼把戲來惹女人的討厭呢，所以緊緊地拉著牠不放。

「那猴子很壞嗎？」女人問我說。

「不，夫人，不是的，不過牠不聽別人的話……說不定會闖出什麼禍來。」

「那麼，你跟著猴子一塊兒上船好了。」

那女人向船舵的僕人說著，那男子就立刻拿一塊木板搭到岸上來，我就把豎琴掛在肩上，抱著喬利走上船去。

「啊，猴子來了！猴子來了！」小孩子喜歡得叫了起來。

我帶著猴子走到小孩子的身旁，他很稀奇地撫摸著猴子。這時候，我看清楚他了。真奇怪！他正像我所想像的一樣，他的身體是捆在木板上的。

「你是有主人的吧？你是為了主人出來賺錢的吧？」那女人說。

「可是，我現在是一個人了。」我含悲地說。

女人似乎不明白我的話，看著我說：「只一個人，不是永遠一個人吧？」

「在這兩個月間，我非得一個人賺錢不可啦。」

「兩個月？怪可憐的！你這樣小小年紀，怎麼樣能夠自己過兩個月呢？」

「但是，我只有這樣做！」

「是不是這兩個月，你離開主人，自己去賺錢，把賺來的錢都交給你的主人呢？」

「不是，不用交給主人啦，只要我們能夠自己吃得飽就好了。」

「那麼，你到現在都是一個人賺錢吃飯的嗎？」

我躊躇了一下，不想回答，但是直到現在，我沒有看見過這樣使我尊敬的女人，這女人說話的樣子非常的親切，聲音也充滿了情愛；而且她溫柔的眼光，也給我壯了膽子，所以我想把一切都告訴她。我以為即使說出來，也沒有什麼不好，所以我把都魯斯的表演，主人為了我遭禍，被拘入獄的經過都說了，一直說到我被旅館逐了出來，連這兩天沒有一個收入的苦處，都告訴了她。

當我說話時，那小孩同狗兒們正玩著，但他似乎聽見了我的訴苦，等我說完，他對著我說：

「那麼，你們的肚子不知餓得怎麼樣呢！」

這句話使我們大家都明白了，三隻狗兒都吠起來，喬利像發狂一般地摸著肚子。

「啊！媽媽──」小孩喚著他的母親。

那女人早猜著小孩子的意思了，她吩咐女傭，那女傭正在半開門處伸頭探望，忽然縮了進去，不一會，她拿著桌子出來，擺好食物，放在我們的面前。

「你們坐下吃飯吧，雖然沒有什麼好菜，狗兒，猴子，都一塊兒吃吧。」那女人說。呀！世界上還有比這幸福的事嗎！我取下豎琴，放在一旁，趕快坐在桌邊。狗兒們圍住了我，喬利早已坐在我的膝上了。

「你的狗也吃麵包嗎？」小孩問。為了這塊麵包，我們挨了多少苦呢！我將麵包一片一片地分給狗兒們，牠們簡直歡喜得發狂了，把麵包硬吞了下去。

「喂，猴子呢？」小孩睜圓了眼睛問。

猴子還要照顧嗎？牠在我看管狗兒們的時候，老早偷了一些肉包子的皮，跳到桌子底下去了。而且似乎是吃得太快，喉嚨哽住了，眼睛一會變白一會變黑。

我也拿起了肉包子，就像猴子一樣地往口裡塞，不過沒有演出像牠那樣的醜態。呀！肉包子多麼好吃呀！無論多少我都塞得進去啊！

「呀呀！怪可憐的！」那女人看了我們的樣子，口裡小聲地說，一面給我們倒水喝。

小孩子一聲不響，好像看見我們的貪吃，我們的牛飲鯨吞有點奇怪了，眼睛滾圓地望著我們。那偷了肉的彼奴，也是拚命地在那裡塞進去，狗兒、人和猴子都像看見了仇敵一般，趕快把東西都塞進嘴去，那樣子一定是不好看的。

小孩子很感動地說：「你們今天要不是碰著我們時，晚飯在什麼地方吃呢？」

「沒有吃晚飯的地方啦。」

「那麼，明天有吃飯的地方嗎？」

「明天又想在哪個地方賺點錢啦，要是有像今天這樣的好運就好了！……」

小孩不知道想起了什麼，拋開我們，和母親談了很久，我一點也聽不懂，但是他似乎是向母親請求著什麼事，母親又似乎是說那事做不到的樣子。小孩子突然向著我說：「你不能和我們在一塊兒嗎？」

我因為他問得太突然了，一時竟答不出來，只瞪著雙眼，呆呆地望著他。

「這小孩說，你若是能夠和我們在一塊兒就好了。」

「在……這船上嗎？」

「是的，就在這船上。這小孩是很可憐的病人，醫生吩咐把他這樣地捆在木板上。不過叫他盡睡在家裡也太可憐，所以我把他載在船上，讓他到各處去看看風景。要是你答應留在船上，和我們在一塊兒的話，那麼，狗兒們可以玩把戲，你可以彈豎琴，這樣，你們也都有事做，不會感到無聊，而我們也可以儘量幫助你……像你這樣的年紀，要去兜引觀客，實在不是容易的事啊，像昨天今天的釘子，也不知道要碰到多少回啦。」

呀！在這樣漂亮的船上！我以為這恐怕是做夢吧。在這樣的船上過日子，這是求之不得的啊。然而他們卻反來請求我，是多麼的幸運啊！

我歡喜得眼中含淚，親吻了那女人的手。那女人溫柔地摸摸我的額頭說：「呀，真可憐啊！

你挨了不少的苦，年紀和我的小孩差不多……」

不一會，小孩要我彈琴。我以為這是我報恩的機會，趕快拿起琴來，站在船頭上開始演奏。但是，我在彈琴的時候，那女人把銀製的小警笛拿到唇邊，尖銳地一吹。

我有點奇怪，停止了彈琴，我以為她不愛聽。小孩看見我不安的樣子，就說：「媽媽吹警笛，是給馬做信號的。」

真的，不知什麼時候，平靜的運河上出現了兩匹馬。而且曳著「白鳥」遊船在岸上前行。水波擊著船舷，發出沙沙的聲響，兩岸的樹木向後倒退，將要人山的太陽把柔和的光線斜映著樹木、水面以及船上，使我們感到不可言喻的愉快。

被小孩一催促，我又彈起琴來。小孩點著頭，喚母親到他的身旁去，雙手緊捧著母親的手，專心地傾聽著。

兩人都是這樣專心地傾聽，我真的感到了無比的滿足，把師父教給我的各種歌曲，依次地彈了又唱，唱了又彈。

chapter 13 在船上

小孩子的母親叫做美麗甘夫人，她是一位英國寡婦，從前小孩還有一個哥哥，自從哥哥去世後，只有他們母子兩人了。這小孩還未出世時，他的父親就留下了一個爵位和龐大的財產死去了，然而應該承繼爵位和財產的小孩卻天天生病，所以母親非常擔憂，若是這孩子不能成人，那財產和爵位都只好移到叔父的手裡去。

這小孩的病直到現在，已經好幾次被醫生宣告無望了。每次都因為母親細心的看護才得復生。他不是只有一樣病，因為是幾種疾病一起併發，現在連腰桿也站不起來了。醫生勸他去洗溫泉治療，所以夫人就從英國把他帶到法國的比利涅來，在那裡暫時洗了溫泉，然而也沒有十分的見效。不久，醫生又勸她把病人的身體捆在木板上，為的要使他身體轉直，並說不要讓他踏著地上，夫人聽了醫生的勸告，在波爾多港中，造了這樣特別的一艘船——「白鳥」。

這艘船，寢室、廚房、客廳、迴廊等等，什麼都齊備，沒有一點不自由處。依船之進行，而四周的景色時常會變化，所以，只要睜開眼睛，就能夠享受這些美景。

「白鳥號」是從一個月前在波爾多港出發的，溯上了加龍納河，經過了許少日子，才駛入這南方的運河來。法國的河流差不多都是運河，互相貫通的，這「白鳥號」的計畫，是從這裡的運河駛到各地的名湖去，再回游二三條沿著地中海的運河，經過聖納河，到達露安港，然後在那裡改乘巨大的輪船回到英國去，整個行程他們預定要花半年或一年的歲月。

他們指定給我的房間，是一間四尺寬七尺長的小房間，但是很漂亮，什麼用具都可以折疊起來，睡床、桌子、椅子都可以即立刻掛搭起來。多麼的便利！多麼的稀奇！一切都只有使我瞠目咋舌。

不過吃一驚的，並不只是雙眼，尤其是那天夜裡，我第一次初在這船上睡、脫了衣服跳上床去時的快活！在這樣柔軟的床上睡覺，是我有生以來的第一次。幾乎使我反跳起來的床褥的彈簧，柔滑的綢被，我覺得自己似乎變成了講故事中的王子一樣，歡喜得一時睡不入眠。不過，不久，也不知道在什麼時候，我畢竟快活地入睡了。

第二天早上，大清早爬了起來，心頭掛著那些演員們不知道怎麼樣，趕快跑到甲板上去看牠們。似乎在自己家裡一樣地睡得舒舒服服的三隻狗兒一看見了我，都爬起來，愉快地搖著尾巴，跑到我身邊來和我問候早安，可是喬利呢，張開了半開的眼睛，向我閃了一閃，也不想站起來，裝著不知的樣子，像喇叭一般地打起鼾來。

要知道牠這怠慢舉動的意味，那在我是很容易的。喬利是容易感動的感情家，一點小事也會使牠不高興，而且一旦發脾氣時，就執拗得很，難得消氣。今天牠是因為我昨夜沒有把牠帶到床上去，讓牠在船面上睡了一夜的緣故生了氣，故意給我丟臉，假裝入睡。

我當然不能夠將猴子帶上我那漂亮的睡床去，然而想要解釋給牠聽，也是無用的。不過牠對我的不平，也有牠的道理，所以我當是對牠謝罪般地將猴子拖了起來，慰撫牠一會。

最初牠很不容易改變怒容，可是猴子這東西，本來是變化無常的，霎時之後，牠似乎是想到了別個想頭去了，我在牠的顏色上判別出牠的意思：若是把牠帶到岸上去逛逛，那麼牠就可以寬恕了我。

「白鳥號」在昨夜我們進了寢室之後，就停止進行，今早還是繫留在岸邊。僕人已經起身，在打掃船上，所以我請他將吊橋放下去，讓我帶著全班演員到岸上去。

狗兒和猴子們亂跳亂跑了一會，當我們再回到船上時，兩匹曳船的馬都已駕上了，只待加上一鞭，即刻就可以動身。我們趕快登了船，他們將繫在曳船道的大株白楊樹的麻繩解開，僕人把住船舵，曳船夫跨上了其中一匹的馬上，低喝一聲，曳繩的滑車也發出聲來，「白鳥號」在明鏡一般的水上前進了。

是多麼快樂的旅行呀！馬兒在曳船道上振動鈴聲，靜靜地前行，人們一點也不感到搖動，在滑溜的水上前進。船頭的水聲和馬兒的鈴音相調和，恰似一曲進行歌。沿曳船道並排齊列高聳的白楊樹，像綠色的帳幕。透過無風自動的綠葉，斜漏過來的晨曦射到船上，不斷地映成變轉的陰影。在白楊樹蔭濃密的地方，為了光線的關係，水色像惡魔一般的暗黑，然而接近一看時，卻是清得可以見底。

我站在船頭上，呆呆地看著這風景。突然有人在背後喚著我的名字，那便是亞沙（這是那小孩的名字）。他還是被捆在木板上，現在正被移到甲板上來。他的母親緊跟著了他。

「你比在屋外時，睡得更好嗎？」

我走近他身旁，同時並給夫人請了安，回答她，我睡得十分舒服。

「狗兒們在什麼地方呢？」

我喚了狗兒們和喬利，狗兒歡喜地跑了來，可是猴子卻裝著不高興的顏色，因為牠以為又要命牠玩把戲了。

美麗甘夫人將亞沙的椅子移到太陽曬不著的地方，自己也拿了一張椅子坐在他面前，向著我說：「把狗兒和猴子帶到那邊去，我們非得做一點功課不可哩。」

他們做什麼功課呢？我心裡有點不明白，帶了狗兒和猴子到甲板的前頭去。

這時候，夫人翻開了書本，看亞沙能夠背誦多少。亞沙因為是被捆在木板上，所以身體一點也不動地背誦了起來，不過他背得不十分熟，時常要躊躇，總背不上三句，而且錯得很厲害。母親每次都溫柔地給他改正了，然而又嚴格地無論多少回，總要叫他再背誦過。

「亞沙，你今天有點不對了，一些也記不住嘛。」

「媽媽！我無論怎麼樣學，總是記不住，我不行了！」

「你的腦袋並沒有病啊，所以我不能因為你稱病，就容許你不用功。我天天不知道為你操了多少心，你也十分明白的吧，然而，你為什麼不想多用點功呢？」

「媽媽！我是想用功的，不過總是不行啊。」亞沙這樣說後，流下淚來了。

夫人似乎並不因他的哭泣，將他寬赦過去。

「無論怎麼說，在你沒有記住之前，不能讓你去和路美或狗兒們逛。」

亞沙還是不住地啜泣。夫人失望地望著他，說：「那麼，我念給你聽，你跟著背，曉得了嗎？」

夫人用溫柔的聲調靜靜地念起書來。那是「狼和小羊」的故事。夫人念一句，亞沙就跟著背一句，一樣背了三次之後，夫人將書交給亞沙，吩咐他自己去默記，便走下船艙裡去了。

亞沙念那書並學著背誦，但是沒有持續多少時間，馬上又想到別的事上去，回頭四顧，霎時間，他的視線碰著了我，我做做手勢叫他念書，他似乎是感謝我般地微笑一笑，再把視線移到書本上去。

可是不到一會，他的眼睛又在望著運河那一邊的岸上了，我靜靜地走到他的身旁，勸他念書，所以他沒精打采地又念起來，不過，不到二分鐘，一隻翠鳥銜了一條小魚，快速地飛過了船上，亞沙的精神又注意到那鳥兒身上，抬起頭望著牠飛去的方向。

等到他垂下頭來時，又碰著了我的視線，他似乎有點不好意思地說：「我心裡無論怎麼樣想用功，總是不行。」

「不過那本書也不難念吧。」我已經對他不客氣了。

「怎麼不難呀，很難記住呢。」

「我以為不難，我在聽了你母親念了之後，現在大概可以背誦得出了。」

亞沙睜開驚眼，不相信似的望著我。

「你不相信的話，我背給你看好嗎？」

「你要是背得出來，那本事就好了。」

「那麼讓我背背，你看著你的書吧。」

我叫亞沙翻開書，自己背誦了起來，除了三四個地方有點錯之外，全部都背完了。亞沙大吃一驚。

「為什麼你記得住呢？」

「因為我目不他顧地專心聽著你的母親念了。」

亞沙很覺不好意思的面孔發紅，說：「我也很注意聽呢，但是總記不住，怎麼樣才可以像你那樣記得住呢？」

我自己也不知道要怎麼樣才可以記得住。不過我想了想，就對他這樣說：「因為你總是想記住書中的字句，所以不行，你非得把故事的情節也想起來不行。這故事是講羊的，所以我先想起了羊，想起那羊是在做什麼。書中不是說：『有一個時候，很多很多的羊群在一個安全的圍柵中。』嗎？既然是在安全的圍柵中，就可以安心了，所以羊兒們就隨便睡遍了地上，是嗎？這樣一想時，我的眼裡就似乎真的看見了一群羊在睡覺。連書中的字句也記入了腦中了。」

亞沙像很佩服樣地傾聽著，隔了不一刻，就說：「唔，那我也看得見，『有一個時候，很多很多的羊群，在一個安全的圍柵中。』我看見了白羊和黑羊，山羊也有，羊仔也有，連那圍柵的木柱也看得見。」

「那麼，你就不會忘記了現在的字句吧。」

「唔。」

「那麼，牧羊的大概是什麼東西呢？」

「狗兒。」

「羊群在安全的圍柵中，安心睡覺時，狗兒又怎麼樣呢？」

「狗兒什麼事也不用做。」

「是的，狗兒既然不用做事，那麼，牠們也可以睡覺了吧，所以書中說：『狗兒們都睡覺了。』」

「呀，是的，這很容易呀！」

「是吧，很容易吧。這回再想想其他的事看，帶了狗兒在看羊的是什麼人？」

「那是牧童。」

「羊兒們在安全的地方睡覺時，牧童也沒有事做吧，這時候牧童大概是做什麼事呢？」

「他在吹著笛。」

「他在什麼地方吹笛呢？」

「在大樹下。」

「他只一個人嗎？」

「不，他和臨近牧場裡的牧童在一塊兒。」

「那麼，你眼裡可以看見羊群、牧場、狗兒和牧童吧。那你大概就可以記得住這故事的頭一節了吧？」

「唔，或許記得住。」

「你試背背看。」

亞沙心裡似乎有點不安，怯惑地望望我，決心試背背看了。

「有一個時候，很多很多的羊群，在安全的圍柵中。狗兒們都睡覺了，牧童在大樹下，偕臨近的牧童吹著笛。」

我拍掌，亞沙自己也拍掌，歡喜。

「唔，我可以完全背得出來了！」亞沙的眼睛面孔都呈著喜色。

「你以後不想也試試這樣做嗎？」

「唔，我要試試看，我和你在一塊兒，一定可以記得住。媽媽是怎麼樣地喜歡呢！」

故事的後半節，也是依著這方法，意外地容易記得住，不到十五分鐘，亞沙已經全部都能夠背得出來了。

夫人這時候剛巧又到船面上來了，她大概以為我們是在一塊兒遊戲吧，所以蹙著眉頭，不過亞沙在母親還沒有開口前，便說：「媽媽！我全部都記住了，是路美教我的。」

夫人吃了一驚，望著我。她似乎還要向我問些什麼話，不過亞沙卻搶著地背誦起「狼和小羊」的故事來了，而且一字不錯地全部背完了。

這霎時，我看著夫人的顏色，最初她含笑聽著，後來，她的眼睛漸漸地含著淚水。這時，夫人突然向亞沙處躺了下去，緊抱住了他，親了一個很長的吻，所以我不知夫人到底有沒有歡喜得哭出來。

「書中的字句不必記住也可以的。」亞沙得意地說：「書中寫著的東西，非得用眼睛來看不可。路美教我的，一面暗誦著字句，抬起眼來，我清楚看見了在吹著笛的牧童，連那笛聲我都聽得見啦。媽媽！我唱那歌兒給你聽嗎？」

亞沙唱起了悲切的英國歌，夫人聽了，哭出來，我看見母親的淚珠滴在亞沙的額上。然後，夫人走近了我身旁，緊緊地握住了我的手，我的心裡也給她感動了。

「路美，你真是一個好孩子。謝謝你呀。」

自從這事發生之後，我在這船上的地位就變得不同了，昨天我以在亞沙的面前玩弄猴犬之師父的資格到這船上來，今天卻變成了亞沙的伴讀，和狗兒猴子們分開了。

自從那天以後，我每天做亞沙的伴讀，而且真奇怪，亞沙似乎很高興和我在一塊兒讀書，從前母親費了很多時間教他尚且不能記住的東西，現在只要一天或兩天，他都完全記在腦裡了。

亞沙和我的友情，一天一天地濃了起來，我們像自己的兄弟一樣，互相沒有一點客氣。我們完全忘記了身分不相同的問題，這固然是因為小孩子同伴之間沒有什麼隔膜的緣故，然而一方卻因為夫人對待我們完全沒有分別，她用對待亞沙的態度來對待我，完全當我們是兄弟一樣看待的那親切和溫柔，所以使我們忘記了一切的客氣。

現在，我回顧當時船上的生活，那是我少年時代中最快樂的時期了。

尤其是坐在船上，到各地方去遊覽的旅行，更是多麼的快活呀！自從火車開通以來，這南方的運河也給多數的人們忘記了，現在沿著河流，隨地遊覽的愉快，更是任何情境都難以比擬的。而且，我們在風景殊勝或興趣奇多的地方就多停幾天，遇著沒有意思的地方，我們便馬上就駛過去，所以完全不會感到無聊。

時間到了，我們的飯菜就拿到滿蓋著綠色藤葛的迴廊來，在那裡，我們一邊看著風景，一邊運著筷子。呀，這快樂時光，夫人知道我們所要去的地方的地理和歷史，把這些講給我們聽，食後，又給我們圖畫或相片看，時常還對我們講有趣的妖怪故事或傳記等等。

我也在黃昏時或月夜之下，拿了豎琴，走上岸去，站在樹蔭裡，唱歌給亞沙和夫人聽。亞沙最喜歡在寂靜的夜裡聽那在看不見的地方奏出的音樂。每當我唱完一曲時，他總是叫著：再唱！

再唱！

這充滿歡樂的生活，在離開母親的茅屋，隨著李士老人之後，每天拖著疲倦的腿趕路的我看來，是多麼大的變化啊！母親的家中，除了鹽煮馬鈴薯之外，別無他物，自從跟了師父以後，也不知多少次只得一片麵包，在鄉下的小屋中挨過長夜，現在呢，飯後有新鮮的水果，有霜淇淋，也有糕餅，我再沒有滿身泥濘去找尋宿處的憂心。現在的境遇，簡直是我的天堂了。

美麗甘夫人的菜，做得真好吃。沒有饑餓的威脅，沒有寒暑的憂心，船上的生活真是快活。然而我還能夠領受到更好的、更快樂、更眷戀的東西，那就是在這船上充滿了我心胸的感情的滿足。

我有好幾次，從戀慕的、相依為命的人們那裡被迫離開，孤單地被拋遺在茫茫的大世界中。在那慘別的荒野漂流中，我不意遇著了慈愛的人的救助，於是我真心地戀慕著那美麗的親切的夫人，我更對那以我為唯一無二的親友的那小孩，感受了兄弟一般的友愛，而且感情是與日俱增。

但是，在這歡樂的深處，我總有深藏的悲哀。身體健康富有精力的我，在每次看見了那神色蒼白、形容慘澹地睡著的亞沙，怎能不羨慕他的幸福！那並非是他安樂的生活，亦非這漂亮的船，那是灌注在他身上的母親的慈愛。

像亞沙那樣地給母親疼愛——一天接受十次二十次的親吻，自己也可以自由地和母親親吻，呀，能夠這樣的人，是多麼的幸福啊！我不能接受我親生母的親吻，也不能向她親吻。我是帶著悲慘命運出世的孤兒呀！不過，我或者能夠再碰見那念念不忘的母親一次吧，這是我最高的希望，最大的喜悅呀！然而，我這一生只有孤單地一個人度過了吧？

夫人和亞沙對我愈親切，我越想起了我悲慘的命運，沒有父母，沒有兄弟，沒有家庭的像我這樣的孤兒，要希望以上的生活，那一定是太不知足了。我不能不以現在的幸福自足。那我是知道的，事實上，我也對現在的境遇感到了無上的幸福，若是這境遇能夠永續下去的話，那麼，我沒有一點的不足可說了。

然而，這幸福的最終日子漸漸走近了，不能不和這夢一般的幸福作別的日子，漸漸地迫近了。

chapter 14 別離的悲哀

美麗的「白鳥號」船上的光陰，像箭一樣地飛過去，李士老人出獄的日子已經迫在眼前，我非得去迎接我們的師父不可了。

離都魯斯愈遠，我愈為了此事而煩惱。從前坐了船來的路程，現在得一個人獨自回去不可，我想到這裡，不禁異常惆悵。回去時，一定不是坐船遊覽那般快樂的旅行。再沒有那柔軟的睡床，沒有霜淇淋，沒有糕餅，沒有那餐後的團聚了。

但是將這個來比之於與夫人和亞沙相別的悲哀時，又算得什麼！我不能不永久和這相親相愛的人們別離了啊！恰像從前失去母親一樣，我永遠失去了這兩人啊！呀！為什麼和愛人們團聚了又要分別，難道是悲痛的命運註定的嗎？

有一天，我為了要把我心中的煩悶說出來的緣故，試問夫人從這裡步行到都魯斯需要多少日子；而且把我得在主人出獄的那一天，到監獄前去迎接他的事告訴了她。

這時，聽見這話的亞沙，大聲地說：「不行，路美，你不要去！」

我告訴他：我是有主人的，自己不能夠自由，並且我的師父是出了錢給我的父母，把我押了來的，所以我有義務，非得跟著師父在四處流浪不可。

當我說到「父母」這句話時，我故意說得像自己親生的父母一般。我一直到現在，都蒙蔽著說自己是一個棄兒，因為正像我從前說過的，在我們村裡，棄兒是十分被人鄙視，比野貓野狗還要不如的，所以我那小孩子的心中早已養成了一種觀念：世間最被人嫌惡的，就是棄兒。師父是早已知道的，沒有法子瞞得過去，但是對完全不知情的美麗甘夫人和亞沙，我無論如何都不願意告訴他們，我以為要告訴他們說自己是一個棄兒，倒不如死了還好些。

「媽媽！你不要讓路美回去吧。」

「我也以為路美若是能和我們在一塊兒就好了，你和他是那樣要好，我也喜歡他，不過，也不能因我們的便利來決定就是了。第一，若是路美不願意和我們在一塊，那就沒有話好說了……」

亞沙搶著母親的語尾說：「不，路美是想和我在一塊兒的。喂，路美，你不高興到都魯斯去的吧。」

夫人不待我開口，就說：「若是路美的主人不答應的話，那路美也無法做主。」

「喂，路美，你不是不願意和我們住在一塊吧？」

李士老人實在是我的好主人，他愛撫我，教育我，然而我和他在一塊時的生活與現在的生活——美麗甘夫人對待我那樣的親切和供給，哪裡能比較得來。我認為李士是我的恩人，可是我對美麗甘夫人和亞沙又是一種特別的情感。

我心裡以為為了這短時間的相交的人們，便把大恩人——主人忍心丟了，實在是問心有愧，然而一方面卻不能制止希望永遠留在夫人和亞沙身邊的心情。

我正在不知怎麼回答才好的時候，夫人說：「路美，你好好地細想後再答覆我吧，我所以要把你留住，是為了想叫你陪伴亞沙讀書，並不是像從前那樣安逸嬉戲的。你若是和你的師父過那賣藝的生活，那是自由的浪漫生活，所以，你應該好好地思量，哪樣好些……」

「不，夫人，這又何必多考慮，若是能夠長遠做亞沙的學友，我真不知道多麼幸福呢。」

「媽媽，路美不是答應了嗎。」像擔著心望著我的亞沙，似很歡喜地大聲說。

「路美就算答應了，可是這回又非得到他的主人的承諾不可。我們沒有再回到都魯斯去的道理，可是亞沙的身體又不靈便，所以也不能夠坐火車去，那麼，待我寫一封信給你的主人，告訴他這事，並寄旅費給他，請他到這裡來。要是事情辦得好，他能夠答應我們的話，這事就好了。不過聽你說，你還有父母，所以，我們還得和他們商量一下不可。」

最初的幾句話，像魔神的魔杖指點著我一般地，事情都對我很順利，到了最後這一句話時，我空想的好夢被擊破了，我被蹴入了悲慘的事實的深淵了。

和我的父母商量！一經商量，那就糟糕，我本是一個棄兒的事，馬上就要被拆穿了吧，那麼，美麗甘夫人和亞沙就不會願意我在他們的身旁了吧，他們對我的愛，也就凋萎了吧。亞沙曾經和棄童逛遊、一塊讀書，結成好友！——這將使夫人感到如何的難受呢！

我在絕望之餘，茫然像失了魂魄一般。夫人似乎覺得奇怪，看著我的樣子，用眼色催促我的回答，不過她看見我不作聲，以為我是在擔心主人就要到來的那件事，便不再向我問什麼了。

好在這些對話是在晚餐之後，距睡覺的時間不遠，所以我那煩悶的樣子能夠從奇怪地擔心望著我的亞沙的眼裡逃脫。我不久就走進了寢室去。

那天晚上，是我到了「白鳥號」以來，第一次感到不高興的夜。那是一個煩燥得可怕的、苦痛的長夜，要怎麼樣好呢？要怎麼樣說好呢？

我愁悶了一夜，但是得不到一點解決。結果我決定什麼都不說，能挨到什麼時候就挨到什麼時候，一旦拆穿時，也只有那時再來打算。

大概李士老人不會答應將我放手吧，那麼事實就不用暴露出來，我甚至這樣想：與其將事實暴露出來，我寧願我的主人不要答應，讓我離開更好。主人既然不答應，我當然就非得和夫人和亞沙告別不可。或者再沒有碰見他們的機會，也未可知。他們兩人將永遠記著我吧。在我的身上不要使他們留有一點不愉快的記憶，這將為我一生中回憶最快樂的一頁吧。

將給李士老人的信寄出去三天之後，美麗甘夫人就收到他的回信。信中說，下禮拜六的午後二點鐘，他就到這裡來。

到了那一天，夫人在旅館中開了一間房間，來和我的師父面會，所以我得了夫人的允許，帶了狗兒和猴子，到火車站去迎接我們的師父。

狗兒們似乎嗅出有什麼事發生，心裡不安般地跟了我走，不過，喬利卻一點和平時沒有分別。我的擔心可不像狗兒們一樣，我在路上不知道想了多少次：若是可能的話，我將懇求師父把我是棄兒的那回事，替我守秘密。但是，我卻沒有說出來的勇氣。

我執住三隻狗兒的繩子，將喬利抱在身上，站在火車站月臺上的一角。

我不知道周圍發生了什麼事，只埋頭在沉思中，要不是狗兒們吠了起來，我恐怕連火車開到了也不知道。

火車一停止時，狗兒們似很靈敏地嗅到了主人的氣味一樣地，突然向前跑，我呆站著的身體也給牠們一拉向前一閃，同時將繫著牠們的繩子都放鬆了。

狗兒們快樂地一面叫吠，一面向前跑。

差不多同時，我看見了牠們跳近了穿著從前的衣服、在火車上跳下來的師父的身上。最輕快敏捷的卡彼銜住了主人的手腕，彼奴和朵兒纏住了主人的兩足。這回是輪到我了，師父一看見我，立刻放開卡彼，抱住了我，向我狂吻不已。

「呀，路美！你沒有事嗎？真可憐了你呀！」

師父本來對我也不是冷淡的，不過總沒有像今天這般地愛撫我。他這舉動，使我的眼淚湧出來，心胸也塞住了。

我凝望著師父的樣子，他在獄中似乎老了很多，腰背彎了，額上增了皺痕，嘴唇也成了灰色了。

「路美，我的樣子變了很多吧。世界上再沒有像監獄那樣住得不舒服的地方了。我病了，險些惹了一場大病，不過現在好了。」他說後，馬上將話題一變：「可是你在什麼地方認識了那寫信給我的女人呢？」

我跟著師父走出火車站，一面詳細地告訴他：我最初怎樣地碰著了「白鳥號」，後來又被美麗甘夫人母子請上船去，直住到了現在的詳情。

我若是把一切都說出來，最後就非得講到那令人發愁的問題，所以我盡可能地把故事拉長，將船上的生活詳詳細細說了一番。我怎麼能夠不顧廉恥，告訴師父說，我想拋棄他，去和美麗甘夫人母子在一塊過日子呢？

在我的故事還沒有說完之中，我們已經來到了美麗甘夫人休息的旅館前了，這途中，師父也完全沒有提及美麗甘夫人信中所說的事。

「那麼，那位叫做美麗甘夫人的，現在等著我是吧？」師父跨過旅館的門口時，這樣問我。

「是的，她在等著師父，讓我陪師父到她的房間去吧。」

「不，不用你陪。那房間的號碼呢？你看住了狗和喬利，在這裡等我好了。」

師父是一說出口、就非那樣做不可的人，我執拗地正想叫他讓我陪他去時，師父揮一揮手，掩住了我的口。而且指著旅館入口處的椅子，我沒有法子，只好坐了下去。狗兒們也想跟著師父去，亦給他叱了回來，柔順地蹲在我的旁邊。李士老人沒有一回不有命令者的威嚴的。

為什麼師父不將我帶去呢？有什麼事不能讓我在場的嗎？我擔著心在等待，不一刻，師父出來了。

「路美，你去給夫人辭行吧。」

我幾乎不能相信自己的雙耳一般地，呆望著師父。

「叫你去向夫人辭行呢，我在這裡等你。十分鐘內，我們非得離開這裡不可。」

我的心完全顛倒潦亂了，我連話都說不出來。

「為什麼呆呆地坐著不動呢，不快點去向夫人辭行嗎？或是你還不曉得我所說的話嗎？」

師父的語調有點粗暴，師父用這樣的語氣向我說話，這是第一次。我像機器玩偶一樣地站了起來，似乎明白又似不明白般地朝夫人的房間開步要走，然而再回頭向著師父，說：「那麼，師父要把我……」

「我對夫人說，路美是我寶貴的小孩，我是路美不能一日離開的老頭，我們是不能夠分開的，所以我不能將我的權利讓給她。我是這樣拒絕她的，你去向她告辭吧。」

我曳著了像我的心胸一般沉重的腿向夫人的房間走去，我的胸裡總纏繞著棄兒的事，所以聽了師父說十分鐘內離開此地的話，我就以為師父恐怕已經把一切的秘密都說出來了。

好容易跨進夫人的房間，一看，亞沙正在哭泣，夫人彎著身子似乎正在安慰他。

亞沙一看見我，就說：「路美，你真的要走了嗎，你不要去吧，不要去吧！」

夫人替代了我向他說明我的身體除了聽主人的命令之外，沒有自由的可能，她更用使我滴淚的慈愛的聲音說：「路美，我盡我所有能力，向你的主人，求他讓我來撫養你，但是他卻無論如何不肯答應。」

「那老頭子真是刻薄！」亞沙插嘴說。

「不，他絕不刻薄。」夫人回答他。她更轉向我，接著說：

「老人所說的話，也不是沒有道理，真的，他沒有你，一定是很困難的；而且他似乎真心地疼愛你呢。他或許是很頑固的老人，但是他說話時，似是十分正直而且認真的，他有和他的職業不相稱的器度，不像一個玩把戲的人的樣子。那老人對我說——我疼愛路美，路美也孝順我，我讓他和我在一塊過苦日子，也是為了他著想，若是他在你的撫養下長成的話，那他的肉體方面或者是快樂的，然而，那可說是同做奴隸一樣，雖然你或者不是這樣想，不過他的個性自然而然會變成那樣的。你或許使他得到學問，教導他種種的禮儀，這樣他也會得到一些智識，成為一個有智慧的人吧；但是，我很不客氣地說，若是他永遠在你們身旁的話，是不能夠養成他將來可貴的人格和獨立的意志的。路美絕不會變成你的兒子，他始終是我的孩子啦，這比起在這裡做你可愛、溫柔、患病的兒子的玩具而成長，不知要好多少倍啊。」

「他又不是路美的父親！」亞沙生氣地大聲說。

「他雖不是父親，也是主人啊。他是從路美的父母處將路美抵押來的，所以現在也只好聽從主人的話呀。」

「但是，我不願意放路美走。」

「你雖然不願意，也沒有法子。不過，路美也不是永遠是那老人的所有，所以我們去和路美的父母商量商量看，或者會有辦法也未可知，我就寫封信去也好……」

「不，夫人，那不好！」我大聲說。

「為什麼不好呢？」夫人莫明其妙地望著我。

「因為那也是不行的……我求你不要那樣做吧。」

「但是只有這個辦法呀……你也真是奇怪的孩子。」

「不過，我求你，夫人，那……」我發出了悲哀的聲音說。

「你父母所在的地方，是斜巴隴？是嗎？」

我裝著沒有聽見，走近了亞沙身旁，緊抱了他，作訣別的親吻，而且將亞沙那無力的緊抱著我不放的雙腕擺脫，跪在夫人的面前，流著淚，向她伸出來的手上親吻。

「怪可憐的！」夫人只這樣說了一句，在我的額上親了一個吻。

站起來時，我心裡難過極了，趕快走到門口，含著淚說：「亞沙，我一定永遠記得你。夫人，我絕不會忘記你的厚恩！」

「路美！路美！……」我沒有聽完亞沙那從腹底中叫出來般的聲音，跑出了室外，立刻把門關了。

我眼睛哭得腫脹，走近了主人的身邊。

「喂，走吧！」

我們默默地走出了旅館。

chapter 15 再走上漂流之路

我又沒有法子，只好走上了不避風雨，不畏寒暑，塵埃遍臉，泥濘滿身，背著豎琴，曳著疲倦了的雙足，緊隨在師父的背後，到處漂泊的命運之途了。我又非得在馬路之中，為了「高官貴客」們的取樂裝癡裝呆，或笑或哭不可了！

這等境遇的急變，在我絕不是高興的事，因為人們總是很容易習慣於安樂的生活和幸福的境遇的啊。每當覺得煩愁、辛苦時，我總回憶起那兩個月間溫柔幸福的日子。

在幾日幾夜接連的長途旅程中，我不知有多少次故意離師父走慢一步，放縱地想念起亞沙、夫人和「白鳥號」的事，沉沒在依戀的記憶裡，想在過去中討生活。

那是何等愉快的日子啊！每當夕陽西下，漂泊到鄉下骯髒的旅館，在那裡停宿一宵時，我就不能不將那冷木板的睡床來和那「白鳥號」船室中的柔暖溫滑的鋼絲床相比較。

我再不能和亞沙在一塊兒遊戲了！我不能再聽到夫人溫柔的聲音了！然而，我什麼時候才能再遇見他們呢？我感到了從前未曾嘗過的悲傷。可是，我現在唯一的幸福，就是師父比從前更加柔和地來愛撫我。說是柔和，或者不十分適切——因為師父的個性，絕不是柔和的——然而事實他卻成了柔和的人了。

這是師父個性上所顯現出來的大變化，而這在我正是無上的幸福。憶起了亞沙時的煩愁，眼淚不禁奪眶而出時，僅賴師父的慰撫，辛酸地咽了下去。這時候，我才感到自己不是孤獨的一個人。我的主人實在不僅是主人，而像父親一般。

我一天之中，不知道有多少次想向師父親吻。我充滿了心胸的感情，正想向這裡找尋出路，可是這也做不到，師父雖然變柔和了，也絕不是可以隨便親暱的人。

最初我之所以不敢對師父不謙恭，是因為怕他，可是現在呢，是自然而然發生的尊敬之念抑制了我。當我和他一塊從村裡出來的時候，我以為師父不過是普通的人，大概因為那時候我還是一點都不懂事的緣故吧。然而在美麗甘夫人膝下兩個月的生活之中，恐怕我的心眼也開通了，我留神看師父時，他那態度、風采和舉動，都和普通的人們大不相同，我發現了他的一切和那美麗甘夫人十分相像。

我總覺得似乎是美麗甘夫人變成男子時，就是李士老人；李士老人變成女的時，就是美麗甘夫人。美麗甘夫人是「貴婦」，那麼李士老人就是「紳士」。所不同者，就是美麗甘夫人永是一位貴婦，而我的師父卻是對著相對的人顯出他紳士的態度。我感到了師父的威嚴，所以師父雖然在溫柔地說話，寬待著我時，我也沒有投入他懷裡去，和他親吻的勇氣。

我們照舊是一路表演，一路漂泊。師父一句也不曾提起關於美麗甘夫人或「白鳥號」的事，我自己也不會說出來。可是，有一天，突然從師父口中說出來了。而且自此以後，我每天總聽到他講起美麗甘夫人的話。

「你似乎很戀慕那夫人，這也是有道理的。她真的是親切的好婦人。尤其對你，她更是一位善心人，你切不要忘了她啊！」而且師父時常還附帶著說：「呀，那樣做就好了！」

我最初不曉得他這句話是什麼意思，不過時時聽著他這樣說，而且從他的樣子和前後的語氣，我下了判斷，師父是想到了：若是那時候答應美麗甘夫人的要求，讓我留在她那裡就好了。「呀，那樣做就好了！」這句話真是含著了深深的後悔的調子。師父現在才想到若是將我留在亞沙的身邊就好了啊，但是，事情已經來不及了，我們真能再碰到「白鳥號」嗎？

事情雖說已經來不及，不過我對於主人的後悔，未嘗不感到歡喜。本來我就不明白師父為什麼要拒絕美麗甘夫人的提議。不錯，夫人是把師父不答應的理由說給我聽了，然而我總不能夠十分相信明白。可是現在師父若是真的後悔了，那麼我以為這次一定會答應夫人的要求的，我的心裡不覺湧起了一個大希望來。

為什麼我們不會碰見那「白鳥號」呢？「白鳥號」總歸是在法國的運河上行駛，那麼就沒有不會碰見的道理。在船上我曾聽過說，「白鳥號」現在一定是駛出了運河，正在向龍河逆航上去。我們現在也是在沿著龍河的各村鎮中漂泊，雖不知道誰先誰後，總之，有一天一定會追上來的。我隱然地覺得總有一天會碰著的。

在沿著河邊的大路上，我無暇顧及兩岸的風景和美麗的山丘，我只注意著水面。我們漂流過了亞魯，托拉斯空，亞比尼翁，互拉列斯，都龍，維奴，但是這些地方的風俗，古蹟，一點也不能惹起我的心情，一到了旅舍時，我就抱著了淡薄的熱望，一個人跑到河邊或橋上，去看看是否會望見「白鳥號」的影子。每當在遙遠彼方的迷霧之中看見有船駛進來時，我的胸中就跳起來，等待著，以為那或者就是「白鳥號」，然而，進來的船都只是別的。

有時我也曾問那停在近處的船夫，但是他們沒有一個是看見過「白鳥號」的。

我每次跑出去時，當然沒有把此事告訴師父，不過後來，師父似乎也知道了我是在憧憬著「白鳥號」了。可是，他沒有想把我這心中的萌芽摘去。而且，這雖然是我的想像，我覺得師父現在似乎已經決心將我讓給美麗甘夫人了。那麼，美麗甘夫人也沒有寫信給我的母親的必要，所以我的秘密也不用拆穿出來，事情就在夫人和師父之間解決了吧。那我的命運是很容易地就決定了。

不久，我們到了里昂，在這裡逗留了四五個禮拜。在這期間中，我每遇著有空時，就跑到龍河和沙翁河的岸邊去。我差不多要比里昂的人還熟悉了這邊的地理了。然而我所尋望的船總見不到，什麼地方都沒有「白鳥號」的影子。

我們決定了離開里昂，到沙翁河上流的濟戎的鎮裡去。我到舊書店的店前查看法國的地圖。細心查看之後，我知道了從里昂到那裡之間，有一個叫做沙龍的地方，法蘭西的「中央運河」就從這裡通到了羅亞爾河，「白鳥號」一定是通過了這運河，然後駛入羅亞爾河去。我若是能夠在沙龍等待的話……可是不然，我們是到濟戎去的，那麼，無論如何沒有碰到「白鳥號」的機會。我真的是心灰意冷了。

幾天之後，我們到了沙龍。但是，此地也沒有「白鳥號」的影子。絕望！暗藏在心裡的空想，至此完全被破壞了。

我的失望還不只此。時候已經接近冬天了，朝夕的寒風已經覺得刺骨，加之這地方正入了降雨期，每日在寒雨和泥濘中間跋涉，那痛苦不是尋常的啊。濕氣浸骨，頭髮也沾了污泥，身體疲倦得不能再動，我們辛辛苦苦才走到骯髒不堪的旅店，或是一間破屋子裡。這樣的夜裡，絕沒有豪華的心情啊。

我們不久到了濟戎，但是為下雨所阻的日子居多，而且寒冬的表演更不十分順利，我們趕快又離開了此地。多山的這地方，那潮濕的寒氣和裂膚的北風，使人以為骨頭也冰凍了，不堪寒冷的喬利喪氣得可憐，牠那悲傷的樣子，比我還要更甚。

若是在巴黎，那麼冬季中也可以表演，所以師父的目的，就是早一日地趕到巴黎去。坐火車去，只要半日的光景，然而不知為了錢或是其他的緣故，我們不能不步行那八十里路的路程。

我們雖趕著赴巴黎，不過在途中的村鎮裡，遇著好天的機會，時常還要表演一兩套，賺得些微的一點收入，之後，又得開始趕路。

到沙橋的二十里路，總算是順利走過了，不過在離開這裡之後，雨雖告停，風卻變了朝南吹，當面迎著刺骨的北風前行，這絕不是好過的事。然而經過了幾禮拜的雨水拖磨過的我們，在最初的那一天，以為這比拖泥帶水時還要好一點，但是從第二天起，天氣變了，空中佈滿了黑暗的險惡的層雲，這天氣是變成了雪天啊。

黃昏，我們到一個村裡止宿，粗笨的晚餐也隨隨便便吃過之後，師父對我說：「喂，今晚馬上就睡覺，明天在天未亮時就非得出發不可，不然，大雪積了起來，恐怕就不能動身了。」

師父是想在沒有積雪之前，無論如何要趕到特華去的。特華聽說是人口五萬以上的繁華城市，在那裡就算下起大雪來，也可探著天氣，能夠表演四五次吧。這樣，我們就預料可以賺一點宿費和旅費了。

我聽從了師父的吩咐，馬上就上床去了，師父卻抱了喬利到廚房的灶前去給牠取暖。在路上雖然給牠穿上了牠所穿得上的衣裳，然而小猴子還是周身發抖。

翌朝，我們爬起來時，天還沒有發亮，天空黑暗而低壓，沒有一顆星辰，我感到了似乎給一個大鍋罩套在頭上一樣的沉重。打開門一看，北風咆哮地吹了進來，扇動了暖爐的灰，使埋在灰中的、昨夜剩下來的餘薪復燃起來。

我們匆忙地整頓行李，這時候，旅店的主人爬了起來，對我的師父說：「喂，老伯，這會下起大雪來啦，要是我的話，無論如何不能夠動身啦。」

「但是，我在趕著路呢，在沒有下雪之前，我非得趕到特華不可。」

「不過，八里路的路程，一個鐘頭恐怕趕不上吧。」

我們不顧店主人的勸阻出發了，師父為要使喬利不吹到風，將牠抱入上衣的裡面。我穿上了師父在前一個市上買給我的羊皮衣裳，勉強還可以頂得住寒冷，狗兒們也似高興地跟著我們。我和師父因為迎面的寒風，各不開口，默默地趕路。

不久天大亮了，可是天空仍是黑暗的。太陽也上升了，然而這僅在黑暗的低空中引了一條灰白色的帶兒模樣，不像是白天的樣子。四周像黃昏一樣的朦朧，更使我感到憂愁。樹木大概都落葉盡了，寒風似乎想把僅留在荊棘叢中的枯葉也吹個乾淨一般地吹個不止，而且還發出那咆哮的聲音來威脅我們，田野、道路、樹林、山丘都像是被遺棄了一樣地不見半個人影，我們只聽見了幾聲夾著風聲吹來的小鳥啼聲。一群白鳥發出雜亂的聲音，掠著了長空飛過去。

這時候，我們還沒有走得多少遠。照這樣子看來，我們似乎沒有在大雪前能夠趕到特華的希望；我還不知道這地方常有所謂的「大風雪」那東西，但不久我就知道了，而且這個給我的胸中，有一個永不會忘記的記憶。

從西北方吹來的層疊的低雲，就壓到我們的頭上來了，突然灰暗地，沒有吃驚的餘暇，我們完全被包蔽在那灰暗的雲中了。那不是雲而是雪啊！這已經不是蝶兒一般的雪了，這是雨一般的粉雪，我們被包圍在那幾乎不能呼吸的厚密的粉雪中了。

師父發出了絕望的叫聲說：「這無論如何不能趕到特華去了，不管發現了什麼樣的房子，都非避進去不可。」

我似乎得救了，心裡寬了一寬，然而在這伸手不見掌的厚雪中，哪裡能找得著房子呢？

我們現在正是在沒有人家、沒有一切的山陵和森林之間呢。一刻鐘前，我們還能辨得出道路，可是這可怕的粉雪，在一瞬間將宇宙的一切都埋在白色的底下了。

chapter 16

狼的夜襲

完全像塵埃一般地，無隙不入的粉雪，從我的袖口、襟頭、鞋子潛入了我的身體，當它融化時，那真是難過！師父為了那抱在衣服內的猴子時時要出來換氣，每次打開胸前，這乘勢吹入懷中的雪，也似乎使他不舒服。不過我們還是不顧前後和風雪奮鬥，向著那無路的地方前進。

狗兒們也沒有力氣在前面跑了，只跟在我們的背後。我們現在似乎迷入了深林中，看不見面前，身體濡濕而至冰結，加上身體的疲勞，一點也走不動了。可以給我們避難的地方，也似乎不容易找得到，然而雪是一刻一刻地積厚了，幸而，不久風稍微小了一些，粉雪也變成了大雪片，同時我們可以稍稍看見前面了。

我時常抬起眼來望望主人，他似乎不斷地在尋找著什麼東西一樣，一邊看著左方一邊前進。在我的眼裡所能看得見的，只有像這春天才斬伐了的空地明亮的毗連，和其間的老樹梢發出來的嫩枝，受著積雪的重壓，像弓一樣地彎下去。然而，師父究竟在找什麼東西呢？

我只注視著前路，心裡想快點走出樹林，找到一家房子。不過，走來走去，這樹林總沒有盡頭。無論經過多久，沒有一點眼前的曙光，雪更是下得厲害了。照這樣子看來，恐怕在沒有走出樹林時，我們早已被埋在雪下了吧。

突然，我看見師父抬起手來，指著左邊。我順著他指的地方望去，看見在空地的那邊，在灰黑的背景前，有一間像全白的小屋一樣的東西。

我們向著這像小屋一樣的東西急進。果然，那是一間用木頭和枯枝搭起來的用柴皮鋪了屋頂的小房子。這粗陋的茅屋，在現在的我們，簡直就是金殿玉樓了。狗兒們最先跳了進去，在乾燥的地上高興得不得了，亂吠亂滾。我們的歡喜也不讓狗兒們，不過不能像牠們那樣的在地上亂滾，將潮濕的身體弄乾。

師父對我說：「我看見這邊的樹木中有新近斬過的斧頭痕跡，所以知道附近一定有樵夫的房子。現在，雪只任它了。」

「唔，隨它怎樣下也不怕了！」我也壯了膽，這樣叫一聲。

我們走到了茅室的入口——雖然說是入口，但是沒有門戶，也沒有窗子——為了不要把室內弄濕，所以我們把帽子上和衣服上的雪都拂乾淨了才進去。屋內極其簡單，放了幾個石頭和木頭當作椅子，在屋角有一個用磚瓦圍成的火爐，只有這幾樣東西，然而在我們已經是難得的了。可以燒火！這比什麼都要使我們感激。

但想起燒火，卻沒有柴，雪已經堆積起來了，又不能到屋外去拾樹枝，這使我們很為難。幸而牆壁和屋頂都是枯木砌成的，所以我們在不使屋子發生危險的範圍內，抽了一些出來燒火。

我將樹枝放入爐內，點著了火柴，枯枝發出了爽快的聲音，猛烈地燒起來。最初燒不旺，煙蒙住了這沒有煙囱的屋子，不過我也顧不及煙了，眼裡流著淚，兩手伏在地上，拚命地吹火。狗兒們都圍上了爐邊來，為著是要把冰凍的身體焐暖，喬利先從主人的衣服裡伸出頭來，看見外面沒有危險時，牠就迅速地跳了下來，占著一個最好的地方，把那細小抖動的兩手舉在火旁烤起來，這時爐火是燒得很好的了。

師父照例在每次早晨出發時，帶了大塊的麵包和奶油，他把這東西分給了我們。不過他只拿了一半出來分配，所以我們各人只能得到一點。

主人見我有點不滿足的樣子，就說：「從這裡到特華，若是能夠有宿息的地方就好了，不過這似乎尋不到，而且我完全不知道這森林的路徑。本來這種多森林的地方，即使不下雪，也是容易迷路的，所以沒有看準了天氣，也不知道到第二個森林的道程，是絕不能出發。雪若是再不停，恐怕非在這裡籠居一兩天不可，所以食物也非得省著吃不可，知道了嗎？」

食量雖不能夠滿足，然而我們已經膽壯了很多，第一，已經有了避難處，而且能夠烤火，這就使我們心壯氣勇，此後，我們只要等雪停就好了，難道會有一晝夜二晝夜也不停的嗎？

向著北風，走著沒有目的的路程，倒不如這樣地挨著點餓的好。雪不久就要霽了吧，我這樣想著安慰自己。

但是向外面望望，雲似乎不容易就霽，而且更加濃密，更加迅速地飛降了。風兒靜了，雪是垂直地不斷地落下，天空是看不見的，地面因了積雪的反映，比天上還要明亮。

不久，三隻狗兒都在爐邊睡著了，我也想試學牠們；今早是大清早就起床的，所以身體一溫暖時，就有點睡意了，在這裡看那不停的雪，還不如睡一覺，做那「白鳥號」的夢吧。

睡了一覺起來時，雪已經停了。到門口一看，積雪比我的膝頭還要高，這就不容易出發了。但是，現在是幾點鐘了呢？

不過，我又不能夠向師父問鐘點，因為自從離開了雪多之後，表演不十分順利，無論如何，沒有補償在都魯斯罰了的罰金那樣的收入，而且在前一個市裡，師父還給我買了一件羊皮衣，就在那時候，師父把從前叫卡彼看鐘點的那只大銀錶賣了。

看看天空的樣子，是不會曉得時間的，除了地面因積雪而閃映之外，四圍是模糊的；空中也只是處處呈著淡黃色，太陽在哪一邊呢，也無從知道。想側耳試聽有什麼聲音時，天給我的只有沉默，連一聲小鳥的啼聲也聽不到，只有那時時從樹上滑下來的積雪，發出沙沙的音響而已。

「路美，你想要走嗎？」師父在屋裡問。

「我不知道，萬事隨著師父的意思。」

「那麼，就在這小屋中住下吧，這裡有睡覺的地方，還有火。」

不過沒有麵包就難受了，我獨自這樣想。

「這雪似乎還沒有下夠，若是離開這裡，在路上又碰著下雪，在黑夜中迷路就糟糕了。」

這樣，我們就決定在這裡過夜了。

師父把剩下的麵包拿出分了，不過這是有限的，絕不能填我們的饑荒。尤其是狗兒們，更加感到不足，吃完之後，卡彼還站了起來，用腳摸摸師父的布袋，因為食品總是放在那袋裡的。然而袋裡已是空無所有了，卡彼只好不響了，不過那嘴饞的彼奴還不答應，在那裡哼哼不休。

雪又不知在什麼時候大下起來了，四周的灌木被埋在積雪下了。今天的日子似乎特別黑得快，四周已經辨不出東西。到夜裡，雪還在下，從黑暗的天上，棉花一樣的大雪片不斷地落到映明的地上，這屋子也像不久要被掩埋了似的。

「路美，我們輪著守夜吧。你先去睡，等一會叫你起來，我才睡。這樣大雪的夜裡，當然不怕有盜賊或猛獸，不過要看著火，不要讓它熄了，若是睡著時火熄了，恐怕身體會凍壞的，雪一晴，冷得就更厲害了。」師父說。

我蜷在烘乾的羊皮衣中，用平坦的石塊做枕頭，背向著火，舒服地睡著了。被師父喚醒時，夜似乎很深了，雪已經停了，然而爐火燒得十分旺盛。

「喂，這回換我來睡了，你看著火，只要不時添柴就好，你看，我連柴都預備好了。」我一看，師父已經把樹枝都堆好了，所以我不必離開火，去屋頂或牆壁裡抽柴了。師父對我用心實在周到。然而師父哪裡知道，這正是他的失策呢，哪裡知道這會惹起不可追救的事呢！

師父見我很清醒，開始我的職務之後，他拖著喬利在火爐邊躺下了。不久，師父發出了高聲而規則的鼻息，我躡足走到門口，探探屋外的情形。

雪把地上的一切都埋沒了，一望無涯，恰似鋪了凸凹的白布一般。空中四處閃耀的星辰，在蒼白的雪光中，像夢一樣的隱約。寒氣更甚了，外面吹來的風像刀一般地刺人。在肅靜的沉默的夜裡，我微微聽見那積雪冰凍所發的，像龜裂一樣的低細的聲音。

我以為發現這小屋，實在是我們的幸運，若是尋不到這小屋，在森林過夜，我們不知道將怎樣呢。

我又輕輕地走到門口，可是狗兒們已經驚醒了，彼奴跟著我到了門口，不過這莊嚴的雪景在牠的眼裡，似乎沒有什麼意思，牠馬上就厭煩了，想跑到屋外去。

我做手勢止住了彼奴，牠沒精打采地縮回來。究竟彼奴為什麼要離開火旁到雪中去徘徊呢？牠雖然聽從了我的命令，不過牠是隻頑強的狗，牠的念頭是不容易拋去的，牠的鼻孔還是對著門口。

我望著屋外的光景，心裡似乎有點酸溜溜的，就折回到爐邊，添上了三四根粗柴，坐在我做過枕頭的石上，美麗的火焰捲升到屋頂，爆裂的聲音驚破了深夜的寂寞。我對著火焰看了很久，呆聽著爆裂的聲聲。身體漸漸暖和起來，眼睛也漸漸垂下，不知在什麼時候，我失去了知覺，沉沒在睡眠的深底。若是我需要時時起來拿柴的話，那絕不會這樣糊塗地睡著了吧，然而這是追之無及了。

突然！我給狗吠聲驚醒了，筆直地跳了起來。屋子裡黑暗暗的，無疑我是睡了好久。火已經熄了——屋裡沒有那照耀的火焰了。

狗兒不絕地吠喚，那是卡彼的聲音。真奇怪，卻沒有彼奴和朵兒的吠聲。

師父也被驚醒，爬起來問：「路美，什麼事呀？」

「什麼事？我不知道。」

「你沒有睡著吧？火不是已經熄了嗎？」

卡彼跳到門口去。可是不敢走出去，只向著屋外猛吠。

呀！什麼事發生了呢？我真是狼狽極了，一句話也答不出來。

和卡彼的吠聲相應的，我聽見了苦悶的呻吟的微聲。我以為那是朵兒的聲音，所以我想跑到屋外去，然而師父卻抓住了我的肩膀，將我拖回來。

「先燃著了火！」

我聽從師父的吩咐，趕快剝開爐灰，火還存了一些，我一面添上枯枝，伏在地上吹著了火。

師父拿起一把燒著的樹枝當作火把，「走吧！跟我來。卡彼，你走前頭！」

我們剛要走出去時，一聲可怕的獸聲似乎連房子也震動了，震裂了黑暗，衝破了寂寞。卡彼一聽到這聲音，失卻了魂膽，躲在我們的腳邊，畏縮著不敢向前。

「狼呀！彼奴和朵兒在哪裡？」

我難以回答了，無疑地，彼奴在我睡著時跑了出去，朵兒也學樣跟著牠去了。兩隻狗不會是被狼給拖去了吧？在師父問我彼奴和朵兒在哪裡時的語調中，我已經察出師父對此事抱著疑惑了。

「路美，你拿著火把！我們去救狗兒去！」

我在村裡時，時常聽到狼的可怕故事，以為再沒有像狼那樣可怕的東西了，然而我一點也不躊躇，在爐裡拿起了火把，跟著師父就跑。

我們到屋前的空林中去找，然而沒有狗的影子，也沒有狼的影子。積雪上印著兩隻狗的足印，我們跟著這足印，在屋子的周圍繞了一周。忽然，倆狗兒的足印紛亂了起來，雪花被擲散了，在那裡我們看見似乎有狗兒亂滾的痕跡。

「卡彼，你找找看！」師父命卡彼去搜索，同時大聲吹了口笛，呼喚倆狗兒。

然而，大地寂然，沒有一點回聲，也沒有驚破這淒壯的森林的緘默的聲音，剛才唱著凱歌般的啼號的狼，到什麼地方去了呢？

卡彼雖受了主人的命令，但不像平時那樣順從，緊纏著我們的腳跟，不敢離開。我們手中的火把和雪光都不能照得太遠，師父又吹了口笛，大聲地呼喚兩隻狗的名字。

我們拚命地傾聽，師父的喚聲只得了一聲回音，回音消失了，一切又像死一般的寂靜，我的心真痛得難耐。

「可憐的狗兒們呀！牠們給狼銜去了！」師父嘆了一口氣，「路美，為什麼你把狗兒放出去呢？」

我不能回答，只垂下眼睛。

「我去找牠們。」

我想一個人去找，但師父抓住我的肩膀：「你到什麼地方去找啊？」

「什麼地方？……」

「這樣的深雪，黑暗的林中，哪裡去找？」

雪積得沒膝般深，火把的柴枝也不是永燃不熄的，而且火把也照不遍森林。

「我這樣呼喚，還是沒有回答，那麼，兩隻狗已經……被拖到相當遠的地方去了。偶一不慎，說不定狼還會惹到我們身上來，我們又沒有帶武器，所以非得小心不可。」

就這樣，將這兩隻可憐的狗兒──李士班中不可缺少的兩位主角，而且是我一天不能離開的兩個好友──放棄了，是多麼殘酷呀！我感到了自己的過失和責任的重大，彷彿自己給狼抓去了一樣的痛苦，若是我沒有睡著，我絕不會讓兩隻狗兒到屋外去的。

師父向著小屋回頭了，我默默地跟著他。我在路上走一步，總要回頭看，想看看有什麼東西，或是聽聽有什麼聲息沒有。

回到屋子裡一看，拋在爐上的枯枝完全著了火，滿屋子照得通亮，這裡又有新的恐怖在等著我們了。那就是我們又不見了喬利，包著牠的毛氈還在火旁，不過變成了扁平的，喬利已經不在裡面了。我試著喚牠的名字，然而沒有牠的影子。

師父說，他起身時，覺得喬利還在他的身旁，那麼，牠是在我們到屋外去後才不見的。我們拿起了盛燃的枯枝到屋外去尋找，可是，沒有喬利的足跡，也沒有牠的影子。

再回到屋裡，以為牠或者躲在枯枝的角上，所以搜遍了全屋子。在同樣的地方找了十次，我還騎上師父的肩上，詳細地檢查屋頂的枯枝。然而，這些都是徒勞。

我們時而停止搜索，喚著喬利的名字，但牠都沒有跑出來。師父大發脾氣，我也絕望了。我對師父說，恐怕在我們出去時，狼連喬利也抓了去吧。

師父說：「不，狼不會進家裡來的，我認為彼奴和朵兒是自己走到屋外去，才給等待的狼抓了去的，只要守在屋子裡，那就沒有事，不過喬利或不以為然，在我們出去之後，害怕了起來，一定是不知道躲到什麼地方去了。然而在這樣寒冷的天，到屋外去，絕不是喬利所耐得住的。恐怕在沒有被狼吃了之前，早已凍死了吧。我很擔心。」

我們想再找找看，所以又著手搜索，到屋外也去望望，可是沒有牠的影子，我總以為牠是給狼吃了。

「我們只有待天亮之後再找了。」師父用失望的語調說。

「什麼時候才天亮呢？」

「再等兩個鐘頭或三個鐘頭就亮了吧。」

師父兩手按著頭，坐在火前，一聲不響。我也沒有向他說話的勇氣了，只坐在師父的身旁，動也不動，只時時伸手向爐裡添柴。

師父不時到門口望望天空，專心地側耳傾聽，然後又回到本來的位置，靜靜地垂下了頭。

我希望師父不要這樣默默地不高興，索性大罵我一場就好了，因為我的過失，不止將兩隻狗斷送了，連喬利也死了的話，我將何以面對師父呢？而且以後我們何以過活呢？我真是想哭。

在渴望著天快亮的我，三個鐘頭是多麼的長遠而苦痛呀！

我覺得這絕望的長夜，似乎永沒有光亮的時候。然而星影漸漸轉薄，天空微微發白，不久天就亮了，寒氣刺骨，從門口吹來的空氣完全冰凍了，即使能把喬利找到，在這樣的天氣，牠還能活到現在嗎？

師父在牆上抽了一根粗大的木棍當做武器，我也抽了一根攜在手上。卡彼昨夜雖然畏縮，今早卻是神氣百倍地望著主人的臉色，只要主人命令一下，牠就飛跑就道。

我們先在屋子的周圍找尋喬利。我們想發現喬利的足跡，尋來尋去總找不到。忽然，抬頭向著天空聞嗅的卡彼歡喜地吠了起來，牠是報告我們喬利不在地上而在高處。

真的，我們朝天一望時，屋子上面有一棵大樹的橫枝給積雪壓得彎了，彎得差不多和屋頂相接，從樹枝再望上去，在很高的樹枝分叉處，有一團黑而細小的東西。

那就是喬利啊！昨夜牠被狼的啼聲嚇住了，在我們出去之後，牠從屋頂逃了出來，到樹上去避難，在那裡嚇壞了，任我們怎樣叫喚也不答應，靜靜地蹲在那裡。

非常怕冷的喬利，恐怕是在那裡冰凍了吧。師父靜靜地喚了幾聲，然而牠像死了一樣，動也不動。師父差不多呼喚了四五分鐘，牠還沒有一點像活著的樣子，我以為喬利是真的死在那裡了。

我告訴師父，我想到樹上去看看，師父認為那太危險，阻止了我。然而我向他說我在村裡時是有名會爬樹的，他才答應。

我攀上那樹枝分叉的地方。喬利一點不動地蹲在那裡，然而牠光亮的眼睛卻望著我，我才放下了心。

但是，我伸手想去抓牠時，喬利突然跳到別枝上去了，我跟著牠攀過去，然而人總不能和猴子比較上下啦，喬利又跳上第二枝，我卻不能像牠那樣玩把戲。幸而樹枝上積了雪，牠也不能隨意地亂跳，因為牠已經很衰弱，在枝上滑了幾滑，到了低處的枝上，跳到主人的肩上，立刻鑽進主人的衣服裡去了。

chapter 17 喬利之死

喬利已經找到了，還要去探探狗兒的生死，我們順著雪上的足印去尋。在明亮的太陽光裡，明白顯現的兩隻狗的足印，正確地說明了昨夜悲劇的發生。

那足印沿著屋後，很規則的有六七丈長，突然消失了，之後就見到狼的大步足印，是從森林的那邊跳出來似的。在狗和狼的足印互相交錯的地方，積雪散亂，還有狗兒跌滾的形跡，紅色的血點染遍了白雪。悲劇是在距我們的屋子六七丈的地方發生的！

我們沒有勇氣再找尋狗兒們了，可憐的彼奴和朵兒是被咬破了咽喉，拖到森林的那邊去了，現在恐怕早已在荊棘叢中被狼給吞了。

我們現在要趕快給猴子取暖。我們倉忙地回到屋子，火爐裡還有殘火，師父抱著喬利，像嬰兒一樣地給牠烤手烤腳，我也將牠的毛氈烤暖了。我們將猴子捲起來，讓牠睡覺。不過，現在喬利所需要的，那一張薄毛氈是不夠的，牠所需要的是溫暖的睡床和熱燙的飲料，然而我們哪裡有這些東西呢。有火爐，我們已經是大幸了。

我們坐在爐旁，無言地凝視著爐火。

「可憐的彼奴！可憐的朵兒！可憐的朋友們！」我們口裡所呢喃的，只有這幾句話。這就是我們心中的叫喚啊！

這兩隻狗兒是和我們共患難、共安樂，是和我們共命運的伴侶。尤其是我，在離開師父的那些日子中，牠們是我難忘的、互相慰藉的摯友。然而，牠們竟因為我的過失而喪命！若是我能夠盡我的職務，就不會讓牠們出去；即使讓牠們到屋子的周圍去，那狼看見了屋子裡的火光，也不敢走近吧。

我希望師父能夠大發脾氣，痛責我一場就好了，然而師父並不向我作一語，連看也不看我，他只是垂著頭，望住爐火。師父大概是在想，喪失這兩隻狗之後，怎麼樣能夠表演呢，使他絕望了吧。

今天是和昨天完全不同的好天氣，雪上反映著的白光，幾使人不能開眼。師父時時伸手到毛氈下去摸喬利，可是不能使牠暖和，我俯在毛氈上，可以聽見喬利震齒的聲音，我們知道在這小屋子裡，斷不能使牠冰凍的血液復活。

師父站了起來說：「我們非去找到一個村落不可，在這裡，喬利一定要凍死了。喂，走吧。」

我把毛氈再烘得暖些，緊緊地抱著小猴子，放進師父的上衣裡，貼抱在懷中。

我們將要離開這小屋時，師父似和人們告別一般地看看四周，說：「好貴的旅店啊！它分了我身上一塊肉呀！」

主人說時，聲音發抖了。

主人在前頭走，我跟在他背後。我們開步走了，卡彼還是呆立在屋子門口，向著昨夜被劫去的伴侶的遺跡，默默地在追想，我們去叫牠，牠才跟著來。

昨天因為下雪，一點也辨不出東西來，可是今天我們馬上就發現了從林中搬運木材出去的車道，我們沿著路走了十分鐘，走到一條大路上。剛巧有一輛運貨的馬車走過，駕車人告訴我們，再走一個鐘頭，就可以到村上去。

雖然提起了精神向前走，然而積雪差不多埋到了我的腰桿，這條路絕不是容易走的。我不時向師父問起喬利的情形，他告訴我還是感覺牠在發抖。不久，看見前面有一個大村子裡的人家了，我們勇氣百倍向前趕快地走。

從前，我們無論到什麼地方，總沒有住過上等旅館的，我們總是在村口或近旁找一個便宜的旅店，在那裡住宿。然而真奇怪，今天我們一走進村子，就看見了兩三間粗陋的旅店，可是師父看也不看地儘管向前走。

不久，我們走到村的中心點，看見一間掛著金招牌的上等旅館，師父不客氣地走了進去，我吃了一驚，也跟著跨了進去。

師父一看見店主，就不像往時到便宜旅店時一樣了，他用那「紳士」的態度，帽子也不脫，態度大方，叫他開一間有火爐的溫暖的房間。

蓄著長髮的漂亮店主似乎看著我們有點奇怪，但看見師父那種堂堂的樣子，立刻叫了一位女茶房來，把我們帶到房間裡去。

茶房把暖爐的火點著了，師父立刻向著我，焦躁地說：「喂，快點跑到床上睡下去！」

我吃了一驚，望望師父，為什麼我要睡覺呢？我實在倒是想要一點東西吃啦。

「喂，不快點睡下！」

我只有聽從他的命令，趕快將上衣脫了，鑽到床裡去，師父立刻拿起鬆鬆的鵝毛被一直蓋到我的鼻頭上。

「好好地溫一溫，越暖和越好。」

我想，我是不是患病了呢？喬利是應該暖一暖的。我很快地走了來的，一點也不覺得冷啊。但是我動也不動地，使勁地溫暖著身體。這時候，師父將喬利取了出來，抱到暖爐前，像燒掛爐鴨子一樣地將可憐的喬利的身體反轉焙烘，茶房吃驚地望著，不久走了出去。

過了一會，師父問我說：「怎麼樣了，暖和了嗎？」

夠暖的了，我簡直像在蒸籠裡一樣。

「熱得喘氣也喘不過來了。」

「唔，剛好。」

師父趕快將喬利抱過來，塞入我的被窩裡，吩咐我緊緊地抱著牠。喬利在調皮或不高興時，就不容易聽話的，但今天任著我們擺佈了，我一抱，牠就順從地緊貼著我。

牠不再發抖了，可是那細小的身體像著了火一般的熱燙。師父到廚房裡，拿了一杯加了糖的熱葡萄酒來，他想把這酒當興奮劑給喬利喝，可是牠緊咬著牙不肯開口，火紅的眼睛悲傷地望著我們，似乎是在說，請你們不要再麻煩我。

在這當兒，喬利時時將一雙小手從被窩裡伸出來給我看，到底這是什麼意思呢，我很奇怪，問師父，師父告訴我說：「從前當我還沒有加入這把戲班時，喬利曾患了肺炎，那時候，獸醫從牠的腕上放血出來，給牠治好了，所以牠現在知道自己又患病了，想叫我們像從前一樣地給牠放血罷。」

我覺得牠可愛又可憐，心裡難過得很。師父似乎也很難過，為牠的病擔著心。喬利知道自己在害病，而且連那平日最喜歡的加糖葡萄酒也不肯喝，那牠的病一定不輕了。

「路美，你把這酒喝下去睡覺吧！我趕快去請醫生來。」師父這樣說著，走出去了。實在說，我也是最愛喝那加了糖的葡萄酒的，而且肚子又餓，所以我一口就把它喝掉，蓋好了被窩睡覺了。我立刻覺得身體發熱，呼吸也短促起來，覺得很不舒服。

不一會，師父帶了一位架著金絲眼鏡的、裝著樣子的紳士回來。那大概是醫生吧。

師父以為說出病人是一隻猴子時，恐怕這樣漂亮的醫生不肯屈駕，所以也不指定是誰，只說有病人，就把他拖了來。

那走進來的醫生，一看見醉酒的我，滿面漲紅得像怒放的牡丹花一樣地睡著的我，就踱過來，將手按按我的額上，說：「唔，極度充血了啦。」他側著頭想一想。

我不能不開口了，不開口的話，他會在我的手腕上放血吧。

「不是我害病。」

「什麼，不是你害病？哈哈，還講囈語呢，這病就不輕了。」

「不是的。」我倉忙地坐起了半身，指著懷裡的喬利，說：「先生，害病的是這小猴子。」

醫生倒退了一步，生氣地回顧著師父：「猴子！你拖了我來給猴子看病嗎？真是胡鬧！」

醫生大發脾氣，回頭就想走，然而李士老人卻很鎮靜地，先鄭重地挽留他，然後用那諄諄善導的語調，詳述昨夜因遇大雪，狗兒不幸給狼抓了去，猴子爬上了樹得以救了一命，可是得了一場大病的經過。

接著，再鄭重地說：「不錯，病人是一隻猴子，可是這是一隻非常伶俐可貴的猴子，數年來，我當牠是自己的兒子一般地撫養，而且成了我們班裡的名角，所以，我哪裡能夠讓牠委之於鄉下獸醫的手裡！大家都知道，世上再沒有像獸醫那樣無知寡情的人的，反之，博士先生都是學識高深的妙手，所以無論到什麼小村裡去，若要請醫生時，就一定要請學識高明、經驗深厚的先生。像先生所知道的一樣，猴子固然是動物，不過，不待博物學者的說明，我們知道牠是最近似人類的動物，猴子的病和人類的病沒有什麼不同的地方；就學術的立場，先生可實地試驗，猴子的病是怎樣地和人類的相似，這不也是很有意思的事嗎？」

上了義大利人獨特口舌的當，博士從門口又回到睡床前來。

李士老人正在說話的當兒，喬利似乎早已知道，這架金絲眼鏡的人是來醫治自己的病的，把小手伸出了十二三回，懇求人給牠快點放血出來。

「請你看看，小猴子已知道你是醫生，伸出手來請你看脈，這是多麼可愛而伶俐的猴子呢。」

喬利的手腕使醫生下了決心。

「唔，雖然不同，或許也還有意思。」醫生開始給小猴子按脈了。

在醫生或者還感到趣味，不過在我們呢，實在夠悲傷夠憂心的了，診察的結果，說正是肺炎復發。醫生用小刀切開喬利的腕上放血，牠也不呻吟，默默地忍著痛，因為牠以為這樣一治，那痛苦的疾病就會好了。

手術之後，又用「芥子粒」貼在牠胸上，又給牠吃藥水。當然，我也不能上床睡覺了，因為我受了主人的命令看護喬利。

喬利似乎很滿意我的看護，用笑顏來表示牠心中的感謝，我覺得牠的目光漸漸像起人來了。從前是那樣活潑，性急，專門和人家作對，一刻也不能安靜，現在似乎變成了好學生，非常的柔順馴服。

牠的病狀照著肺炎的順序逐漸加重，從那天的下午起開始咳嗽，搖動著身體咳時似乎很辛苦，因此更加使牠疲勞了。

我的口袋裡還有一角錢，於是去買一點糖果來給喬利，牠每次咳嗽時，我就給牠一片。不過聰明的牠知道了我的辦法，所以有時牠一想吃糖，就假裝咳嗽。我知道了牠的狡策，不上牠的當，牠就閃著眼睛懇求我，我還是裝著不知道，牠就趴在被子上，身體屈成兩折，一隻手按住肚子，拚命咳嗽，因此，臉孔也漲紅了，額上現著青筋，眼淚也滴了出來。到最後，從假裝的咳嗽變成真的，似乎就要窒息死了，後來牠竟病勢加重，造成不幸的結果。

我們在這裡逗留了兩三天，喬利的病仍是不很順利。有一天早上，從來沒有對我講起錢的師父，忽然向我說，今早店主人來要帳了，除了給帳之外，現在只剩一塊錢，所以他想在晚上出去表演一次。

彼奴，朵兒都不在，喬利害了大病睡在床上，然而我們卻要表演！我以為這是斷不可能的事。

chapter 18

最後的表演

雖說是不可能的事，但有什麼辦法呢？無論是怎樣的花費，我們非得救活喬利的性命不可。那就非在這村裡多住三四天不可，而且醫生的診金、藥費、旅館費、食費、炭火費等，沒有二十元是過不去的。

但是，在這寒村裡，在這樣的天時，演員又不足，想要賺得二十元，究竟玩什麼把戲呢。

我在看護病人的時候，師父匆忙地出去，在市場的小屋中看定了戲臺回來了。

因為下雪，所以不能在路上表演，大吹大擂的，說是要演夜戲，戲臺的佈置和街上的招貼，一切都是自己趕做的，將最後的一塊錢買了蠟燭，將這些蠟燭都切成兩節，這樣，每支都可以做兩支用。我從窗口處望見師父在旅館前跑來跑去。到底，他想表演什麼節目呢？

不一刻，戴著紅色兵士帽的村裡的廣告匠擂打著銅鼓，似乎是在宣傳今晚的戲碼。我從窗口又伸出頭一看時，那人已經到了旅館的門前，敲著銅鼓，在引誘行人，而且放大了喉聲，在述說戲目的開場白。

知道了李士老人一流的誇大的人們，大概不會特別吃驚的吧。不過他們的吹法又是如何呢：「天下聞名的把戲師」——那把戲師就是卡彼啦；「素有神童之譽，稀世的少年音樂家」——這神童就是我啦。但是最奇怪的是，門票沒有定價錢，說是看了之後才收錢，隨意賞賜，表演中若有和廣告不符的地方，一文也不收呢。

我以為，這是多麼大膽的辦法呢，看客要能夠儘量地給我們賞彩就好，然而……說卡彼是聞名的把戲師，還可以過得去；但是，我這「神童」……就太靠不住了。

聽見了響亮的銅鼓聲，卡彼歡喜地叫了。喬利也忘記了疾病的痛苦，爬到被上。牠們倆大概都知道了這銅鼓的聲音，是報告我們的表演的吧。

喬利用無力的腳搖搖擺擺想站起來。我正想制止牠時，牠就搖手搖頭向我請求，將牠的英國大將軍服、嵌金線的紅褲子和禮帽拿出來，我向牠搖搖頭，牠又合著掌跪了下去，向我哀求。平時最不愛穿那些東西的喬利，在大病中倒想穿戴起來，參加表演呢，我覺得牠真是可愛又可憐，心裡難過極了。

我無論如何不答應，牠生氣了，最後竟滴下眼淚來。照這樣子看起來，牠今晚定不能斷念的。我想，我們恐怕非偷偷地出旅館不可啦。

完全不知此事的師父，一回到旅館裡來時，第一先吩咐我將豎琴和必要的戲具準備起來。喬利聽了這話時，立刻又熱心地哀求了。這回不是向我，是向著師父了，口裡雖說不出話來，然而在那音聲的調子和抑揚，顏面筋肉的運動，身體搖擺的樣子等，比口裡說出的還要感動人。眼裡流出真誠的熱淚，纏住了師父的手，無數次地親吻。

「唔，你這樣地想登臺嗎？」師父靜靜地問。

「是的，我懇求你，我是這樣地想望的。」口裡雖不會說話，可是喬利的身體是這樣地作答了。

「但是你是病人呢！」

「不，我已經不是病人了。」牠似乎是這樣回答。

不容易流淚的師父，眼裡也潮濕了。真的，這樣可憐的情景，實在是不可多見的。我們願意允許喬利的希望，然而，今晚若使牠登場演藝，那簡直是帶牠到地獄去一樣的。

不久，到了應該到市場去的時候了。我恐怕爐火熄了，加上一些粗大的柴，含著淚，辛苦地使喬利再鑽進被窩裡，然後我們帶著卡彼出去。

在途中，師父教給我的扮役。缺少了三個重要的角色，戲當然不是從前那樣的演法了。只有我和卡彼兩人，非得盡力地去表演，賺到二十元不可。

到了市場的戲臺一看，一切準備都就緒了，只等點起蠟燭就行了，但是這蠟燭也不能隨便點燃，在觀客還沒有到齊前先點起來，等表演到半途點完了時，那才是糟糕呢。

我們在後臺安頓好了，最後的廣告，銅鼓就在村中響起來。那聲音或近或遠的，送入了我們的耳裡。

我化裝完了，偕卡彼躲在臺柱後探探觀客的多少。銅鼓的聲音越響越近，我聽見了嘈雜的人聲，那是村裡的小孩子們，約莫二十人左右，隨著銅鼓來了。鼓手走進了市場，在進口的地方、兩支蠟燭之間占了位置，又是熱鬧地大吹大擂起來。那麼，現在只要有觀客來就好了。

從戲臺一望，人數還不算少，不過大抵都是小孩子，而且多是村裡的頑童，乘著不收門票的機會，一半是來開玩笑的。不要說二十元，要從這種觀客手裡收到兩元恐怕也不容易。人數不怕少，只要荷包沉重，爽快的觀客多來幾位就好了。

蠟燭點起來了，戲臺上也熱鬧起來，但是觀客還是寥寥無幾。荷包沉重的客人也不見多，不過一想到有限的蠟燭時，我們不能等著沒有把握的來客了。所以師父不顧來客的多少，準備開場了。

第一個出場的就是我。和著豎琴，我唱了兩曲流行歌。然而觀客一點也不喝采。我對於自己的歌，是沒有自信的，所以他們不喝彩，也不會傷了我的自尊心，不過只有今晚，這觀客的冷淡卻使我大失望。這樣看來，觀客的荷包恐怕不容易開口。

只為了想醫治喬利，我才拚命地歌唱，但得不到觀客們的一點反應。望望他們的臉孔，都是若無其事，一點也不當我是什麼神童，我神情沮喪地下了臺，接著是卡彼登場了。卡彼比我要幸福得多了，牠博得了觀眾無數的喝采。

我也不能說沒有人喝采就不出場，所以我和卡彼兩個交換地登場，托了卡彼的福蔭，觀客還似乎沒有什麼不滿意，我們在拍掌和頓足之中，演完了預定的戲目。

決定我們命運的時間到了。在師父的伴奏中，我一個人跳著西班牙舞，繼續著戲臺的熱鬧，這當兒，卡彼銜了那照例的圓盆子，千遍萬遍地在觀客席中轉來轉去。能夠順利地湊到二十元嗎？我擔心得很，然而我還是笑著向觀客舞個不休。

我辛苦得不堪，不過卡彼還沒有回來，所以我也不能停住了不舞。卡彼從容地在觀客之間環繞，看見有不賞錢的人，牠照例一隻腳拍拍那人的口袋，要他拿出錢來。

不霎時，卡彼回到戲臺上來了，我正想停舞，但是師父卻做手勢叫我再接著舞，我就一面舞一面走近卡彼，望了望，圓盆子還沒有盛滿，似乎僅僅有六七元的樣子。

師父也看明白了，立刻停止音樂，站了起來，向著觀客說：「諸位先生！今夜的戲目，這樣就算演完了，不過蠟燭還有得剩，諸位也似乎還不十分感到無聊。現在我們再來一樣，唱一曲鄙人從前記住的歌劇中的一節，若是能使諸位悅耳時，我再叫卡彼踵前領教，請諸位施捨施捨。尤其是頭一次沒曾施捨的諸位，請特別先預備。」

李士是我學歌的師父，不過一直到現在，我沒有聽過他在表演中自己出來唱過，我有點不放心。師父選了兩節誰都知道的有名的歌劇曲——只有我那時候還不曉得——特別唱了其中更聞名的歌詞，一節是「喬雪夫」的情歌，一節是「李沙兒，卡兒，都，里昂」中最有名的「噢，李沙兒，我的王！世界將你遺棄了」。

我在這時候還沒有判斷好歹的能力，不過我從來沒有像這次這樣，第一次在戲臺上聽師父的歌唱時那樣地感動過。躲在一隅，靜聆他的歌聲，我的心胸充滿一種不可言喻的情感，不禁眼裡流出淚了。

在朦朧的淚眼中，我看見在第一列的椅子上，有一位年紀輕輕、打扮得很漂亮的女人，她在每一曲完後，總是賣力地鼓掌，還似乎看不夠的樣子。我早就留意她。她當然不是鄉下的女人，那服裝，那容貌，都非其他的觀客所可比擬的。

她是高貴的、年輕的、漂亮的、真正的貴婦，穿著我從不曾見過的漂亮的皮草大衣——那大概是獺皮的吧。我小孩子的想頭，以為那一定是村裡最有錢的人家的太太吧。她的身旁還有一個小孩，面貌很像她，大概是她的兒子吧，這小孩也賣力地給卡彼喝采。

不過，第一回的情歌完後，卡彼拿著了圓盆子去募款，可是走到那女人的面前時，她一個銅板也沒有擲進去，竟使我意外的失望。

等到第二節曲完了時，那女人忽向我招手，我就走到她的身邊去。

「我有事想和你的主人談幾句話。」

我吃了一驚，這漂亮的貴婦要和我的師父說話！這到底是什麼一回事？若是要給錢的話，那麼只要擲在卡彼的盆子裡就行了。然而我又不好問她有什麼事，所以我跑到主人那裡，去告訴他。

剛巧這時候，卡彼銜了盆子回來了，盆裡的錢正和第一曲完了時同樣的有限，兩次合起來，似乎還不到十元。呀！這樣怎麼能夠給喬利醫病呢？

師父聽了我的話，不快活地蹙著眉頭：

「為什麼要看我呢？」

「她說有話要對你講——」

「我沒有什麼話好說啦。」

「她沒有給卡彼東西……或者是賞我們的錢吧。」

「那麼，叫卡彼去就得了。」師父口裡喃喃地說了一聲，就帶著卡彼走出來，我跟他背後。

這時候，一個佣人拿了燈籠和圍巾來接她了。師父走到那女人的面前，冷淡地點一點頭。

那女人愛嬌地用鄭重的話調說：「特意請了你來，真對不住。但是，你的唱歌使我感動得很，所以，想直接向你祝賀並謝謝你，知道是很對不住的。」

師父默默地不答。

女人又接著說：「實在我也是音樂家，恐怕你也明白，我是能夠聽出像你這樣的名人的歌唱了吧。」

我的師父是名人？這訓練動物的把戲師是唱歌的名人！我嚇得莫名其妙。

師父給她這樣稱讚，卻沒有半點歡喜的樣子。

「像我這樣的老頭子，哪裡當得起名人的稱呼！」

「我也並非好奇來打聽你的出身，不過你……」

「不，我沒有什麼可以使你好奇的，那不過是你突然聽了這平凡的把戲師唱了幾聲，所以多少有點驚奇就是了……」

「我真的很感激。」

「這話說起來有些複雜，不過我也不是生來就是把戲師，年輕的時候也曾──這是很久的話了──不，沒有什麼，不過是在那唱歌的名人家裡幫幫忙，所以就像鸚鵡學舌般地記得了幾句，現在隨便唱出來的……橫豎不過是一個路旁的把戲師罷了。」

「那麼，先生，」她用力地說：「以後怕還有看見你的機會吧，我今晚真感謝你極了。再會吧！祝你前途幸福！」她說後，向卡彼擲了一個金幣在盆子裡。

我以為師父會將這位貴客送到門口去的，可是事情並不這樣。不久，那女人的影子走遠了，我聽見師父用義大利語喃喃地說了些什麼。

「師父，那個人給了卡彼一個十元金幣！」我這樣嚷起來時，師父生氣地抬起手想要打我，又突然縮了回去，像夢中醒過來似的。

「十元金幣──呀，是的，我差一點將喬利忘記了，快點去看看牠罷。」

我們將東西收拾好，匆忙地跑回旅館去。我跳上了樓梯，最先跑進房間去，火還不曾熄，不過沒有紅焰了，但是，似乎沒有喬利的影子，我匆匆忙忙擦著了火柴，點著蠟燭。

牠似乎是自己跑起來化裝了，穿著陸軍上將的軍服，躺在被上，連我走進房間也不知道，牠正在貪睡。我想不要驚醒牠，悄悄地走近床邊，靜靜地握起牠的手，那手像冰一樣的冰冷。

這時，剛巧師父跨了進來，我急忙地說：「師父，喬利冰冷了！」

師父也趕快摸一摸看。

「呀，已經死了！……我以為不會有這種事的。路美，這是從美麗甘夫人的手裡強奪了來的報應啊。彼奴和朵兒給狼吃了，今天，喬利也死了，這都是天罰啊！事情恐怕不能這樣就完了。」師父的眼中，充滿了熱淚。

chapter 19 到巴黎去

我們離巴黎還很遠很遠。滿心含著憂愁，離開了村子出發，當面迎著北風，我們又在雪路上跋涉了。

李士老人在前，我跟著他的背後，卡彼跟在我們後面前進。我的心魄真的完全消失了。排著這樣的行列，我們不知道走了幾個鐘頭，也沒有說半句話，在刮耳的寒風裡，口唇凍得蒼白，足底濕透了，鞋重，腹空，我們非走到臥倒時不止啊！

途中相遇的農人們目送我們的行列走過，他們的心裡疑心著這高大的老頭子帶了這小孩和狗，到什麼地方去呢？

默默前進，這在我是再痛苦沒有的了。我真想講話，好將心情轉到別的事上去，所以，我找著話對師父說，可是他只回答我一兩句又靜默了，而他自己是絕不會回頭來對我講半句話的，幸而還有卡彼來安慰我，牠不時跑來舐舐我的手，那滿含著意思望著我的面孔，好像是這樣說：「你不是還有卡彼在你身旁嗎？你不要忘了啊。」

這時候我總是摸摸牠的頭，牠也似乎覺得氣壯了起來，我和卡彼能夠互相理解，互相友愛，所以我依賴著牠，牠也依賴著我，狗的心正是和孩子的心一樣地容易感受的啊。

從前，卡彼是牠的同類中的首領，沿途總是監督著牠的伴侶，這習慣使牠不時停步，回頭看看牠的伴侶有沒有循規蹈矩跟著來。然而不到幾秒鐘，牠想起了朵兒和彼奴都已死去，就悄然跑到我們前頭，回看著師父的臉孔，似乎告訴他，說牠的伴侶沒有跟了來，也不是牠的罪。一看見卡彼的那善於表情的眼光時，真使人心胸欲裂啊。

我們的心裡正需要著慰藉，但映在眼裡的景色，只有使我們喪氣。一望無涯，山野都覆著白雪，田園和牧場都沒半點人影，馬的長嘶和母牛的叫聲也聽不見，只有那尋不著食物的鳥在高枝上悲切地哀啼。走過村子時，人們都緊閉著門戶，在爐旁做功夫，所以到處都像死一般地寂靜無聲。

到夜裡，我們尋著人家堆東西的房子或牛欄，就在那裡過夜，或是在曠野中的羊欄裡做清冷的夢，吃的東西也只有薄薄一片的麵包，而且大概是午飯和晚飯兼帶的。在羊欄裡雜在羊群中睡覺的夜裡，算是最幸福的了，只有這個時候，因為羊兒的溫氣，我們也能夠不覺寒冷便入眠了。

尤其是現在正是牝羊育兒的時節，那看羊的人看見羊乳汁太多時，就允許我到羊的乳頭去吸飲。師父看見我在拚命地吸乳時，就向牧人說，這小孩從小在鄉下時，是給羊乳養大的，所以到現在還不能忘記那味道，實在我是喜歡羊乳的。在喝了羊乳的第二天，我總覺得很有力氣。

不久我們漸漸走近巴黎了。用不著去看路旁的里程標，只要看看交通漸漸頻繁起來就可以知道了。雪也大體融化了，路也變得十分骯髒。

我最奇怪的，就是我們雖然接近巴黎了，然而這裡鄉村的外表，卻一點也不見得漂亮。我從小就聽說，巴黎是世界上最漂亮的都市，像樂園一樣，所以我的想像，以為那一定是神仙做成的都市，我想像那裡有黃金的樹木，有黃金的高塔，有排列著大理石的宮殿的街路，還有穿著燕尾服在街上逍遙的居民等等。

我以為黃金的樹木快要看得見了，心裡想著這事前進，然而，在這裡和我們碰到的人們，不像鄉村裡的人一樣，他們完全不注意我們。這恐怕是都會人和鄉下人不同，他們忙得沒有工夫再來管別人家的事吧，不然，就是師父一點也不奇怪，不能惹人注意吧。

想到這裡，我心中不覺憂愁起來。我們到了巴黎，將如何地討生活呢？我不知有多少次想問師父，然而又覺得難以說出來。

我們又走出了一個大村子，那剛巧是下坡。我們在斜坡上停了一停，這時，我看很遠很遠的那一邊的天空，給層疊的黑煙蒙住了，而且在那煙幕之中，還可以看得出點點散落的高房子的屋頂，我以為這一定是一個大城市。

師父停了步，等我走到身邊時，他似乎想將積在肚裡的話說出來。

「路美，從此和以前一樣的生活告別了，再過四個鐘頭，就是巴黎啦。」

我並不明白「和以前一樣的生活告別」那句話的意思，不過，我這時的心胸亂跳，叫了起來：「呀！那邊看見的，就是巴黎嗎？」

「不是巴黎是哪裡呢。」師父說。剛巧這時候，從層雲裡透出一縷太陽光，映得那金塔閃爍輝煌。到了巴黎，一定可以看見黃金的樹木吧。

師父接著說：「到了巴黎，我們就要各自分開啦。」

我當時覺得眼裡發昏，似乎突然變成了黑夜一般，再沒有黃金的樹木，也沒有其他的一切了。

師父看見了我蒼白的臉色和發抖的口唇，說：「你似乎很傷心吧。」

師父的臉色也似乎很悲傷。

「師父和我各奔東西了嗎？」我回復了元氣，這樣問他。

「呀！你是可憐的小孩啊！」師父的聲音像從肚裡壓榨出來的一般，他的眼睛也潮濕了。我很久不曾從師父的口中聽到這滿含著同情的話了。

「呀！師父真的是好人啊！」這是從我的心中抖出來的聲音。

「你才是一個好孩子呢，你或許也會漸漸明白吧：人的一生中，有一個時候會特別感到人情之切身呢。當生活很好的時候，人們還不十分感到，可是到了過著不幸的日子時……尤其是風前之燭一般的老人，沒有一個可依靠的人在身邊時，就會更加憂愁難過啊。我現在正是這種人，現在我是惟你是依的了——你也不必那樣吃驚，事情是這樣的。簡單點說，你現在聽著我的話，就在那裡流淚，可是你這淚珠就是我無上的慰藉啊。你那溫柔的心，實在使我欣慰。然而，最悲傷的，就是人們在可以離開的時候不離開，等到不願意離開時，又偏偏非離開不可。」

「呀，師父想把我丟在巴黎嗎？」我膽怯地問。

「不，不是丟了你啊，我哪裡能將你一個人丟在巴黎呢，怪可憐的。我對你的命運是負著責任的，不會那樣做的，當那美麗甘夫人說要將你領了去，把你好好地養育的時候，我曾經發誓：『我一定將他養成一個成器的人給你看』，所以現在若是違背了誓言，那我不太沒有志氣了嗎？不過，一切的事情都不順利，你也是知道的，我們無法再過下去了，你想，在這樣壞的氣候的冬天，我們還有三四個鐘頭就要到巴黎，可是重要的演員都死了，現在只剩下卡彼一隻狗，這樣還能夠表演嗎？」

站在我背後的卡彼，聽到了最後一句話，走到我們的面前，用後腳站起來，一隻手舉到耳朵邊，行了一個軍隊式的見禮，立刻又把手放在胸前，好像說牠自己一個人也可以表演的。但是在此時，卡彼的忠心也不能夠使我們的心壯了。

師父停了停腳步，摸摸卡彼說：「你也是隻好狗啊，然而沒有一個看客會賞識你的忠義吧。我們雖然流著血淚，賣力表演，只要他們不覺得有趣時，他們連望也不望的啊。只有卡彼獻技時，頑皮的小孩會把梨子或蘋果的心來丟擲牠，一天忙到晚，恐怕至多掙得五六角錢吧。和凍風寒雪拚著命，一天也不過賺到五六角錢，哪裡夠養活這一家三口呢！」

「不過，還有我的豎琴啊。」

「要是再有一個像你這樣的小孩就好了，像我這樣的老人和一個小孩，人們是不會理會的啊。固然我或者是再耄耋得龍鍾不堪，加之以瞎眼，給你牽著，在街上求乞的話，那又是另外一回事了。像巴黎那樣齷齪忙碌的地方，要不是特別的殘廢者或是奇怪的人，是不會惹人注目的，然而，我寧願餓死也不願去討飯，所以我想到了在這個冬天不至於餓死的方法，就是先將你寄託在別的把戲師父那裡，你只要和其他的小孩子在一塊兒彈彈琴，在街上走走，他是會給飯你吃的，你的豎琴也有用處啦。」

我不留心將豎琴的事說了出來，又哪知道會造成這事呢。

師父不容我插嘴，馬上又說：「我呢，教教那在那裡賣藝的義大利小孩子們（巴黎的街旁把戲師父大多數是義大利人）豎琴和維奧林，賺錢度過這冬季，而且我打算在期間，訓練幾隻狗來替代彼朵、奴兒。到了明春，又和你在一塊兒，過從前一樣的生活。這次才是永久不會離開的呢。

不屈不撓，老老實實下功夫，總有一天會交好運氣的。這不過是一時的痛苦。我們就這樣做吧。到春天時，一定又在一塊的。那時我帶你到英國去，那時，你也長大了，得了種種的經驗，曉得世間的事情。我也盡可能地教給你各種的學問，使你能夠忍受一切艱難，成為一個能獨立、偉大的人物，尤其是我對美麗甘夫人約定過了，我非得那樣做不可。你現在可以讀寫法文、義大利語，英語你也能夠懂得。像你這樣的年齡，這就算很好的了。而且你還養成了最緊要的忍耐和勇敢的個性。現在所要的，就是勇敢了。你暫時忍耐吧，路美，暫時的離別，是為了我們的將來啊！」

固然就現在的境遇來說，在冬季中，大家分開，等到來春再聚在一塊，這是很好的辦法。然而非得實行不可的事實和想出來的辦法，卻不一定是一樣的。和師父離開，去跟別的把戲師父，這兩個問題，在我的眼前掀起了漩渦。

在直到現在的漂泊生活中，我在村鎮裡屢屢碰見了把戲師父，他們的樣子，都是殘酷的，手裡常是拿著木棍，將買來的小孩子們東拉西拉。雖然同是把戲師父，然而一點也不像我的主人。他們都是殘酷的，暴戾的，而且大概是酒鬼；說話也是下流，粗暴的；兩隻手中有一隻是時常預備著毆打小孩子們的。那大概是所謂把戲師的氣概吧。

從自己戀慕的母親的懷裡被奪了出來的我，現在又從這父親一樣的師父的手裡被丟了去！沒有父親，沒有母親，也沒有家，我總是孤孤單單的，像大海的浮萍一樣，過著漂流的一生嗎？

我的心裡不知道有多少話要對師父說，然而說不出來，我只好依師父的吩咐，勇敢地忍耐著，準備被交到把戲師的手裡去。我不能再現出不高興的面孔，來使師父痛苦。

我默默地跟在師父的背後，無意識地趕路，不久，走到一條大河邊，過了一條我從未曾看過的骯髒的橋。我們的鞋子一半埋在墨一般的、漆黑的雪泥中。

走過了橋，到了一條很多窄弄的街上。

過了這條街後，又到了散佈著難看的房子的鄉下。不過，大路上卻不斷地有運貨的馬車走過。以後漸漸屋子多了起來，我們在不知不覺之中，走進了一條無止境的筆直的長道上，這道路的兩旁，在眼界所及處並列著人家，但是沒有一家像樣的，都是骯髒難看的房子，絕不能和那里昂、都魯斯或波爾多的街市相比擬。

道路的兩旁還處處留著殘雪。雪融化後，把街上造成了一條泥道。而且那積雪上給人家倒了好些爐灰、爛菜之類的東西，惡臭直貫人的鼻子。然而這街上還是像織梭一般的，馬車接連地走過，似乎很危險，不過，車夫和行人都不在乎似的。

「師父，這是什麼地方？」

「這裡就是巴黎啦。」

「這就是巴黎！」我著實吃了一驚。大理石的宮殿在哪裡呢？穿著燕尾服的行人又在哪裡呢？

我做夢也夢不到，我所憧憬的巴黎竟是這樣骯髒的所在。

我非得在這樣的巴黎之中和師父……還有卡彼分開，過這寂寞的冬天不可啊！這是多麼悲慘的意外呢！

chapter 20 逛把戲的師父

越向前走，那街市越與我所想像的不同。路中污水四處橫流，發散著刺鼻的惡臭。混著冰雪的污泥，顏色更加變黑，馬車到處飛濺泥水，撒遍了兩旁粗陋的商店的玻璃窗上。當我的幼年時代，巴黎的近郊實在是這樣的骯髒的道路的。

走了不少時候，我們到了一條不十分難看的大路上，路旁的人家和商店也漸漸地像樣了，不過不久又折了橫路裡，走了一下子，我們就到了一個非常難看的地方。

在狹窄的街中，兩旁塞滿了高而又黑的老房子，街中心處散流著污水。雜遝的行人對於臭氣完全不聞不問，簡直像豬一般慣了地在泥濘中行走。而且各處還有小酒鋪，男男女女都站在櫃檯前騷噪狂飲。

李士老人似乎是知道了他所要去的地方，靜靜地分開了如織的行人，一直前進，所以我也不敢離開他，緊跟著他的背後。

「當心著不要走失了啊。」主人時時回頭說。這又何必說呢，我早就擔心著不要走失，拚命地抓緊了主人上衣的衣角跟著走了。

橫過了一幅空地，再走入一條細橫巷裡，到了裡邊深處、像井一般黑暗的地方，我們停了下來。這地方似很少見有太陽光射進來的，陰森森的，黴一樣的惡臭直衝入了鼻子裡。就是到現在，我們所走過的地方，也沒有一處是這樣難耐而可怕的。

師父看見了一個手裡提著燈籠、到壁上去掛一件襤褸衣服的男子時，就問他說：「喀爾荷李在家嗎？」

那男子說，他也不知道他在不在家，你自己上去看看好了，樓梯上最高，盡頭的房間就是。

「喀爾荷李就是我對你說過的那把戲師父啦。」這樣說時，師父走上了樓梯，我也跟在背後；那樓梯鋪滿了污泥，走也走不穩，簡直是有階層的黏土堆一樣。

那街道的情形，房屋的構造，現在這樓梯的樣子，這些東西更是使我沉鬱。畢竟，那叫喀爾荷李的，是何等人物呢？

我們走上了四樓，師父並不敲門，只推那正面房子的房門，那扇門一推就開了。

那是一間像堆東西的房子一樣的、沒有一點裝飾、寬大的房子，房裡的兩旁，排著十二張粗糙的睡床。壁上、天井本來都是白色的吧，然而為了煤煙和塵埃的緣故，都變成漆黑的；而且那壁上塗抹了種種骯髒的東西，幾乎連本來的色彩都看不出來，各處還穿著洞孔，雕刻了很多的字畫。

師父跨了進去，問說：「喀爾荷李在家嗎？房子太黑了，看不見東西……我是李士啦。」

雖然不是在夜裡，不過第一是因為陰天，而且窗又是開在高處，所以只靠那點在牆邊的孤零的煤油燈，是不能望見四周的。

「師父不在，還要等過兩個鐘頭才會回來。」

從一隅處，有一個幽微的、薄弱的小孩的聲音，這樣答了一句，那是一個約莫十一歲的小孩子，蹣跚走近了我們。

那實在是一個奇怪的小孩子，頭大無比，像我們在漫畫裡看見的一樣，非常不相稱的小孩子；他的面貌，有苦痛和溫和的表情，眼睛和身體都有絕望和失意的樣子。他是不很伶俐的小孩子，不過那狗眼一樣的、大而潤澤的、溫柔的眼睛，很是惹人愛，不是一見就使人不快的小孩子。

「過兩個鐘頭，就一定回來嗎？」師父問。

「吃晚飯的時刻一定會回來的，因為師父總是監督著給我們飯吃的。」

「那麼，我兩個鐘頭後再來吧，他回來時，你告訴他，李士老人就要來的好了。」

「知道了。」小孩子答。

我想跟著師父出去，可是他阻止我，他說：「不，你留在這裡休息一下子吧。」

他這樣說後，看見我懷著恐怖，臉色變白時，就說：「我一定回來的，你放心好了。」

我無論如何的疲倦，也想跟著師父去，不過，我還是遵守那唯命是聽的習慣，柔順地服從了師父的命令。

小孩子側耳聽著師父下樓梯的沉重的足音，等了一會，足音聽不見了，就用義大利語對我說：「你是剛從鄉下來的嗎？」

我因為師父教給了我義大利語，對於他所說的話，意思大概能夠明白，但是要我流利地說出來卻很難，所以我用法語回答他說：「不是。」

那小孩子悲傷地用大眼睛望著我，嘆氣說：「要是你是從鄉下來的，那就好了。」

「鄉下？你的鄉下是哪裡？」

「我的鄉下是特里奴，我以為或許你會帶一點鄉下的消息來……」

「不是，我是法國人啦。」

「唔，這樣啊？那就好了。」

「你不喜歡義大利人嗎？」

「唔，不是這樣的，我是在說你好，若是你是義大利人，那麼，你一定是來給喀爾荷李師父做徒弟的，無論是誰，到喀爾荷李這地方來就一定是不幸的。」

我聽了這話，很是寒心，就問說：「那麼，師父是殘酷的人嗎？」

小孩雖然沒有直接回答我的問話，但是他那瞧著我的充滿恐怖的眼睛告訴了我，他似乎不高興談及師父，背朝向我，走到房門那一端的火燈那邊去了。

在那裡，燃著舊木頭，燈上放了一隻大鍋子。我也因為取暖，走到燈旁，無意地一看時，那是一隻奇怪的鍋子，鍋蓋的當中插了一根管子，蒸汽就從那裡噴出來。而且蓋的一邊，用鉸鏈釘住，另外的一邊呢，下了鎖，弄得無論怎麼樣都不能夠將蓋子打開。

問起喀爾荷李的事，或許不對，然而這鍋子的事，總可以問一問吧。

「這鍋子為什麼上了鎖呢？」

「因為使我不能夠喝湯啦。」

我不禁笑了出來，於是，那小孩子傷心地說：「你以為我饞吃，所以發笑吧，但是若使你變了我時，你也會像我一樣的。我也不是饞吃，不過肚子餓就沒有法子，而且聞著從這管子噴出來的香氣時，我更加是餓得要命啦。」

「但是，你們的師父不給你們吃飯嗎？」

「你要是來做我的夥伴就會明白啦，也不是不給飯吃，不過刑罰太重了，我現在正在受罰呢。」

「呀？受罰？刑罰就是不能吃飯嗎？」

「唔，你若是想聽的話，我就告訴你吧，喀爾荷李是我的伯父，他為了可憐我，把我帶了來。我只有一個母親，而且窮得很。去年，喀爾荷李到鄉下來買小孩子時，說是給我們少一個人吃飯，所以把我也帶了來。母親是不肯放我走的，不過，六個兄弟中，我算是大兒子，所以沒法子。我離家的時候，母親抱著我哭了，而且我最小的妹妹也不讓我走——這個妹妹從小是我抱著養大的。」

他停了停，眼裡的淚珠越下越大了起來。

「弟弟們也哭……」他再不能說下去了。這樣悲慘的離別的苦痛，我也是親身嘗過的，當在山頂上往下望見母親的白頭巾時，我那悲傷的心情，是無論何時都不會忘記的。

「我的名字叫做馬撒。」他說。

馬撒用手掌掩住眼淚，接著說他自己的故事。是這樣的：

一共有十二個小孩被帶來法國，在長遠的旅途中，都是懷著悲痛的心情。一個小孩子在途中生了病，就被丟在慈善病院中不要了，所以到巴黎時，只剩十一人。到巴黎後，身體強壯，不會功夫的，就被派作火爐工或掃除煙囪的工人，打起零工；其他的人，每天被派到街上去賣歌，或是彈居達兒、夢多憐（樂器）或豎琴等。馬撒身體也好，而且要拿著樂器到街上彈唱，又嫌樣子不大好，所以就被派著帶了兩隻會玩把戲的小鼠，到人家的門口或熱鬧的地方，一天要掙到六角錢。

「每天不能掙到六角錢時，那不夠的數目就用皮鞭來抽，那就是這裡的規則，不管你任兒也好，什麼也好，總之一點也不寬假。喂，不要偷懶，好好地做功夫吧！」

他是這樣被罵著出去掙錢的。不過，一天掙六角錢，那絕不是容易的事情，但是，為了皮鞭的緣故，只有拚命地做功夫。然而，還是很少能夠賺得六角錢的數目。

其中有一個和他差不多大的小孩，也被派著玩小鼠，每天要賺八角錢，然而那小孩卻能夠不欠一文地掙足八角錢回來，所以伯父更加對馬撒不高興，殘酷地對待他。

「馬撒，你為什麼那樣的蠢笨呢？」

因為給人家這樣說，苦痛不過，所以馬撒為要看那小孩子的功夫怎麼做，有一天偕他一塊兒出去看看。那時候的光景，馬撒對我這樣說：

「我馬上就明白了為什麼那小孩每天能夠掙到八角錢以上，而我卻連六角錢都掙不夠的原因了，夫婦並走的人們，或小女孩給錢時，大概都是說：『這是給那個好看的小孩的，不是給這難看的小孩的。』那被說是難看的小孩的，就是指我。從此以後，我就絕不和別的夥伴出去了。被皮鞭抽打固然痛苦，但是在街路的日常中給人家嘲笑自己的醜面孔，那更是使我不高興，你斷不曾有過這樣丟臉的事吧。」

我不做聲。

馬撒又接著說：「師父看見我無論怎麼樣地被打也不會多掙錢，所以就變了辦法，他說：『毆打你的身體也沒有效，但是你的胃囊恐怕不是這樣吧。』以後，他就照我掙不到的欠額遞減了晚飯中的馬鈴薯。但是，吃的東西雖然被剝減了，掙不到的，不還是掙不到嗎？雖然我站在人家的門口向他們訴說，若是不把錢給我，我今晚就沒有飯吃，但是，誰也不會聽了我這話，就把錢給我啊。」

「那麼，要怎麼樣他們才會給錢呢？他們不是因為給了你，你就會歡喜，所以才給的嗎？」

「你還不知道底細，所以才這樣說啦。誰也不會因為給了你，你會歡喜，才給錢的呢，不是為了自己的高興，他們是絕不會給別人錢的。心上說是那小孩子太可憐了，拋了幾個銅板的人，已經算是最好的了，所以，我絕不能討到一個銅板。我已經有四十天每天只吃一些剩餘馬鈴薯了，肚裡空無所有，身體也瘦了下去，變成直像一條青吊藤一樣了！所以，這幾天來，每當我出去討錢時，他們都指著我說，『喂，那裡走過了一個風乾小孩呢。』這樣一來，近鄰的人們反而可憐起我來了，他們一遇到有殘餘的麵包或湯時，就叫我進去，拿給我吃。肚子可以裝得飽，回家又用不著挨打，我以為世上再沒有比這樣更幸福的事了，但是有一天，我正在水果店的店前啜著殘羹時，給師父看見了。

「師父生氣得很，說你有了那樣的好法子，所以不做功夫了，是嗎？從明日起，不准你出去。這樣，他就派我守在屋裡看家，並且專做晚飯的湯菜。然而他還怕我會偷吃，所以就想出了這鍋子。在早上他沒有出去之前，先把肉和野菜、湯水等放好，用鎖鎖起來，然後交給我。

「到了時間，我就這樣地生火煮起來，但是聞著這香氣，我實在是太難受了，單只聞聞香氣沒有得吃，所以我就變成這樣蒼白了。到晚飯時，他還是不給我吃的。喂，你看，我的面色很青白吧，這裡沒有鏡子，所以我一回也不曾看見過自己的面色，不過我是知道的。」

我雖然是完全不懂世事的小孩子，但是還知道不應該將病人的實情當面告訴他本人的，所以就說：「也不見得怎麼樣慘白。」

「唔，你說得這樣好聽，但是我反而想告訴你，我像死人一樣的慘白倒好了。我真的想，自己成了一個病人比現在倒好得多呢——」

我只有吃驚地望著他。

「你或者以為奇怪，不過我實在是那樣想啊。」他傷心地笑了笑。

「因為成了病人時，師父就會將我送入慈善醫院，或是拋開，讓我自己死去。我若是死了的話，那麼，可以不必這樣悲慘地活下去；若是進了慈善醫院，那更是再好不過的事情了，無論哪一樣都比現在好。」

我以為像慈善醫院那樣討厭的地方，寧死也不願進去的，但是他卻自己希望著能夠進去，這實在使我吃驚不少。

他更接著說下去：

「我從前曾經有一回進過慈善醫院，那裡的醫生時常帶著碎糖粒來，分給我們吃。因為買碎的糖，要便宜得多，而且，那味道還是一樣的好吃。那裡的看護也很親切，對我們說話很溫柔，『這樣不要動啊，好孩子，把舌頭伸出來看看。呀，真的是好小孩，怪可憐的。』我聽見這話時，時常想哭出來呢。——想哭的時候，我總以為是幸福的。這絕不是好笑的事情。母親和小妹對我說話時，都是很溫柔的，所以，我聽到溫柔的話，就像回到母親的身邊一樣。

「所以，我想，快點得病就好了。不過很不容易得病。我真懊惱得沒有法子。差不多一個禮拜前，我給師父用柴根在頭上打了一下，你看，這裡不是有一個白色的大瘤嗎。昨天師父看見了時，說，這是很不好醫的瘡疤啦。我不知道什麼叫瘡疤，不過這似乎不像是普通的瘤子，痛得厲害，尤其是在晚上，痛得不得了，所以我在床上總是呻吟不止。

「終夜呻吟的綿羊，當然是要被趕出羊欄了吧，師父對於夜裡呻吟的夥伴還要罵得兇，所以在這兩三天內，我一定會被他丟到醫院去的，所以，你不要客氣，老實對我說罷，我的臉色真的青白得厲害吧？」

他這樣說後，走近了我面前，和我對看了起來。我再沒有用假話來安慰他的心情了，他那火一般熱紅的大眼，那凹進去的蒼白的雙頰，全沒有顏色的口唇，我看見了他那簡直像餓鬼一樣的樣子時，不禁打了一個寒噤，畢竟有點躊躇，不能爽直將心裡所想的話說出來。

「我也……想……你……可以進醫院的。」

「唔，是嗎？你到底說出真話來了。」馬撤傷心地笑一笑，馬上似乎想起了什麼般地：「噢，我不能再慢慢地來了！師父回來的時候到了！我非得預備晚飯不可。」

一面說時，馬撤一面趕擺桌子來。

我望著馬撤在桌子的周圍踉踉蹌蹌地排下了二十個盤子，我不禁又吃了一驚，難道這裡有二十個小孩子嗎？然而床鋪僅有十二個，哪裡能睡得下二十個人呢？那床鋪也實在是粗笨的東西，床上只蓋了一張馬欄裡用舊了的紅絨氈子。給馬蓋尚且嫌不能暖和，卻拿來給小孩子蓋，一張這樣的東西，怎麼能頂得住這樣的冷天呢。

「到什麼地方去，都是這樣的嗎？」我吃驚地問。

「到什麼地方去？」

「把戲師父的家裡。」

「我一點也不知道別處的家裡，但若是你要做人家的弟子的話，就請到別的地方去。因為無論什麼地方，一定都比這裡好的。」

然而，雖說到別的地方，別的地方又在哪裡呢？而且，我不相信有法子可以轉變李士老人的決心。

我悄然地在沉思時，門開了，一個小孩跑進來，一隻手抱著維奧林，一隻手拿了一片似乎在破棚上拔下來的木板。火爐裡燃著的，也有和這一樣的木板，所以我以為這大概是師父叫他們這樣地準備著柴薪回來的。

「那塊柴給我好嗎？」馬撤這樣說著，走近了那小孩子。

「不行啦。」那小孩子把木板藏在背後去了。

「你若是給了我，我可以把你的湯做得好吃一點。」

「我不是為了要吃好湯才拿來的呀，我今天只掙到五角二分錢，所以就拿這個來補那八分錢的不足，我怎麼能夠給你呢。」

「那樣的木頭能夠值得八分錢嗎？看看你就要挨師父的一頓痛打吧。你看，真好，喂！」

我總以為馬撤不是那樣沒有同情心的小孩子，所以吃了一驚，然而處在壞的環境中，自己也會漸漸變壞，這是當然的事。

小孩子總共約有十個人左右，陸陸續續地回來了。拿了樂器的小孩子們，將樂器各自掛在自己的床鋪上的牆上，帶著小鼠出去的，將那小動物從袋裡取了出來，各自關到籠子裡去。

最後，我聽見了一個粗重的足音，我知道那就是這裡的領袖喀爾師父了。

他是一個倔強的、血色很盛的矮子，慢慢地走了來。他沒有穿上像一般把戲師一樣的義大利人的服裝，只穿了一件普通樣子的灰色大衣。

最先惹到師父視線的就是我，被他那非常光亮的眼光一看時，我的心也冷了。

「在那裡的小孩子，叫什麼名字？」

馬撤用鄭重的口氣回答他，那是李士帶來的小孩。

「什麼？李士到巴黎來了？為什麼事來找我呢？」

「我不知道。」

「當然啦，不是問你，我是問在那裡的小孩啦，喂喂！」

「我的主人就要來了，他自己會告訴你。」我避開了直接說出事由。

「唔，你看來倒是精明的小孩呢。你，不是義大利人吧，你的樣子……」

「不是，我是法國人。」

那師父一進來時，即刻就有兩個小孩子，一個走到右邊，一個走到左邊，似乎是在等著師父快點說完話。到底，這是什麼道理呢？我受了好奇心的驅使，望望他們，那一個為了預備給師父接帽子，將它掛在床鋪上，又一個為了推椅子去給師父坐的。

那十足像教會裡擔任唱歌的歌童，服侍牧師一樣地鄭重殷勤，使我吃了一驚，同時，我還看見了其他的小孩子，也一樣戰戰兢兢地拚命在諂媚師父的情形。

師父剛坐下去，就有第三個小孩子，趕快拿了一根裝好了的大煙斗，一躬到地，獻給了他。同時，第四個小孩子擦燃了火柴，畏畏縮縮地給他點煙。

師父將煙斗拿近了那燃著的火柴，立刻眉頭顫動起來，說：「這哪裡來的臭硫黃氣，這畜生！」劈頭就這樣罵了一句，將那根火柴搶過來，擲入火爐裡去了。

那小孩子戰慄地再擦燃第二根，這次他等到火柴頭燒盡了後，再遞上前去，可是師父又瞪了他一眼，用煙斗將那火柴打落了。

「不用你，笨貨！」這樣罵了一聲，向另一個小孩，滿面笑容，溫柔地說：「喂，孩子，你給我點吧。你是好小孩。」

那小孩擦燃火柴遞給他時，喀爾很高興地將煙斗吸著了那火，向全部的小孩看了一周。

「喂，都來，算帳啦！我的小寶貝們。大家都排在我面前！馬撤，把帳簿拿來！快點！」

馬撤拿了一本骯髒的帳簿來，遞給喀爾，他接了過來，一面翻開，一面望望排著的小孩子們。向那第一次點火的小孩子做做記號，那小孩子就悄然地向師父面前走上一步。

「你昨天還有兩個銅板的欠帳啦！說定了今天要繳還的，喂，掙了多少錢回來？」

小孩面色嚇得蒼白，暫時不能回答，縮手縮腳地囁嚅地說：「欠兩個銅板……」

「欠兩個銅板？虧你好意思在我面前說得出來！那麼，把昨天的兩個銅板還了之後，今天又欠兩個，是吧！」

「不是……今天也欠兩個銅板……」

「什麼?那麼，不是欠四個了嗎!這畜生!」

「但是，這不關我的……」

「什麼?不關你的事?縱容你，就變成這樣放肆!唔，這裡的規則啦!把衣服脫光了!昨天的兩個和今天的兩個!知道了嗎?讓我好好地打你一頓，今晚你也休想吃飯!喂，李喀特，把皮鞭拿來!你是一個好小孩，我就賞你皮鞭，讓你開心吧。」

李喀特將掛在牆上的皮鞭取了下來，那是在一根短柄上縛著了兩根皮帶，皮帶的末端又打了結子的刑具。那欠四個銅板的小孩子將上衣脫了，襯衫也褪到褲帶的地方，半身赤裸裸地戰戰兢兢站在師父的面前。

「等一等!」師父裝著冷酷的笑容說:「除你之外，還有這樣的吧?有幾個作伴的那才有趣哩，而且，李喀特也不用一一地費事。」

保持著立正姿勢站在師父面前的小孩子們，對這殘酷的娛樂都只有苦笑。

師父又大發脾氣，睨望著他們說:「誰最笑得厲害的，一定是欠得最多的傢伙!是誰啊?不回答嗎?」

大家都望著那拿了木板，最先回來的小孩子。

「唔，你，欠多少啦?……喂，不答我嗎?哼，這畜生!」

「但是，那不關我的事……」

「這東西，你也這樣說啦。以後，無論哪一個，欠了錢還說不關自己事的，就多挨一下打，曉得不曉得?……哼，不!快點說嗎，欠多少?」

「我拿了這木板來補欠——這樣好的木板。」

「拿柴來也可以自誇嗎?走到麵包店去問問，問問柴可不可以換得麵包!這畜生，欠多少呢!不快點說嗎?!不說，還要多挨打呢!」

「我，掙了五角二分錢!」

「五角二分?喂，這不還差八個銅板嗎?虧你有臉回來!李喀特，你真是個走運的小調皮，你可開心啦!把他的上衣扒下來!」

「不過，師父!我拿了這塊柴回來……」那小孩帶著哭聲說。

「柴就拿它來代替晚飯吃下去好了!」

其他的小孩子又忍不住笑了起來。

正在這樣地算帳的當中，又有八九個小孩子回來了，一一查了帳之後，還有三個是不夠額的。於是，師父就裝著傷心的聲音說:「今天竟有五個不會賺錢的小偷，真沒有辦法，寬容了你們時，誰還能養活你們?每天晚飯吃的是上等的肉和上等的馬鈴薯，沒有錢哪裡買得來了。哼，你們都偷懶……哼，你們在街上不會假裝哭臉給人家看，倒不如等李喀特在背上打幾下好些。哼，掙不到錢回來的東西都脫光了。站好!」

李喀特手裡執著鞭站著，五個半裸的小孩忸忸怩怩地背向著他，並排著。

「李喀特!」師父用溫柔的聲音說:「我不高興當面看著他們挨打，我轉向旁邊，聽聽打的聲音好了，你好好地教訓他們一場吧。喂，李喀特，這是你的任務，用不著客氣啊。」

這樣說後，師父把椅子轉向著火爐的那邊去了，我幸而給師父忘記了，站在房隅，看這殘酷的、惡鬼所不能做出手的刑罰的實行。這時候，我為了憤怒和恐懼，不禁全體麻木。

呀！這惡魔一般的男子，就要做我的師父嗎？我每天若是不能掙到六角錢或七角錢時，正是要這樣地將背向著皮鞭去討苦吃嗎？我知道剛才馬撒真心內吐出來的那句話——不如死了好的那句話，是有道理的了。

啪！啪！聽到這猛烈地打在背上的皮鞭聲時，我的眼裡不禁流下淚來了。

其實，我以為那師父將我忘記了的想像，是不對的，他似乎正斜睨著眼睛，時時望著我呢。他忽然指著我說：「你們看！這裡有一個特別的好孩子，他不像你們這班小偷一樣，他看見了伴侶的刑罰和我的不幸時，絕不會笑出來。若是這小孩子也做了你們的夥伴的話，那就是你們的好模範，你們好好地看！」

我聽見他這樣說時，似冷水澆背一樣地，不覺全身戰慄起來。

啪！啪！啪！第二次的皮鞭打下去時，那小孩子已經不會說話，只發出呻吟的聲音；到了第三次皮鞭時，他早已忍不住了，喚出爆裂一般的叫聲了。這叫聲使我的心胸有如刀割一樣地難過，呀，這是多麼殘酷的行為啊！

這時候，那師父抬了抬手，做做記號，所以李喀特就停止了鞭打。我以為他是吩咐李喀特將那小孩子赦免了的，誰知不是這樣。師父靜靜地向著那犧牲者說：「喂，你再那樣鬼叫，我可不答應啊！聽見了你們的哭聲時，我就像要生病似的！皮鞭將你們的背上的皮打開時，你們的哭聲就要將我的心胸叫裂了，再叫出來時，就照那鬼叫的聲音多打幾下，你們好好地記住，不要再使我難過。好吧，曉得了嗎？喂，李喀特，再來一次！」

李喀特簡直不客氣地揮起皮鞭，又兇猛地向那個不幸的小孩子背上鞭下去。

「媽媽！媽媽！」孩子發出爆裂般的叫聲，直跳了起來。

幸而我再不用看到更殘酷的事情就完了，那是因為剛巧這時候，房門開了，我的主人李士老人走了進來的緣故。

這裡的事情，我的師父一目就瞭然了。他一跳跳到李喀特身上，將那揮起的皮鞭搶過來，走近了那師父的面前，站住，袖著手，臉上呈著不可容赦的顏色，看著那師父。

因為此事是突如其來的，所以那師父失色不知所措，一刻後才恢復，裝著泰然的樣子說：「呀，李士？你把鞭搶了幹什麼？這小孩子太頑皮了，不打真沒有法子！」

「你太卑鄙了！」我的主人叫了起來。

「我也是這樣說啦，實在太卑鄙了！」

「你又何必裝傻呢！」我的主人鎮靜地說了，再峻嚴地說：「我不是說這小孩子，我是對著你說的，你是多麼卑鄙啊！將沒有自衛能力的小孩子脫得精光，打得血都要迸出來，這是多麼殘忍的事情！」

「喂！李士！」那師父突然變了口調說：「這裡不是可以容你插嘴的地方！你這老而不死的老賊！」

「我說，要是我跑去告訴警察，你就得吃虧。」

「哼，警察麼？」那師父站了起來，凶凶地看著我的主人。

「你這老傢伙，想拿警察來嚇我嗎？你這傢伙！」

「不錯！」我的主人威嚴地答。

然而，那師父卻鎮靜了，嘲笑人家般地說：「李士，你真的要同我鬧嗎？不過，你有你的說法，我也有我的說法。大家說出來時，是誰吃虧，你也該明白吧，就是鬧到警察那去，我卻要給你宣傳。等我將你的真實姓名說出來時，看是誰丟臉？這用不著我說吧。你想一想才好啦。喂，李士，你要是知恥的話，還是快點給我滾吧！」

我的主人不做聲，也不動手了，但是，到底主人的羞恥是什麼事呢？我為了這意外的話吃了一驚，呆呆地站著時，忽然我覺得主人牽住了我的手。

「讓我們一塊兒走吧！」主人說後，向門口處走去。

那師父一面笑著，在背後喚說：「喂，再坐一坐吧，有事好好地講，你有什麼事找我講好了。」

「我再沒有事找你了！」我的主人答了句，頭也不回地緊牽著我的手，走下樓梯了。

我嘆了一口氣，真像是遇了救星一樣，好容易從那殘酷的人的手裡逃了出來。

在路上，我真想抱住主人的臉親個吻！

chapter 21 薄命人

我們走到街上，街上的行人很多，所以我們兩人都沒有說話，只匆匆地前走。不一會，我們走到了一條沒有行人的橫路上，主人坐在路旁的石頭上去，好幾次用手按按額前，這就是他遇到了沒有法子想時的習慣。

「他雖然還肯低頭，我卻決然走了出來，現在糟糕了，袋子裡是一個銅板都沒有了，肚子又餓，在巴黎的街上亂跑，也沒有法子。路美，你肚子很餓吧？」

「是的，我只吃了早上師父給我的一片麵包。」

「怪可憐的！事情都弄糟了……呀唷，現在只有挨著餓睡覺吧，可是，哪裡才有床鋪呢？」

「師父，你本來打算住在他家裡的嗎？」

「是的，我想這個冬天將你寄託在那裡的，這樣，他或者會給我二三十塊錢，我也可以挨得過去。不過，他對小孩子太壞了，我看不過去，所以不顧前後跳了出來。你也不願意住在那樣的地方吧？」

「當然啊！能夠逃出來，我真不知道是怎樣快樂。」

「是呀？我似乎還有少年時的血氣，所以把好運氣弄糟了，現在又非得流浪不可。真是，以後我們到什麼地方去呢？」

主人似乎是實在沒有辦法想了。

不知不覺地，天已經黑下來了，白天雖然不十分冷，可是現在已經冷起來，刻骨的寒風從北邊吹了來，今晚的辛苦，可想而知了。

主人還是坐在石頭上不動，我也蹲了下去，等主人想辦法。過了一會兒，主人才沉重地站了起來。

「到哪裡去？」

「到郊外人家持里那邊去看看吧，那裡有跑馬廳的圍牆，而且，應該還有空的小房子吧。在那裡睡吧。我記得從前也曾在那裡睡了兩三次。路美，你很疲倦了吧。」

「我並不十分疲倦，剛才在那個人家裡休息了一會。」

「可是我一點也沒有休息過，兩條腿已經像木棍子一樣了，附近又沒有休息的地方，我們還是趕快到那裡去吧。大家走吧！」

「大家走吧！」這是當朵兒和彼奴還在世的時候，每當主人高興時，在上路前說的鼓勵我們的一句話！而且我們也似乎得了主人的這句話，就增加了勇氣。然而，今夜呢！是何等的悲慘啊！主人說話時的聲音，顏面，都沒有一點好氣色。

最可恨的，今晚的天氣又是這樣的黑暗！街上的煤氣燈雖然一點一點孤寂地閃耀著，可是嘯號的寒風使得燈光也不能照到地上。路上呢，流水都變成了冰，三合土的道路像蓋上了玻璃一般，滑溜溜的真不好走，沒有法子，我和主人只有牽著手前進。

卡彼也跟在背後，牠一看見有垃圾堆時，就把鼻子鑽進去找尋食物，不過都給冰雪蓋住了，所以結局還是找不到一點東西，牠悄然地垂著兩耳，又趕了上來。牠的樣子，真使我比看見什麼都傷心。

從大路走進了橫街，從橫街又走上了大路。我們總是反覆走著同樣的路。街上行人已經絕跡了，即使偶爾碰見一兩個人時，他們都吃驚地回頭看一看我們，恐怕是我們奇怪的服裝驚動了人家吧；或許是疲倦哀傷的樣子惹起了人家的同情吧？當面走過的警察，也好像要站住，看看我們的背影。

主人和我一聲也不響，只有默默地向前。主人雖然彎下了腰急走，不過身體還是冰凍了一樣寒冷，然而他牽著我的那隻手卻漸漸熱起來，現在已經熱得燙手了。同時，我覺得他的身體似乎在發抖。

再走不一會，主人似乎忍不住了，停了步靠在我的肩上喘氣，呼吸很短促，高大的身體像起了痙攣一樣地發抖，抖到我的身上，就像通了電氣一樣。

怎麼辦好？我真擔心。

停了一會兒，他馬上又拔步走了，所以我也不做聲，跟著跑。以後，走了幾步，他就要靠在我的肩上息一會。

每次我感到了主人呼吸的辛苦和發抖，忍不住決斷地發問了：「師父，你有什麼地方不好過嗎？」

「唔，不很好過……我太疲倦了。年紀也老了。走了多少的長途，唉，又遇著了這樣冷的天氣，我覺得全身的血液都冰凍了似的，我真想坐在火爐前，吃點暖和的東西……唉，不要多說了……大家快走吧！」

我從來沒有聽過師父說過這樣沒志氣的話，我真想就要哭出來，然而，我們還只有前進，倒在這裡，那只有餓死而已。所以，又是默默地前進，我們似乎已經離開了巴黎市了。我們走過了兩旁都有短堞的地方，又經過了全無人家的地方。

夜已經深了，當然沒有半個人影。就是警察也碰不到了。那裡又沒有街燈，處處從人家窗上映出來的燈光，和藍黑的空中閃耀的二三顆星，就是照引我們的東西。

到了郊外，風更加強，將衣服吹得緊貼著冰凍了的身體，幸而是從背後吹來的。我的袖子上裂了一處，風從那裡吹到了指頭，左手完全凍得沒有感覺了。

道路是黑暗的，所以走過了什麼樣的街路，我完全不曉得，不過主人對這地方似乎很熟悉，不會走錯，步步前進。我安心地，只想快點能夠到達那跑馬廳就好。

突然，主人停了步說：「喂，路美，你看見前面有黑暗的樹林嗎？」

「樹林？看不見什麼樹林。」

「沒有看不見的道理，黑魆魆的東西就是了。」

我睜開滾圓的眼睛看，但是，都沒有樹林的影子。我們現在似乎是站在一塊曠野的地方，四周望去，一切都包在黑夜裡，沒有樹木，沒有人家，當然也沒有樹林，一切都是空虛，只有號嘯的北風吹著枯草。

師父嘆了一口氣說：「要是我有你那樣的孩子眼就好了……我卻是一點也看不清楚。你好好地望望那邊看，一定可以望見樹林吧。」

他用右手指著前面，我想看個明白，可是什麼也看不見。不過，又不好老實說出來，所以我不做聲，主人也默默地向前了。

我們閉著口，又走了數分鐘，主人又停步問：「還看不見樹林嗎？」

我也停了步，東張西望，無論怎麼張望，還是看不見什麼，我就有點心慌了。

「什麼東西都看不見！」我的聲音因心慌而顫抖了。

「你是太害怕了，所以才看不清楚吧。」

「不是的，師父。無論怎麼看，都沒有樹林呢！」

「大路也沒有嗎？」

「沒有！」

「真的嗎？那麼，恐怕是走錯路了！」

他的聲音一點力氣都沒有，我不知道我們現在是在何處，也不知道向哪個方向走好，所以也不能答話。

「再向前走五分鐘看看吧，再看不見樹林時，那就是走錯路了，非得回頭不可。」

我也以為一定是走錯了路，似乎一點力氣也沒有，嚇得不能動了。主人拉一拉我的手。

「喂，怎麼了？」

「走不動啦。」我傷心地答。

「你走不動了，那我怎麼辦才好呢？你想我還能夠背起你走嗎？我也早就沒有氣力了，不過要是臥倒在這裡的話，那就只好凍死。所以我們只能拚命地向前走。喂，到跑馬廳去呀，走吧？」

我也只好和主人手牽著手，向前走。

「喂，路上有車子走過的痕跡嗎？」

給他這樣一說，我爬伏下去，鼻頭差不多貼到泥土，細看了，但是一點也沒有痕跡。

「一點也沒有那樣的東西。」

「那麼，路完全走錯了，回頭吧！」

沒有法子，我們只有向原路走回去。那樣，當初從背後吹來的北風，現在變成迎面的了，咽喉被吹得塞住了，氣也喘不過來。而且，我覺得自己的身上像燃燒了般地發燒。

我們剛才走來時，也是一步一跛的，現在更遇著這迎面的狂風，我們實在無法走得動，我們完全沒有半點氣力了。

「喂，最要緊的，是給我尋出車痕來，尋出來時，就跟著跑好了。那跑馬廳的路，是從十字路口沿著樹叢向左邊走的，只要看著左邊走好了。」

我們向著原來的道路，和北風奮鬥著，走了差不多十五分鐘，夜已經像地獄一般地安靜了。只有呼呼的風聲，和我們踏在冰凍的地上的鞋聲，驚破了這可怕的靜夜。

主人似乎每步都費了精力，從前給主人拖著走的我，現在倒反非得牽引他不可了。可是這樣拚命的我，也似乎不能再走多十分鐘。只好依著主人的吩咐，注意著道路的左邊，一步一步地細心地前進。

突然，我看見了一線微細的紅光，像星光一般地在黑暗的那邊閃耀。

「師父，我看見了，火光！」

我覺得身內增加了精力，指著那方角給主人看。

「什麼地方？」

「那裡。」

在不遠的地方，火光閃耀著，然而，主人似乎無論如何一點都看不見。

他年紀雖然大了，平常他的眼力倒也不比我差，在夜裡，他也可以看見很遠的東西，可是今夜卻連那火光也看不見，想到這裡，我更是落魄喪膽。

「就算看見了，那樣的火光又有什麼用處，大概是貧窮的工人的廚房裡的燒火，或是病人床頭的燈火吧。現在就算跑了去，也是沒有用的。在僻靜的鄉下，要是去求借宿，那還可以做得到，但是在巴黎的近郊，那就不行了。你也不要再希望人家了，還是前進吧！」

再走四五分鐘後，我們果然到了十字路口。

在一個轉角上，有一堆暗黑的樹叢，我放開了主人的手，趕快跑去一看時，那真的是小樹叢，在那裡轉向左邊的路上，還有很多的車痕。

「師父，這裡對了。有樹叢，也有很多的車痕。」

「噢，是嗎？」主人高興地叫道：「快點拉著我的手走吧。這樣，我們就有得救了。從這裡不用五分鐘，就一定可以走到跑馬廳。你好好望一望，那邊有樹林吧。」

真的，前面可以看到一堆黑魆魆的東西。

「是的，的確有一片樹林。」

我答了一聲，又再前進。真奇怪，這樣一來時，我們都有力氣起來了。我覺得身體和兩足都輕快了。然而主人剛才所說的約莫五分鐘，無論怎麼走，也達不到跑馬廳。那麼，主人似乎有點疑心了。

「我想我們已經走了五分鐘以上吧，怎麼樣了？」他停了步說。

「我也是那樣想，我們已經走了五分鐘以上了。」

「還有車子的痕跡嗎？」

「還有，一直地連著去。」

「是嗎？跑馬廳的入口是在左邊，天色太黑了，一定是走過頭了。無論怎麼樣，總不用走到五分鐘以上的。」

我不做聲，停了步。

主人又說下去：「你早留心著車痕就好了。」

「不過，車子的痕跡從頭就是直連著，沒有轉向左邊去的。」

「是嗎？總之，得走回頭不可。」

那麼，我們又開始逆行，這次我們走到左邊去了。

「到底，樹林是在哪一邊呢？」

「就在左手邊。」

「這裡也有車痕嗎？」

我細心地尋尋看。

「一點也沒有車痕。」

「唔。」主人側著頭想。

「我的眼睛恐怕是瞎了吧，什麼樹林都看不見。」他用手擦眼睛，「總之，向著樹林直走就行了。那樹林就是跑馬廳所有的。路美，你牽著我走吧。」

再走二三步時，前面似乎有圍牆一樣的東西。

「師父，再走上前，就碰著圍牆。」

「圍牆？不是吧，是石堆呢。」

「不，的確是牆，不會錯的。」

那也不用去摸過才知道，因為那才只離開我們有一二丈的遠。然而我們還是走前去看。不過主人還不能夠看得到，我牽了他的手，讓他摸摸看。

「路美，真的，這不是圍牆啦，這是石牆，用石頭疊好之後，再用灰泥糊成的，不過，這一定是跑馬廳的牆。總之，這方面，應該有入口的。那入口的地方一定有很多車痕，你好好地看一看。」

我聽了他的話，彎著身尋到牆的那一端去，但是不見有入口，也不見有車子的痕跡，我再走回來，將此事告訴主人，更向反方向去尋了一會，然而也是一樣。無論走到什麼地方，只有圍牆。像入口之類的東西，隨你怎麼樣尋也尋不著。我注意地察看了地面，然而沒有道路，也沒有車痕那一類的東西。

「師父，一切都給雪蓋住了，什麼也看不到。」

既然這樣，我們將如何是好呢？我突然害怕了起來。無疑地，我的主人是走錯路了。要不然，就一定是記錯了吧，跑馬廳不在這裡，我以為那一定是在別的地方。

主人不知對我所說的話怎麼想，他似乎一個人在那裡發呆地沉思。停了一會，他自己摸著牆壁，一直摸到那邊的盡頭處去，看見了我們總在這樣做，心裡不高興的卡彼猛烈地吠了起來。

我也顧不及牠，懷著不滿意的心情，跟著主人走到了圍牆的盡頭去。

「我再去尋尋看嗎？」

「不，不用去了，全部都是圍牆圍起來了。」

「全部？」

「唔，這裡的入口也封了，無論怎樣，恐怕都走不進去。」

「那麼，怎樣辦好呢？」

「怎麼辦？我也不知道，只有這樣在這裡等死！」

「師父！」我吃了一驚，緊纏著他。

「噢，不是的。我無論怎麼樣都不要緊，不過你是不應該死的，你的身體為著將來應該保重呢。生命比什麼都要寶貴啦。走吧。你還可以走吧？」

「是的，師父呢？」

「我嗎？我走到不會走時，像老馬一樣地倒在路旁死了就算了。」

我真想緊抱著主人大哭一場，然而我拚命忍住了，聲音發抖地問一聲：「但是，師父，我們到什麼地方去呢？」

「還有什麼地方好去呢，恐怕只好回到巴黎去吧。」

「呀！到巴黎去？」一心力俱盡的我們，還能夠回到巴黎去嗎？

「到巴黎去，求求警察，他大概可以帶到署裡照料我們吧。我早就知道了，不過不願意那樣做，所以跑到了這裡來。然而，我再不能讓你就這樣地凍死。若是在途中倒了下去，那就沒有法子。路美，走吧。我的好孩子呀！勇敢地前進吧！」

慈愛的主人，總想把我救活，然而，我呢，一心只為主人設想，自己的事倒不曾記及。

各自懷著不可言喻的哀慘的心情，我們二人守著沉默，向走來的原路上回頭，我們已經不曉得時間的早晚了。雖然沒有時間的觀念，不過我們走來走去，走了那麼久了，此時想當是十二點或一點鐘了吧。仰望天空，還是藍黑，只有稀少的星，孤寂地閃爍。

風呢，不但沒有停，還更加吹得厲害，將混著白雪的塵埃捲起，迎面吹來。路旁散處的人家，早已關得緊緊的，一點燈光也不透出。我想：若是在這等家中，睡得很暖和的人們，知道了我們的苦處時，他一定會親切地開門讓我們進去的吧。不過這樣的話，我也難開口向主人說，我只有緘著口，曳著鉛一般沉重的腿，直走到倒下為止。

這樣快步飛跑時，自然身上也會熱起來，不過我的主人可不行，他似乎再也走不動了，呼吸困難，像是跑了幾十里路回來的一樣。

「怎麼樣啦，不舒服嗎？」

我試問一問時，他把手拿到唇上，似乎不會說話了般地，只做做手勢。呀！怎麼樣好呢？

不久，我們漸漸走近巴黎了，兩側聳著骯髒的高牆，處處點著寂靜的街燈。那時候，主人似乎已經完全失去了精力，突然靠在我肩上，停了腳步。

我說：「試叫門看看，好嗎？師父。」

主人一喘一息地說：「沒有用啦，這裡的人，大概都是種花或種菜的，這時候不會爬起來的，還是到巴黎去吧！」

勉強地開始前進，可是主人無論如何不能再走了，剛走了五六步，又停了下來。

「路美，我真抱歉……我真走不動了，找個什麼地方息一息吧。」

剛巧那裡有一圍柵，門是開著的。柵內有比柵更高的稻草堆，被風吹得四散飛揚，路上，柵下，都吹得遍地。

「走進那門內去息一息吧。」

「但是，師父，你不是說現在息下來時，寒氣就會凍入身裡，再不能走動的嗎？」

我很擔心，這樣說後，望著主人。然而，主人並不回答，倚在門旁，口和眼睛同時命令我將稻草堆起來，我趕快拾了些草，堆起。主人不等我弄好，馬上就倒了下去，他的牙齒發抖，身體也像樹葉一樣地戰慄。

「再拿些稻草來……這能夠頂住了風，很好。」

當真的，這樣的東西雖不足以禦寒，但總可以頂得住風吧。我這樣一想，就儘量去拾了些乾草來，都堆在主人的身上。我自己也鋪了些，坐下。

「你緊貼著我坐好了，你也將卡彼抱緊，多少總可以暖和一些吧。」

主人從來是很有經驗的人，所以十分明白，在這樣的時候，倒在當風的地方是不對的。但是還不能不這樣做的，那一定是因為精枯力竭所致的吧。

這半個月以來，主人受著饑寒的交迫，性命完全是借精力維持來的，所以這一夜恐怕是末日了吧。這寒氣和饑餓，即使平素健康的主人，也因年齡的關係，無論如何熬不住的吧。

主人的身體一半靠在門上。我又靠在他身上，像給他抱住了一般，我不時還在拾稻草分蓋在主人和自己的身上。忽然，我感到主人彎下身體，在我的額上親吻。這是主人對我第二次的親吻，而且——呀！——這同時又是最後的親吻啊！

以後，我不知道自己和主人是生還是死。原來，在普通的冷天時，人身會發抖起來，不會睡得著的，不過，一到了這樣極度寒冷時，全身就麻木了，反而變成無感狀態，自然地入睡了。

我靠在主人的身上，讓他親吻之後，不一刻就感到了睡氣的襲來。我想，現在要是這樣就睡著，恐怕會凍死吧，所以拚命地想將眼睛張開，但是，無論怎麼樣努力，它總要合攏起來。

我就用力在自己的腕部捏了一下，可是手腕也全變成無感覺了，一點也沒有用，只不過還感到了接觸，所以我尚能夠明白自己還沒有死去。

最初我還微微地聽到主人短急的喘息，而且混著聽到卡彼的安靜的鼻息，風發出可怕的嘯聲，在頭上吹過；揚起了草堆的雜草，像樹葉般地落在我們身上。除了這狂風之外，沒有一點其他的聲息，也看不見一點生動的東西，死一般的寂寞正完全地將我們圍閉起來了。

我昏沉沉地，感到寂寞鑽進了我心胸的深處，使我生了一種漠然的恐怖和憂慮之念，我眼裡含著淚珠，想到我會不會就這樣地死去？

突然，我的眼前明白地呈現了斜巴隴的風景，眷戀的母親的影子，久住的房子，華麗的花園

——不知不覺間，我又站在那花園裡了。太陽溫和而輝亮，黃水仙開著黃金一般的花兒，小鳥也喜快地在叢林中歌唱。母親正將在小溪中洗的衣服掛在籬笆上。——突然，我又在「白鳥號」船上了，亞沙還是照舊被捆在木板上，美麗甘夫人在他的身邊看顧著他。而且，風聲吹入了我的耳朵，小聲說：「呀！這樣寒冷的天時，路美不知道在什麼地方，怎麼樣過日子呢？」那聲音，我聽得十分清楚。

不久，我的心裡漸漸糊塗了，什麼都看不見，舒適的睡魔，將我帶到遙遠的夢之國裡去了，我一切的知覺都失去了。

chapter 22 啞女孩

我突然醒了。這時候，我發覺了自己睡在床上，而且，這房間裡還燒著火爐，我的兩頰也被烘得通紅了。

這裡是什麼地方呢?這是我從未到過的房間，而且，我舉目一望時，房間裡還有很多從來不認識的人。首先看見的，是一位身穿鼠色的舊衣服、腳上穿一雙變黃了的木屐的男子。還有三四個小孩子。——其中一個愕然望著我的六七歲的女孩子，最使我注意。那女孩子的目光與旁人不同，給人一個非常靈敏的印象。

當我意識漸漸清楚時，我勉強坐了起來，這樣，人們就跑到了我身邊。

「師父……李士先生呢？」我開口就這樣詢問。

「他問他的爸爸吧，一定的。」年紀大一點的女孩這樣說，看看其他的小孩子們。

「爸爸?不，不是啊……我們——他是我的師父啦。」

「奇怪?他不是你的爸爸嗎？」那女孩似乎不甚相信地說。

「怎麼樣了呢，我的師父?還有，卡彼——狗呢？」

若使李士是我的父親的話，他們一定要避開，不能馬上將事實告訴我吧，但是他們知道了那只是我的師父時，那麼，像小孩子們的爸爸的那男子，就把實實在在的情形告訴我。

事情是這樣的：那時我們倚著失了知覺的柵門，就是巴黎郊外的一家種花草的人家的前門。凌晨三點鐘左右，花匠正駕著馬車，想到市上去的當兒，在散亂的稻草中發現了我們倒在那裡。他吃了一驚，走到我們旁邊，大聲呼喚我們。但是我們兩人都不曾答應，動也不動，只有卡彼守著我們，像防敵般地露出牙齒狂吠。

花匠無暇顧及犬吠，想把我們搖醒，可是不行，他跑回家裡，叫了人們起來，拿著燈籠走出來一看，李士老人早已斷了氣，凍得冰一般地冷了，我也完全失去知覺，不過因為抱著狗的福蔭，身體還有點餘溫，剩下一息的殘喘。

我馬上就被抱到屋子裡，花匠又喚醒了一個小孩，把他的床讓給我睡。我一睡就睡了六個多鐘頭，已經停止的血液漸漸流通，呼吸也恢復了。

我的身體似乎還是麻木不已，不過這故事，我卻聽得十分清楚，我得救了。然而，呀！親愛的我的師父，不，也可說是我的爸爸李士老人，卻已經一去不返了啊！

講這故事給我聽的男子——即是那花匠，就是救活我的恩人。在他講故事的中間，那最小的女孩子總是望著我，她那滿含同情的眼光，最使我感動，但是，她好像不會說話，不時動動身子，似乎想發出聲音來，可是一點也不清楚。

尤其是當我聽到老人之死，充滿了不可言喻的悲哀時，那女孩子似乎瞭解我莫大的絕望和悲哀，走到父親的身旁，用手指做出種種的記號，向著我落淚。

花匠撫摸著她的背上說：「噢，麗色。那小孩子實在可憐，不過，我是不能說謊的，橫豎警察也要告訴他的，那倒不如我來說好些。」

花匠又喚起了他的長男，去報告崗警，又將我移到了他的床上；不久警察來了，將李士老人的屍骸運了去，等等事情，全詳細地告訴了我。

「那麼，卡彼又怎樣了呢？」我等到花匠將這段故事講完時，這樣問他。

「卡彼？噢，那隻狗嗎？唔，怎麼樣了呢？」

「那狗跟著死屍一塊兒走了。」一個小孩說。

「你看見了嗎？」

「唔，我看見了。牠垂頭喪氣，很悲傷地跟著死屍走了，時時想跳近那死屍，給人家打開了，又傷心地啼著跟了去。」

呀，卡彼！可憐的卡彼！你以前在彼奴的葬式的喜劇中，裝著哭臉嘆氣，引起小孩子們抱腹大笑，但是，現在呢……跟著死去的主人之後，你又不知要跟到什麼地方去了！

花匠和小孩子們都出去了，剩下我一個人在房間裡，我不知要怎麼樣好，也不知道將要到什麼地方去才是，總之，我知道我不能就這樣地永留在這裡，所以我拖著無力的身體下了床。

不知是誰，將我的豎琴倚在床邊，我覺得有點暈，腳也有點蹣跚，不過還能夠將琴拿起來，掛上肩上。然而，頭突然痛了起來，身體熱得似乎要發火，頭暈也更厲害了，想把腳移一步時，眼睛發暈，馬上似乎就要倒下去，好容易才站定了，坐到椅上去。不久之後，比較好一些，我又再站起來看看，因為我雖然沒有可去的地方，可是，我總不能不到別的地方去。

我想跟他們告別，所以跑到他們的房間去，在那裡，火爐中燒了火，他們一家正在圍著桌子吃飯。那飯菜的香氣，使我想起了自己，除了昨天早上吃了一片麵包之外，一點東西也不曾進肚子，我突然覺得全身緊張的氣力一時失盡，踉踉蹌蹌，差一點要倒下去了。

「你不是還不舒服嗎？」花匠吃驚地站了起來，用充滿同情的聲調向我說。

我也覺得自己實在不舒服，靜靜地站著，輕輕地點了點頭，並求他讓我在火爐旁再多休息一會。然而，我現在所最希望的，並非爐火，實在只是食物。從湯盆子吹起來的熱氣，碗叉的聲音，和咀嚼的音響——這種種情形，更是使我的氣力衰弱。

呀！我若是能夠說，請你給我一碗飯吃才好吧！然而，李士老人絕沒曾教我做乞丐，而且我也沒有那樣下流的秉性，我若是決心去做乞丐，倒不如這樣餓死了好。

我靜靜地忍著苦痛，那剛巧坐在我面前、叫做麗色、不會說話的女孩，總是看著我，不動刀叉！突然，她站了起來，拿著一碗自己沒有吃過的飯，送到我的面前，放在我的膝上。

我已經沒有說話的力氣了，用手做姿勢，告訴她，我雖然謝謝她的厚意，但是請她不要這樣做。那女孩子的爸爸立刻對我說：「她特意送給你吃，你就爽快地吃了吧，用不著客氣，不夠時再添好了。」

不用他說，我的肚子實在就要伸出手來了，所以，我馬上就爽快地接了過來，一口氣吃了下去。

等我將筷子放下時，總看著我的麗色，似十分滿足地噢了一聲，跑過來將飯碗接了去。她把碗遞給她的爸爸，爸爸又盛了一大碗的飯和菜交給她，她滿面含著笑容，再拿到我這邊來。

我完全被她那溫存的心情感動了，忘記了一切的饑餓，也沒有接過飯碗，只呆呆地望著她。

不過，最後我還是不客氣將飯碗接過來，揮動筷子，瞬間吃得乾乾淨淨。那班含笑看著我的小孩子們，一齊笑了出來。

父親似乎也很愉快地笑說：「真不錯，哈哈哈哈！」

我覺得面孔熱烘烘的，連耳根都漲得通紅了，真的怪難為情。然而，他們也不是單為了嘲笑我貪饞的大吃，所以，我只好將昨夜沒有吃東西的事告訴他們。

「是嗎？不過午飯吃過吧？」

「沒有，午飯也沒有吃，只早上吃了一片麵包。」

「唔，你的主人呢？」

「他比我還要吃得少。」

花匠聽我這樣說時，嘆了一口氣。

「唔……這樣嗎？那麼，那老人也不是全為寒冷凍死的啊。真可憐！」

總之，我得了兩大碗飯吃下去，已經完全復元了，我就站起來，想和這班親切的人們告辭。

「那麼，你現在要到什麼地方去呢？」花匠這樣問。

「我現在只想走……」

「去什麼地方？」

「什麼地方……我也不曉得，或者到巴黎……」

「巴黎有你的同伴嗎？」

「沒有。」

「那麼，你想去找同鄉的人們，求他看顧你嗎？」

「不是，我並沒有那樣的人可以依靠。」

「唔……那麼，你有住的地方嗎？」

「沒有，沒有可住的地方，我們不過是昨天才到巴黎來的。」

「也沒有住的地方！那麼，你現在走了出去，想怎麼樣呢？」

「我想彈彈琴，或者唱唱歌，找點飯吃就算了。」

「你到什麼地方去那樣做？」

「到巴黎去。」

「笑話！那樣的事情，不行不行。我不是說你什麼，不過，我認為你還是馬上就回鄉下去好，因為那裡還有你的父母……你不是說，那死了的老人不是你的爸爸嗎？」

「是，我早就沒有父親了。」

「唔，沒有父親嗎？母親總有吧。」

「不，母親也沒有，父母全沒有了呢！」

「可是，你總有叔伯兄弟吧？」

「沒有，什麼都沒有。」

「什麼人都沒有？——那到底是不是真的呀！」

「真的。」

「究竟，你是在什麼地方來的呢？」

「我……」

我躊躇了一下，決斷地說：「我在照料我的乳母那裡，被師父買了來的……」我這樣說後，換換口氣：「老伯，多謝你們的親切……很想能夠報答大恩，不過我現在是空無一物……若是你們高興時，等禮拜日我再來玩吧，我彈彈琴，陪大家跳舞取樂。」

我向他們一一行禮後，向門口走去。突然，麗色跑了來，執住我的手，指指那豎琴，我馬上明白了她的笑容和希望我做什麼的意思。

「你想聽我彈琴嗎？」

她點點頭，而且愉快地拍著手。

「唔，麗色想要聽，你就彈一彈給她聽吧。」她的父親幫著她說。

我就在肩上取下琴來。實際上，我沒有這樣高興的心情去彈樂器，陪他們跳舞，不過，無論如何，我不能使這可愛、親切的少女失望，所以，我就奏起那我所熟悉的、閉著眼也可以奏出來的旋舞曲。然而，手裡雖在彈著熱鬧的歌曲，我心裡所想的，卻是我的主人的悲慘的末日的事，若是他還活著，和我一塊兒來安慰這可愛的少女，那是多麼快樂的事啊，我一面彈著琴，心中在流淚。

最初她只是呆呆地望著，不一會，她竟用腳尖拍著拍子，到後來，她那可愛的眼睛漸漸熱起來，完全醉心在音樂中了，她在不知不覺之中站了起來，獨自一個人在食堂中跳起舞來了。

那當然不是正確的步伐，不過她的臉像盛開的花一樣的鮮明，身體的運動也極其優美。她可愛的地方，實在是難以言喻。

兩個男孩子和那最大的姐姐，也沒有想到一塊兒跳，只是靜靜地坐著，看小妹妹的狂舞。尤其是那坐在火爐旁的老花匠，目不轉睛地凝視著麗色的跳舞，似乎高興得不得了，時時拍掌讚嘆。

一曲完了之後，我就停了手。她幽嫻地走近我，似乎對我表示敬意地含笑望了望我，而且用指頭彈彈我的豎琴，似乎尚有所求地看著我，那目光就是說：「再彈一次」吧。

為了她的高興，我就算彈一整天也不會厭的吧，但是她的父親怕她這樣在屋中亂轉會使她疲勞，就制止說：「一次夠了！」

不過，我這次不彈舞曲，而是唱起了從李士老人口裡學來的那首義大利歌——我最得意的「拿坡里之歌」。這是我最拿手的歌，每當唱起來時，沒有不使人感動的。

那調子是非常優柔而且悲哀的旋律，直刺人內心深處，我唱歌時，她就走到豎琴前站住，眼睛看著我，口唇也跟著我在振動，她的心中正在反覆唱著我的所歌啊。

歌的調子悲哀起來，她漸漸往後退，直到我唱完最後一節時，她忍不住倒在父親的膝下，嗚咽哭了起來。

「好了，夠了。」她的父親一面說著，一面撫摩她的頭頂。

「你真蠢，一個人跳，又一個人哭。哈哈哈！」兄弟中的一個人像嘲笑她般地說。

「她沒有你那樣蠢啦，她還曉得音樂，真是不錯啊！」姐姐這樣地給她辯解，抱起了她親吻。

我再次把豎琴的皮帶掛在肩上，準備要出去時，她的父親將我喚住了。

「你無論如何非得繼續從前的生活不可嗎？」

「是，除此之外，也沒有辦法。」

「那樣的生活，你應該過夠了吧。」

「可是，我又沒有家。」

「像昨夜的那種事，就算你是小孩子也夠受罪了……以後誰又能保證沒有同樣的事發生呢？」

「是的，我也未嘗不想到，不過也沒有法子，我也盼望回到家裡時，能有床睡覺，有火爐烘暖的待遇啦……要是能夠那樣，是多麼的幸福啊……可是……」

「你想要有睡床和暖和的火爐嗎？那樣你就不能不做工。你知道嗎？若是你那樣想的話……那麼……你該住在我家，幫我們做點事才好。你做工，就可以和我們過一樣的生活……你想好不好？」

我雖然聽到他這樣說，卻還不敢當真。

「老伯伯，你說讓我留在你的家裡嗎？」

「我並不是讓你在這裡白逛白吃，要是你願意住在這家裡的話，你就應該一大清早同大家一塊起來，從早到晚掘泥搬土。那樣三餐都不會缺的。你沒有像昨夜那樣露宿在草堆中的必要，也不用擔心會餓死在道旁溝壑中，夜裡回家時，總有飯菜給你吃，有暖和的床給你睡。我們一天到晚都在做工的人，雖說是粗飯便茶，也絕不覺得難吃。你似乎不像普通的小孩，我可以把你當作自己的家人看待，也未嘗不可。」

麗色眨著眼淚未乾的眼睛，似非常滿足地看我。我聽花匠說可以當作家人看待的那句話，更加驚奇，不知要怎樣回答好，只是呆呆地站著。

忽然，麗色離開了父親的膝邊，走近了我，執著我的手，把我拉到掛在壁上、一幅粗笨的彩色畫前去。

那是一幅銅板印的畫，上面繪著耶穌的徒弟約翰的肖像，一個身上穿著羊皮衣服的少年。她做做手勢，叫她的父親和兄弟們也仰看這畫，同時指指我，摸摸我的羊皮衣，又指指我的頭髮——我的頭髮剛巧像畫裡的約翰一樣，在前面分開，捲曲地垂在肩上——我想她是想使他們明白，那約翰正同我相像。她那份純真的感情，使我不能不為之感動。

「真的，像得很。」她的父親點著頭說。她看見父親這樣子，又含笑拍起掌來。

她的父親對我說：「怎麼樣？你還不能決定要不要做我們家庭中的一分子嗎？我又不是說要把你當奴才一般地使喚。」

家庭！家庭！住在這裡，我也會成為家族中的一人！直到現在，我不知道是多麼憧憬著那所謂家族的東西！而且，從前有好幾次，待那好夢將要實現時又給人打消了。母親之後，繼之以美麗甘夫人，又是李士老人——他們都被奪了去呀！

我不加考慮，匆忙地就想離開這裡，其實，我深知那漂流的境遇，是會使人不寒而慄的。從前，和師父兩個人尚且不能糊口，以後我只有一個人了，還哪裡能找到一碗飯吃呢。呀，這兩三年來，師父實在就是我的父親啊！現在，我親眼看見了比父親還愛護我的人死時的情景，我的心裡不覺深印了一種不可言說的、對生活的恐怖的印象。而且，這些年來，我的良友、我的夥伴、在艱苦的漂泊時是我唯一的安慰的忠犬卡彼尚且失去了，這在我，實在是莫大的打擊啊！

若是沒有這親切的花匠，我在今日或明日，恐怕也要追隨師父的背後，陷入同樣的命運無疑。然而，我現在不是孤單的一個人了，無論什麼事，在以為是最後的那一瞬間，卻有一道光明出現，將我引導上新生活的大道。這是多麼幸福的遭遇啊！

最打動我的，並非像花匠所說的饑寒的擔心，而是我在這間屋子裡看到的一個如此和睦的家庭，這些小男孩，都要變成我的兄弟！這可愛的少女，就變成我的小妹妹！

我老早以前就夢想著會有一天重遇到我的父母親，但是我從未夢想到會有兄弟姐妹。我當然明白，這些小孩和我並非血統上的真兄弟姐妹，但是他們可以成為我親如手足的兄弟姐妹。為此，我只有熱愛他們和得到他們的愛，而這是不難做到的，看來他們一個個都是善良的人。

所以我趕快將豎琴取下來，她的父親很高興地笑著說：「噢，那就是你的回答嗎？好的，把琴掛在牆上去吧。我不是要干涉到你的自由，你暫時在這裡住著，等哪一天你覺得在我們這兒感到不自在了，你再拿起豎琴遠走高飛吧！但是，你要象燕子或夜鶯那樣的仔細謹慎，選好季節再動身，知道嗎？」

我只有用眼淚來報答。總之，這樣地，我就成了這一家中的人了。

這花匠的名字，叫做亞根，一家共有五個人，長男叫做亞歷，弟弟是澤民，大女孩是葉琴，最小的是麗色。

麗色並不是出生時即是啞巴，她在四歲的時候，患了一場大病之後，舌根不知道怎麼樣變了，以後就說不出話來。醫生說這將來會自己好的，不過現在還沒有到那時期。

她雖然不會說話，可是非常伶俐，在這樣窮困的家庭中，不幸是啞巴，那無論在家庭方面或小孩子自身，都是很悲慘的事，大概都要受人虐待的，但是她卻因為溫柔而且伶俐的緣故，很能得到父親加倍的愛護，姐姐也當她是寶貝一般，兩個男孩子，也對這小妹妹特別地親熱。

從前，貴族的家庭中，最大的孩子要比其他的兄弟姐妹更有特權，不過現在，在勞動者的家庭中，最初出世的孩子，時常要負更多的責任。在麗色才兩歲時，他們的母親去世了，之後，這家的長女雖然不過比長男大兩歲而已，可是她早將一家之母的責任和勞苦加諸己身了。她不曾到學校去，只在家裡管理廚房以及裁縫、洗滌等等事情，以外，還得負責照料這小妹妹呢，所以人們很習慣地把她看成是個女傭，一個招之即來的僕人。

她雖說是二八年華，可是一點也不事修飾，黎明就爬起來，給要赴市做買賣的父親燒湯，夜裡也是她最後上床，一日中間沒有一分鐘的休息，終日勞動。連掬水澆花也非自己動手不可，所以她的面容呈現了三十歲以上的人的苦勞和憂鬱。然而，她待人接物都顯出她溫存慈善的表情，所以看見她的人，誰也不能不覺得她的可愛。

我把豎琴掛在牆上的釘子上，便應他們的要求，將昨夜的遇險經歷再詳細全部告訴他們；在這時，向著庭園的門上，似乎有什麼在抓撓的聲音，而且可以聽到細聲哭泣的犬叫聲。

「呀，卡彼！」我不覺叫了起來，站起了身子。

突然，麗色向我使使眼色，自己跑到了門口去，將門打開。可憐的卡彼一看見我，就跳到我的身上來。我緊抱著牠，牠發出歡喜的啼聲，舐遍我的面孔，我感到牠全身在發抖得厲害。

「這狗怎麼辦呢？」父親馬上明白了我的憂慮。

「牠也可以同你一塊兒住在這裡。」

這句話，卡彼也明白了。牠離開了我，用後腳立了起來，前腳放在胸前，表示牠感激的意思。小孩子們一見，都笑了出來。

小妹妹尤其是歡喜得不得了，我想叫卡彼再做點把戲給他們看看，但是不知何故，牠一點也不服從我的命令，跳上我的膝上和我親吻，又跳下來，銜住我的袖口，似乎想拖我到門外去。

「唔，牠想拉你到你的師父那裡去啦。」

「唔，一定是這樣的。」

據父親說，昨夜，警察將李士老人的屍骸運去的時候，說還有事情要問我，所以對他說，等我醒來時，警察還要再到家裡來。照理，我當然不用自己跑去的，不過，我等不得早一刻知道主人正確的消息。越是等待警察，警察越是來得遲。主人雖是死去了，可若是能像我一樣在火爐旁取暖的話，說不定會活過來，並不是一定沒得救。想到這裡，我再不能這樣地坐得住了。

父親察出了我這樣子，就說：「那麼，不要等警察來，好的，我帶你去吧。」

chapter 23 花匠的家

給父親帶著，我到了警察署。想能夠在那裡再見到我的主人的，哪知道完全只是空想，李士老人到警察署時，也曾讓醫生看過，但是已經無望，所以交給區分所，決定明天埋葬。

警察還問我關於李士老人和我的履歷。關於我自己的，我告訴了他們，我早喪了父母，李士老人用了錢從乳母處買了來的話，這當然沒有一點可以使他們生疑的地方。

「那麼，你以後想要怎麼辦呢？」警察問我。

這時，父親在一旁插嘴說：「這小孩子嗎？要是你們許可的話，我想領養他回去。」

「唔，這很好。那麼，沒有什麼事了，你帶了他去吧。」

之後，警察開始查問我關於李士老人的事。這在我卻有些小困難，因為我對主人的履歷完全不知道，只曉得他是義大利人，還有和我在一塊之後的一些瑣事，以外，關於老人的生涯，我一點也不知道。

但是，若是我可以率直說出來的話，那麼，老人似乎還有什麼秘密。他從前似乎有意要等機會告訴我，不過到底是什麼，我還是不知道，只有與這事有關的一兩節事記在我心裡，那就是在我們最後表演的那一次，一位漂亮的貴婦聽了主人的歌後，喚我的主人做「先生」，還給了我們十元的金幣。以後又是一回，當那把戲師父說話脅迫時，主人的不安的態度。然而，以我這樣受過厚恩的身分，若是把他生前的秘密在他死後宣布出來，實在太對主人不住，所以，我以為最好是什麼都瞞了起來，不要開口。

然而，像我這樣的小孩子，想對那熟練的警察騙過一切，實在是徒勞，我上了他們的當，警察勝利了，我將所知道的事，絲毫不留，都供了出來。

「你知道那喀爾的家吧？」

「不知道，我初到巴黎，所以什麼都不知道。」

「唔，街名也不知道嗎？」

我記得當我停在街角時，在油青色的鐵板上，似乎看見有用白粉寫成的「支那街」幾個字。

警察拿出地圖來，查了查索引，說：「唔，不錯。支那街。離義大利廣場不遠。好的好的。」

他點點頭，向近旁的警察說：「你帶這小孩子馬上到支那街去一趟，這小孩子大概可以認得出那家吧。那麼，李士的身世就可以查得出來了。」

警察，亞根和我三個人，就一塊兒到支那街去。

到那條街上時，我真的認出了這地方，那狹窄的、骯髒的橫巷，也一下子就找到了。我們馬上跑上四樓，走進房間，一看，我所期待的馬撖，連影子都不見了。

我以為他大概是進了醫院。幸而喀爾在家，他一看見警察的影子時，臉色變得蒼白，我以為他一定是曾經做過了什麼壞事。

「你就是喀爾嗎？」

「是——的。」

「你曉得那叫做李士的把戲師父吧。」

「噢，李士怎麼樣了？」

「李士昨夜凍死了，我來調查他的身世。」

聽見是這事時，他才回復了安心的顏色，說：「噢，是嗎？李士死了嗎？真可憐啊！」

「你知道那老頭的身世吧？」

「是的，我知道得很詳細。大概在巴黎，除我之外，恐怕沒有人知道吧。」

「那麼，你不要藏瞞，都說出來吧。」

「你想知道的話，我都告訴了你吧，不過也不是什麼複雜的身世。那老人的名字實在是假名，他的本名叫做卡羅，說起來，或許法國現在也有許多人記得這個名字，不過那卡羅，就是李士的前身啦。」

「唔，卡羅？」

「是的。三四十年前，在義大利，這名字是很有名的，三歲孩童也沒有不知道他的。那時候，不要說是義大利，就是全歐洲，也可以說沒有人可以同他並肩，他是全義大利最有名的歌唱家，在拿坡里，時常陪伴繆拉國王，威尼斯、羅馬、佛羅冷士，這些地方自不用說，就是巴黎、倫敦也有他的足跡。」

「那他為什麼會淪落為把戲師父呢？」

「因為他後來生了一個多月的病，把聲音都病壞了；又因為他是一個脾氣非常高傲的人，所以不願意讓他的名譽在不三不四的舞臺上受到損害，於是他改名換姓，不知道到什麼地方去了。

以後三五年間，還能夠維持生活，不久，積財都花盡了，所以非得想法子糊口，他去謀種種的事業，但是都失敗了，最後就淪落到我們之中來。可是，他的自尊心很強，他以為若是被人家知道了他是卡羅時，寧願死了的好……但是，偶然間，被我知道了他的秘密，所以，以後他對我……就不敢……」

就是這個！這就是長久塞在我胸中的疑問了！呀，李士老人，就是那有名的卡羅啊！到這時候，我才明白我的主人悲慘的命運的秘密。

呀！多麼悲慘的卡羅！我所念念不忘的李士老人啊！

李士老人的葬禮決定在第二天舉行，本來，花匠亞根說定要帶我去參加的，不過，從那天的下午起，我身上發燒發得厲害，所以連動也不會動地只睡在床上。若是我早已離開了這親切的花匠的家庭，在路上發起這病時，真不知道要弄成什麼樣子呢。

恰像喬利在樹上涼壞了時惹起的病一樣，我也因為那天夜裡受了寒的原因，患了和牠一樣的病，肺發了炎。我為了這病，更切身感到了這花匠一家的親切。尤其是長女葉琴對我的看護，使我感激到不能用言語來答謝。

以一個花匠的身家，就算家裡有了病人，大概不會請醫生來診察吧，至多不過是把病狀告訴鄰近的藥店，購得一點藥水喝喝就算了，但是，他們卻給我請了醫生來。醫生給我精細地診察後，說我這樣的重病不容易就在家中醫得好，勸他們最好把我送到慈善醫院去。

當然，把我送到慈善醫院去，是再容易不過的事，比讓我留在這忙碌的家中，還要來照料病人，不知道是多麼樂得做的。所以，我以為那花匠也一定馬上會這樣做的。可是，他卻不願意聽從醫生的勸告。

「這小孩子不是倒在慈善醫院的門口，他倒在我的門前，所以，我要照料他的一切，那是當然的。」

這就是他的辯白，那麼，我就留在他們家裡，讓他們來照顧了。

長女葉琴本來就是這一家的管家了，現在還不能不兼做我的看護，然而她並不嫌費事，也不馬虎地將我丟下。她充分具有看護的資格，真當我是自家兄弟，溫存地看護我；而且，當她因事不能不離開我時，小妹妹麗色一定替代姐姐，坐在我的枕邊陪我。

我因為發燒，所以時常墜入夢幻之間。我看見麗色的大眼睛擔憂地看著我時，我不能當她只是普通的小孩子；我相信她是護衛我的天使，從天上降到我的枕邊來的，而且我完全像向天使說話一樣地，將我的希望、我的禱告都向她述說了，所以，等到我的病輕了些，不再說囈語之後，我還是懷著種種的疑問，時時凝望著她。為什麼她的頂上沒有天使的靈光呢？為什麼她的腋下沒有長出一對白色的翅膀呢？為什麼她會同我們在一塊兒遊戲呢？突然，我又想起了這不過只是花匠亞根的女兒罷了。

我的病漸漸地好了，但是還尚未完全復元，結果在病床中度過了一個冬天。當村中的曠野漸漸穿上綠色衣裳的時候，才算離開了床。

這時候，也正是花匠的事務漸次忙碌的季節，亞歷和澤民兄弟二人也幫著父親在花園裡工作，只有麗色還不會做事，所以，每當天清氣爽的時候，就時常和我帶了卡彼到河邊去散步。

這年的春天，季節真好，天天都是晴明和暢，所以，我們差不多每天都出去散步。這就成了我所不能忘記的，眷戀的記憶啊。

原來，這村附近，是巴黎的人們完全不知道的地方，一般的人們都以為這裡工廠林立，在巴黎的郊區要算是最骯髒的地方。然而事實上，這裡卻是風景絕佳的地方，在峽谷般的低地間，小溪潺潺，溪之兩旁，有繁茂的柳樹和白楊樹，有毗連的青山，山上各處又散置了漂亮的房子和花園等。在那像鋪了翠玉的毛氈一般的草地中，恰播種了星星一般地，開著各種的鮮花。柳樹和白楊樹上還不時地飛來種種小鳥，唱著優美的歌兒。所以，造成了一個實在愉快的別有天地的世界，人們絕不會以為這是在巴黎的郊外。

不久，我的病顯然有起色了，而且，多少也能夠幫助他們做一點事了，我想早點能夠報答他們的厚恩，早就在期待有這樣的日子。

現在正是紫羅蘭出現在巴黎的花市上的季節，我們家裡所種的，也全是那紫羅蘭花，白的，紅的，紫的，各種紫羅蘭花分植在花園中，實在是美不可言，而且花園中充滿了不可多得的香氣。

我的身體還不十分強壯，所以亞根派了較為輕鬆的事給我做。那就是為了防禦薄霜的緣故，在黃昏時關起苗房的玻璃窗子，早上再把它打開的工作，還有在中午時為避免太陽光的直射，將稻草蓋起花苗的工作，也是我的任務。

這不是什麼難做的事，然而是很費時間的，因為每天要做兩次開關那幾百扇玻璃窗，而且將全花園蓋起來，這事非有非常的耐性，是不能做得到的。

這時候，麗色也能夠幫點忙了。她跟在引水澆花的引水機器旁——這是利用馬的旋轉來引水的——擔任遇著那馬不聽話時，就用手裡的皮鞭揮一揮，來督促牠的任務。兄弟二人中的一個，將引來的水倒入水槽內，另一個呢，在花園中幫父親的忙。這樣，全家人各有工作，沒有一個是手閒的。

我從小在村裡就看過農夫們的工作，但是巴黎近郊的花匠們的勞動，實在使我驚服，其勇氣和精力都不是我們村裡的農夫所能追及的。早上，太陽未出來前，三點鐘或四點鐘時就起身了，一日中不休不息，拚命地工作。那勤勉實在只有使人感嘆。

我從前也曾用小孩子弱小的腕力耕過田，不過在沒有到這裡來以前，我絕不知道田園可以因耕耘和勞動，在一年中間，沒有一個時候是無用的，所以，這花匠的生活，又教導了我種種活用的學問。

我也不是一直只做開窗關窗的工作的，力氣漸漸回復時，我就掘掘花床，學學播種，種種花苗。等看見播種的東西一天一天長成時，我感到自豪和不可言喻的滿足，所以，一點也不覺得勞動是辛苦的。

不久，我完全習慣這忙碌的工作了。從前和主人所過的生活和現在比起來，是多麼的不同啊！從每天在沒有涯際的街上亂跑，不受人拘束，自由自在的生活，一變而成在圍牆內的小世界中一天勞作到晚，一日三餐無缺，然而勞動卻是相當激烈的，背上流著臭汗，手裡拿著噴水壺，赤足在小路上走來走去，有時不能不彎腰下去，有時又伸直起來，所以一到太陽下山時，身體就像棉花一樣的疲倦得不堪。

然而，望望周圍，大家正是一樣的這般勞作不休。老爹的噴水壺比我的更重，他的襯衫比我們還要濕得厲害。辛苦中體現出來的平等對我是很大的寬慰，而且我在這裡過上了我以為已經永遠失去的家庭生活。我不再孤獨，我不再是棄兒，有自己的床鋪，桌上也有我的座位。我能夠有比這樣更幸福的日子嗎？

禮拜日的下午，我們聚在葡萄棚下做種種的遊戲，我一定是將那在牆上掛了一個禮拜的豎琴取下來彈唱。我的四個兄弟姐妹就牽著手跳起舞來。跳得疲倦時，就要求我唱歌給他們聽。

那一曲「拿坡里之歌」，我唱了千百回也不覺厭。而且當我唱到最後一節時，小妹妹的眼裡總是滿含了淚水。我為要使她快活起來，就在「拿坡里之歌」之後彈起有趣的曲子，叫卡彼玩把戲，在卡彼，禮拜天也盡足使牠憶起昔日的街頭生活。

我這樣地成了這和睦的家庭中之一人，差不多過了兩年。這期間中，我有很多次給父親帶著，到巴黎的市上去賣花。我們到過聖涅河邊的大花市，馬得蘭大寺院，水城等花市，有時又到巴黎的花店去賣，有時遇著紀念日或什麼節的時候，我也到巴黎去逛過。我們逛過范特翁，魯布林，拿破崙的墳墓，和聖母院寺等等地方，也曾在盧森堡公園或持爾利公園散步。

還走過熱鬧的大馬路，和世界首屈一指的香榭里舍等街。遊了布隆尼森林，逛了萬生的森林。在這些遊歷中，我知道了貴賤貧富的生活狀態，模模糊糊也算知道了一點大都會的輪廓。

當我和李士老人到巴黎時，以為再沒有比巴黎更骯髒的地方了，到現在我才知道這觀念已成過去。然而我也知道了巴黎並不是全用大理石和黃金所造成的都會。

這兩年間，我不只學得上述的眼看的學問，因為我的頭腦中還裝入了很多的書籍呢，原來，這家的主人年輕時，在巴黎的植物園裡做過事，所以，不只從植物學者處學到種種的知識，他自己還念了不少關於植物學的書籍。

而且他本來是愛讀書的人，所以一有錢時就買書。自從娶妻生子之後，因為生活所迫，不能再讀書，也不能買書了，然而，從前買的書籍還很多地排在書架上。所以，當秋末冬初，工作漸漸輕鬆的時候，我就在書架上涉獵，埋頭在書堆中。

其中大多數是關於植物的，但也有歷史和旅行遊記之類的書。兩個小男孩似乎完全沒有繼承到父親的興趣，雖然有時也像我一樣地抽一兩本書來念，但至多不過看了三四頁，就把書丟下，打起瞌睡來了。我卻不然，一定要等到就寢的時間，才覺得很可惜地不得不將書合起來。

我想到自己之所以這樣愛念書，也完全是得自李士老人教訓的緣故，有時不覺滴下淚來了。父親看到我這樣愛看書，想到了他自己在年輕的時候，省下午飯錢用來買書的事，時時在巴黎回來時，買一些我會覺得有趣的書給我。我一接到手就讀，也沒有照順序，不過那時候讀過的書中有益的地方，我現在還能記得住。

麗色是不識字的，不過她看見我那樣地愛讀書時，她也覺得讀書一定是很有趣的，曾有一次叫我念給她聽，我就將父親買來的，揀其中容易明白的，念給她聽。聰明的她居然能夠明白，所以聽得非常專心，以後，我們就常在一塊念書。她對於不能夠明白的書，也留心聽著，努力想要到能夠理解它。

她的努力感動了我，我就教她學寫字。這不是一件容易的事，尤其是我這樣的人來做她的先生，那就更是沒有法子。不過我們師生兩人的心情卻很能夠相合，所以我的教授能夠順利地進行。父親看到我們這樣，非常高興，說她一定會有報答我的恩情的一日。

我又教她學彈豎琴。這小孩子很聰明，所以不久就彈得很好了，不過她那感到自己不會歌唱時的難過的神情，會使看見的人覺得很可憐。她眼裡含著淚，表示她的歌和譜都記住了，要是能夠說出來的話，她一定能夠唱的。呀，這是多麼遺憾的事，她沒有法子唱。

父親當我是自己兒子一樣地愛護，小孩子們又像自家兄弟一樣地待我，但是這樣幸福的生活並不長久。因為我的命運是不許我永遠在幸福中的！每當我感到最滿足的瞬間，也就是掉入新的不幸的深淵的剎那。

最近，我時常沉思，對自己說：「路美，你似乎是過得太幸福了，不久，一定會有什麼變故的，你早點覺悟了吧！」

我當然不能夠預言不幸是怎麼樣發生的，然而，我確實是感到了，那種不幸已經漸漸迫近我了。這念頭，時常使我心裡煩悶，不過一方面又以為這不幸似乎一定是因我而起的，所以，我總是謹慎行動，為了這家庭，我不惜粉骨碎身，盡全力來幫助。

但是，這不幸的原因，並不因我而起。這是我預測的不確，可是，要來的不幸，終於來到了。

chapter 24 暴風雨

我早已說過，父親是花匠，種紫羅蘭花的事了。

巴黎近郊的花匠們都很會培養這紫羅蘭，證據就是，一到四五月時，巴黎就有這種非常漂亮的花賣。不過這紫羅蘭的培養，卻有一種秘訣，因為花若是單層的花時，那就誰也不愛，所以非得揀多層的種子不可。而在同樣的種子中生出來的，差不多一半是單瓣的，一半是重瓣的，所以，就非得選出重瓣的來培植不可，要不然，等到花開時，全年間的勞力就有一半是徒勞的。

那麼，在這花的嫩芽時，就把它分辨出單瓣和重瓣來，這就是最要緊的事情。那大概是因葉的特徵，和枝幹的形狀而區別的，不過，也不是有明白的不同處，只可因一時的感覺而決定，所以，這不是無論哪個花匠都可以曉得這秘訣的。這真是所謂傳家寶的東西，只流傳於少數的花匠的家族間，至於其他的花匠，只好拜託知道這秘傳的同業者代選花苗，然後從事培養。

父親是有名的、善於分辨花種的名人，所以，一到了播種紫羅蘭花的季節，各方各處都來請他，差不多沒有一刻在家中的。因此，紫羅蘭花的時節，就是家族中最無趣的日子，尤其是使大女兒最勞苦的時日。

父親給朋友請去後，每家一定要被勸喝一瓶葡萄酒，這樣轉了兩三家，等到半夜回來時，臉一定緋紅，而且講話不清不楚，足步也蹣蹣跚跚，變成與平素絕不相同的樣子。

無論父親怎麼樣遲歸，大女兒總是等到他回來才睡。有時我還沒有睡著——或是給這些聲音吵醒時——常常聽見父親和大女兒間這樣的對話：

「喂，葉琴！你睡了吧，為什麼到這時候還不睡覺呢？」

「我怕爸爸回來時還有什麼事要做……」

「哈哈，你倒親切啊……女偵探！每夜看守著我，也大不容易呀！」

平素當然不是這樣胡鬧的父親，一醉了酒時，就完全變了另一個人了。

「我要睡覺了，爸爸就連一個人也叫不到，那不很麻煩嗎？」

「什麼？你以為我醉了嗎？哼，我不是醉鬼呀。你看，我筆直地走給你看。怎麼樣？不錯吧。一點也不東倒西歪啊，這樣筆直走去，就是孩子們的床！一二，一二，噢！」搖搖擺擺吵了一會兒後，又安靜了一霎時。

「麗色怎麼樣？」

「早就睡著了，你太吵時，會把她吵醒的。」

「吵？誰吵呀？我不過堂堂皇皇地走給你看。想說我的壞話，哼，也不行啦。不過，麗色怎麼樣了呢？她看見我今晚又沒有回來吃飯的時候。」

「麗色只是呆呆地望著爸爸的座位。」

「噢，她盡看著我的座位，是嗎？」

「是的。麗色的眼中好像在說：『爸爸要是回來就好了！』」

「噢，是嗎！那麼，你告訴她，爸爸給人家請了去。」

「不，麗色什麼也沒有問，我也沒有說，因為麗色早已明白爸爸是去什麼地方了。」

「唔，麗色知道嗎？麗色知道我……」

父親講到這裡時，突然躊躇了：「她已經睡得很熟了嗎？」

「不，她在等著爸爸，剛在一刻鐘前睡的……」

「葉琴，真對不起！你真是一個好孩子！我明天也一定會給人家請去，不過，我一定會回來吃晚飯的。這樣叫你久等，又要使麗色擔心，我實在對不住你們。」

然而父親的約定不一定靠得住，他手裡一拿起酒杯就完了，絕不會在晚飯前回來的。不過父親還是這樣替自己辯解：「最初的一杯，那不過是應酬。被人家請去，他特地送酒過來，總不能謝絕朋友們的好意呀！既然已喝了第一杯，那就再來一杯吧，可是因為口渴又再喝了一杯，接著酒興就上來了。要知道，飲酒可以解愁，一喝酒，再也不去想債主了，眼前一片金光燦爛，似乎離開塵世到了另一個世界去漫遊。那就乾脆喝個夠。總之，就是那麼回事。哈哈哈哈哈！」

當然，像這樣地酩酊大醉，到半夜才回家的事，並不是時時有的。不久，這揀花苗的季節也就過去，父親便什麼地方都不去了。本來他是正直勤勉，不隨便到酒館等地方去的人，所以這只能算是一時的酒醉，他馬上又回到平靜的狀態了。

到了紫羅蘭花要過去的時節，這回又非得著手種其他的花不可了，一時一刻也不能讓土地空出來，這就是種花人的慣例。而且，花匠的本領就是為了要賣得好價錢，所以種花須應時而出，拿到市場去。例如一年中主要的節日，像聖保羅、聖瑪利亞、聖路易這些日子，就是花匠們最重要的時日。

把這些聖徒的名字取作自己名字的多數男女們，在這些聖節日中，他們的親友和朋友們都要送花給他，尤其是上說的聖徒，更是被人們襲用的多，所以一逢到這些節日時，受人慶祝的男女更是不可勝數。因此這節日的前一天，巴黎的全市差不多是埋在花叢中，不只是花店和花市熱鬧得很，就是街頭街尾也開設了臨時的花店，各處的空地，人行路上，還有很多的賣花連盆的，或賣剪下來的花木，那熱鬧真不讓聖誕節時。

花匠為了要在七八月間的聖徒節，其中尤其是八月的聖瑪麗亞、聖路易的日子趕赴市上去，他們拚命地在花床和溫室中種植雛菊、石楠花等類的東西。

但是，定日而賣這一回事，是很要有功夫的，若是花開得太早，又是在節日之前，沒有人買；然而，開得遲了時，又趕不上，所以還是得不到錢。也就是說，要不早不遲，非得剛剛在那天盛開不可，那程度實在是不容易。尤其是像日光和時間這事情，是不可用人力強為的，然而，我家的父親對於這點，無論比誰本領都要高強，他沒有一回讓花兒開得太早，也沒有一回開得太遲。他實在是有非凡的本領，能夠使花在剛可以賣出去的那一天盛開。

在我講這故事的八月五日那天，我們的花園十一分地成熟了，園裡的雛菊剛要開放，可愛的花蕾一粒粒長了出來，溫室中，玻璃窗下的石楠花，在透過玻璃窗、柔和的太陽光下成長，石楠花組成花團錦簇的金字塔，看了使人眼花繚亂。我不時看見老爹心滿意足地搓著手，含笑向著小孩子們說：「今年可以過得舒服一點吧。」

他心裡盤算著所有的鮮花售出後給他換來的收入，高興起來。

為了達到這個目標，我們經過了多少艱辛的勞動，一刻也不休息，星期日也不例外。現在這一切都已弄妥當。為了犒勞一番，我們決定全家在當天、也就是八月五日這個星期天到阿格伊去，在老爹的一個朋友家吃晚飯，連卡彼也去。

那位朋友和老爹一樣，也是花農。這一天，我們決定下午三、四點鐘就收工，然後收拾收拾，鎖上大門，高高興興地出發。父親還拿了一個大鎖，將那夜我倒在那裡的旁門也上鎖了。到四點鐘，我們高興地起程。

我們準備在吃完晚飯後馬上回家，以便早點上床，好在第二天一早精力充沛地下地幹活。

我攙著麗色的手在田路上跑，卡彼也喜得吠起來，在我們的周圍亂跳亂跑，今天跑出來，似乎是使牠想起了兩年前的生活，所以牠十分高興地亂跑亂跳。

我們都穿上最漂亮的衣服，路上的行人總會回頭看看我們。我不曾留心自己，不過那帶了麥稈帽子、穿了水色衣裳的麗色，是多麼的可愛啊！就算尋遍世界，也沒有她這時漂亮吧，她的眼睛，她的微微翕動的鼻翼，她的肩膀和胳膊，她的一切都顯出她興奮的心情。

時間在不知不覺中很快過去了，我只知道在晚餐快結束時，我們之中不知是誰發現了西邊的天空已經密佈烏雲、我們是在一棵大接骨樹下露天吃著晚飯，所以不難發現暴風雨前的徵兆。

突然，父親站了起來：「不得了啦！小孩子們，快點趕回家去吧！」

「要回去了嗎？」小孩子的口裡發出了失望的聲音。

麗色也用手做勢，不高興馬上回去。時常聽從父親的她，今天也不同了。

「大風雨就要到了，一下子就會把玻璃門打碎！喂，快點告辭回家吧！不能再慢慢地走了。」

我們都知道，那玻璃門和窗子就是花匠的性命。一旦給暴風雨敲打時，這一家就只有淪落了。

小孩子們匆匆忙忙站起來。父親看了看我們：「老大和老二，陪我跑回去。路美和葉琴帶著麗色，在後面跟著。」

這樣一說，父親連忙向主人夫婦道謝，帶了兩個孩子出去了。我們也一塊兒走了，可是無論心裡多麼急，麗色總是跑不快，我和葉琴鼓勵著她，整著步伐前進。比之來時，我們不會笑了，也不開口，垂頭喪氣只顧跑路。

霎時，蒼空變黑了，驟雨似乎馬上就要到來，強風吹起了沙塵，在半空中紛紛亂舞。被捲在這沙塵中時，我們就非得背著風，將兩手掩住眼睛不可。而且，一吸氣時，滿口都是泥沙。

從遠處響起的雷聲漸漸迫近了，電光也不斷地閃爍。葉琴和我攜了麗色的手，拖著她走，可是也不能夠如意地走得快。我們能夠在驟雨前趕到家裡嗎？父親和兩個男孩能夠順利趕回去嗎？

雷聲越來越近了，黑雲層疊，四周像夜裡一樣暗黑。突然，夾著雷聲間，我聽見了一陣奇怪的聲音，那恰像一大隊的騎兵趕來時的馬蹄聲一樣。

轉瞬間，劈劈啪啪，冰雹在路上奔騰起來。最初的一刹那間，撲在我們臉上的，不過是些小粒子，可是馬上都變成大粒的了，而且像雪崩一樣地下了起來，所以我們趕快跑到一家路旁的門下去避難。

最可怕的冰雹降落了，轉瞬間，街道像是在嚴冬季節，鋪上了一層白色的冰雹，鴿蛋大的雹子落下時發出喧天的響聲，摻雜著玻璃被砸的碎裂聲。冰雹從屋頂上滾下來，滾到街上，各種各樣的東西也跟著紛紛滾下：碎瓦片、牆上的灰泥和打碎的石板瓦。石板瓦在白色的地面上變成一堆堆黑色的東西。

「呀，玻璃窗！」葉琴感到絕望，高舉兩手，向空叫著。

同時，這也是我心裡的絕叫。

「不過，父親回到家裡了吧？」

「就算回到了，也沒有用將玻璃蓋起來的餘暇，那麼，一定完全破了無疑的。」

「不過，聽說冰雹是有的地方下，也有不下的地方。」

「但是，這裡離家並不遠啊！一定下了的。要是，那正像這裡一樣下了時，那麼，父親真的只有破家了……這次不能將花賣去，賺得錢時，那才糟糕呢！……」

我也時時聽說，玻璃每百張需五大百法郎；而我們家中嵌了五六百張，若是全部破，只這一宗就要受二三千法郎的損失，再加上培植了的花的損害，這筆帳就不好算了。那麼，這家的淪落，就可不言而知了。

我想向葉琴詢問種種的事情，可是她已經沒有告訴我的力氣，正像看著自己的家給火燒了一樣地，呈現絕望的樣子，呆看著天落下來的雹。我看見了她這情形，所以也沒有和她說話的勇氣了。

這可怕的冰雹下得並不久。不過五六分鐘之間；像剛下時一樣地，突然又停止了。黑雲向巴黎的那方飛去，我們趕快從門下跑出來。道路中，堅硬的雹粒恰像海邊的小石灘一樣地，妨害著我們的步行。那積雹差不多要將我們的足跟埋住了。

穿著麻布短鞋的麗色，不能在這積雹上走，所以，只好由我背了回家；出來時那樣踴躍的她，現在卻完全喪氣了，她的眼中還不住流著熱淚。

辛辛苦苦到了家門前，看見大門洞開著，所以我們筆直走到了花園去。呀！這是何種的情景呀！映在眼裡的東西，沒有一件不破碎淨盡！窗戶，花，都破碎了。而且，玻璃的破片和雹粒混在一塊，堆成了雜亂不堪的小堆。早上還是那樣好看的、漂亮的花園，除了不堪入目的零落之外，再不留下一點東西了。

父親在什麼地方呢？我們到處找他，哪裡都不見他的影蹤。我們一直找到大溫室，發現那裡沒有一塊玻璃是完整的。地面上一片碎玻璃碴，他坐在它們中間的一張小凳上，神態沮喪。旁邊，長男和次男也垂頭喪氣坐在那裡。

父親聽見我們踏著碎玻璃上的足音，抬起頭來，看見我們時，嘆了一聲：「呀，可憐的小孩子們！」

他緊緊地抱著跑近他的麗色，不能開口，哭了起來。

呀！降臨在這一家的不測的災難！現在，只映在我眼裡的花園的情景，已經足以使我心碎，加以想到了這損害的結果，將如何是好時，我更不禁不寒而慄了。

我不久就從亞歷和葉琴處聽到了以下的故事。父親買這花園，是十年前的事。這也是一半從借債來的。而且，最初經營花匠的四五千法郎的資本，也是訂了十五年內還清的契約，從債主處借來的。而且還訂了很苛刻的合同，說是若有一年不能照納時，那就要將土地和房屋都沒收了去的。所以，從前總是如數照納的，不過這次就做不到了。即使再經營種花，也有所不能，因之，父親的絕望是不用說的了。

父親將怎樣度過這個難關呢？小孩子們不敢高聲說話，在不可言喻的憂慮中，過了四五日，剛在我們應該將平日用心培養的花賣出去的那天的明天——就是應該支付今年債額的日子——我們看見一個穿黑衣服的紳士跑進家裡來，樣子頗為傲慢，拿出一張貼了印花紙的紙，在空白處填了幾個字，交給父親，他就回去了。

那就是送公文的傳達吏。從那天後，他每天都來家裡，不久就將我們的名字都記住了。

「你好吧，亞歷，澤民，葉琴小姐，都好呀！」他一一向我們說著，像給朋友的東西一般地含笑將那貼了印花的紙遞給我們。

「再見吧，小孩子們！」向我們寒暄一聲，又回去了。

那時候，父親差不多沒有在家的日子，他每天都到巴黎去。從前時常要對我們說話的人，以後再不會開口了，所以我們也不知道他到巴黎去做什麼，不過，聽說他到法庭去了，正在奔走忙碌啦。

chapter 25 離散

「法庭」這兩個字，多麼使我寒心啊！李士老人也曾有一回到過法庭，我知道，在法庭上，絕不會有什麼好事發生的。

不過，這次審判的結果非要暫時等待不可，不久，秋天過去，漸入冬天了。當然父親沒有修理溫室和換玻璃窗的本錢了。在原有的花園中，只種了一些青菜和普通的花草，這雖不能夠賺到多少錢，總之，我們還可以藉以糊口，而且我們也不患沒有事做。

然而，有一天的下午，父親比平時更是垂頭喪氣跑了回來，馬上向著小孩子們說：「喂，我的小孩，你們聽著！事情結果不行了！」

我想離開房間出去。因為我以為父親要開口述說這一家中的大事件；而在「我的小孩」這句話中，似乎沒有包括我在內，所以我想避開，讓他們說去。可是，父親招招手將我喚住了：

「路美，你不也是這家裡的人嗎？你不也是我的小孩嗎？我現在要對你們說的話，你或者尚不能十分明白，不過，你也是吃過苦的小孩，所以我以為你也會領略一二吧……可是，我的孩子們，我不能再和你們在一塊了……」

聽見這話時，小孩子們的口中一齊發出了驚懼和悲哀的叫聲。麗色跑近父親，眼裡流著淚，和他親吻。

「噢，麗色，我絕不願意將你這樣的好孩子丟去的，你也為我設想吧。」父親緊緊地抱著麗色，說：「我在法庭上被宣告了要將借債清還，可是我哪裡有這筆錢呢！所以，除了將這房子和一切用具沒收後，我還得去坐三年牢不可啊！」

我們都放聲大哭起來。

「呀，你們會很傷心吧！不過，那是法律，沒有法子。聽律師說，從前，若是不能夠將借債清還的話，那麼債主就有來割分那人的肉的權利，幸而現在再沒有那樣殘酷的事了。我只要在牢裡坐三個年頭就可以完事，不過最使我擔憂的，就是你們的將來。這期間，你們將怎麼辦呢？我一想到此事，就不覺胸如刀割。」

我不知道其他的小孩子如何作想，可是在我呢，再沒有這樣可怕的事情了。

「但是，關於這事，我早已想過了。不要緊的，我想法子，就算我坐了牢，也不會讓你們在路上彷徨的。」

我這才放了心。

「路美，你幫我寫封信到都魯斯，我姊姊的地方，告訴她此事，叫她快點來，她一定會馬上飛了來的。我的姊姊很能幹，而且洞識世情，所以和她商量，她一定會想出安頓你們的辦法。」

我從來不曾寫過信，這是很難為的任務。

等那位姑母來後，才來商量安頓我們的辦法，那實在是不可靠的話，但是，除此之外，又沒有法子，不懂世事、幼稚的我們，也就壯起膽來。不過，那位姑母並沒有像我們想像那般地快趕來，專門拘捕借債不還的人、商事課的警察卻比她先來了。

那剛巧是我和父親到一家人家去的途上，我們忽然被三四個商事課的警察圍住。父親並不想逃走，也沒有抵抗，不過臉色變得蒼白，向他們懇請，讓自己再回家去一次，向孩子們親一個訣別的吻。

警察中的一個似同情地說：「你也不必那樣膽小，欠債人的牢監絕不是怎樣可怕的，他們大概都是正直的居多，所以待遇也特別寬大。」

他們准許父親回家去一遭。我到花園裡去找長男和次男，和他們再走進房子時，父親緊抱著天真爛漫的麗色，她嗚嗚咽咽地啼哭著。

一個警察小聲向父親關照了一聲，父親點點頭說：「好，我就走。」

父親口裡這樣說，站了起來，將麗色放下，麗色還是不忍分離，緊抱著父親。父親依次和葉琴、亞歷、澤民、麗色們親吻。

我滿眼含淚，幾乎看不見東西，站在一角。突然，父親向著我說：「喂，路美，為什麼你不來和我親吻呢？你不也是我的小孩嗎！」

我跑上去，向父親親了一個熱烈的吻。

也不管我的為難，警察要將父親帶走了。

「你們好好地在這裡等，曉得吧。不久，卡特林姑母一定來的。」父親這樣說後，把麗色送到大女兒的手上，便給警察匆忙帶走了。

我想跟著父親的背後出去，但是葉琴用眼色阻止了我。等到父親的影子不見時，我們都放聲大哭了起來，沒有一個人說一句話。

我們早就知道父親要被警察捉去的，不過大家都以為姑母會早點來，會想出什麼辦法。但是卡林姑母是來不及了，父親丟下了孩子們，被拉了去了。

從前在兄弟姊妹之中，我們所倚為靠山的，就是葉琴大姊，自從父親那樣以後，她時常安慰著我們，勉勵著我們，和生活奮鬥；可是，到了此時，她也力氣喪盡，像我們一樣地沒有辦法，不能再來安慰我們，勉勵我們了，只有不時騙騙麗色，那就是她最大的努力了。

這樣，我們的命運，就像把舵的人已經跌下海裡的破船一樣，現在再沒有把舵的人，也沒有指導我們的燈塔，或可以寄居的港口，只在汪汪的大洋中，任憑風浪的衝擊，到處漂流，除了向著絕望的暗黑處駛去之外，再沒有其他的路徑了。

那位姑母在父親被拉去後一個鐘頭，才從鄉下趕到。這位姑母是胸有成算，很能幹的人。她在巴黎十年間，曾在五家人的家裡做過奶媽，所以，雖說沒有受過教育，然而頗曉得世事。度日的艱難，她也完全知道。

她要求我們服從她的安排，聽她這樣講，我們便鬆了口氣，頓時又覺得找到了方向，我們又重新站了起來。

不過，這位原來就沒有多少財產的鄉下女人，突然擔起這樣重大的擔子，就算她多麼能幹，也會感到困難的。最長的是十八歲的姑娘，最小的是只有八歲的啞巴小姐，兄弟姊妹就有四個人，更加上了我，這五口嗷嗷，姑母將如何地處置呢？她真能夠在貧困中負上這五個小孩的重擔嗎？

姑母從前當過奶媽的一家中，有一位是公證人，所以她就跑去和他商量，又到牢裡去和父親商量，至於她的計劃和意圖，她事先連一點風聲都沒向我們透露。結果，在她到巴黎的第八日，我們的命運就決定了，她把作出的決定通知了我們。

因為我們年紀太小，都不能獨立工作，所以我們將分頭到樂意收留我們的伯父叔母家去。那是這樣分配的：麗色給都魯斯的姑母帶回去；長男亞歷到在渦魯斯做礦工的伯父那裡去；次男澤民到聖甘單，和父親一樣經營花園的伯父家裡；葉琴則到另一個嫁到越斯南海邊的姑母家裡。

總之，這樣就算分配定了。然而，在等著分派的我，卻輪不到吩咐。

姑母這樣說完後，就再不開口了，我以為她一定將我忘記了，所以走前幾步說：「那麼，我呢？」

「你嗎？你又不是這家裡的什麼人……不是嗎？」

「不過，我什麼事都可以做的。」

「但是，像剛才說的，你不是這家裡的人，有什麼法子呢。」

「不過，你問問葉琴或亞歷，看我是不是真能夠做事。」

「你或者會做啦，不過，你又不能不吃飯啊。你不是家裡的人，我不能管顧這許多呢。」

「路美是家裡的人啊，直到現在，他都是的。」大家同聲給我幫忙。麗色更是跑到姑母的面前，合著手掌，含淚為我懇求。

姑母又說：「麗色，你叫我將這小孩也帶去是吧？在你，是有道理這樣懇求的，但是世間的事並不能樣樣如意啊，你只有斷了此念吧，只有你，因為是我的外甥女，所以即使我們家裡的人看見我把你帶回去，要說閒話，或是在吃飯時做出難看的樣子，只要我說一聲：『她是我家裡的人啊』就行了，若是別人家的小孩，我又怎麼好說話呢！這不只是我一個人這樣說。就是越斯南的姑母家裡，或是聖甘單的伯父，也是一樣的。無論怎麼樣窮困，對自己家裡的人不能不照顧，可是，在這樣難過活的年頭，要減少自己的米飯去照顧別人，那就做不到啊。你不要以為是我刻薄，還是斷念的好。」

我知道多說也無用了，卡特林姑母所說的是實話，我不是「家裡的人」啊！我沒有做任何要求的權利。要是向他們強求，那是像乞丐一樣的下流了。

而且，這位姑母一旦說出話來後，是不會再收回去的。她告訴我們，明天無論如何非得分開不可了。她將我們送到床上去。

我們回到房間裡，大家將我圍住，麗色哭著纏住我。他們不管一家離散的悲哀，心裡全不顧及自己，只為我設想，我深深感到，我是他們的兄弟，於是，有一種想法突然在我混亂的頭腦中發出亮光：「大家聽吧。姑母說我不是『家裡的人』，可是大家都當我是家裡的人吧？」

「是的，是的！我們永遠當你是自家人！」他們異口同聲地說。

「謝謝你們！我也是這樣想。那麼，我以後會拿出證據來讓你們看，我們都是兄弟啊！」

「可是，你想到哪裡去呢？」澤民問我。

葉琴想了想說：「我前幾天聽說巴黎有一家人家要一個佣人，我明天就去問問看吧。」

「不，我不想去做童僕，而且，到巴黎去做僕人的話，我就看不見大家了，所以我想將收藏起來的衣服拿出來，再將掛在牆上的豎琴背上，繼續開始過我兩年前的生活。這樣，我從越斯南走到渦魯斯，從渦魯斯走到聖甘單，從聖甘單走到都魯斯，我不就可以看見你們了嗎？那麼，我就像同大家在一塊兒一樣了。我還沒忘記歌唱跳舞，年紀也大了，以後一個人總也可以勉強謀生吧。」

我這念頭，大家都很贊成，我在悲傷之中因此感到了不少的幸福，我們談論著我們的計劃、談論著過去和未來。姑母要大家上床睡覺，可是這一夜，誰也沒有睡好，尤其是我，更不能成眠。

第二天，大家決定在早上八點出發，姑母叫了一輛大馬車。先駛到克利斯的牢獄，讓小孩子們看看父親，然後到火車站去，在這裡，各自攜帶自己的東西四散離別。

在出發的一個鐘頭前，葉琴把我喚到花園裡去。

「路美，這回要分開，我想送你一點東西，可是什麼都沒有……只有這個，你留著，做個紀念吧。這盒子裡，裝著針線和剪刀，這本是我的教母給我的，我想你在路上一定有用到它的日子，那時，你就當是我一樣吧……」

當葉琴和我說話的時候，亞歷在我們的旁邊走來走去。等到葉琴走進家中去收拾東西，留下我一個人在感激她的親切時，亞歷就走近了我來。

「路美，我積了兩個二法郎的銀幣，我想把一個給你，你肯收起來嗎？你肯收起來的話，那我不知道要多麼高興……」

我們五個人中，只有他一個有金錢觀，我們時常笑他愛錢，一個銅板、兩個銅板積存起來，就換成一角二角的銀幣，拿著在手裡叮噹作響，向太陽照看，自己便很開心。

經過許久，他才存了這兩個銀幣，現在卻說要把一個給我，他這真意實在感動了我。我想不應該接受的，可是他不肯答應。硬強將那光亮的銀幣塞在我手裡。我不能不為他那麼對我的真情感動了。

澤民也不會將我忘了。他將從前父親買給他的、寶貴得不得了的刀子給我做紀念。因為俗語說，把刀子給人時，就會把友情割斷，所以他向我要求一個銅板當作交換。

時間馬上就到了，還有五分鐘，我們的別離時刻迫近了。然而，麗色會將我忘了嗎？

當我聽見馬車停在門前的聲音時，麗色才從姑母的房間跑了出來，向我使了使眼色，要我到花園去。

「麗色！」我聽見姑母的叫喚聲，然而她卻不理會，快跑到花園裡去。到玫瑰樹下，從樹上折下一截玫瑰枝。枝上有兩個含蕾欲放的花朵。她轉身面對著我．將玫瑰枝一分為二，送給我一枝。

呀！口裡講出來的話，比之眼裡傳送的情感相比，實在顯得太不足道了！

「麗色！麗色！」姑母頻頻地催喚著。

各人的行李都裝上馬車了。我取起豎琴，喚了卡彼。看見我的樂器和那看慣的衣服，那不怕流浪生活的卡彼，歡喜得跳到我的身上來。無疑地，卡彼知道我又要開始從前的生活了，在卡彼，那在大路上自由跳跑的生活，不知要比靜坐在家中好多少倍。

我們在最後的訣別中，交換了無限的親吻。但是，姑母緊催著我們，將長男、次男和長女三人扶上馬車，又命我將麗色抱進車裡，讓她坐在姑母的膝上。

我聽從吩咐，將麗色抱進車裡，放在姑母的膝上，可是，做完後，我還是呆呆地站著，忘了下車。姑母將我推出車外，將車門關攏了，命令車夫說：「走吧！」

我朦朧的淚眼中，看見麗色從車窗裡伸出頭來，用那可愛的手向我做親吻的手勢。瞬間，馬車一轉角就看不見了，只剩下惜別的灰塵。

我只是呆呆地抱著豎琴，讓卡彼站在腳邊，機械一般地望著馬車駛去。忽然間，一個被托付看家的男子，拿著鎖匙要來鎖門了，他看見我，就說：「喂，小孩，你在這裡要站到什麼時候呢？」

「我現在就要走了。」我清醒過來，這樣回答他。

「到哪裡去啊？」

「隨著腳步，一直走吧。」

那男子聽見我這話，可憐我似地望著我，說：「要是你願意，那麼，到我家裡來，怎麼樣呢？目前雖然不會有工錢給你……」

我感激他的親切，可是立刻謝絕了他的提議。

「這樣呀，隨便你了，身體要留心啊。」

那男子也走了。家門鎖了起來，馬車已去得遠了，我將豎琴的皮帶穿過肩膀，我這個從前經常做的動作引起了卡彼的注意，牠站起來，瞧著我的臉，眼睛閃閃發光。

「喂，走吧！卡彼！」

住了兩年的房子，畢竟使我留戀。太陽高高的，天空是蔚藍的，氣候也暖和，這和我同李士老人走到這門前倒下去的當時大不相同了，現在又非和這留戀的家作永遠的訣別不可，又有誰想得到呢！

我想起這兩年間，可以說是我街頭生活的暫停時間。不過這休息期間，給了我不少的力量。比這力量更使我感到滿足的，那就是他們一家人給我的真情。

我的心和他們的心結合起來，我不是這大世界中的孤獨者了。我現在有了生活的目標：要成為一個有用的人，使我愛的人和愛我的人快樂。

一種新的生活展現在我的眼前。

努力前進吧！

chapter 26 前進

前進！

可是向哪一個方向前進呢？東、南、西、北，我可以高興朝哪個方向走就朝哪個方向走。儘管我還是個孩子，可一切都要靠我自己來做主。

愛逛的小孩子，常羨望著能夠有自由的一天；但這是因為即使有了挫折，背後總有照顧著他的保護人，所以才能夠放心。我呢？一旦跌倒，就是墜入深淵，沒有誰會來救援我的！受他人的指使，終日忙碌，這比之於自由行動，反使我不知道要快樂多少倍呢。

然而，我現在自己做主了。在這新生活的開頭，我將怎麼樣著手做起呢？我想：姑母雖然把我逐了出來，不讓我跟著到獄裡去，可是，在這兩年間，像親生父親一樣照顧我的亞根，我在這時候去和他見面，給他一個最後的親吻，又何嘗是違背道理的一回事？

無論如何，我第一個就得去看看亞根。

我雖然沒到過什麼負債者的獄裡去過，不過，最近時常聽到一些關於監獄的話，知道那地方是在克里斯，用心找一下，一定可以找得到。

姑母和小孩子們既然可以看到父親，那麼，我也未嘗不可以，我也是亞根的孩子哩，亞根愛我，正像其他的孩子們一樣，沒有絲毫分別。

不過，我不敢讓卡比跟著我在巴黎街上亂轉，警察萬一來盤問我，我該怎麼回答？我永遠也忘不掉在都魯斯的發生的那件事。我用一根繩子把卡彼拴起來，這對一條受過良好教育和訓練的狗來說，當然嚴重地傷害了牠的自尊心，但我沒有更好的辦法。

我牽著卡彼，總算走到克里斯的牢獄了。

世間盡有悲慘的地方，使人一見即為之酸鼻者。可是，我再沒有見到過比牢門更醜惡、更陰森嚇人的東西了：它看去比墓穴的門還要使人發抖。封閉在石頭裡面的死人是沒有知覺的，而囚犯是被活著埋葬的死人。

我躊躇了一會兒，不敢踏進去。我彷彿害怕也被關進去，覺得似乎一踏進這可怕的門內時，就沒有再見天日的希望。

按照我原來的想法，進了監獄再想出來是困難的，現在才知道，要把自己的兩隻腳跨進去也並不容易，這是我這次身臨其境之後才得到的體會。

我馬上就被帶到會客室，那裡並沒有我所想像的東西：如鐵窗、木柵等之類。不到一會兒，亞根走了出來，但是，他沒有帶鎖鏈或其他刑具，這也和我的想像不同。

亞根看見了我，似乎很高興。

「噢，路美嗎？來得正好。我今早才怪怨卡特林，怨她為什麼不將你帶來呢。」

今天一天，我心裡總是很悶，不過，現在亞根的這句話，卻把我的悶氣都吹散了。

「爸爸！（我早就這樣地叫慣他了）我今早不知多麼地想同他們一塊兒來，可是……卡特林姑母說，這不關我的事，而且……」

「啊，真可憐呀……不過，路美，世間的事並不能夠如人意的，你也不必怨她，她的丈夫辛辛苦苦才在特羅西充當一個看守河閘的工人，工錢僅可以糊口，當然不能容你再到他們家裡去吃飯……不過，我剛才聽小孩子們說，你又要過從前的那種生活；你該不會忘記了倒在我家門口、奄奄待斃那時的情景吧。」

「不，爸爸，我不會忘記的。」

「那時候，你還有你的師父照料你呢，現在，雖說你長大了兩歲，可還是小孩子哪，你怎麼能夠獨自一個人過那種街邊的生活呢？」

「可是，我還有卡彼陪著呢。」

卡彼一聽到人家說到自己的名字時，照例是吠著走到面前來，表示牠「我無論何時都可幫忙」的意思。

「是的，卡彼是一隻好狗，不過狗總是狗啦。你想怎麼樣過日子？」

「我自己唱歌，叫卡彼表演。」

「卡彼一隻狗就能夠表演嗎？」

「我想教牠一點技藝……喂，卡彼，你能夠演出我教你的東西吧？」

卡彼將前腳按住胸前，表示牠的承諾。

「但是，路美，並不是我多嘴，我以為你還是找一個地方去做工好，只要你有心，不怕找不到位置的。這不比街頭生活好得多嗎？總之，街頭生活就是貪懶的人做的事。」

「不，我不是一個貪懶的人，爸爸早已知道的。我沒有一次想對自己偷懶的。若是我能夠和大家在家裡的話，我很高興做工，不過，要到別人的家裡去充當奴僕，那我就不幹了。」

我特別用力地說最後幾句話，所以亞根不做聲，只瞠目看著我。

「路美，你時常說你的師父氣格高傲，但是，我看你也正像他一樣……不到人家裡去當佣人，也是一個道理。現在你是完全自由了，我也不是強迫你要去做人家的佣人，不過是為了你的將來著想。」

亞根的話使我有點躊躇，孤單一個人過街頭的生活，那危險處，我也很知道的。討不到一個銅板，或是從這村裡被趕到別的村去；或是狗兒又給狼吃了；或是迷失在跑馬廳的牆外，而且要和饑寒苦鬥，受盡疲勞和困難的挫折，不要說明日的事了，就是今天的食宿也全無把握。這從前的種種經驗，使我相信亞根的忠告斷不是沒有道理的。

然而，除了幹這種生活之外，為謀得一日的三餐，就只有去做奴僕。可是，無論如何，我絕不願意做人的奴僕。就是給人們說我是一個調皮的小孩，我也不管。我曾經拜李士老人做我的主人，雖說是被金錢買來的，不過這主人也就是我的恩人，我早就決心了：除李士老人之外，我不再有第二個主人。

而且，假使我變更初衷，去當人家的奴僕，那麼，我就違背了和葉琴他們的約定，非得使他們失望不可了。即使稍大的兄弟們能夠用寫信來傳達消息，但是麗色還不能執筆作書。卡特林姑母又不能替她代筆，我怎麼能夠違棄我們的約定呢。

我用決心的神色對亞根說：「爸爸，你也想聽些關於他們的消息吧？我還要到巴黎的……」

「這事我也聽小孩子們說過了，不過，我不能因為自己的便利，使你多跋涉，做人應該先替他人設想，不能只顧自己。」

「當然，爸爸。謝謝你，爸爸現在就教給了我應該怎麼樣做。假使我因為怕街頭生活的跋涉而不幹，那就太自私，不顧爸爸和大家——以及麗色的事了。」

亞根不做聲，看著我，突然眼裡掉下淚珠來，緊緊地抱著了我。

「路美，聽見你這段話，我不能不和你親吻。啊，你真是好孩子呀！」

我們兩人並坐在會客室裡，冰冷的椅上，我靠在亞根的懷裡，全身充滿了感激之情；這瞬間，我忘記了自己是在監獄之中。

忽然，亞根推開我，站了起來。

「我不再多說了。」他的聲音微抖，屈膝祈禱：「我的上帝呀，願你保佑這孩子！」

在深沉的靜默之後，亞根突然將手探入背心的口袋裡，拿出一個繫著細皮帶的錶。

「路美，我把這錶給你做個紀念，你收起來吧。這是不值錢的東西，值錢的東西早就賣掉了，時時還要撥動針，不然就會停的，不過總還可以用。此外，我一點東西沒有了，所以只好把這個給你。」

亞根把錶遞給我，我以為不應該接受他這樣貴重的紀念物，想還給他，可是他說：「不要緊的，路美，住在這裡，不要知道時刻的好。有了錶，反時時會留心時間，那只有增加苦痛。路美，以後恐怕再看不到你了，你自己保重點！」

亞根抱著我，作最後的親吻。

他還牽著我，把我送到門口，我的心裡混亂極了，不知道是怎樣走出獄門的，現在留在我記憶中的，只是我出了獄門後，呆呆地癡立在路當中。

我惘然站在獄門前，不知道要向左走好還是向右走好，要不是偶然將手插入袋裡，碰見了一個滑而又硬的東西的話，恐怕我要呆立在這裡，一直到入夜吧。

呀！我的錶！像摸著了魔術的手杖一般地，這錶使我忘記了一切的悲哀、憂慮和苦痛。我有了一隻錶呢！而且就在口袋裡，只要拿出來一看，就可知道時刻了！

我連忙取出來，驕傲地看了看時刻，現在正要近十二點鐘。

本來，在我，不管現在是十點鐘或十二點鐘，就是午後的兩點鐘，都無所不可的，可是知道現在是十二點鐘這回事，極端使我滿足。為什麼呢？我也不知道，不過我的情緒是這樣的罷了。

我知道現在十二點鐘了。怎麼知道呢？因為我的錶告訴了我，這是多神氣的事！實在是不平常的一件事。錶這東西，是靠得住的朋友，我覺得我有一位可以諮商的朋友了。

「現在什麼時候了，錶先生？」

「路美先生，現在十二點鐘了。」

「十二點鐘了嗎？是做祈禱的時刻了，我該記起那些親切對待我的人們。」

「是的。」

「你真好，使我記起了，要不是你，我幾乎就要忘記了。」

只要有這錶和卡彼，以後我就不愁沒有談話的對手。

「我的錶！」就連這發音也很好聽，我過去多麼盼望有隻錶，然而我是當然不會有錶的！可現在，就在我的口袋裡，正裝著一隻錶，它正在發出滴滴答答的響聲。

亞根說，這隻錶走得不怎麼準，其實那是無關緊要的，只要它能走就行。如果需要像老爹說的那樣，用大拇指去按它一下，那我就按它一下；需要使勁按，我就使勁按，甚至多按幾下也行，我是不會捨不得的。我會嚴格地管教它，叫它只能規規矩矩的聽我的話。

我高興得忘乎所以，竟然沒有發現卡彼也和我一樣興奮，牠銜著我的褲邊，細聲吠喚，想引起我的注意。因為我總是沒留意到牠，所以後來牠就大聲吠起來，用力拉我的褲子。我才從夢幻中醒過來：「喂，卡彼，怎麼啦？」

卡彼望望我，見我尚不能明白，牠就用後腳站了起來，敲敲我的裝著錶的口袋給我看。

卡彼想要像李士老人在日時一樣，給「老爺貴客諸位」報告時刻，我取出錶，凝看片刻，牠搖著尾巴吠了十二聲。卡彼一點也不曾忘記。只要這點表演，就一定可以掙到幾個錢，這是多麼的幸福啊！

因為我們這時正是站在監獄的門前，所以來往的人都覺得奇異，望著我們，還故意停了步看，我以為若在這裡馬上就表演起來，一定可以賺到幾文錢，不過還是怕警察來找麻煩，只好將這念頭打消，向監獄投予最後一瞥，離開了此地。

我們這種討飯生活，第一必要的，就是一張法國地圖。我想先買一張來看看，好決定去向。我知道地圖在聖涅河邊的舊書攤裡可以買得到，所以我又折了回來，穿過公園，從博物館旁走出了聖涅河岸。

我在河岸的舊書攤找了幾家，可是得不到一張滿意的地圖。我的意思，是要一張布裝的、堅牢的、疊得好的上等貨，可是價錢又不能多過五個法郎的，所以這就不容易，不過，最後總算給我找到了一張帶黃色、褪色的地圖。書販只要三個法郎就賣了給我。

地圖一到手，我就可大膽離開巴黎，我恨不得早一刻能夠離開這大都會。

我把地圖攤開來一看，有兩條路好走，一條是到風庭白魯的路，一條是到奧魯連的路。我也沒有什麼特別的理由，隨便選定了向風庭白魯的街路去。

漸漸走到郊外的時候，我無意中想起了支那街、喀爾和馬撤、下了鎖的鍋子，和那可怕的鞭笞的一切舊事，一步一步地走到聖梅達爾寺前，忽然看見一個小孩，靠在寺前的牆上打盹，手裡還抱著一支維奧林。

我覺得他有點像馬撤，那巨大的頭顱，可愛的潤濕的眼睛，富於表情的嘴唇，同樣溫順的表情，和那滑稽的面貌，十足像煞馬撤，不過最奇怪的，他卻一點也不曾長大。

chapter 27
馬撤

我走近幾步，看看究竟是不是他。不錯，那不是馬撤是誰。馬撤也看出了我，蒼白的臉上浮著微笑。

「噢，是你吧。在我還沒有進醫院的前一天，你和一位蓄著白鬚的老人到喀爾家裡來。那天我的頭真痛得厲害哩。」

「你現在還在喀爾的家裡嗎？」

馬撤看看四周，才低聲告訴我說：「喀爾已經入獄了，因為毒打一個小孩，將那小孩打死了。」

我聽說喀爾入獄，心裡感到由衷的高興。這時候，我才明白：我總以為是可怕的、殘酷的監獄，也不是完全無用的東西。

「那麼，其餘的小孩呢？」

「我不知道，因為我早就不在他家裡了，我從醫院出來後，他知道我的頭不能再被打，一打又非得將我送入醫院不可，所以不讓我住在家裡，訂了兩年約，把我賣給了馬戲班。在馬戲班裡，他們讓我演鑽箱子的把戲，誰知最近我的頭長大了一點，而且我很怕疼，所以他們把我趕了出來。沒法子，我跑到喀爾的家裡去，一看，門都鎖了起來，鄰人告訴我現在說給你聽的那些話，我沒有別的地方可以投靠，所以只在這邊徘徊。昨天到現在，我一點東西都沒得吃，肚子餓得要命。」

我不是一位富翁，然而給予馬撤一飽的食費，我總辦得到。我想起當年自己流浪到都魯斯郊外捱餓時的情景，如果那時有人能給我一片麵包，我不知道會多麼感激他。

「你在這裡等一等。」我跑到街角的麵包店裡，買了一個大麵包回來，遞給了他，馬撤一接到手，就咬了一大口，像餓鬼一般地，不一刻便將一個麵包都吃光了。

「你以後想怎麼樣辦呢？」

「我不知道要怎麼樣好。」

「不過，不找點事做，不就不能找到飯吃了嗎？」

「我在沒有碰見你之前，想把這維奧林拿去賣了，其實我早就想拿去賣了，可是總捨不得它……每當我心裡難過時，就到僻靜的地方去彈一彈，立刻我就會忘記一切悲傷的事情，眼裡看見一種不可言喻的美的東西。」

「那麼你就在路邊彈彈維奧林，掙幾個錢，不就好了嗎？」

「我也曾這樣做，不過誰也不肯賞錢，所以沒有辦法。」

我也有過痛苦的經驗，所以對他這段話不能不格外同情。

「那麼，你呢？你現在做些什麼度日？」馬撤反問我。

「我？我現在做了戲班的班長了。」

「噢，那麼，你讓我加入你們的班裡，好不好？」

「不過，我們的戲班，也只有卡彼一個了。」

「不要緊，我們兩人就成一班，豈不好嗎？好朋友，我求你，請你不要丟了我吧。你若是不肯提拔我，我只有餓死在路旁了！」

這句話或者不能感動他人，不過在我，它卻刺中了我的心窩，我是很知道餓死路旁是怎麼一回事的。

馬撒接著說：「我一定可以幫你的忙的，我會彈維奧林，會做把戲，會跳繩，會穿鐵輪，還會唱歌。而且，無論什麼事我都願意做，就算做你的佣人也好，求你收留我。只要你給我飯吃，什麼錢都不要。隨便你要打要罵，我都甘願……不過，請你不要打我的頭……我被喀爾打得太厲害了，摸一摸也會頭痛。」

我聽他這話時，心裡很難過，幾乎要哭出來，我怎麼能夠遺棄這可憐的小孩呢?!然而我又沒有把握，此後能夠再背上這個擔子嗎？

我正在沒法子的時候，他對我說：「我們兩個人合起來，就不愁餓死。我們在一塊，一定可以掙得到錢的。」

我記起了從前李士老人的話：他常說，只要有兩個像我一樣的小孩子就好了。不錯，有兩個人，就便利得多了。

「好的，我帶你走吧。」

馬撒牽住我的手，高興得掉淚了，我也不禁眼眶熱了起來。

一刻鐘後，我們離開了巴黎。季節是這樣溫暖，四月的太陽在明淨的天空中輝煌，相較於我第一次和李士老人初到這裡時，是多大的變化呀！

道路是乾爽的，沒有一點泥濘，青綠的野外開著野菊花，各處的庭園發出盛開的花香；微風吹過時，牆上的花瓣片片吹落我們的帽上，小鳥歡樂地歌唱著，燕兒追著渺小的昆蟲，掠過地面飛了過去。卡彼更是得了解放，在我們的周圍亂跳，牠向著馬車也吠，向著石頭也吠，牠不知道是心裡高興還是什麼，總是無緣無故地向著什麼都亂吠。

馬撤默默地移動腳步。他正在想著各種事情吧。我為了不驚動他的思緒，不敢向他開口。實在我也是一面想著心事，一面前進。

我們沒有一定的目的，提起步就走，可是，現在應該先到什麼地方去呢？

我們約定最後到到麗色那裡，可是其餘的三個人呢，我們沒有決定先拜訪哪一個，我可以自由行動。我們是從巴黎的南方出來的，當然不能先到北邊的聖甘單去看澤民，那麼，我們就選定了先到葉琴的地方，或是先到亞歷那裡。

本來我之所以取道南方，一半是因為想荃這機會到斜巴隴，去看看四五年沒有見面的寶蓮（我從前稱她為母親的那女人）。

我很久不曾提起寶蓮的事了，但這絕不是我忘了她。我會寫信，然而隻字也沒有給她，這也不是我的忘恩。實在，我不知道有多少次想寫信給她，不過每次我又不能不想到耶路姆。若是他又到巴黎去了，就不用說；不然，若是我的信一旦入他的手，借此來尋著我，或者又會把我帶回去，再賣到別的地方去也說不定。我因懷著這種恐懼，所以到現在還不敢和她通消息。

我想重會寶蓮的心情，自從有了馬撤之後，更加強烈。單身到斜巴隴去，未免困難；現在有了馬撤，我可以使他先去探探消息。若是耶路姆已經不在家，我馬上就可以去會她；若是他在家，我也可以喚寶蓮出來，到外邊相會。我想出種種辦法之後，就拿出地圖來，查看路線。

我們剛巧走到曠野地方暫事休息；我在背囊中取出地圖，鋪在草地上查看。我知道從這裡到斜巴隴，有一百多里路，沿途會經過七八個大都市。我在這些都市中表演賺錢，大概可以順利達到目的。

我把自己的計畫告訴馬撤，再將地圖收入囊中；忽然，我想把我的東西拿出來向馬撤誇示一下，我把囊裡的東西都搬了出來，排在草地上。我有三件全新的襯衣，三雙襪子，五條手巾，還有一雙穿舊的鞋子。

馬撤睜圓著眼睛，望著這些東西。

「你有什麼行李？」我問馬撤。

「我除了這維奧林之外，什麼都沒有。」

「那麼，我們算是夥伴了，我把這東西分一半給你吧。我給你兩件襯衣、兩雙襪子和三條手巾。但是你得和我輪流背這背囊。好嗎？」

馬撤還想推辭，可是我已經養成了下命令的習慣，不許他回嘴。

我把葉琴送我的裁縫盒子打開給他看，麗色給我做紀念的薔薇花苞也慎重地保留著，馬撤想我將那小盒子給他看，但是我嚴厲地命令他，叫他不要動我這個東西，仍舊收藏了起來。

我嫌現在身上的褲子太長，不便做事，演戲的褲子應該是短的，襪子上也非得用絲花邊飾不可。想做什麼，都是我的自由，沒有半點阻礙就可以實行。我取出葉琴送我的剪刀，來剪褲子。

「我在剪褲子的當兒，你試彈彈維奧林，看你彈得多好。」

「我試彈彈看吧。」

我移動我的剪刀時，馬撒就奏起樂器來。最初我還是一邊剪我的褲子——那是亞根給我的三件一套的衣服——一邊聽，到後來，我竟忘了動剪刀，給他的演技迷醉了，馬撒的演奏，並不在李士老人之下。

「你是在什麼地方學來的？」

「我並沒有跟誰學過，不過，也可以說誰都是我的老師。我是聽來的。」

「可是，看歌譜是誰教你的？」

「我不會看歌譜，聽人家怎麼演奏，我就怎麼演奏罷了。」

「是嗎，你真不錯。但是不會看歌譜也有不便處，讓我抽空時教你吧。」

「你什麼都曉得嗎？」

「我當然什麼都曉得哪！我是一班的首領呢。」

我想顯顯本事給他看，所以拿起豎琴來彈，還唱了一首歌給他聽。

我唱了自己最得意的那首「拿坡里之歌」，馬撒真心地側耳傾聽，讚不絕口。馬撒是一位奇童，我也不平凡，偶然我們這兩位天才碰在一塊了，然而，我們只是互相稱讚，不值一文，我們非得找到今晚的晚餐和睡床不可。

褲子縫好了，裝在背囊裡，讓馬撒先背。我們擬定了在最初走到的地方，就開始「路美班」的第一次登臺。

「你教我學唱歌不好嗎？等我也學會了，兩個人合唱。我還可以彈維奧林伴奏。那麼，你的歌更加要顯得好了。」

真的，一切似乎很順利。觀眾願意把荷包打開來吧。

一路談著。那天下午，我們走到一個頗大的村裡。我們正在找適當的舞臺，無意中到了一家農家的門前，看看庭前，那裡有很多穿著漂亮衣裳的男女們，都把花束掛在胸前。我們馬上想，這一定是鄉下的結婚儀式吧。

我想，要是有音樂奏起，他們一定會跳舞，我大膽地帶著馬撤和卡彼，跑進庭裡，我脫了帽子，學著李士老人那般，誇大地向他們致敬，然後向靠近我身邊的一個人說話，請他讓我們奏音樂助興。

這青年的面孔紅得像紅磚一般，身上穿著硬領的衣服，看來似乎很溫柔。他並不答我的話，可是把身體轉了轉——因為他那硬而又高的領子，和細小的緊身衣的緣故吧，他轉變方向時，只好全身移動——將兩個手指塞進口裡，吹了一聲尖銳的聲音。這把卡彼嚇了一跳。他看見了人們朝著他時，就開口說話。

「大家怎麼想呢？這小孩說要我們讓他奏樂助興。」

噪雜的聲音叫著「快讓出跳舞的地方來」，庭院當中，他們早已選定了位置，在那裡徘徊的雞群嚇了一跳，都跑開去了。

「喂，你會彈舞曲吧？」我有點不放心，偷偷地用義大利語問馬撤。

「會。」馬撤答說。

我也學會了的，所以這才放心。

從堆東西的屋子裡拉出來的車子，做了暫時的音樂臺，我們兩個人爬了上去。我們從前並不曾合唱，不過歌曲並不是十分困難，還能夠合得著調子。

「你們哪個會吹喇叭？」那面色豔紅的青年走近來問說。

「我會吹，可是沒有帶來。」馬撤說。

「那麼，我去借來。維奧林的聲音太小了，不夠氣力。」

青年飛快跑了去，我不放心，又用義大利語問馬撤說：「喂，馬撤，你真的還會吹喇叭嗎？」

「不管喇叭也好，笛子也好，我都會吹。」

無疑地，馬撤是路美班中的好角色。

喇叭吹起來時，跳舞更跳得熱鬧了。對舞，波爾加舞，旋舞等種種舞法，差不多都舞過了。尤其是對舞，更不知舞了多少次。

就這樣，一直舞到午夜十二點鐘，我們幾乎沒有休息。我雖然不覺得怎麼樣，馬撤卻因為他在演奏中擔負著比我更艱苦的任務，再加上旅途中的忍飢挨餓，他早就感到勞累了。我見他臉色一陣陣發白，好像身體很不舒服，可是他賣力地演奏，一個勁地吹著他的短號。

幸而注意到他的，並不只我一人。最初是新娘留意到了，她向大家說：「諸位，那年紀比較小的小孩子，似乎太疲倦了，我們大家湊點錢給他吧。」

「讓這狗兒去向諸位領受吧。」我這樣說後，把帽子拋給卡彼，牠銜著在他們中間巡迴。卡彼的敬禮，很博得他們的歡心，大家給了許多個銀幣。新郎在最後還給了兩塊錢。

呀，這是多麼可喜的開場啊！不只得了多額的收入，在舞完後，我們還得到一頓晚餐。在小屋子裡，他們還給我們預備了睡床呢。

第二天早上，我們答謝他們的厚禮，離開這裡。算算昨夜的收入，共有十一塊多。

「這樣多的收入，完全是你的功勞呢。要是只我一個人，又哪裡奏得起音樂來。」

我們一下子得到十一塊，心裡就像是發了一場大財一樣。到第二個村時，還買了很多的東西。先買了一個一塊半的舊喇叭，又買了一些花邊，最後是一個半新的軍隊用的背囊，以後，我們就不用兩個人輪流地背行李了。

我們買了很多東西，花了不少錢，然而，離開這村時，我的口袋裡還有十二塊。

我想出了很多的戲目，不用再重複表演同樣的技藝。馬撤和我也能夠聲氣相通，所以，我們馬上就變成親兄弟一樣。

「我從沒有看見像你這樣不打部下的班長。」馬撤有一次笑著對我說。

「那麼，你很滿足嗎？」

「滿足？我從沒有這樣幸福的日子！就是在故鄉的家裡時，我也只是羨慕要進慈善醫院去啊。」

錢越賺得多，我的希望也大起來，我想碰到寶蓮時，能夠送她一樣東西，使她大吃一驚。

我不但要使寶蓮吃驚重禮就算，最好還要使她的殘年也可以得到依託的東西——譬如買一頭替代從前的母牛路熱特去送她。

假使我牽一頭母牛去送她時，她將怎麼樣的歡喜呢。到斜巴隴時，我一定要買一頭母牛，叫馬撤牽到寶蓮的院子裡去。那時，當然耶路姆不在家才好。

馬撒當向驚看著他的寶蓮說：「婠母，我把你的牛帶來了。」

「什麼話，我的牛？呀，你這小孩子莫不是……」

「不會錯的，是你的牛啊，你該是斜巴隴的寶蓮婠母吧。」

「是的！我就是斜巴隴的寶蓮，可是……」

「噢，那就不錯了，王子（這當然又是講故事裡的王子一樣的）命我牽這頭牛到你這裡來的。」

「什麼？王子！」

當寶蓮正驚慌失措的時候，我就跳出來，抱著她和她親吻，以後，我們三人又做些圓餅和水果餡餅來吃，讓我出出從前受耶路姆掀鍋的氣。

呀！這是多麼美好的夢想！為了要使這美夢變成事實，我非得真的買一頭母牛不可。究竟一頭母牛需多少錢呢？我完全不知道價錢，總之一定是很大的價錢，是十多塊可以買得到的吧。

我所要的母牛不用太大，也不要太瘦；因為太大，吃的東西也要跟著多，使寶蓮養不起，這樣不是使她為了我的禮物更覺得麻煩嗎。

總之，我先有知道牛價的必要。

chapter 28 煤炭坑

我們寄住的旅店中，時常有馬販牛販們來往，要想知道家畜的價錢，也很容易。

有一天，我抓住一位同宿的牛販子，對他說明了我的希望，誰知這人卻當我是呆子，笑著向旅店的主人說：

「喂，老闆，你聽見這小孩說些什麼嗎？他要一頭不很大、又不要太瘦的母牛啦……這話怎麼講呢。你想買一頭牛來教牠做把戲嗎？」

店裡的人們都笑了，可是我並不怕他們笑話。

「不會做把戲也好，只要牠有很好的牛奶，又不用吃很多東西就好了……」

他們還是嘲笑不止，後來看見了我很認真，那人也就認真地告訴我。據他說，要一頭馴服的、有最好牛乳的、而又不用多吃東西的母牛，最少得出六十塊乃至八十塊錢不可。他還說，若是我馬上能夠付六十塊給他的話，他可以將他現場帶來的、最好的牛賣一頭給我。

我上床後，想著他所說的話。我荷包裡的現金和買牛的錢，差得太遠了。

我能夠掙到六十塊這筆巨款嗎？這當然不是容易的事，不過，若是我每天能夠按期儲蓄三角錢或四角錢的話，那麼，一定有一天可以達到六十元的總額的。那不過是時間的問題罷了，一個月半個月，當然難以做到，只要有心積存，我這目的一定可以達到的。

我想了一夜，決定暫時不赴斜巴隴，先取道到渦魯斯去探訪亞歷，接著再到葉琴那裡，等過幾個月後，買了母牛，然後再到斜巴隴去找寶蓮去。

第二天早上，我把這計畫對馬撤說了，他也贊成。

「那麼，我們先到渦魯斯去，煤炭坑那地方一定很有趣的。」

我們略微變了方向。到渦魯斯的那條路十分遠，就算筆直走去，也有好幾百里。我們必須在沿途尋找城市和較大的集鎮來安排可以賺錢的演出，這樣，就使我們多繞了不少路。

季節很好，表演也極順利，三個月後，當我們到渦魯斯時，荷包裡已經積下了五十塊。六十元就可以買到一頭上等的母牛，我現在只要再賺多十元就行了。

從渦魯斯到斜巴隴，十塊二十塊當然可以賺得到。馬撤也正和我一樣滿足，我真不能不感謝他，能夠做我的夥伴，若是只有我和卡彼，一定掙不到這樣多錢的。

我們現在走的渦魯斯這地方，在百餘年前時，是荒山裡的一個窮村，自從發現炭坑後，才一變而為南部有名的工業地，現在已經形成一個擁有一萬一千人口的市鎮了。

在表面上看來，這村子呈現荒涼的景象，沒有一片耕地，地是灰色或是白色的，沒有矮樹，沒有叢林，映在眼裡的，只有稀疏的幾株橄欖樹、栗樹或是桑樹。像野菜一類的東西，更不用說是尋不到的。雖說有兩條河流，不過在這樣山石遍地的地方，一遇下雨，馬上就有洪水的憂患。

就說到市上，也是無規則的、高低不齊的街市。大路上的軌道，一天到晚都運行著煤炭車，漆黑的塵埃鋪滿了整條街上。每當下雨時，煤炭泥就變成了泥沼；一經曬乾，遇風吹過時，又在空中舞揚起來。窗子屋頂乃至樹葉上，沒有一樣不是染著漆黑的污泥，鎮上沒有一塊紀念碑，沒有修飾廣場的銅像或石像，這樣的地方，當然沒有所謂公園一類的東西了。一般人家的房屋呢，四四方方，像箱子一樣地並列著。

我們在午後兩點鐘左右，走到渦魯斯附近。天空是蔚藍的，太陽光燦爛，是再好沒有的天氣了。漸漸前進時，太陽光也隨著變灰黑，天空都因煤炭的粉塵遮掩住了。

我不曾問清楚亞歷的伯父住在什麼地方，不過聽說他在二號炭坑做坑夫。我想，若是我能夠到那裡去問一問，未嘗不能問得出來。我沿途詢問著，漸漸向二號坑前進。

二號坑在川流左岸的山麓。漸漸走近炭坑，到了鋪滿煤炭滓的路上，我們碰到一位似是迷了路的女人。她的服裝凌亂，頭髮蓬鬆，手裡還牽著一個小孩，她一看見我們，就停下腳步，向我們說話：「你知道什麼地方有涼快一點的路嗎？告訴我好嗎。」

我莫明其妙地望著她。

「那是滿生著大樹的綠蔭的路，路旁還要有美麗的小河，清水在白石上緩流著，樹上還要有很多的小鳥在啼唱的地方啊！」她這樣說後，很高興地吹著口哨。

我不知所答，呆望著她，她似乎還不曾留意到我的怪樣子。

「你是說那涼快的路離這裡很遠嗎？你只告訴我，從右邊去呢？還是從左邊去？這樣就好了。我無論怎麼樣找，總是找不著。」

我不做聲。她舉起一隻手，一隻手撫摸小孩子的頭，很流暢地對我說話。

「我因為要知道我的丈夫在哪裡，所以才問你呢。你曉得我的丈夫嗎？你不認得？他是這小孩子的父親哩。他在坑內險被燒死，幸而搬到了那涼快的地方才得救活。以後，他總是不離開那涼快的地方半步。受了火傷的人，當然是住在那樣的地方才好，不過那地方，只有我的丈夫知道，我卻不認得，所以我很辛苦，我每天這樣地找尋，尋了六個月還看不到他。他愛我，我也愛他，還有這孩子……六個月不能見面，這是多麼長的時間呢！」

她嗚咽啜泣說著，一時又變了樣子，向著烏煙蔽天的炭坑那邊，舉起拳頭說：「那殘酷的地獄！可恨的炭坑！你把我的父親還我吧，把我的哥哥還我，把我愛的丈夫還我，把我的一切還我吧！」

她咒罵著炭坑，等到稍靜一些時，又向我說：「你不是這地方的居民吧，看你那衣服和帽子，就知道你是從遠處來的。你到墓地裡去數數看：一，二，三，四，……都是新墓……六，七，八……」

她突然抱起了那小孩子。

「你想把這小孩帶去，可不行啦，有我在這裡呢……呀，這水多麼好看！多麼冷！那條路在什麼地方呢。你要不知道的話，那簡直就和那班狐群狗黨沒有分別，你為什麼又不放我走？我的丈夫在等著我哩。」

她這樣癡語著，便一轉身把背朝著我，口裡吹著口哨，大踏步走開去了。

我看見有人從坑裡走了出來，就上前去問亞歷伯父的下落，幸而那個人曉得他，馬上就告訴了我，亞歷的家，處在離煤炭坑不遠，一條向著河岸的險峻的斜坡中途的一家茅屋。

這家的門口，站著一位四十歲左右的女人，她正在和鄰家的女人閒談；我走上去，問她這裡是不是亞歷的家，她告訴我這裡就是，不過亞歷要到六點鐘才能回家。

「你找他有什麼事嗎？」她問我說。

「我是想來看看亞歷的。」

那女人將我從頭至足看了一會，又看看卡彼說：「你是路美吧？亞歷天天在等著你哩。」

她還指著馬撖問：「這小孩子是誰？」

「他是我的同伴。」

這女人就是亞歷的伯母，我以為她會請我們進家裡去休息的。我們在灼熱的陽光下走了很多的路，這時，兩腳已經像木頭一樣了，然而，她並不這樣做。

她既不招待我們進去，我當然不願意哀求她，所以向她寒暄了幾句，又拖著疲倦的雙足向街上走去。最初，我們先向麵包店走去，買了一些麵包果腹。因為我們還沒有吃午飯，肚裡正餓得慌哪。

亞歷伯母這樣冷淡的態度，使我不能不難過，因為我看見馬撖的臉上現出不快的樣子。而且，要是早知道這樣的話，我又何必辛苦地跑了三個月冤枉路呢！

馬撖似乎對我的朋友也感到了不快，我向他說麗色是怎麼可愛的話時，他也不像從前那樣的高興了，總之，要怪那女人不應該那樣地冷淡我們。

我沒有再到那家去的勇氣了，所以，我們決定等到六點鐘時，直接走到炭坑口去找亞歷。

六點鐘響了，再過二三分鐘時，坑夫們三三兩兩的走了出來。他們的臉上都像掃煙囪的工人一樣的漆黑。衣服帽子無一不蓋滿煤炭，我們幾乎沒法子認出哪一個是哪一個。

要不是亞歷跑了來，抱住我時，我一定認不出他，讓他走過去的。從前亞歷的面貌到哪裡去了？他白皙的面貌一變而為漆黑的亞非利加土人了。

亞歷放開了我，向著身邊一個和亞根十分相像、四十五六歲的男子說：「伯父，這就是路美啦。」

那男子的面貌很老實，我馬上就知道他是亞歷的伯父了。

「我們正在等著你呢。」他很慈善地說。

「從巴黎到這裡來，路途不近呢。」

「而且你的腿又是這樣短。」亞歷開玩笑說。

卡彼又遇見了親熟的舊友，很高興地吠叫，又跳到他身上去，用種種的方法來使亞歷明白自己的滿足。我把馬撤的事告訴亞歷，將他怎樣吹得一口好喇叭，怎麼樣是一個好孩子的話，都說給他們聽。

「噢，這隻狗就是卡彼嗎？據亞歷說，牠比喜劇俳優或學校裡的老師還要聰明，是嗎？剛巧明天就是禮拜天，你們今天好好休息，明天就叫卡彼演幾套把戲給我們看看。」

這伯父完全不像那伯母，他一點也不和我隔膜，真不愧是亞根的哥哥。

「亞歷，你去和路美談談別後的心情吧，我和馬撤聊聊。」

我和亞歷兩人就是談一個禮拜也恐怕談不完，亞歷想知道我怎麼走到這裡來的，我想知道他別後的生活如何，我們只忙著發問，而沒有時間回答。

我們慢慢地走著談心，從背後走來的工人們，都趕過我們前頭去了，舉目一看，整條街都是工人的行列，像漆黑的街旁房屋一樣的色彩。

我們漸漸走近亞歷伯父的屋子。

「小孩子們，沒有什麼好菜給你們吃，不過，我要請你們吃一碗好湯。」

我從未有過這樣使我高興的邀請，剛才我還一邊走一邊尋思：到了門口，我們是否應當分手？因為亞歷伯母接待我們的那副樣子，我以為他也會不讓我們進他的家裡去，非得我們自己去住旅館不可呢。

走進家裡，亞歷伯父對他的妻子說：「這是路美和他的同伴。」

「我早就看見他們了。」

「噢，那更好了。快點做個湯請他們吃吧。」

老實說，我們不知道是多麼想喝點湯。自從離開巴黎後，總是在路上隨便嚼幾口麵包，或是在店鋪前吃幾個肉包子，從來不曾喝過一碗湯。很稀罕地有時到了稍好的旅店時，我們也不是不會叫一頓可口的晚餐，不過自從有了那王子的母牛那場夢以後，我們就十分儉省，不敢有那樣的花費了。馬撤同我一樣地懸念著買牛的事，絕不曾聽見他對於食物有什麼不滿的話，然而吃湯的美夢，又落了空。

「今晚不行啦，一點做湯的材料都沒有呢。」

「噢，那麼，沒有法子，明天晚上做好了。」

大部分煤礦公司都設有一種專門為礦工供應生活必需品的商店，工人不用付現，只要付成本費就可以從那裡買到他需要的一切東西，商店將在他的半月一發的工資內扣除他應付的錢數，所以他們的妻子都不用自己動手給丈夫做湯水。當男人在坑內做工的當兒，她們就是約伴談天，或是跑到咖啡店裡去消磨時間。

並不是說這村裡的女人個個如此，可是亞歷伯父的妻子，卻是這一類人當中的一個怪物。她沒有好好做過一碗湯，每天總是買些現成的香腸之類，冷冰冰的就塞給她的丈夫吃。亞歷伯父也不罵她，隨便吃了就算數了。我們今天也只有香腸吃。

吃完晚餐，亞歷伯父又向我說話：「路美，你同亞歷兩個人睡。」他又向著馬撤說：「你同我一塊兒到蒸麵包的房子來，我用稻草給你做一鋪頂好的床。」

那夜我和亞歷睡在床上，一夜不曾合眼，總在談天。

亞歷的工作，是將掘起來的煤炭盛到搬運車內，從軌道上推到井口，再從那裡用鋼索吊上地面去。亞歷還告訴我坑內的情形，這話引起了我的好奇心。

坑內時常有種種的不測橫禍發生，就是六個禮拜前，因為瓦斯爆發的緣故，燒死了十二個人，其中一個工人的妻子因此發了瘋，整日在路上徘徊。這時，我才明白今天在路上碰到的那女人的來歷。

我想看看坑中是怎樣的，就同亞歷約了第二天到坑內去，不過到了第二天，我們把這事對亞歷伯父說時，他搖著頭說：「這可不行，規則不許可，不是在裡邊工作的人不許進去。不過，路美，你不想到坑內去找點工做嗎？和亞歷在一塊，也不愁沒有伴，我以為這樣還不錯……這比在街上討生活安樂得多。在坑內好的是不怕有虎狼，而且我還想法子把馬撤也弄進去。」

我來渦魯斯的目的，並不是為了要在煤炭坑裡找工作，我還有其他更重要的任務，不能在這裡久留，我懇謝亞歷伯父的盛意，決定在兩三天後就離開這裡，到別的地方去。

但是，到了我要離開渦魯斯的前一天，亞歷在工作場中不慎被壓在煤炭底下，傷了手臂。據醫生說，並非十分重大的傷，當然不會變成廢人，不過，非得休息兩三個禮拜來從事醫療不可。這村裡最感到倒楣的，就是亞歷伯父，他得找到一個可以替代亞歷，幫他推車子的人不可。這村裡的小孩子早就被雇光了，他實在沒有把握能夠找到。

他在街上找了半天，結果還是找不到，所以，他的失望達到了極點。沒有一個小孩子來幫手，他非得停工不可，一天不做工，又不能得到糊口之資，他的失意簡直令人不堪直視。我不忍坐看他的困難，自己離開此地而去。

「伯父，誰都能夠替代亞歷去幫你嗎？」

「只是在軌道上推動車子就行，誰都做得到的。」

「車子很重吧？」

「不，一點也不重，亞歷也不費氣力就可以推動了。」

「亞歷能夠推得動，那我也可以推得動吧。」

「當然，你也會推……不過，你問它做什麼？」

「我想代替亞歷，來幫你的忙。」

亞歷伯父驚喜得跳了起來。「什麼？你願意幫我的忙！路美，你真好。那麼，你明天就同我去，把手續辦好，就讓你當我的幫手，這樣就好了！」

我在坑內做工的時候，馬撤卻帶了卡彼到街上去獻技賺錢去。他的抱負真不小，常對我說：

「要買母牛不夠的金額，讓我去賺吧。」

三個月半的生活，馬撤的身體健康了很多。在喀爾家，守在下了鎖的鍋子旁的馬撤，不知到哪裡去了；靠在聖梅達爾寺前的馬撤的面影，也不知道到哪裡去了。馬撤已經不是從前的馬撤了，太陽和新鮮的空氣使馬撤恢復了健康和活潑的本性。

馬撤無論遇著什麼事，總是看好的一面，不看壞的那一面，他是和我完全相反的樂天家。馬撤具有義大利人的特性，對於事物容易親近，習慣困難，不嫌勞苦，然而也不肯十分努力。我們兩人性格的差異，似乎成了使我們更親密的原因。若是沒有馬撤，我這長遠的旅途沒有一個人來安慰，真不知是如何的寂寞呢。

chapter 29 教館先生

第二天，亞歷伯父把亞歷的工人服給我穿上。早晨，我再三叮囑馬撤，叫他好好地偕卡彼出去，不要有不慎的地方，應該萬事留意，然後，我跟著亞歷伯父出門去了。

到了炭坑的入口，亞歷伯父把火油燈點著了火，交給我。我拿著跟在他的背後。最初是一條穿過岩石的隧道。走了約莫十分鐘，下了一個不十分斜的斜坡，才達到最初的石梯。

走到這裡，亞歷伯父對我說：「喂，當心些！下面是石梯，你可不要滑下去了啊！」

我一看，面前展開了一個深不見底的、漆黑的洞穴，火光隱約，近的地方，火把還大些，遠一點的地方，只像針孔一樣小。那都是比我們先進去的工人們的燈火。他們的語聲幽微地可以聽見，沉重而冷濕的空氣從底下吹了上來，帶著惡濁和揮發油混合般的臭氣。

我惶恐地走下石階，接著就是木梯，以後又是一層石階，又是梯子，連連接接，走了一百五十尺，才到第一工場，四壁都是石層，天井低壓，僅可以伸直腰步行。地上有好幾條軌道，道路還有流水。

「這樣的水流有很多，他們把這些水用唧筒抽上去，流到河裡。若是一旦抽水的機器停止時，那麼，這坑內就要浸起水來了。現在我們所處的地方，正當河底。」亞歷伯父這樣給我說明。

他看見我吃驚的樣子，又再對我說：「你不要怕，在一百五十尺深的地下，河水是不會淹沒脖子的，不用怕。」

「萬一有漏洞呢……」

「河底下差不多有十條隧道，說不定……哈哈，這裡不怕會有河水漏下的，最怕的還是那瓦斯的爆發和地崩。」

我們的工場比這裡還要深一百二十尺，走下好幾道石階和木梯之後才到達。一到工作的地方，亞歷伯父就教給我工作的技術。這也沒有什麼大不了，需要他教的地方，推推車子，誰都會幹，不過仍要一些技巧和熟練，要不然就會事倍功半，幸而我的身體是從困苦中鍛煉出來的，坑內的勞動也不見得怎麼樣苦。過了兩三天，亞歷伯父覺得十分滿意，說我可以成為一個頂好的坑夫。

然而我無論如何過不慣坑夫的生活，在坑內從事勞動的人，非得是喜歡安靜，不怕寂寞不可。在這裡，半天或整日都不能夠說一句話，全沒有所謂慰藉或娛樂。像我這樣的人，整日在太陽光下歌唱的漂泊者，哪裡能忍受得了這等的生活。除了手上的煤油燈，沒有一線光亮；除了打雷般的車輪聲，流水聲，水滴聲和掘鑿煤炭的聲音，沉重地衝破了沉寂之外，沒有一點其他的聲響，坑內的生活是這樣的陰鬱。

坑夫各有一定的位置，不能亂跑。在亞歷伯父的附近，也有一位同我一樣推車子的男子。

我們做推車工人的，大都是小孩子，只有他，卻是蓄著白鬍子的老人。說是蓄著白鬍子，諸君也不要誤會，他的鬍子只有禮拜天才是白色的，禮拜一就變成灰色，到了禮拜六那天，白鬍子就變為黑鬍子了，禮拜天他把鬍子一洗，才又變成白的。

他是一位六十歲的老頭。從前，他是煤炭坑內的木匠，有一天遇到坑內崩坍，他奮勇從亂石中救出三位同事，從此他也失去了三個指頭，以後就再不能做木匠了。不過，公司每年給他一些賞金，借此維持樸素的生活。誰知最近公司破產了，他的賞金也拿不到了，所以不得不到這裡來給人家推車子。

這老頭有一個綽號，叫做「教館先生」，人們除了這樣叫他之外，他沒有第二個姓名。因為這老頭兒肚裡很有些見識，什麼都懂，所以大家這樣稱呼他，這「教館先生」的外號，當然還含有嘲笑他的意思。

在吃午餐的時候，我偶然和他談了幾句話，這老頭兒很疼我；我也因為喜歡聽他的話，同他很要好。通常，在坑內的人是不說話的，這回我們兩人竟大談起來，所以我和他就得了「大牛皮」和「小牛皮」的綽號。

我在坑內過了幾天之後，發出種種的疑問，亞歷伯父卻不能夠滿足地答覆我，譬如我問亞歷伯父說：「伯父，煤炭是怎樣生出來的？為什麼生在這裡？」

「為什麼？煤炭是生在土中的，一挖就可以挖出來，所以我們就來挖它啦。」

亞歷伯父的回答，一點也不得要領，我想起了李士老人，無論什麼，他都能夠回答得我心滿意足。沒有法子，我跑去問「教館先生」。

「煤炭嗎？煤炭就是木炭。我們把現在你看到的木頭放在壁爐裡一燒，就成了木炭；而煤炭呢，它是生長在古老森林中的樹木，靠自然的力量變成了煤。我說的自然的力量，就是指火災、火山爆發、地震等。」

我驚疑地望著他。

他又對我說：「在這裡，沒有多少時間來和你閒談，你若是想知道的話，最好是明天禮拜天到我家裡來。我在這三十年來，蒐集了種種的煤塊和岩塊，只要是有心的小孩，聽了我的說明一定可以明白。坑夫們都譏笑我，說我是『教館先生』，我看你似乎還看得起我，一個人不單是能夠動動手足就算的，還得用頭腦不可。人不應當是吃完就睡，睡完就吃的，我像你那樣年輕的時候，什麼都想知道，自從在這煤炭坑內做工以後，也總是向技師們問長問短，牢記在心裡。得到一文錢入手時，就拿去買書看，所以我現在才會比同伴們多懂得一點東西。當然，我現在沒有念書的餘暇，也沒有買書的餘錢，可是我的眼睛還是開著的，並且還可以看得懂事物，你明天來吧，我們來談談好嗎。」

第二天，我告訴亞歷，說我要到「教館先生」的家裡去。亞歷笑著說：「哈哈，『教館先生』也遇到談天的對手了，你去吧，也不是沒有用處的。不過我要告訴你，就算你在他那裡學到一點東西，也不要太自誇啊……那老頭子要是沒有這毛病，實在是一個好人……」

「教館先生」的家，並不同其他的坑夫在一處。他住在一間建在半山上、孤寂的茅屋裡。房間是像堆東西的地方一樣，床腳都長出菌菇來了；地方再潮濕沒有，不過對一個已經習慣於讓自己的兩隻腳受潮、身上整天都淋著水滴的礦工來說，這已是無關緊要的小事。在他看來，租這個住所最大的好處是靠近山洞，在這裡他可以從事研究，尤其可以蒐集煤塊和有地質或礦物特徵的岩石以及化石。

我尋到他家裡。他今天又變成白鬍子的老人，很高興地歡迎我進去。

「你來了，我正把酒蒸栗子做好了，我要滿足你的耳目，同時還要滿足你的胃呢。」

酒蒸栗子就是把煎好的栗子再用白葡萄酒蒸熟，這是這地方有名的特產。

「吃了酒蒸栗子後，我再將我的陳列室給你看。」

他神氣十足，像很好的博物館一樣炫耀著自己的陳列室，怪不得他的同伴們要那樣地愚弄他。實在說，他的陳列室像他的寢室一樣的可憐，壁上釘著粗笨的架子，一些骯髒的煤炭片和石片排列在架上，這就是他的陳列室了！不過，他的努力實在是不小，三十年間，從各地拾來的化石，標本，足以使地質學者和博物學者們羨慕，「教館先生」的自誇不是沒有道理的。

吃了栗子，他就開始給我講解：

「你想知道煤炭是怎樣生出來的嗎？我的陳列品就能夠說明。這世界並非老早就像現在這樣，幾萬年幾億年前，地球上只有那些像熱帶地方的羊齒植物，植物繁榮過了幾十年之後，後來經過了變遷，這些植物就被另外完全不同的植物代替；然後又輪到這些植物被另外新的植物所更替；這樣經歷了數千年、也可能數百萬年周而復始的變化之後，這些堆積在一起的植物慢慢變質，最後形成了煤層。看看我收集的化石，和各種葉形的煤塊，就可以知道那時代有怎樣的植物，好好地看一下吧。」

他給我看了各種標本，同時對我說明：「然而要變成煤炭層，要多少植物呢？依學者們計算，數量是值得驚異的。把一方繁茂的森林伐下，造成同面積的煤炭層時，僅可以積厚六厘六毫。我們所掘的煤炭層，大抵就有六十尺乃至一百尺厚。百年的老森林伐下來，剛可以積成六厘多的煤炭層，那麼，要積到六十尺的厚層時，要多少的樹木呢？你算得出來嗎？那裡非得長過一萬次的百年老樹不可啦。這樣算起來，至少也要一百萬年。這不令人可怕嗎？不過煤炭的生成，是不是就在那些生長植物的原地方？各學者間也有種種的議論，我當然更不敢斷定了。有人說，叢生的植物因天地的變異，都流到海裡去了，成排成筏地流來流去，散沉在各處，就變成煤炭層了。」

他還說了很多關於煤炭的故事。我認為他真是有學識的先生。在他家裡待到深夜才回去，並得了不少關於煤炭的知識。

第二天，我們在坑內碰著面時，亞歷伯父對「教館先生」說：「喂，先生，這小孩明白了你的道理了嗎？」

「這小孩真不錯，他將來一定會有出息的。」

「是嗎？我可得了一個幫手，真不錯啦。」亞歷伯父笑著說。

我們馬上就動手工作，當我第五次將車子推到坑井口去的時候，我聽見坑井上有一種可怕的——猛烈的地鳴一樣的聲響。

我自從在坑內做工以來，從不曾聽過這樣可怕的聲音，似乎是什麼地方崩坍了似的。噼哩啪啦的響聲繼續在各個角落迴響著。

我的第一個感覺是害怕，我想馬上奔到梯子那邊去逃命，可是，從前別人經常笑我膽小，如今我拔腿就逃，這使我感到難為情，我停了下來，定心細看。是瓦斯爆炸嗎？還是有輛煤車在井裡掉了下來？也許只不過是有些廢石塊掉下來也說不定。

我正在這樣想的時候，突然，一群老鼠從我的兩腿中竄了過去，牠們似乎驚恐萬狀，就像一隊騎兵在逃命。接著，我聽到有流水在沖擊地面的奇怪的沙沙聲。我站著的地方，地面是乾的，這水聲實在無法解釋。

我把煤油燈放在地上，往前一照，果然是浸了水，水勢並且兇得很，它正從井口的方向流過來，坑內已全浸透了，最初那可怕的聲響，正是因為有瀑布般的大水正從井口向井下傾瀉著。

我把煤車扔在鐵軌上，跑到亞歷伯父的地方。

「伯父，不得了呀！坑內淹水了！」

「哈哈，又亂吵了！」

「是真的！河底漏洞了！……快跑吧！」

「不要總愛胡說啦。」

「不是騙你的，不得了了呀！」

我的喊聲十分激動，亞歷伯父把十字鍬放下來，側耳傾聽。我最初聽見的聲響更加厲害起來，坑內早已浸了水，這是無可疑義的了。

「糟糕了，礦坑進水啦！」他大聲叫起來，匆忙地將腳邊的煤油燈拿起。

礦工遇到危急時，最先留意到的，就是這盞煤油燈。他拿起燈，滑了下來，口裡嚷著說：「快跑，快跑！」

「教館先生」也聽見了奇怪的聲音，從工作處下來。亞歷伯父喚著他說：「先生，坑內似乎進了水哪！」

「河底崩漏啊！」我叫了起來。

「不管什麼，總之先到梯子那邊去。」「教館先生」平靜地說。

走道上的進水已經達到膝蓋，我們拚命地跑，沿路向那站在架子上做工的人叫喚著。

「大水來了，大家快跑吧！」

幸而我們工作的地點離梯子並不很遠，所以才能夠趕得及，要不然，恐怕一定要誤了性命吧。

「教館先生」最先跑到梯子邊，可是他停了步說：「你先上去吧，我年紀大，膽子比你壯些。」現在不是講謙讓的時候了，亞歷伯父最先攀上去，我居第二，「教館先生」押後。跟著我們後面的，似乎還有十餘人爬上來。

不一刻，將要攀登最後一層梯子時，瀑布一般的流水突然當頭沖了下來，我們引路的煤油燈幾乎都給水打熄了，身體也險些被水沖墮了。

「緊緊抓著爬上去！」亞歷伯父喚著。

我拚著命抓住梯子的橫木，突破了猛沖下來的水流向上攀。跟在我們背後的礦工們，似乎都被水沖下去了，我們若是處在更低十級時，恐怕也要遭到同樣的命運吧。

我們好容易才攀到第一號工場，然而這並不是就算得救了，我們非得再登一百八十尺，不能達到地面。

第一號工場的走道也早已浸滿了水。我們的煤油燈都已失效，坑內黑得連方向都辨不出來。

「沒救了！」「教館先生」還是用沉靜的語調說：「路美，讓我們來作最後的祈禱吧！」

我也以為只有等死了，這時候，走道的那頭出現了七八盞提著煤油燈的工人，零亂地向這邊走來。

水已經到達大人的膝上，而且水勢正像急流一般兇狠，我看到一段段的木頭像羽毛一樣在水面上打著旋。向我們走來的礦工們，都是想穿過這條走道，到梯子口去的，可是這樣的急流，誰又能夠穩渡過去呢？

「沒有救了！」礦工們的口裡發出了絕望的叫聲。

比誰都要沉著的「教館先生」這時開口說：「到梯口去，是沒法得救的了，但是走得到舊坑的話，或者尚有希望。」

所謂舊坑，就是從前的廢坑，誰也沒有去過，當然也就不知道怎麼去好。眾人之中，只有「教館先生」因為時常冒險搜集岩石，所以只有他才曉得路徑。

「把煤油燈給我，我帶你們去。」

在平時，「教館先生」開口說話，他們就要嘲笑他，可是這時候，最強有力的人也失卻了他的力量了，在五六分鐘前，誰也不當他是什麼，現在聽見他說這話時，大家一齊像約好了一樣地遞了煤油燈過去，口裡說著「先生！」這「先生」二字，再也沒有半點嘲笑的語氣。

「教館先生」接著一盞燈，同時一隻手牽了我的手，在前頭拔步就走。

我不知道我們在走道走了多久，忽然「教館先生」停下腳步，喊說：「沒有法子可以走到舊坑去了！水勢是這樣的急。」

水由膝上達到腰圍，由腰圍又達到我的胸口，我快要提不起步來了。

「先生，怎麼辦好呢？」大家的聲音都有點發抖。

「我們只有先逃到最近的袋裡去。」

「以後呢？」

「到袋裡去，不就是絕路了嗎？」

我們所稱為「袋」的，是將礦脈波狀隆起的地方掘上去的地方，比普通的工場要高一些，可是再走不上去，恰像口袋一樣，沒有出路，所以就叫做「袋」。我們逃進了「袋」裡，也不知道有沒有希望，只要水淹到「袋」這裡來時，一切就完了，但是，還有什麼法子呢？路只有兩條可走，一條是跑上「袋」，一條是不顧一切向走道突進。

「教館先生」向「袋」裡走去，大家跟在他背後。礦工們有三個留在走道裡，我們之後就再沒有看見他們了。

一會兒之後，走到了袋口，我們爬上那斜坡。

我們剛才拚命地尋出路，所以不覺得，現在逐漸安定時，便聽到一種使我們震耳欲聾的響聲：礦井的塌陷聲、漩渦的呼嘯聲、洪水的傾瀉聲、坑木的斷裂聲，以及被擠壓的空氣的爆炸聲，我們被整個礦井中的這種恐怖的喧嘯聲吞沒了。這時的恐怖，非筆墨所能形容。

「呀，嗚呼哀哉了！」

「坑內全滅了！」

「沒救了！」

「上帝呀，快來救我們吧！」

各人的口中發出種種絕望的嘆聲。

「教館先生」總是靜聽著人們的話，忽然向大家說：「這樣攀在岩上，沒有半點立足的地方，我們馬上就會精疲力盡，跌落水底去了，我們應當在煤層頁岩上挖一些放腳的坑。」

老夫子的建議無疑是正確的，但實現起來卻有難處，因為我們在逃命的時候都忘了帶上短鎬，我們現在每人都有一隻礦燈，但誰也沒有刨坑的工具。

「大家用礦燈上的鐵鉤挖。」「教館先生」接著說，口氣已經近乎是在發命令。

沒有法子，我們用堅牢的煤油燈鐵鉤各自挖掘著立足的地方。這工作實在很不容易，地盤的傾斜度是那樣的峻險，地質又是岩石，滑溜溜的，一點也不能不留神，偶一不慎跌下去的話，恐怕就沒有生還的希望。

我們因為性命的關係，拚命地掘洞，數分鐘後，總算有地方立足了，這樣地，我們才舒服一些，沒有滑下去的危險。

我們總共有七個人，「教館先生」、亞歷伯父和我之外，還有三個坑夫：傑克，起士，亞吉，還有一個推車工媽吉，他的年紀比我只大兩三歲。其餘的人都在走道上走失了。

筆墨也難以形容的可怕的、強烈的聲音，繼續在礦井中轟隆隆地響著，就是大炮的轟鳴夾雜著雷鳴和天崩地塌，也沒有這樣可怕。這正像世界毀滅時的樣子，誰也不知道大水是怎麼樣漲起來的，我們驚恐萬狀，面面相覷，都想在旁邊的人的眼裡找到在自己腦子裡所想不出來的解釋。

「一定是河底崩坍了！」我搶著說，因為我想一定是這樣無疑。

「教館先生」聳一聳肩，啟口說：「總之，水災是無疑的了，然而誰有本事，能知道這大水是怎麼來的呢。」

「你也只不過是知道這麼一回事，那還不是同我們一樣嗎？神氣什麼！」

「教館先生」不再開口了。四周的聲響噪嚷得厲害，所以各人說話都得放大喉嚨。

過了一會，「教館先生」對我說：「路美，你也講幾句話吧。」

「老伯伯，你叫我講什麼呢？」

「什麼都好，你隨口講就得了。」

我發出幾點疑問，「教館先生」也不作答，只是說著：「唔，好，好。」

「先生，你發癡了嗎？」

「我並沒有發癡。」「教館先生」冷靜地說：「你們在吵鬧時，我正在研究學問啦。」

「什麼，研究？你又來了！你研究了什麼了？」

「就是即使全法國的水都傾到這坑內來，我們現在的地方也不會淹水，所以我們不用怕會溺死啦。」

「先生，你有什麼道理，可以那麼樣說？」

「你們看看這煤油燈。」

「煤油燈？煤油燈不是好好地燃著嗎？」

「一點也不奇怪嗎？」

「唔，有點不同，燃得很起勁，火焰也比平時短些。」

「那裡面還有瓦斯嗎？」有一個人插了一句。

「不用擔心沒有瓦斯，也不用擔心水的威脅，水現在決不會再漲一尺的。」

「喂，先生，不要再裝神弄鬼了。」

「我沒有裝神弄鬼，我們現在恰像在充滿了空氣的排氣鐘一樣，空氣把水壓住了，所以就再漲不起來。」

他雖然這樣說，但誰也不相信他的話，竊竊私議。

「先生，別胡扯了。大石頭也沖得動，大樹也連連根都拔得起來，世界上再沒有比水更厲害的東西了。」

「那是在水可以橫行直闖的地方才會那樣，可是這裡就不行，你試將玻璃杯覆在水上，看水能不能夠升到杯底。不會吧。那就是因為杯裡空氣的抵抗，這地方也像杯子一樣。逃到這裡來的空氣，留在這『袋』裡，和水對抗著呢。」

「那麼，先生，我們可以得救了嗎？」媽吉開口這樣問。

「我並沒有說我們就可以得救，不過不愁遭水淹死，這倒是真的。這裡像一個口『袋』一樣，空氣散不出去，所以我們得救了，但是我們也逃不出。」

「先生，水什麼時候可以退呢？」

「這我怎麼會知道呢，我不知道水是怎麼漲起來的，所以也不知道它什麼時候退。」

「這不是大水嗎？」

「當然是大水啦。我是說，這大水是從何處漲出來的呢，是大風雨了嗎？是水源地破壞了嗎？或者是大地震的結果嗎？那非得出了坑不能知道，在這裡是沒法推想得到的。」

「或許地上也淹了水吧，女人們怎麼樣了呢？」起士憂鬱地說。

「啊，我的小特呀！」傑克似夢醒了般地發出絕望的叫聲。

小特是傑克的兒子，他是在更深的地底下——第三工場裡做工的，聽見「教館先生」剛才說的話，他突然想起自己兒子的命運。

「啊！我的小特呀，小特！」傑克接連叫喚著。

「不要那樣的失望。」「教館先生」安慰他說：「小特也像我們一樣，找著了『袋』，避了進去吧。上帝一定不會使我們這三百人都淹死的。」

今天早上，最少有三百人走進二號坑內，其中有多少人逃出去？有多少人能像我們一樣，找著避難之所？抑或我們的夥伴都葬身水裡了呢？呀！這只有天知道吧！

現在支配著我們胸中的，已經不是對他人的同情和憐愛，我們沒有這樣的餘裕。

「先生！」亞吉喚著他說：「你說我們應該怎麼樣好呢？」

「怎麼樣好？只有在這裡等等看吧。」「教館先生」說。

「再沒有別的法子了嗎？」

「沒有別的法子吧，要不然，你想用煤油燈的鉤子，可以掘穿一個一百八十尺的洞孔嗎？」

「但是，這樣我們不會餓死嗎？現在我們最怕的，就是沒有飯吃。」起士插嘴說。

「恐怕也會餓死吧。但是，可怕的事，並不只是餓死。」

「喂，先生，不要大言惑眾吧，究竟還有什麼事那樣的可怕呢？」

「肚子餓還可以挨得過去，我曾經看過這煤炭坑的記錄，在四五十年前，也是因為坑內進了水，淹死很多人。那時候，像我們這樣覓到避難所的人們，一點東西不吃，挨了二十四天終於得救，所以五天十天不吃，也不愁就會餓死。」

「那麼，是什麼才可怕呢？」

「你不覺得腦裡沉重？耳裡發響？呼吸困難嗎？」

「是的，我覺得頭痛。」

「我老早就覺得胸裡發悶。」

「我快要發狂了！」

「我的喉嚨那裡像要破了！耳朵裡也響得厲害。」

「就是那個，可怕的就是它！在這樣『袋』裡的空氣中，我們能夠活多久，因為我不是學者，所以無從知道。不過，若是全坑內都浸滿了水的話，那麼，這水至少要高過我們頭上一百二三十尺。你們也知道從百尺高落下來的水力，可以噴出百尺高去吧，所以，這『袋』內的空氣就受著了那樣可怕的壓力，人們在這樣被壓榨的空氣中能夠活得多久，那只有等過了這回的經驗後才能夠明白。我說可怕的，就是此事。」

我並不十分明白什麼叫做被壓榨的空氣，「教館先生」的話卻使我的恐怖加厲。其餘的礦工似乎也受了我的影響。

「危險還不止此，我現在所說的可怕的壓力，說不定到最後，這地方還會破裂哩。」

「破裂？」大家叫了起來。

「假使頭上的地盤不很堅固時，那就會穿個大洞。」

「那麼，我們就可以逃生了。」媽吉大聲地說。

「傻子，胡說！」

「天井很堅固，而且有一百八十尺那麼樣厚，不怕會破裂，不過，我也不敢擔保。」

各人的口中發出祈禱的聲音，我們之中不感到絕望的，只有「教館先生」一個人。

「大家都這樣，即使得救，也恐怕來不及，倒不如大家想一個法子，不要跌下水裡去。」

「我們不是早就挖好立足的地方了嗎？」

「我們能夠永遠這樣站著不動嗎？」

「你的意思，是我們要在這裡過好幾天嗎？」

「我可不知道要在這裡過多少日子。」

「不久就有人來救我們吧。」

「或許有人來救我們吧，但是不知道要多少日子才能來到這裡呢？不是在外邊的人，連猜也猜不到的。在這段期間，滑下一個人去，就是死一個人。」

「那麼，我們大家捆在一起好了。」

「有繩子嗎？」

「大家拉著手好了。」

「教館先生」沉靜地說：「我以為最要緊的，還是在這裡掘成幾個階級，只要兩級就行，上級可以坐四個人，下級可以坐三個人。」

「但是，先生，我們用什麼來掘呢？又沒有十字鍬那樣便利的工具。」

「稍軟的地方，用煤油燈的鐵鉤來掘，堅硬的地方，就用身邊的刀子掘好了，大家都有刀子吧？」

「不行，不行，鐵鉤和刀子哪裡能夠掘石壁呢？」

「不管它兩天或三天，只要拚命地掘就得了。」亞歷伯父說。

「假使哪個倦了，不留心跌下去，就一命嗚呼啦！」「教館先生」說。

「教館先生」素以冷靜和果斷漸漸在我們中間贏得了威望，他的威信，現在更是一刻一刻地增大了，這時候，誰都感到只有依靠他了，若是我們能夠得救，那也是他的福蔭，所以，大家都聽從他的命令，著手挖掘階梯了。

「大家聽我講句話。我想和諸位商量一件事。」亞歷伯父向大家說：「無論做什麼事，不能不有一個主腦，我們就推『教館先生』做主腦——請他做我們的指揮者吧。」

「是的，我直到昨天，還是像個傻子。」起士這樣說後，又轉向「教館先生」說：「先生，就請你做我們的主腦吧，我什麼事都聽你的話去做。」

「我也什麼事都願意做。」

「請你就做我們的指揮者吧。」

「教館先生」還是沉靜地說：「要是承蒙諸位不棄，那我也未嘗不可以做。我們不知道要在這裡待多少天，而且說不定會有什麼事情發生。恰像破船的乘客們緊抱著海上浮木等救星一樣。在扶著木頭時，還有空氣和陽光，可是在這裡呢，簡直是活地獄，所以我們非得互相幫助不可。大家若不是絕對聽從我的話，我就不願意負這重任。」

「我們一定聽你的話。」大家異口同聲地說。

「你們若以為我的話有道理時，會聽從我也說不定，但是若有不如意時，恐怕就不一定會首肯了吧。」

「無論你說什麼，我們都一定聽從的。」

「你可不要把我們嘲笑你的事往心裡去呀！」

我當時還沒有我後來所具有的經驗，因此，我異常驚訝地看著這些在幾個鐘頭前還在用各種玩笑話去羞辱他的人，現在突然間都承認了他的高貴品性，我真不知道，環境竟然能如此迅速地改變某些人的觀點和感情。

「那麼，你們能夠在上帝面前發誓嗎？」「教館先生」更促著他們。

「我們對上帝發誓！」大家一齊說。

「教館先生」就做了指揮者，大家就部署動手了。我們的口袋中，各有一把鋒利堅牢的小刀。

「挑力氣最大的三人來掘！」「教館先生」下令說：「力弱的路美、媽吉、傑克和我四個人搬泥土。」

「不，用不著你動手。」碩大的亞吉制止了「教館先生」，說：「你是技師啦，技師只要監工和指揮就得了，萬一不慎讓你跌下水去，大家就都沒有希望了哪。」

大家的意見都同亞吉一致，「教館先生」應該遠離開危險區域，「教館先生」實在是我們的救星——我們的引導者。

掘階梯這事，只要有工具，那是再容易不過的，可是只有刀子，就不免有點費事，而且站在險峻、容易滑下去的斜坡上，沒有立足得穩的地方來工作，那困難更是不用說了。我們不休不息地拚命掘了三個多鐘頭，結果是意外地成功，總算把階梯做成了。

「停工了！」持著煤油燈擔任指揮的「教館先生」說：「目前只要坐下來就行了，以後有工夫時再擴大吧，最要緊還是要惜力，之後我們還得勞動不可哩。」

人坐在下級。

大家歇了手，「教館先生」和亞歷伯父、媽吉和我四個人坐在上級，傑克、起士、亞吉三個人坐在下級。

「煤油燈也要省點用，只留一盞，其餘的都熄了吧。」

我們本來是點著四盞燈的，我們只留一盞，剛想把其餘的三盞吹熄時，「教館先生」制止說：「等一等，只留一盞，若是被風吹熄就糟糕了，這裡當然不會有風吹到，不過總得當心一點好。你們哪一個身上有洋火嗎？」

照規則，坑內是禁止帶洋火進去的，規則雖然禁止，然而礦工們大抵口袋內都有一盒洋火。現在給「教館先生」一問，他們知道此刻不必受罰了，四個人同聲地說：「我有。」

「我也有。」「教館先生」自己說：「可是打濕了。」

他們四個人的洋火也是一樣，因為大家都是藏在褲袋裡，所以在剛才泡在水裡時，全部浸濕了。

不容易理解事物的媽吉，說話也比人家來得慢，這時候他才開口說：「我也有一盒洋火。」

「你的也打濕了吧？」

「不知道怎麼樣，我把它放在帽子裡。」

「把帽子拿過來我看。」

媽吉的頭顱本來是大得很的，頭上還戴著一頂毛的大帽子。「教館先生」說了後，他還不願意交出來，只拿出一盒洋火，遞給了他。因為放在頭上，所以沒有弄濕。

「那麼，煤油燈吹熄了吧。」「教館先生」命令說。

現在只剩一盞燈了，陰森森照在我們的階梯上。多麼的寂靜！沒有半點聲息。足邊的水也靜悄悄沒有些微聲響，這一定是像「教館先生」所說的一樣，全坑內都淹在水裡了。

這沉重的寂靜，死一般的肅穆，比當初進水時的聲響，更加使我們戰慄。在工作的當兒，還可以混過去，像這樣的不動在這裡休息時，那不可言喻的恐怖感猛烈地迫近來，使我們難堪。「教館先生」也忍不住了，垂著頭沉思。誰也沒有開口的力氣。

突然間，溫熱的水滴在我的手背，媽吉正在掉淚。同時，下級的坑夫們，也約好了似的在嘆氣。

「呀！小特！我的小特呀！」傑克頻頻呼喚著自己兒子的名字。

空氣是這樣的沉重，呼吸更加困難，我的胸中似乎塞住了，耳朵裡鏘鏘作響。

「教館先生」可能不像我們那樣感到沮喪和難受，要不就是他強打精神，不讓我們灰心喪氣，他打破了沉寂的氣氛。

「我們查查看，有沒有吃的東西？」

「先生，你認為我們要在這裡困很久嗎？」亞歷伯父問他說。

「我可不知道，不過我們總得那樣想，早預備好。誰帶有麵包嗎？」

誰也不做聲。

「我的袋子裡有一個饅頭。」我說。

「在哪個袋子裡？」

「在褲袋裡。」

「那麼，恐怕早已變成水了吧。你拿出來看看。」

摸摸袋裡，取出來一看，果然變成漿糊了，我大失所望，想把它丟了。「教館先生」制住了我的手說：「不要丟，你現在丟了，等一下就要後悔不及了。」

他說後，並向著大家開口說：「誰也沒有帶麵包嗎？」

還是沒人答應。

「這就糟糕了。」

「先生，你肚子餓嗎？」亞吉問。

「我不餓，誰有麵包，給點路美和媽吉吃吧。」

起士不服地說：「那不行，我們大家一樣都是肚子餓啦。」

「這樣說，好在這裡沒有麵包。你發誓說願意聽從我的指揮，可是碰著不合你的意時，你就反對了。」

「先生，請你不要生氣，我絕不使起士再說話。」

「誰都像你這樣的話，那麼這裡只要有一塊麵包，不就要打起來了嗎。你要知道，為什麼有麵包就得給媽吉和路美吃呢？這是法律上規定的。」

「法律上規定，要給媽吉和路美麵包吃嗎？」

「是的，法律上雖然沒有指定媽吉和路美的名字，可是卻規定了凡是遇著天災禍變時，最先得救六十歲以上的老人和未成年的小孩子。」

「那麼，你不是已經過了六十歲了嗎？」

「我不要緊，而且我平素就不大吃東西的。」

媽吉想了一會，才開口說：「要是我有麵包，那麼，我可以就自己吃嗎？」

「是的，不過要分些給路美。」

「要不給他又怎麼樣呢？」

「不給他，我就要連你的也沒收了，你不是也發過誓了嗎？」

媽吉又想了一會，突然脫了頭上的帽子，從帽子裡拿出一塊麵包出來，遞給「教館先生」。

「我有一塊麵包。」

「你這帽子真像變戲法的帽子。」

「裡邊還有別的東西啦。」

「你把帽子拿來我看。」這是「教館先生」的命令。

媽吉不想將帽子交出來，可是其他的人將它強搶了過來，交給「教館先生」。

「教館先生」將帽子持近煤油燈，查看帽裡還有什麼東西。

我們現在這等境遇，本來是無所謂愉快的，得了這帽子的福蔭，我們暫時得以大笑一陣。帽子中有煙斗、鍵子、一片香腸、桃核雕成的笛子、羊骨雕刻的玩具、三粒胡桃、一個洋蔥頭。

「今夜分給你和路美一些麵包和香腸吧。」

「我，」媽吉的聲音帶著悲傷，「早就肚子餓得要命了。」

「忍耐著吧，不知道什麼時候才出得去呢。」

「誰也沒有帶錶嗎？我的錶停了，不知到底是什麼時候了。」

「我的也弄濕了，停了。」

chapter 30 絕望

我們之中，只有兩個人有錶，而現在又都停了，全然不曉得時間的早晚。現在究竟是幾點鐘了呢？一個說是十二點左右，一個又猜是午後的六點鐘左右。若是十二點，我們進坑內的時間只有五個多鐘頭，這似乎應該不對吧，我覺得我們至少當在坑內過了十個鐘頭以上了。

暫時討論完時間的早晚之後，大家又各自沉默了，每個人都像在想著心事。水的恐怖，黑暗的恐怖，死的恐怖，一齊壓住了我的心胸，我再看不見麗色了吧，我再看不見葉琴、亞歷、澤民、馬撤一班人了……再碰不到美麗甘夫人和亞沙，再看不見寶蓮媽媽了，還說什麼王子的母牛呢！

「你們有聽見什麼聲音嗎？」

「沒有，你聽見了嗎？」

「不，就因為聽不見才問你啦，我以為沒有人會來救我們了。渦魯斯村一定全滅了。」

「我也是這麼樣說，要不然，就是他們以為我們都死了，不會動手來營救。」

「是的，一定是看著我們死了算數的。」

這時候，「教館先生」插口說：「喂，你們為什麼要那樣亂猜呢？什麼都不知道，只管抱怨，這是不應該的，你們應該知道，礦工都有互相扶助的精神吧。假使有一個人被泥土生埋時，他無論犧牲十條二十條性命，都非得把那個人救起來不可，這用不著我說，你們早就知道的。」

「唔，這倒是真的。」

「那麼，他們就不會看著我們死了算數。」

「一點聲息都聽不到，所以擔心哪。」

「你要知道這裡是一百七八十尺的地下哩，你以為在這裡還可以聽見外面的聲音嗎？……現在最要緊的，還是要知道那三個坑井怎麼樣，恐怕也壞了吧，入口的走道恐怕也不能無事，要營救我們，總得先準備好些時間，我雖不敢說我們一定會被救，不過我敢擔保，上面的人一定是在準備營救的方法。」

「教館先生」說得起勁，大家也有點相信，自然安心了一會，透了一口氣。

「若是他們以為我們都死了，那還會來營救嗎？」

「一定來的，起士，你要是不放心，就敲敲壁上，給上面的人知道，你知道土地最會傳達音響，即使在一百八十尺的上面，只要他們留心，也可以聽得見的。」

起士用他的皮靴拚命敲著石壁，亞吉和其他的人也都幫著他敲。

「就算上面的人們聽見了，他們將怎麼樣營救呢？」亞歷伯父問。

「不是從地上掘了下來，就是吸乾坑內的積水。」

「什麼話？從地上掘到這裡來？」

「這麼多的水怎麼吸得乾！」

七八天的工夫。」

「教館先生」沉著地說明：「我們在一百八十尺的地下，算他們一天掘二三十尺，那麼，就得

「我們能夠在這裡多活八天嗎？先生。」

「我忍不住啦，在這裡要八天！」

「教館先生」雖曾說過有一次礦工夫們埋在地下二十四日還得生還的故事，但那只是記錄，而我們現在卻是實際問題。而且過了八日後，到底有沒有人來營救，還是問題。

不知道過了多久，突然聽見媽吉的叫聲。

「喂，有聲響呢。」媽吉具有動物一般敏銳的官能。

「什麼？聽見什麼了嗎？」

「水裡聽是有聲音呢。」

「你不是把石頭弄下去了嗎？」

「不，不是石頭的聲音。那聲音很沉重。」

我們屏聲息氣，側耳傾聽了一會。

在地面上，我也算是聽覺靈敏的了，可是在這裡，我絕比不上礦工們，我無論怎樣都聽不到。

「教館先生」點點頭說：「水裡有聲音。」

「是什麼聲音呢？」

「不曉得。」

「不是水退的聲音嗎？」

起來。

「不是，聲音並不連續，斷斷續續的。」媽吉說。

「這聲音很有規則，一定是用搬運車汲水無疑，我們一定可以得救了。」「教館先生」叫了起來。

我們像遭了電擊一樣，猛地都站了起來。

「先生，這水三天內可以汲得乾嗎？」

「不容易吧，我以為這坑內的積水，總在二十萬乃至三十萬立方米之間，我們這地方，是第一工場，用不著等到水全乾了，不過，算它三個坑井中各有兩架搬運車子來汲水，那麼，也不是四五天就可以達到這裡的。」最初那樣高興的「教館先生」也垂頭喪氣了。

總之，知道上面已經在營救我們，就使我們放心了不少。不過使人難堪的，就是我們坐的地方太狹小了，以致全身的骨頭都坐得痛起來，而且，早就沒有一個不感到腦裡痛得厲害的。

我們之中最不覺得什麼的，要算是媽吉，他只是喚著肚子餓，沒法子，「教館先生」只有取出剛才從帽子裡尋出來的麵包，分給媽吉和我各一塊。

「我還不夠。」

「現在都吃了，等下就沒得吃啦。」

其餘的人都饞瞧著，但是已經發了誓，所以只好不作聲。

「不能得到吃的東西，喝口水總可以吧，我早就口渴得要命了。」亞吉望著「教館先生」說。

「隨你的便，要喝水你只管喝好了。」

「都給我喝乾了吧！」

起士正想跑到水邊時，忽然「教館先生」制止了他說：「等一等，你不要滑下去，叫身材靈敏的路美去汲吧。」

「用什麼汲？」

「拿我的鞋子去吧。」媽吉把鞋子遞給了我。

我拿著鞋子將要溜下去時，「教館先生」又把我喚住了，說：「等一等，我拉著你的手。」他走下一步，身子彎向我，突然不知道他是滑了足，或是泥土崩了，不措手間，翻個筋斗跌到水裡去了。

我手裡拿著照路的煤油燈，也同時跌入水內，以致「袋」內一時全變暗黑了，礦工們的口中，各發出了恐怖的喚聲。

看見「教館先生」跌入水裡，我就像新芬蘭犬的天性一樣，背靠著崖石，跟著他滑到水裡去。我在鄉下時，本來也會游泳，更兼後來跟了李士老人過日子時，每遇到機會，就到河裡去游泳，所以對於下水並不覺得可怕，不過在黑暗中，不知道要怎麼樣好。

我正在不知如何措手的瞬間，「教館先生」一把抓住了我的肩膀，同時將我拖到水裡去了。

我用腳踢著水浮了起來，他還是抓著我不放。

「喂，誰叫我一聲吧，我認不出方向哩。」我大聲叫說。

「路美，你在哪裡？」亞歷伯父喚著我的名字問。

我緊緊抓住了「教館先生」，向發聲處游去，一面喚著：「快把燈點著！」

不一刻，煤油燈點燃了，亞歷伯父和媽吉走到水邊，伸著手牽我們。起士在上面用燈照著，我們被拖上來了。

「教館先生」喝了很多的水，不過氣力還很充足。他向我說：「路美，你讓我向你親吻吧，你是我的救命恩人。」

「你才是我們大家的恩人呢。」

「我最吃虧，把鞋子丟了，水還喝不到。」媽吉喃喃地說。

「我去給你找來吧。」

「不要再找鞋子了，用不著去尋它。」「教館先生」制止了我。

「誰把鞋子拿來，讓我去汲水。」

「把這個拿去汲吧，讓我們為先生的無事乾一杯。」

拿了起士的鞋子，我比第一次更小心地爬到水邊，汲了水上來。

「教館先生」和我皆得無事，但是全身像落水狗一樣濕透了，最初我們還沒有留心到，漸漸身體冷了起來，我們才想到。

「哪一個把上衣借給路美穿吧。」「教館先生」說了。

誰也沒有回答，「教館先生」看看環坐的人們：「我要不是這樣濕透了，我可以把我的借他，但是現在沒有法子。那麼，就讓我指出一個人來吧。亞吉，把你的上衣借給路美。」

我們身上沒有一個不弄濕的，有的是濕到了腰圍，有的到了腹上。唯有亞吉因為身子長大，所以水只浸到屁股上，他的上衣是乾的。

穿上了他的上衣，我馬上就覺得溫和起來，身體一溫和，睡夢也就襲了來。我剛坐著打盹時，「教館先生」兩手緊抱我的頭，像慈母般地說：「你要睡就睡好了，我抱住了你，不要怕。」

我安靜入睡了。

霎時後，我醒轉來，車子汲水的聲音，還是規則地響著。坐的地方太窄了，很不舒服，我們著手把它再掘大些；此次我們已經有了地盤，所以沒有前次那樣的困難。

不久，我們掘得一個人可以橫睡那樣的寬度了，這樣我們的身體也舒服了很多。

自從我和媽吉分吃了最後一片麵包到現在，也經過了不少的時間，我們都被關在這活地獄裡，誰也不能說出時間的長短，雖然沒有法子推算時間，總之在被困了兩天或六天之後，傑克忽然從假睡中醒來，開口就說：「我剛才做了一個夢，夢見聖母瑪利亞站在我的床頭說，你要是能成為虔誠的信徒，那麼，我一定可以救你出去。」

「哼，什麼聖母瑪利亞！那樣的東西也會顯靈嗎？」信奉卡爾米尼教的起士馬上就嘲笑傑克。你一句我一句，他們兩個人就互罵了起來。到了這時候，「教館先生」也不能置之不理，插嘴道：「要打架到外邊去打吧！」

兩人沒有法子，只好再坐下去，嘴裡還在咕咕嚕嚕的。

「起士，你絕不會再見天日的，當心點吧，你這沒有信心的傢伙！」

「你才是出不了這地獄呢！」

「我一定要出去給你看。」

兩人的爭論暫歸靜默，不一刻，傑克又像自言自語般地說：「我一定可以出去的，之所以不能夠馬上就出去，都是因為這裡有不虔誠的傢伙在的緣故。」他這話是對著起士說的無疑了。

「哼，不錯，都是因為這裡有惡毒的傢伙啦。」起士又頂了他一句。

「是的，我們中間一定有誰做過壞事，所以引起了上帝的發怒。」亞歷伯父插嘴說。

「我在神前是光明正大的，我從沒有做過虧心事哩，你們有誰做過不可告人的事吧。」

「我還不是一樣的清白。」起士拍著胸膛說：「喝了酒後和人打架的事，雖然不能說沒有，可是在路上也不曾拾過人家的物品。」

我突然聽見背後有人啜泣的聲音，回頭一看，亞吉跪在地上抽咽。他早就到上級來，坐在我和媽吉之間。

「做壞事的並不是起士，也不是傑克，」亞吉道：「做壞事的是我，我現在受到神明的責罰了。我真後悔不及，現在對你們懺悔，乞求你們聽著吧。」

「什麼，你幹了壞事，趕快懺悔吧。」

「假使我有一天會從這裡出去，我想馬上就去自首；要是出不去的話，就只好拜託你們了。去年六月，亞三為了偷人家的錶，被關進牢裡去的事，你們都知道吧。那不是亞三偷的，實在是我幹的勾當，贓品還在我的墊褥下。」

「你這賊骨頭，為什麼不早說呢……把他抛進水裡去吧。」起士和傑克同時喚了起來。若是亞吉此時在下級的話，恐怕一定會被他們推落到水裡去吧。

「教館先生」掩護亞吉說：「不要亂來！給他充分懺悔的時間，那就是神明的恩意。」

「呀，我真不該，我後悔不及了。」亞吉像三歲小孩一般頹喪地哽咽著。

「讓他多喝幾口水吧。」

「他要真的後悔，就讓他跳進水裡去給我們看看。」起士和傑克大有要到上級來的威勢。

「你們鬧得太凶了。」「教館先生」這樣說時，把手伸給亞吉說：「亞吉，你牽緊我這隻手吧。」

「先生，不要理他吧，這樣的東西死了才好……就是因為他，連我們也出不去了。」

「不行，我要保護他，你們若非得把他推下水去，那麼，就連我也一塊推下去好了。」

這樣，他們兩人才算不鬧了。

「先生，不推他下去也好，叫他滾到他那角落好了，誰也不同他開口，誰也不要去理睬他。」

「唔，這樣也好，都是他自作自受的，沒有法子。」「教館先生」把亞吉推到一個角落去。

我們三個人也坐到另一邊，總離得他越遠越好。以後數小時間，亞吉蹲在一角裡，動也不動，只不時嘆著氣，小聲說：「我錯了，我真不該。」

或許他發燒了吧，他那巨大的身軀像樹葉一般地顫抖著，牙齒也索索作響。過一會才聽見他低聲訴說：「我的喉嚨乾得著火了，請你們哪一位給我點水喝。」

鞋子裡的水都已喝完了，我覺得他真可憐，想爬起來去給他汲水，可是起士制止了我，亞歷伯父也抓住了我的手不放我走。

「我們不是說過，誰也不去理他的嗎。」

亞吉還在哼著喚喉嚨著了火，但是看見總沒有人去搭理他，他就自己爬到水邊去。

「喂，當心土崩。」

「隨他去吧。」「教館先生」說。

亞吉看見我剛才是用背靠在地面滑下去的，他也那樣地學著做。但是他不知道我的身體輕快，哪裡像他那樣笨重的身軀；他把背緊靠著崖面，剛想滑下去時，煤塊登時崩鬆了，眼看著他的身體砰一聲，就滑下黑黝黝的水裡去了。我們只聽見一聲呼喚，馬上那漆黑的水面又合攏了，再看不見亞吉的影子了。

看見他跌下水裡，我不覺想跑去救他，可是亞歷伯父和「教館先生」抓牢了我。

「我們得救了，我們會從這裡出去了！」不知道是起士還是傑克這樣說。

我眼看著這可怕的光景，全身發抖，無力地又坐下去。

「橫豎都不是個好東西。」亞歷伯父像大悟般地說。

「教館先生」不做聲，隔了一會才低聲說：「總算少了一個人呼吸。」

我不十分明白他這話的意思，就問他，他似乎後悔般地說：「我不應該說這話哪。」

「為什麼？」

「人要有麵包和空氣才活得下去，麵包我們現在一片都沒有了，空氣也不十分充足。在這樣沉重的空氣中，我們不知道還能多活幾天。亞吉所要吸的空氣現在已經省下來了，所以我那麼樣說。雖說已經說出了口沒有辦法，然而這樣不近人情的話，一定使我終身悔之不及呢。」

世上看有不可思議的事，眼前看見亞吉的喪身，誰都感到恐怖的印象，可是迷信的礦工們，反為得了新的希望一般，他們更加膽壯了起來，奮勇擊著「袋」的石壁。

這期間，使人一刻也難當的就是胃腑的欲望。到後來，竟爬到水邊去，拾那浮在水面的爛木頭等類的東西，來暫時壓住餓火。

我們中間，最感到饑餓的媽吉，竟用刀子將鞋子切開，嚼了起來。

到了這樣的狀態時，我的心裡又起了一種不可形容的新恐怖。我從前曾聽過李士老人講了很多的冒險故事，其中有一段，是說有一次汽船遭了難，船夫們都漂流到無人島，因為覓不到吃的東西，最後竟把同行中的一個小孩殺了來充饑的。

我聽到傑克他們不斷地在喚著饑餓時，就想到我或者難免也要遭到和那小孩同樣的命運。亞歷伯父和「教館先生」會盡力保護我的，但是「教館先生」的命令是不是永遠具有絕大威力呢。具有野獸一樣天性的礦工們，到了生死關頭時，還怕他不會做出什麼可怕的事嗎？尤其是看見媽吉閃著眼睛，露牙突齒在吃皮鞋的那樣子，更使我不能夠安心。

在這樣的黑暗世界裡，不單是使人寒心，偶一不慎把身體亂動，也會有掉到地獄裡去的危險，真是使人一刻也不能放心。

自從亞吉喪命後，上級和下級都只有六個人，身體躺得舒服許多了。我夾在亞歷伯父和「教館先生」當中。有一度，我正在朦朦朧朧的當兒，聽見「教館先生」似乎在夢囈般地喃喃說話。我馬上醒來，側耳聽了一會。

「噢，真多的白雲。雲這東西真好看哩。噢，吹風了？風也舒服啦。」「教館先生」無條理地說。

我以為他是在做夢，伸手搖搖他的身體。可是他還是只顧說下去。

「什麼，只放六個雞蛋嗎？這樣一點蛋黃蛋白不行啦，打它十一個吧。」

「伯父！」我搖醒了亞歷伯父，「『教館先生』在說夢話呢。」

「唔，在說夢話呀。」

「不，他並沒有睡著。」下級的一個人說了。

「教館先生發狂了。」亞歷不放心地說。

「他死了啦。」這是傑克的聲音，「現在是他的靈魂在說話呢。唔，吹風了。好南風呀！」

「地獄裡會有南風嗎？所以我告訴你，不要到地獄去啦。」這是起士的聲音。

起士和傑克的聲音都不是平常那樣的，大家都說起夢話來，這不都是發了狂了嗎？發了狂，說不定就會打架，會互相殘殺。種種不可言喻的不安，捉住了我的心魂。

「教館先生」、起士和傑克三人像說夢話一樣，還說了不少全沒頭緒的話。

突然，我的腦裡想起了點燈的事。我的一盞煤油燈和洋火都放在「教館先生」的身旁，我摸摸索索地將燈拿了起來。當洋火的光亮突然照著「袋」內的一剎那間，各人都像從夢中驚醒似的，面面相覷，詢問是什麼事。

「誰呀？」

「你們都患了熱病，亂說話了。」亞歷伯父說。可是他們都似乎不能夠相信。

「還有誰呢，就是先生和起士、傑克三人啦，又說是吹風，又說是浮雲，又說地獄是這模樣那模樣，糊裡糊塗說了一大堆，我以為你們一定是發狂了，擔心得很呢。」

「或許也要發狂吧。」傑克嘆說，把兩手叉了起來。

「教館先生」望著煤油燈，似乎歸咎不應該點它，所以我連忙說：「我看見你們都語無倫次地亂講，所以把燈點著了，現在把它熄了吧。」

「路美，你等一會吧。」傑克制止了我，說：「我想我再沒有生存的希望了，在沒有斷氣之前，想寫下幾句遺言。」

「那我也要寫。」

「我也要……」

「先生，請你替我寫吧。」

傑克的袋子裡有紙張和一小截鉛筆。

「我想這樣寫——『我們亞歷、起士、教館先生、媽吉、路美、傑克六人，在這裡等死』。」

「我——傑克向我的妻兒們親吻，關於妻兒的後事謹托給耶穌、聖母和煤礦公司。」

「亞歷伯父，你呢？」

「我將所有的家產給侄兒亞歷做紀念。」

「我——起士願上帝代我孤兒寡婦的父親和丈夫，救護他們。」

「媽吉，你呢？」

「我放在籃子裡的栗子恐怕就要壞了，叫他們無論哪一個將它取出來……」

「喂，這張紙不是給你塗那些不三不四的胡說的。」

「不是胡說八道，實在是有很多的栗子放在那裡。」

「不要理他算了。那麼，路美，你呢？」

「路美將他的卡彼和豎琴給馬撤，向亞歷親吻，並拜託亞歷，請他到都魯斯麗色那裡，替我親吻麗色，並將我的背囊內的一朵乾薔薇花還給她。」

「教館先生」照我們說的一一寫上了。

「喂，各人來簽個名吧。」

「我不認得字，只寫一個十字吧。」起士說。

「這樣遺言也寫成了，我就算死了也可以，大家再不要和我說話，讓我靜靜地斷氣吧。我現在要和大家訣別了。」傑克說了後，走到上級來，依次和我們三人親吻，然後爬下去，和起士、媽吉兩人親吻，又離開他們，把煤屑堆起來當枕頭，橫倒下去，像死了一樣，睡著不動。

寫遺書和傑克決死的態度，使大家更感到絕望。煤油燈吹熄了，一切又回到黑暗的世界。我們還有十三支洋火。沒有一個人開口，死一般的沉默，又鑽了「袋」中，突然，下級的媽吉叫了起來。

「喂，我聽見十字鍬的聲音！」

若是最初聽見搬運車聲音的不是他，想誰也不當他的話是真的吧。一聽見他這次的叫聲時，大家的胸裡都跳得厲害起來。

「什麼，你聽見十字鍬的聲音？」

連傑克也爬了起來，伏在壁上，想聽一聽那聲音。

「大家放心吧，我們得救了！」亞歷伯父說。

「唔，的確聽見了。我們也敲敲看。」因「教館先生」這句話，我們拚命地一齊敲擊著石壁。

我們聽見一樣速度的回答從壁上傳了來。

「呀，我們遇救了？」大家高興得相抱了起來。

chapter 31 營救

在這裡，我想說一說這大水的起因。

我們下坑的那天早上，天空陰鬱，空氣溽熱，像是馬上就要颳風下雨似的。穿過渦魯斯的提旁河水上流，似乎是昨夜下了大雨，今天早上，水勢就突增了起來，等到我們下坑後一個鐘頭，天空佈滿了密雲，下起從所未見的大雨來。

這地方本是沒有樹木，只有岩石的山谷，所以一遇天氣變動，就要淹水，又加上這場可驚的大雨，山澗裡的雨水一時都流到河裡，突破了堅固的堤防，流到二號煤坑的低地來，一時來不及防禦，早已把全坑內浸滿了。

地上的人們雖沒有措手的餘暇，然而也並非坐視不救。公司的技師指揮著工人們防禦流下來的水，一面著手營救煤坑內的礦工們。在第一工場工作的五十多人總算逃出了坑外，撿回一條性命。

其餘的二百五十人的營救方法，恰像「教館先生」所想的一樣，只有汲出坑內的積水，和直接掘洞下來這兩個辦法。他們馬上就著手實行，用搬運車或唧筒在三個坑井中汲水，而掘洞部分，則依技師的意見，在他們相信不會淹水的舊坑那邊開工，兩方的工作不分晝夜，繼續趕工。

掘洞的工作，在半途中，碰到地盤很硬的地方，阻止了工事的進行。在第九日，他們都以為營救礦工的事絕望了，不願意再做無益的努力，好容易技師才勸轉他們，使他們繼續工作。

再過一天，就有一個做工的礦工聽見了一點幽微的敲擊大地的聲音，他連忙把十字鍬丟開，靠近岩層傾聽，還怕是聽錯了，又叫了其他的一個同伴，說明了自己的疑心，兩人靜靜地聽了一會兒，果真聽見了一點低微的聲音。

這消息一傳到地上，技師和其他的人們只要下得來的都下來了。技師也將耳朵貼岩面一聽，可是因為太興奮了，一點也聽不到。其他的礦工也聽不到，所以大家疑心是他們心神不定的幻覺。

然而聽到聲音的兩個礦工，都是十分老資格的礦工，技師不信他們會聽錯，將其他的人趕了上去，只留下自己和他們，命他們將鍬頭用那照例的拍子發出通信的記號，然後三個人伏在岩壁上，低聲下氣等坑內的回音。

不一會，他們聽見了回拍子的幽微的回音了，再重複試了兩三次，都能夠得到同樣的回音。現在再無置疑的餘地了，坑內一定還有生存的礦工。

這消息像炸藥的導火線一般地傳遍了全村，村裡的人爭先恐後都擁到二號煤坑來。混亂的情形，差不多比淹水的消息剛傳出去的那天還要厲害。尤其是那班犧牲者的妻子兄弟雙親們，都是心跳膽慄地聚到這裡來。

「救活了多少人？你們家裡的人一定平安，我們家裡的人也一定無事吧。」大家都抱著這種希望，互相問訊。

然而要滿足大眾的好奇心，還要好幾日。

從極微的聲響推測，距離很遙遠，而且要確定方向尚且不容易，總之，先鑑定了方向，再向那裡掘下去。礦工也是從第一號煤坑中挑選一些最熟練大力的人來。

住在「袋」內的我們，也知道積水漸漸減少了。我們聽見了信號的聲音，就歡喜得像已經遇救了一樣，但是從聽到信號聲音的那時直到現在，已經有兩三天了，還不能夠出去，所以我們又是望眼欲穿了，而且呼吸也更加困難，使人難堪。

在連說話的力氣也沒有、沉靜地發悶的時候，忽然聽見低微的似乎在壁上掙扎行走的連續的聲音，和小石子落在水裡的聲響。

為了要明白這奇怪的聲響到底是什麼，我們把煤油燈點燃了，誰知那卻是一群在「袋」下面亂跑的老鼠。這些鼠群想是同我們一樣，逃到了充滿空氣的「袋」，躲到現在水退時，就離開了避難所，出來找尋食物了，鼠兒既然能夠跑到這裡來，走道上的水當然不會浸到天井上了。

這一群鼠，在我們的囚獄裡，就等於拉亞船的鳩鳥一樣，是來告訴我們大洪水已經退了的使者。

「路美，把老鼠捉幾隻來，讓我們吃吃吧。」媽吉對我說。

要捉老鼠，就非得比牠來得更敏捷不可，一剎那間，鼠群都逃得無影無蹤了。

我慢慢地走到水邊，看看水退了多少，水似乎確是退了很多了，水面和走道的天井之間，生出不小的間隙了。

突然，我想起了一件事，連忙再爬上我們坐臥的地方來，對「教館先生」說：「先生，老鼠已經跑出來了，那麼一定是可以到走道那邊去。我想游到梯子那邊，朝上叫叫他們看，或者他們馬上就會從那裡下來營救我們，那比掘下來不更快得多嗎？」

「不，我不能讓你做那麼危險的事。」

「先生，我在水裡，能夠像鰻魚一樣游得好哪。」

「也許空氣腐敗了，有傷身體呢。」

「老鼠都可以跑來跑去了，不要緊吧。」

「路美，那麼你就去好了。」起士插嘴說：「你若肯去，回來我把我的錶給你。」

「教館先生」抓住我的手說：「路美，你真是一個勇敢的小孩，你既然想去，那就試一試好了。我以為這是沒有用的，不過，我們以為不可能的事，往往偏會得到成功。你和我親個吻後再去吧。」

我和「教館先生」及亞歷伯父親吻後，就走到水邊。

「你們大家輪流叫著我的名字吧，不然，恐怕我辨不出方向。」我這樣說後，跳進水裡去。走道的天井下真的有空隙讓我游得過去嗎？我能夠達到目的，將大家救得出去嗎？或是走道那邊，正在等著我的是那可怕的「死」嗎？

我慢慢地游著前進，回頭一望，煤油燈恰像燈塔一樣，慘澹地映著漆黑的水面。

「怎麼樣？不要緊吧。」這是「教館先生」的聲音。

「噢，不要緊。」我回答他。

我當心著不要碰到頭，小心前進，走道上的空處漸漸寬大，不久我就不用再擔心了。不過要走到梯子旁的那節路，不容易辨出方向來，而且又有很多橫路，要是走錯，那就糟糕了，只靠摸著天井和壁上，那是不十分準確的，幸而尚有其他的一條路線，那就是鋪在地上的軌道，循著軌道前進，就一定可以達到梯子的地方。

所以我不時便用腳沉下去探著軌道前進。背後聽著夥伴們的叫聲，慢慢地向前進。

不一會，夥伴的喚聲漸遠漸微，我知道自己已經游到很遠的地方來了，搬運車的聲音也更響亮得多。我馬上就可看見天日了吧，夥伴們也可因我而得救吧，我這樣想時，游得更加起勁了。

然而我注意一看時，不知道從什麼時候起，地面的軌道再尋不見了。我潛下水底去，用手亂摸，也摸不見軌道。

我走錯路了，我不知道走到什麼地方來了，我非得重回舊道不可，可是怎麼樣走呢？

一切是黑暗的，不辨左右，莫分東西，靜耳細聽，也聽不見夥伴們的聲音。是我走到聽不見的地方來了呢，還是他們一時休息了？

我進退維谷，呆在水當中，我以為自己或者就這樣地死了嗎？不禁心裡起了一陣辛酸。忽然，我又聽見夥伴們幽微的喚聲了。這樣我才又認出了方向，摸摸索索轉回頭來，約莫走了十餘米多，我又伸足下去一探，居然又探著了軌道。

這真奇怪，我疑心再回頭探看時，原來軌道在這裡中斷了，才使我失了方向。

我知道軌道是被那洶湧的水勢沖斷，不知去向了，我再沒有法子到梯子那邊去了，雖然遺憾，也只好回頭了。

在歸途中，我知道再沒有危險，依著夥伴們的聲音盡力向前。我覺得很奇怪，夥伴們的聲音中，似含有一種新的希望一樣。

不久，我游進「袋」裡，向他們招呼一聲時，就聽見「教館先生」很高興地說：「快點來吧！」

「我無論怎樣總找不出路線。」我說。

「找不出也不要緊，掘洞已經掘得很深了，差不多可以談話了，我們聽見了說話的聲音哩！」

「教館先生」告訴我，雖然找不到梯子，然而掘洞掘到了這裡來，我們便可得救出去，再用不著擔心了。

不久，我便覺得極度的疲勞，不知不覺睡著了。

不知道經過多少時候，等到我睡醒時，地上礦工們的聲響已經不像飛蠅一樣，幾乎可以對面談話了。

再等一刻，我們聽見了一聲聲的問話。

「你們有幾個人？」

我們中間，亞歷伯父的聲音算最響亮，他就代我們回答外邊的問話：「六個人！」

「喂，快些救我們出去呵！我們快要斷氣了。」亞歷伯父大聲喚著。

「你們的名字叫什麼？」

亞歷伯父將大家的名字依次報了上去，外邊的人們都屏息聽著，這一定是一個感動的時刻吧。

「就要把你們救出來了，你們不要慌。若是要工事做得快，請你們不要再多說話。」

這是多麼難等的時刻啊！每一聽見鍬頭的聲音，就疑心是掘穿的最後一擊，然而馬上又聽見第二下了。以為這次應該是了吧，結果鍬音總是無止境地響著。

「你們肚子餓吧？」

「唔，餓得話也講不出來了。」

「能夠再忍一忍嗎？要是忍不住，就通條管子，倒一點湯進去，可是這樣就得花費時間呢。」

我們商量後，大家決定再忍半個鐘頭或一個鐘頭也不打緊。

「我們忍著好了，請你們快點掘吧。」

搬運車方面也似乎是趕著工事，水量已減少得多了，「教館先生」斷言，走道也一定可以站得住了。

「把水退的事告訴他們吧。」亞歷伯父又報告了上去。

「知道了，或者那邊要比掘洞更快，你們就可從坑道出來。總之，再忍耐一下吧。」

鍬頭的聲音比剛才更小了，那是恐怕掘得太快時，我們會有同泥塊一齊被埋到水裡的危險，所以不敢造次。不用說，洞穴是橫掘的。

「教館先生」並囑咐我們說，洞一打通，膨脹的空氣就會像出膛的炮彈那樣向外射去，把一切都掀倒，我們應該小心提防，就像挖通道的工人正加倍小心提防塌坍一樣。

真奇怪，脫險的瞬間越近，我們的力氣越衰弱起來。尤其是我，更覺得不可抵擋的疲倦，縮在煤炭屑底下，連半身坐起來的力氣也沒有，而且全身發抖，但這並非是感到寒冷的緣故。

過了一會兒，更大的煤炭塊頻頻輾落我們的座榻上，這次才真的是把洞穴打通了呢。我們因煤油燈的光亮，感到了眩暈。

一瞬間我們又被蒙在黑白不辨的黑暗中，這是因為洞穴一穿透時，那可怕的氣流像龍捲風一樣地連泥帶沙都吹到半空裡，一剎那間把煤油燈也都吹熄了。

大風的響聲一時也就停了，我突然聽見走道那邊水聲雜然紛擾，到底是什麼事呢？定睛一看，才看見一片光明，幾個人分開水路，向我們這邊跑來了。

「不要忙！不要忙！」他們的口裡這樣喚著。「袋」的頂上也有陽光射進來，從頭上下來的坑夫們已經執著上級的人們的手了，從走道中跑來的人們，技師最先爬上「袋」裡，一把抱住了我。

呀，我得以重生了，心裡一鬆，像失神者一樣地昏過去了。

可是我並非完全失去知覺，他們用毛氈將我包好，抬到坑外去。這些事我都明白，我閉著眼睛讓他們擺佈，忽然感到了刺目的暈眩，不覺睜眼一看時，那是太陽光，我現在正被抬到地面上來了啊。

瞬間中，有一個白色的東西跳到我的身上，那就是卡彼。牠趴在抱著我的技師的腕上，舐遍了我的面孔，同時，我的兩手也被人抓住了，那就是馬撒和亞歷，他們向我的手上狂吻。

我望一望四周，無數的群眾讓開了一條路，並列在兩旁。他們不作聲，靜靜地只望著我們。他們早已聽了人家的吩咐，恐怕叫喚起來，會刺激我們的感情，所以不敢開口，然而他們的表情正不知說了多少話呢。

群眾的前列，有一位穿白色的僧衣和手裡拿著光輝奪目全銀器皿的，那就是渦魯斯教堂的牧師，穿了正裝來給我們祈禱的。

我們一出來時，牧師就跪在塵埃中開始誦經，我們被抬到設在辦事處裡的床上。

過了兩天，我就能夠爬起來，伴著馬撒和亞歷，帶了卡彼在村裡散步了。村裡的人們看見我走過，都停步望望我。

其中更有走近我，滿含著淚水和我握手的；也有蹙著眉頭，不忍正視走過的。這些人大抵是穿著喪服的人，他們的父親或是少壯的兒子們都變了屍骸，喪身水神的懷裡，而不知何處來的孤兒，無牽無掛的我卻幸而遇救，這又怎麼不使他們更難過呢。

還有請我到他們家裡去吃飯，或進咖啡店裡去喝茶的：「喂，告訴我你被生埋時的故事聽聽吧。」

我們雖受著各方的歡迎，大家都拒絕了，為了一餐飯或一杯酒就隨便和他們談天，這是再苦沒有的事了。

chapter 32 蒙特的音樂家

與其和這些人訴說自己的經過，倒不如和亞歷、馬撤他們談談這十餘天中的情形，更為有趣呢。

亞歷對我說：「我以為你是替我而死的，心裡不知道是多麼的難過。」

可是馬撤說的，卻和亞歷不同。

「我絕不會以為你死了，我相信你絕不會被淹死的，只要營救得快，一定會找得著你。當亞歷感到失望而啼哭時，我也只告訴他說：『路美不會死的，至多是危險就是了。』我碰見他人，也總是詢問：『一個人不吃東西能夠活幾天？坑內的積水要什麼時候才乾？洞穴要什麼時候才掘得通？』可是誰也不能回答我，使我安心，我是多麼心急啊！所以，在最後那天，技師詢問了你們的名字時，在媽吉的名字後接著聽見了路美這兩個字的瞬間，我就淚如泉湧地倒在地下了。那時有一個人踏在我的背上走過，我也不覺得，心裡高興得什麼似的，什麼都忘記了。」

馬撤相信我不會死的這話，使我對他感到了滿足和誇耀。

生還的六人結成了不可分離的革命情感。共患難使我們的心合成了一個。尤其是亞歷伯父和「教館先生」更是對我產生了深刻的感情。

除了這兩人之外，還有那營救我們，最先抱住我的那個技師，也特別疼愛我，他對我的感情，就像救活了瀕死的兒子的父親一樣，有一次我還到他家裡去吃晚飯，並將幽囚在「袋」內十四天的故事，講給他家裡的姑娘聽。

渦魯斯的人們，誰都想留住我。

亞歷伯父說：「我想把你養成一個有才幹的礦工，你以後就在這裡，同我們在一塊好了。」

技師說：「你也不一定要去做礦工，我在辦公處用你吧。像你這樣的小孩，一定會有出息的，我教給你必要的學問吧。」

亞歷伯父自己對於再過礦工的生活，不但沒有半點猶豫，他要我也去做一名礦工，再進煤坑去的事，也看做極其自然，然而，我卻沒有他那樣的勇敢，也不想再去做推車的小工了。

煤坑是很奇怪的地方，我第一次進去看了一回，覺得很滿足。可是一回也就看夠了，無論怎樣好奇的人，也不願意再去嘗試一次了。

我的個性不是可以在煤坑內生活的人。頭上要是看不見天空，我就不想活；只要是天空，下雪也罷，總比煤炭天井強得多。

我或者不應這樣說吧，我照實告訴了亞歷伯父和「教館先生」時，亞歷吃了一驚，「教館先生」又為我對曠山生活沒有興趣而嘆息。碰著媽吉，將此話告訴他時，他罵我是沒膽量的笨東西。

對於技師呢，我不能將對亞歷伯父們講過的話對他說，因為他想叫我到辦公處去，而非使我到坑內去工作的，我只好放大膽，向他表明了自己的意思。

技師也感到失望地說：「這就沒有法子了，你喜歡冒險和自由的生活，我沒有再留你的權利，只好由你喜歡的去做好了。」

當大家歡迎我留在渦魯斯的時節，馬撒總是垂頭喪氣地沉思著，我問他為甚緣故，他也只回答沒有事，然而等到了我告訴他，我三日後就要離開渦魯斯時，他竟抱住了我的脖子，自己招出實情來。

「那麼，你不會拋棄我了嗎？」他叫了起來。

聽到此話時，我馬上賞了他一個巴掌，那是為了他懷疑我的處罰，我一時忽略了這友愛的話，反而自己流出了眼淚的緣故。

實在馬撒之所以這樣歡喜，完全是出之於深刻的友情，絕沒有一點利害、私心混入，即使沒有我這夥伴，他也完全有能力獨自謀生。

憑良心說，馬撒比我有更多的才能，他和我不同，無論什麼樂器他都會玩弄。而且善歌善舞善說笑話。我並不是學李士老人的口吻，實在，他善於使賞臉的老爺貴客們伸入荷包去，他那含笑的面貌，溫柔的女孩子一般的眼睛，雪白的牙齒和可愛的態度，在不知不覺之中就吸引了觀眾們，使他們解開荷包。對於馬撒，人們不是為了無可奈何，而是為了高興給他才給的。

這就是馬撒動人的地方，他能夠獨自過活的證據，就是當我在炭坑內推車子的時候，他每天帶了卡彼出去，在這人口稀少、沒錢可賺的鄰近地方獻技，居然也積下了差不多八塊錢。這就足夠證明了。

這八塊錢再加上之前的五十元，我們就有五十八元了，假使買一頭牛需要六十元，那麼，我們只要再賺兩元就得了。

雖然不願意在煤坑內做工，可是一旦要離開此地時，總有點難過。和亞歷及亞歷伯父、「教館先生」非得分別不可了，然而，終要和我所愛的人或愛我的人訣別，這就是我註定的命運啊。

前進吧！豎琴掛在肩上，背囊背在背上，帶著歡喜得亂跳的卡彼，我們又在蒼空之下平坦的大道中前進了。

我們走出了渦魯斯村後，不能不感到凱旋般的滿足。踏著大地前進，地上是乾爽的，不像煤內的泥土，發出了愉快的聲音。呀，晴快的陽光！陰陰的綠樹！

出發的前天，我們費了很多時間來商量此後的行程。結果定了不要從這裡就到斜巴隴去，因為這時正是洗溫泉浴的季節，所以我們不惜兜一個大圈子，先到克雷門，然後到羅瓦也、蒙特爾、布林部爾等各溫泉地方去。

這提案者還是馬撒。他在渦魯斯表演中，遇見一位玩熊戲的人，聽那人說，要賺錢最好是到有溫泉的地方去，所以他就主張要到溫泉地方。

馬撒還想多賺些錢，因為依他的意見，六十元還是不夠，若不再添一些，恐怕買不到好的母牛。所以他說，我們應該多賺幾塊錢，買一頭最好的母牛，這樣寶蓮一定會更喜歡，寶蓮越喜歡，不是我們也越幸福嗎。

我們離開了渦魯斯，就向克雷門前進。

從巴黎到渦魯斯的三個月間，我教給馬撒念書和看樂譜；這回到克雷門的途中，也當於餘暇時使他繼續溫習才好。

不知道是因為老師不好呢，還是因為學生不好呢？總之，馬撒的功課一點也不能進步。馬撒對於空想的東西馬上就會記住，然而一說到認真認字時，他一點也記不住。

我忍不住擊著書本向他發脾氣：「我沒有看見像你這樣蠢頭蠢腦的。」

可是馬撤並不生氣，卻用他那柔順的大眼望著我含笑說：「我的頭腦實在是蠢鈍，只好敲敲它，讓它多長幾個瘤起來就好了。喀爾很聰明地發現了此事哩。」

被他這樣一說時，我不好意思再發脾氣，笑了笑，再繼續我們的溫習。

但是這只是限於讀書的話，若是說到音樂方面時，那就完全不同了。在這方面，只有使老師受窘。他連連發出種種做老師的我所不能解答的疑問，使我不知要怎麼樣好，老師的威嚴也損失了不少。

試舉一例，譬如說為什麼人們不用相同的譜號寫曲子？為什麼在曲調上升時用升音符號，下降時用降音符號？為什麼一首樂曲的開頭小節和結尾小節總是沒有固定的節拍數？為什麼給小提琴的弦定音時只用這幾個音符而不見其它的？

關於最後的這個問題，我就將因為我不曾學過提琴，所以也沒有研究過的心得來搪塞。但是其他的詢問呢，都是關於音樂的原理，連這點也不能解答，這在我做老師的威嚴，就完全失掉了。

不過，我總不承認自己不曉得，也學亞歷伯父的回答一樣，當我問他「煤是什麼」時，他就用「就是從地下挖出來的煤。」的回答胡混過去。

馬撤這人，絕不會露出什麼不平的表情，只是張開了大口，閃著眼睛望著我。用一種能使我對自己完全喪失信心的神情看著我。

有一天，馬撤整日裡總是沉思著，我勾引他也不肯開口，這在平素愛說話，活潑愛笑的馬撤，是奇怪得很的。經我尋根問葉地逼問，他才開口說：「你實在是一位好老師，因為誰也不像你這樣地肯親切教我……不過……」

「不過怎麼樣？」

「我認為你也有不曉得的事，大學問家也有不曉得的事呢，不是嗎？你總是說『因為是這樣，所以這樣的。』不過，我認為這是你也沒有學過的緣故吧，所以，要是你肯的話，我想買一本音樂的書——只要舊的便宜的就好了——和你一塊兒讀。」

「唔，這樣很好。」

「你也這樣想嗎，我真高興。你的學問不是從書裡學來的，所以我想書本中一定還有你未曾學過的東西。」

「無論怎樣好的書，也不及好的老師。」我故意這樣說，誰知馬撤更利用了我的話。

「你要是這樣想，那我還有要說的話，實在說，我想有一次——只要一次，到真的老師那裡去，問出種種的疑惑……」

「那麼，你在你自己一個人賺錢的時候去就好了。」

「到真的老師那裡去，非有很多很多的錢不行啊，我又不能亂用你的錢……」

他說出了「真的老師」這幾個字，很傷我的自尊心，同時，這最後的一句話，又感動了我不少。

「你這人太好了，我的錢不就是你的嗎，你比我還賺得多呢，隨便你要到老師那裡去學多久都好。那就這樣吧，你想去，我們就兩個人都去，去學學我也不知道的學問。」結果我也說了實話。

我們所尋求的真正的老師，並不是鄉下的伴舞樂手，我們要找到一位真的藝術家──大音樂家，不是住在窮僻的小村裡，一定要在大都會中真的有名的人。

我趕快將地圖拿出來一查，在到溫泉地方的途中，有一個喚做蒙特的地方，我不知道那到底是不是一個重要的大都會，總之，地圖上的地名卻寫了兩個大字，這一定是一個大音樂家們所住的地方吧。我不能不信任我的地圖。

我們就決定了到那裡去，找到一位大音樂家，花點本錢去求學。

我們又開始趕路了。

剛巧到蒙特的途中，我們走過羅適爾縣的荒山和僻地的原野中，這裡只有疏散的貧村，我們的收入很少，照這樣子看，蒙特那地方，也不會是什麼樣的大都會。

我們感到悲觀地一路前進，不久就到了蒙特。這時已經是夜裡，而我們又是疲倦不過，所以趕快找到一家旅館，先跑進去休息。

在馬撖的眼裡，蒙特不像是一個有好的音樂老師的重要都會，所以他非常擔心。

當我們到食堂去時，就問店裡的女主人，此地有沒有好的教音樂的老師。那女主人奇怪地看著我們說：「你們真的什麼都不懂嗎？你們不是聽見了甘特先生的名聲才來的嗎？」

「我們是從遠方來的。」我說。

「那麼，是很（她特別地用力說）遠的地方來的嗎？」

「從義大利來的。」馬撖說。

女主人才算明白了。假使我們是說從里昂或馬賽來的，她一定不會對我們這樣不認識甘特先生的無知的小孩子講話的。

「大概很不錯呢。」我用義大利語對馬撒說。

馬撒的眼睛閃著希望之光。無疑地，甘特先生一定會解答他的質疑吧。他絕不會說「因為是這樣所以就是這樣」一類的籠統話吧。

不過，我心裡還有一點疑懼，這樣有名的大師，能夠答應來指導我們這樣的無名小卒嗎？

「甘特先生忙得很吧？」我問女店主說。

「他恐怕很忙吧，他沒有不忙的道理呢。」

「我們明天早上去找他，他肯見我們嗎？」

「他一定肯見的吧，只要是帶著錢去的人。」

這樣我們才放下了心，上床睡覺。在床上，我們還商量了很多明天要問的問題。

到了第二天，我們注意地整了裝——雖然也不是換什麼新衣服，總算把身上的灰塵刷乾淨了。馬撒拿了提琴，我背上豎琴，一起出去了。

卡彼也想照例跟我們走，但是今天我卻不能讓牠自由，用繩子捆起來，縛在狗屋裡。因為帶著狗到有名的大師家裡去探訪，是有礙體面的。

我們尋到他的住家了，可是不知道是告訴我們的人說錯了呢，還是我們自己弄錯了，情形有點不對，這家的店前放著理髮的器具和香水；入口兩邊掛著剃鬚用的銅盆。無論怎麼看，這全不像教音樂的老師的招牌。看來看去，我們只能斷定這是一家理髮店。

站在門前，正在進退維谷的時候，剛巧有人走過，我們就喚住他，問他甘特先生的家在哪裡。誰知他也指著這理髮店說：「那裡就是。」

為什麼教音樂的大師卻會和理髮店在一起呢。旅館主人的話也有點靠不住，總之，進去看一看再說。

店裡隔成兩間，右邊的架子上排著鏡子、刷子、木梳、香水、肥皂等類的東西；左邊，在壁上和長榻上，有數支提琴、笛子、小喇叭、大提琴等種種樂器，有的掛著，有的靠著。

「我們想拜訪甘特先生。」馬撤向店內問了聲。

一位像雞一樣矮小而活潑的男子，正在替一位村人剃著鬍子，那男子小聲地答了我們的話：「甘特就是我……」

我使使眼色對馬撤說，這樣的理髮匠兼差的大師，我們用不著他了，找這樣的人教我們，簡直就是把黃金沉入海裡一樣。

然而馬撤不明白我的眼色呢，還是不聽我的話，他竟悠悠然坐在椅上說：「等這位客人的面修好了，給我剪剪頭髮好吧？」

我看看馬撤那裝做正經的樣子，莫明其妙。馬撤也對我使一個眼色，意思是說要生氣也要再等一會兒。

我正在後悔不應該到這樣地方來的時候，大師已經把那客人的臉修乾淨了，他把馬撤請到鏡前的椅子上，將白布圍住他的脖子，馬撤馬上就說：「老伯，我們剛在討論音樂的問題，不知道要向誰請教好。我想像老伯伯這樣的老先生，一定可以指教我們吧……」

「我不知道你們談些什麼，不過，你試說說我聽好了。」

我現在知道馬撤的策略了，他先要試試這理髮店老闆兼音樂家的本事，要是他對我們的問題能夠有真切的解答，那我們才算合算，只花理髮錢，卻省下了教授錢。馬撤這傢伙，也不是好惹的。

「那麼，老伯伯，為什麼調和提琴的調子時，只照一個音調，而不照其他的音調呢？」

大師此時正在梳馬撤散長的頭髮，我想他一定也像我回答馬撤一般地解答，心裡好笑，俯下頭去偷偷地笑出聲了。

然而事實卻不然，他開口說：「唔，這事嗎？調和提琴的調子時，樂器上的左邊第二絃，根據標準音叉的發音，應該定為『拉』；其他的弦，依次定為五度音程的音符；就是說，第四弦定為『索』，第三絃定為『唻』，第二絃定為『啦』，第一弦，也就是E弦，定為『咪』。」

我再不敢譏笑他人了，這次是馬撤笑了出來，大概他是在嘲笑我吧？或是因為聽到了滿足的解答而高興得笑起來了吧？

我呢，莫名其妙地張著嘴巴，似癡似呆地望著那理髮店的老闆。他正揮動著剪刀在馬撤的身邊走來走去，向馬撤解釋疑義呢。他的解釋在我聽來，實在是非凡的中肯。

老闆突然停在我的面前說：「我想我那位小顧客沒有錯吧？」

在剪髮的時候，馬撤接二連四地發出種種的疑問，而這理髮匠全無一點遲疑，給了我們確實的說明。

不久，髮剪完了，這次是老師向我們說出種種的問題了，最後他知道了我們的目的，大聲笑了起來，說：「我上了你們的當了，真是胡鬧的小孩子。」

然而比我更胡鬧的是馬撤，所以老師就罰他，要他彈一曲提琴給他聽。馬撤一點也不猶豫，拿起了自己的提琴，奏了一曲旋舞曲。

理髮匠拍掌讚賞他說：「你這樣也說是不懂音樂嗎？」他高興極了。

馬撤放下提琴，取了壁上的笛子說：「我會吹笛子，也會吹小喇叭。」

「那麼，你吹吹看。」

馬撤接著吹了笛子和小喇叭，甘特先生似乎不勝感慨地聽著。

「這小孩對於音樂簡直是神童，要是你同我在一塊，我可以將你培養成一個大音樂家。我不是說不三不四的音樂家啊，是真正一流的音樂家呢！可是你得在上午時幫我給客人們剃鬍子。午後我就教你音樂，你不要以為我是理髮匠就看我不起，我也不能不吃飯不睡覺，所以才做理髮匠哩，那有名的法國大詩人耶斯曼也是一邊給人家剪頭一邊作詩的，我也是這樣啦，亞然出了大詩人耶斯曼，蒙特就出了我這大音樂家甘特。」

我有點不放心地望著馬撤，想他會怎樣地回答呢？我在這裡得和我唯一的朋友，夥伴，兄弟訣別不可嗎？我的心一陣抽痛，想一想，這恰像在「白鳥號」時，美麗甘夫人說要永遠看顧我時一樣的情景，然而我卻沒有那時的李士老人一樣的蠻橫。

我對馬撤滿含著情感說：「你不要替我擔心，只要你好，你就住在這裡吧。」

可是馬撤走近了我的身邊，拿著我的手說：「我哪裡離得開你呢，無論怎麼樣，我絕不會的。」他說後，就轉向甘特先生，說：「老伯，謝謝你，我不能留在這裡。」

甘特先生還勸了他很多話，熱心地要他在他這裡接受初步教育，再把他送到都魯斯，以後再到巴黎的音樂學校去。我想誰都會為之動心的，誰知馬撒卻重複著那句話：「我絕不願意和路美分開！」

最後，甘特先生似乎斷了念頭，說：「你那樣不願意和你的朋友分離，那就算了，我想送你一點東西做紀念。」

他在抽斗裡拿出一本舊書來，給馬撒說：「念這書，會對你有益。」

那是一本破舊的書本，題做「音樂原理」，甘特先生拿起桌上的鋼筆，在書的第一頁寫了一行字：「本書給今天來拜訪我的一個小孩，日後他成為一個音樂家時，也會憶起蒙特的理髮匠吧」，遞給馬撒。

我不知道此處有沒有其他的音樂老師。然而蒙特的理髮匠甘特先生的名字，卻永遠留在我和馬撒的記憶中。

chapter 33 王子的母牛

離開了蒙特時，我對於馬撤的感情更加深厚了。

他為了與我的友情，將甘特先生的提議拒絕了，只要他願意留在甘特，就再用不著辛苦了，安全地學音樂，將來還可得一些財產，然而為了我的緣故，他卻決意去繼續那沒有來由的希望，日日擔心食宿的生活。

我緊緊握了馬撤的手說：「我今天才知道你生生死死都是同我一起的。」

他微笑著，用那大的眼睛望著我說：「我早就這樣想了。」

自從得了《音樂原理》之後，馬撤的進步更加顯著。我們經過的途中，都是荒僻的地方，鄉民都緊束著荷包，所以我們只願早點到達目的地，早出遲息，趕著路程，實在是很少有用功的時間。

不久到了目的地，我們就開始在溫泉村中表演，從前玩熊的人並不曾說謊話，我們真的每天賺到了意外的收入。

那賺錢的方面，也是馬撤比我強，在我的意見，只要有人看，不論什麼，馬上就拚命地彈唱，可是馬撤卻不做那麼樣幼稚的行為。他先要端詳觀客的性質，要是以為不好時，就算有人集攏來，他也不彈不吹，他尤其善於選擇觀客對於我們是不是有好處。

喀爾的地方，是教著小孩惹起公眾的慈善心為職業的，所以對於感動他人的同情心的方法，研究殆盡，因此馬撤對於觀客心理這東西也很有研究。

在支那街喀爾的家中時，我也因聽見過馬撤對於觀客們賞錢的時候的議論而吃驚，這次我更為他在這裡的識別眼光而敬服。

來這裡的浴客的大部分，都是巴黎人，這在馬撤是老相知，所以他更能熟悉他們的心理。當年輕的貴婦穿著黑色的喪服從教堂那邊走來時，馬撤就對我說：「留意點吧，奏那悲愁的曲好了。曉得了嗎？我們非得使她憶起了那死去的人不可，只要她會流淚，那就好了，她一定要多多地賞賜我們的。」

在蒙特的溫泉村中，有一條俗稱做「沙龍」的散步道。在相當廣闊的場所內，植了很多的五指狀的樹木。這樹木長出了美觀的樹蔭，浴客們常來這裡散步或休息。馬撤用心研究了這裡的客人，隨著了那時的情形，改換我們的題目，差不多沒有一回是失敗的。

我們看見了那顏色蒼白、傷心地坐在椅上的病人時，就在稍離開的地方立定，斜目望望他們，試彈一二曲引動他。若是看見他生了氣，我們馬上就離開到別處去；若是看見他在靜聽，我們就走得近些，奏起成章的歌曲，然後叫卡彼銜著盆子到他身旁，這時候絕沒有遭他踢開或吃虧的擔心。

馬撤最會引誘小孩子，提琴弓的一動，就可以自由地使小孩子們跳舞，做一做笑顏，就可以使發著氣的孩子高興，我不知道馬撤何以會有這樣的本領，不過事實都是這樣的。

溫泉村的表演，得到了絕大的成功，我們除了一切雜費之外，還賺了二十九元之多。和從前的五十八元合起來，已經是八十七元了，因此，以後就沒有再賺錢的必要；現在正是我們可以不用躊躇，馬上到斜巴隴去的時候了。

剛巧我們前幾天在途中聽說優雪爾鎮那裡有買賣家畜的大市日，所以我們就決定乘機到那裡去看一看，用我們節衣縮食的儲蓄，希圖在這裡買一頭我們日夕希望的母牛。

在做著甜蜜的夢時，自然是很好的，可是到了實在要買牛時，就有出乎意外的難解決問題發生了。

我們夢想中的最好的母牛，將怎麼樣選擇得出呢？這是一個重大問題。我不曉得怎麼樣的才算好，馬撤也和我一樣，那豈不是為難萬分嗎？

尤其最是使我們增加憂慮的，就是從前在旅途中，時常聽見了那些旅客說的牛販馬販們的詭計。他們那種欺詐手段的故事，早已足使我們兩人戰慄了。據說有一個農人在牛市中，買了一頭再好不過的長尾巴的母牛。那尾巴一拂就可達到頭上，馬上能夠把身上的蒼蠅驅逐乾淨，這當然就夠算是最好的了。

那農人很得意地拉到家裡去，可是等到第二天到牛欄裡去一看時，那寶貴的尾巴掉在地下了，只是一條假的尾巴，還有一個人卻買了一頭假角的母牛。此外也有買了擠不出牛奶的。假使我們費盡了心機，辛辛苦苦買得了一頭也是假的母牛時，那才糟糕呢！

對於假尾巴這事，馬撤很能夠安心，他可以出盡氣力，吊在牛尾巴上試試看；對於肥胖的假裝著的奶牛，也不成問題，他可以拿一根長針試刺刺看，就可知道了。

當真，只要這樣一試，當然不會錯的。假使尾巴是假插進去的話，那麼只要一拉就可拉出來了。假奶也馬上可以區別出來。但是假若那尾巴是真的時，馬撤恐怕就非遭牠的一蹴；真的奶要是刺了一刺時，那母牛也未必肯答應。

想到了挨蹄子的一蹴和牛角的一衝，馬撤的空想就完全被揭破，我們更加墜入不安的狀態中了。假使牽了一頭擠不出奶的或是沒有角的母牛到寶蓮家時，那又才是笑話而且難過呢。

我們在很多的閒談當中，又聽見了令人快心的故事，那就是這一類的壞商人，遇了獸醫，完全給他道破了的例子，我們只要拜託獸醫生，請他代我們選擇，那麼，我們一定不會上他們的奸計了。當然，醫生也要我們不少的錢，不過這錢總非花不可的吧。所以我們就決定去拜託獸醫生，這樣議定後，我們又安心繼續著趕路。

從蒙特到優雪爾本來要有兩天的路程，因為我們趕得快了，在第二天的午後就趕到了。

優雪爾也是我的故鄉，這諸君是知道的，李士老人最初買皮鞋給我，討我歡心的也是這裡；我第一次在公眾前表演「喬利先生的僕人」，也是這裡呢。

呀，那可憐的喬利！我們再看不見那穿著英國陸軍大將軍服的牠了！淘氣的彼奴，溫柔的朵兒小姐，都已不可尋了，可憐的李士老人，呀！我永遠失去他了！我們再看不見那抬著銀髮頭顱，挺著胸膛，吹著橫笛，引率全班演員前進的那老人的影子了。

從此地出發時，全班共有六個人，然而今日回到這裡來的，只有我和卡彼兩個了。這回憶使我感到不可形容的哀愁，這是一種不由自主的感情，在每條街的街口，我總以為馬上就要看見穿著皮衣的李士老人的影子，聽見他那說慣了的「前進吧！」的聲音。

當我忽然看見了從前老人為了裝扮我，在那裡買了舊校服和帽子的店時，才覺得心裡寬了一些。店前的情景，和從前沒有一點差異，入口處還掛著當時使我羨慕的縫著金線的舊軍服，陳列架內的，還是一樣的舊槍炮和舊煤氣燈。

我指給馬撒看我第一次上臺的地方——就是我演「喬利先生的僕人」給老爺貴客諸位看的地方，卡彼似乎憶起了往事，不斷地搖動尾巴。

我又看見了從前和李士老人住過的旅店，所以住了進去，放下行李，略事休息後，時候尚早，馬上就問了獸醫的地方，出去尋訪他了。

這獸醫生已經有五十多歲了，他很高興地會見了我們，我告訴他我們的來意，他又像別的人一樣地笑對我們說：「市上沒有會玩把戲的牛賣呢。」

「不，不是要會玩把戲的，我們想要一頭有好牛奶的。」我說後，那留心牛尾巴的馬撒補充說：「要一頭有真正尾巴的。」

「我們因為聽說牛販子會欺騙人，所以想請先生給我們挑一頭好的。」

「唔，你們要買牛做什麼用呢？」

我們就把我們的目的大略告訴了他。

「這樣嗎，你們真不錯。那麼，我明天早上和你們到市上去看一看，我挑的一定不會是假尾巴的東西。」

「牛角也要是真的。」馬撒說。

「是的，牛角也是真的。」

「牛奶也不要是假的。」

「是的，牛奶也是真的，總之，是一頭再好不過的就是了。不過，這不是不花錢就可以買來的，你們知道嗎？」

我沒有做聲，把包著貴重寶貝的包袱，解開了給他看。

「真不錯，明天早上七點鐘，你們來就是了。」

「先生，我們應該給你多少酬勞呢？」我問。

「什麼，酬勞？哈哈，不要那樣的東西，你以為我這人會收你們這樣好小孩的酬勞嗎？」

我對這親切的獸醫，不知道要怎麼樣感謝好，可是馬撤似乎想出辦法了，他對醫生說：「先生愛聽音樂嗎？」

「怎麼會不愛聽呢，我最愛音樂啦。」

「先生夜裡幾點睡覺？」

「唔，大概是過了九點鐘後。」

我們約定了明天七點鐘再來，就告辭出去。我知道馬撤的辦法了，所以一出了醫生家的門口，就向他說：「你想和我合奏一套音樂給他聽吧？」

「是的。我們看準了他將要睡覺的時刻，奏一曲『良夜曲』不好嗎？」

「良夜曲」是將我們的心事傾訴給我們所愛的人們時演奏的曲目哪。

「你想得真好，那麼，我們趕快回去先練習一下吧。在街上討錢的時候，奏得好不好都不要緊；可是今晚是不拿錢的，就非得奏得好不可。」

在九點差兩三分鐘時，我們——馬撤挾著提琴，我背了豎琴——到獸醫的宅前來了。街上是黑的，因為月亮就要上升了，所以省下街燈不點。店鋪也都鎖起來，走路的人差不多要絕跡了。

聽見九點鐘一響，我們就奏起「良夜曲」來。在這狹小而靜肅的街上響出的樂器的聲音，恰像回音極佳的音樂廳裡奏出來一樣，響遍了四周，各處人家的窗戶推了開來，戴著睡帽的人頭從窗裡伸出，互相詢問這時候為什麼會奏起音樂來。

獸醫的家，是在十字街頭一角處，屋頂上有一個小圓塔。忽然塔上的一扇窗被推開了，我們的朋友——獸醫的面孔現了出來。

他一看見我們，似乎是知道我們的目的，揮手制止了我們的音樂，然後說：「我來給你們開門，到我家裡彈奏好了。」

門馬上開開，引我們進去。醫生向我們握了手，說：「你們太老實了，可是有點不小心，半夜在路上奏樂，要犯妨害睡眠的罪名，警察會捉了去的呢。」

我們的合奏又在庭中演起來，庭園雖然不很大，可是很好看，庭角處有蔓草的圍壁和天井，也有綠葉的小徑，葉蔭處還放著桌子和椅子。

獸醫有好幾個子女，我們馬上就被聽眾們圍起來了，在綠葉的小徑中，點了三四支蠟燭，我們直奏到十點鐘左右。因為我們奏完一曲時，小孩子們又懇求我們奏第二曲，不肯放鬆啦。要不是他們的父親將我們送走的話，他們一定聽得連睡覺都忘了吧。

「讓他們早點回去睡覺吧，他們還約好明天早上七點鐘要到這裡來呢。」獸醫對他的兒女們說。

獸醫也不白讓我們來，他還請我們在那綠葉蔭裡吃了一頓甜美的宵夜。他這樣的親切，所以我們也只好回禮，叫帶來的卡彼玩了兩三套滑稽的把戲給小孩子們看。小孩子們歡天喜地的，獸醫也似乎十分滿足。我們回家的時候，已經快到半夜了。

優雪爾的夜裡是那樣寂靜，一到第二天早上，就充滿噪嚷之音和活動了。天還沒亮時，我們就聽到不斷的車輪聲，趕赴市場的馬嘶聲，母牛的叫聲，綿羊的啼聲，和農人們謾罵騷擾的聲音，不絕絡繹於道上。

我們不能悠悠地睡覺了，匆忙爬了起來，到樓下一看時，旅館的庭前呈現著混亂，幾輛馬車擠在一起，穿著漂亮衣裳的農民們，從馬車上跳了下來，女人用衣角拂落灰塵，男的也拍拍身上的塵土。

街路完全擠滿了赴市集的男女，我們裝束停當，才六點鐘，比約定的時間還早一個鐘頭。我們商定先到市上去，先看定了我們所要的母牛，所以馬上就向市上走去。

到市上一看，啊！母牛真多呀！什麼顏色什麼大小都有。有胖的，有瘦的，有帶著犢牛的，也有將巨大的奶拖到地上的。除牛之外，還有嘶叫的馬，有舐著小馬的母馬，鑽著污泥的豬，像被扼著喉嚨般叫著的小豬，雞，鴨，無所不有，我們無暇顧及這些東西，只在物色我們的母牛。

走了三十分鐘，我們選定了十七頭。尤其是三頭褐色的，兩頭白色的最合我們的意。我以為買一頭像路熱特一樣的褐色的好，馬撤勸我買白的好。

七點鐘到獸醫家裡時，他已經在等著我們了，趕快就起程赴市。在途上，我們向他說明了想要的母牛的條件——總之，奶要多，東西要吃得少。

我們到了市上，馬撤指著他自己看定的白牛說：「我以為這頭白的好。」

我當然只顧著我選的，指著剛才看好的褐牛說：「這頭褐色的最好吧。」

但是獸醫只望了一望，不停在白牛的面前，也不停在褐牛的面前，慢慢地走到當初我們沒有看到的一頭小母牛前站住了。這是一頭小腿、紅毛、耳朵和兩頰帶了灰黑色的、眼眶深黑而鼻頭潔白的母牛。

「這頭牛很好，這是你們所要的了。」獸醫細聲說。

牽著這頭牛的，是一位襤褸的農人，獸醫向他問了問價錢。

「要賣一百二十塊。」

這樣小的牛要賣一百二十塊！怎麼能買得起呢，我們失望了，告訴獸醫再看看別的。但是他叫我們等一等，自己和農人講起價來了。獸醫先還他一個半價，農人減了五塊。獸醫加到七十塊，農人減了十塊。獸醫不再和他講價錢，而批評起那牛來——腿子太弱，脖子又短，角太長，肺太小，而且奶的樣子又不完全——說了很多不滿的話。

那農人就說：「你很懂牛的好壞，不要多還價，讓到一百塊吧。」

可是此時我們都有點害怕，因為我和馬撤聽了剛才獸醫的批評，悲觀起來。

「先生，再看看別的吧。」

農人聽到這話，又減了五塊。

他們還在論價，農人一點點地減少，減到八十五塊時，他無論怎麼樣都不肯再減了。獸醫用手肘撞撞我，告訴我，他剛才的批評是為了方便殺價，實在這樣好的母牛，完全是撿來一樣的便宜。不過八十五塊，這在我是不很容易的價錢啊。

馬撤這時走到母牛的背後，拔了一根尾巴上的長毛，那牛生起氣來，幾乎踢傷了他。這真的尾巴，使我下了決心。

我交了八十五塊錢，想牽起牛繩時，農人突然問我說：「你出多少錢小費呢？交易定了之後，買方總須拿出小費來，這是市上的規則。」

講來講去，還是我出了四角錢才算了局。這時我的口袋裡，只有一元二角錢了。

我又伸手想去拿那牛繩，誰知那農人緊握了我的手，和我做起朋友來了。

「我們已經做了朋友了，我想去找個女人喝兩杯酒，你該沒有忘記給我的酒錢吧。」

我又給他要了兩角錢去。

第三次我伸手去牽牛的當兒，他又停住了，說：「你沒有帶鼻嵌來嗎？我只賣牛不賣鼻嵌。」

他這樣說後，又告訴我說，因為念我是他的朋友，所以算便宜些，只要我六角錢。沒有這東西又不好帶著牛走，所以只好照價給他。算了算，袋裡只存四角錢了，合計起來，我共付了八十六元二角。

到了我第四次伸手過去時，他又開口了：「你帶了轡繩來嗎？我只賣鼻嵌，卻不賣轡繩。」

沒有法子，我只好又買了那轡繩。他要了我四角錢，我的袋裡真的是莫名一文了。現在再沒有可買賣的東西了，那農人只好把牛和鼻嵌、轡繩都交給了我。

母牛已經到手了，可是我們身邊沒有一個錢，不能買飼牛的食料，連自己吃飯的錢都沒有著落了。

「今天就在這裡表演一天吧，咖啡店裡坐滿了客人，我們一定可以賺到幾個錢的。」馬撤說。

chapter 34 偷牛賊

我們拉了母牛回旅店裡，把牠縛在牛欄內，分頭到街上賺錢去了。午後回家算帳時，馬撒得了一元八角，我得了一元二角。

我們商量好，請廚房裡的女佣人給我們榨取今早買來的牛的牛奶當晚飯吃。我從沒有喝過這樣好的牛奶，馬撒也說，好得說不出來，比他從前在慈善醫院喝的帶著柳丁香的還要好。

我們讚賞了一會，決定和牠親吻，兩人跑到牛欄裡，各向那黑臉親了吻。母牛也似乎感到了歡喜，伸出硬舌頭來舐我們的面孔。

「喂，牛也會親吻！」馬撒高興得亂跳。

諸君要想知道我們和母牛交換親吻時是多麼高興，只要想起我和馬撒，不曾像普通小孩子一樣得到雙親或親人們的一吻的機會，就可以明白了吧。

第二天，我們和太陽一齊爬了起來，裝束停當，就拉了母牛向斜巴隴出發。

我想到我們之所以能夠買牛，全靠了馬撒的努力，為了答謝他，我將轡繩讓他拿著，我自己卻在牛背後跟著前進。不久，我們走出狹窄的小路後，我就和牛並排著，因為這樣能夠一路走著，一路還可以看到牠。

多麼好的一頭牛啊！我從沒看見過這樣合我意的母牛！牠的樣子是這樣柔順，身體又是那樣穩重，慢慢前進的態度，我真覺得牠似乎是懂得自己的高貴價值一樣。

到了這一帶，我再用不著像從前一樣，時時拿出地圖來對看了。自從跟了李士老人，離開鄉井，到現在已經經過了好幾年，可是眼之所視，無一不足以引起舊感。

我的計畫，第一，是不要使母牛過於疲乏；第二，是因為不要太晚才回斜巴隴，所以決定今夜先到我和李士老人初次歇宿的村裡過一夜，明夜再從那裡出發，到正午時，就可到寶蓮的家裡了。

然而這樣幸運的我們，忽然又遭遇了幸運之神的遺棄，橫禍飛到我們的頭上來了。

那橫禍是這樣發生的：我們將一日的行程分成了兩日，不像從前那樣，一邊走路一邊吃麵包的匆忙了，議定以午飯為界，悠閒的休息，讓母牛也得到吃草的充分時間；所以乘著發現一片綠草青青的空地時，就牽母牛走到那裡去。

本來我們是想拿著韁繩讓牠吃的，後來覺得牠很柔順，而且正開心在吃著草，我便更放心了，把韁繩捲在牠的角上，讓牠放牧去；我們自己則坐在草上吃起麵包來。

當然我們比牛快些吃完了。看了一會吃著草的母牛，牠總吃不飽，所以我們從背囊裡將皮球取出來，擲著遊戲。

你們不要以為我們是兩個老成古板、只知道掙錢的小老頭。我們的生活固然和普通的小孩子完全不相同，可是我們也有普通小孩子一樣的嗜好啊！在餘暇時，我們也會擲球跳躍為戲呢。

馬撖時常無緣無故地停下腳步說：「讓我們逛一逛不好嗎？」我馬上就同意，把背囊和樂器丟在路旁，只顧遊逛，忘了時間。若是沒有錶，提醒自己是一隊的隊長，恐怕我們時常要逛到夜裡也不知休息吧。

我們停止拋球後，母牛還不停地吃著草。我們走到牠身旁時，牠似乎表示還沒有吃夠的樣子，更是吃得匆忙起來。

「再等一會吧。」馬撤說。

「你不管牠，牠一天到晚都會吃不夠的。」

「那麼，再等牠十分鐘好了。」

我們就放下等牠了。可是一刻也不能安靜的馬撤對我說：「吹一曲喇叭給這牛聽吧。我從前住了兩年的馬戲班裡，也有一頭母牛，才喜歡音樂呢。」

他這樣說後，也不等我的回答，就吹起軍樂隊進行時般的喇叭來了。

聽見了最初的一聲時，母牛吃驚地抬起頭來，不知道心裡怎麼想，連我拉韁繩的時間也來不及，突然拚命地飛跑了。

馬撤和我拚命地追著奔牛。我還命卡彼去阻止牠。可是人不是什麼都做得到的，更何況畜生發怒，卡彼本來是跳到母牛的鼻前，可是忽然又跳到牠的腳後去，這麼一來，那牛更是拚命狂奔了。

我們一邊追著，我口裡大罵馬撤是笨蛋。馬撤喘著氣答：「你等等打我的頭好了，任憑你怎麼樣打，我都沒有話說。」

我們喘著追了約莫半里路，母牛跑進一個大村子裡去了。當然牠跑得離我們很遠，不過道路是筆直的，還能夠望著牠的影子。忽然，我們看見村裡跑出很多人來，阻在路上，把母牛擋住了。

我們安了心，放慢腳步，村裡的人們既已捉住牠了，我們就不會丟失牠了。同他們道個謝，一定可以還給我們的。

忽然間，母牛的周圍，人更多了。等到我們走到時，村裡的男女老少圍住了牛，指著我們吵鬧，我剛想去牽牛回來時，他們不交還，反而圍攏了，向我們質問起來。

「你們從哪裡來的？」

「這牛是怎麼了？」

「這是哪一家的牛？」

「這不是你們的牛吧？」

我簡單地告訴他們，這是我在優雪爾買來的。但是誰也不相信我的樣子。其中有二三個人說，這一定是偷來的，這小孩子就是偷牛賊，把他們交給警察，送到牢裡去吧。

講到牢獄，使我不寒而慄。我臉色發白，嘴裡結結巴巴，加上跑得上氣不接下氣，我實在難以為自己辯白。

霎時，又來了一位憲兵。村裡的人向憲兵說明原因，咬定我們就是小偷。我無論如何也不能當眾辯明那牛不是偷來的，所以母牛被牽到牛馬收留處去了，我們也被帶到了牢裡。

我頑強辯論，馬撤也一樣，不過憲兵卻叫我們不要開口，制止了我們的發言。我想起了在都魯斯時，李士老人因為和警察抵抗，被押到牢獄去時的光景，向馬撤使眼色，叫他不要多說話，跟著憲兵跑就是了。

村中的男女都趕出來，跟在偷牛的小孩子背後，結隊成群一直跟到村衙門的牢獄前。大家圍住我們，催促，推舉，謾罵著，要不是憲兵保護我們，恐怕我們就會像放火犯或殺人犯一樣地，給人們擲石打傷吧。

當然我們一點也不曾犯罪，不過群眾是不可理喻的，他們並不知道我們做了什麼事，也不知道我們是不是真的有罪，群眾是以我們的犧牲為樂，這真是野蠻。

不一會，我們就到了牢獄。法國的鄉村裡，時常有衙門的看守人就是兼獄卒和鄉村警察；當憲兵帶著我們，告訴他要將我們送進獄時，那看守人一開始不願意接收我們，我想這是個大好人，但憲兵硬要他接收，他只好讓步。

他引著路，將獄門打開了，我於是看清了他為什麼不便接收我們的原因：原來他把他儲藏的洋蔥頭晾乾在監獄的地板上。憲兵把我們的錢，刀子，洋火等完全沒收了，將我們推到牢房裡去，沉重的鐵門在我們身後哐鐺一聲關上了，於是，我們兩人孤單地留在灰黑的牢房裡。

我們將要在牢裡坐多少時候呢？我這樣問著馬撒時，他坐在面前，伸出頭來說：「你打我的頭好了，隨便你怎麼打，也恐怕不夠……」

「不，這也不能怪你。我也不應該讓你那麼樣胡幹。」

「不要客氣，你重重地打它幾下好了，這樣我才能夠安心……呀！可憐的牛！王子的母牛呀！」他說著，哭出聲來了。

這樣一來，使我反不能不來安慰他。我告訴他，我們雖被關了進來，可是也用不著憂心，那優雪爾的獸醫，一定能做我們的證人的。

「不過，如果他們指控我們買牛的錢是偷的，我們又怎樣證明是自己掙的呢？你知道，一個人遭到厄運時，就要被誣陷得什麼壞事都做得出似的。」

馬撤的話是有道理的。你當明白，人們對待不幸者的冷酷，我是知道得太清楚了，一路把我們送到監獄的那些人的大喊大叫，還不足以證明這一點嗎？

馬撤還哭著說：「而且就算我們無事出得去，拿回了母牛，也不知道寶蓮伯母還健在不是？」

「你為什麼想到這樣不吉利的事呢？」

「你離開她不是很久了嗎？有年紀的人會不會死，誰又能料到呢？」

一種不可言喻的恐怖抓住了我的心，寶蓮不是會死的年紀，可是那比她還要健壯得多的李士老人就死了，她又哪能絕對不生意外呢？我生怕就要痛失親愛的人了啊！我真後悔為什麼不早就想到此事。

「在沒有買牛之前，為什麼你不早點告訴我此事呢？」

「我的笨腦子，在幸福的時候只會想到快樂的事，到了不幸的時候，又只會想超不幸的事了。在我想著買牛送寶蓮伯母時，我只想到她將怎麼高興，我們又將怎麼幸福，想得像喝醉了一樣快樂哩。」

「我的腦子比你的還要笨啦。我也像你一樣！也高興得忘乎所以了。」馬撤哭叫起來。

「呀！王子的母牛！」

突然他像被彈弓彈了起來一般地站起，舉起雙手像絕望的人一樣地叫著：「假使寶蓮伯母真的死了，只留下那可怕的耶路姆，將我們的母牛奪了去！或者連你也被他搶回去時，我們怎麼辦呢！」

無疑這是監獄的影響，是方才那些人對我們瘋狂的喊叫，是憲兵，是把我們關進牢房時門鎖和門閂發出的響聲引起了我們這些悽慘的想法。

但是馬撤想到的不僅僅是我們自身的處境，奶牛的命運也使他焦慮不安。

「誰給母牛吃東西呢？誰給牠榨奶呢？」

我們沉沒在這樣悲傷的心境裡，時間迅速地過去了，我們的憂慮也更一刻一刻地增進。不過，我為了使馬撤不要絕望，告訴他，馬上就會有人來查問並放我們出去的。

「有人來查問時，你想要怎樣回答？」

「把真實的情形告訴他好了。」

「可是把真實的事說出來時，憲兵不是一定會把耶路姆傳了來，將你交還他嗎？若是寶蓮伯母還在世，那麼為了要查明我們的話是真是假，他們還要去詢問她吧。這樣一來，豈不是連什麼王子的母牛都沒有了嗎？我們的計畫完全拆穿了，還能夠使她驚喜嗎？」

結果牢門發出了一種可怕的聲音，牢門開了，一位白頭髮，似乎很正直的和善的老紳士，跟在獄卒的背後走進來了，我們覺得心裡寬了一些。

獄卒對我們說：「好好地站著回答這位法官老爺吧。」

這老人就是地方法院的法官，簡單的犯罪和其他的雜事都是由他辦理的。

老法官點著頭吩咐獄卒說：「好的，我先問這小孩子（他指著我），你把那一個帶到別的地方去吧。」

我覺得似乎還有和馬撤商量一下的必要，不意地說：「法官先生，我的朋友也和我一樣，一定將一切的事老實地說出來。」

我向著法官這樣說時，還向馬撤使眼色。

「好的，好的。」法官點點頭，打斷了我的話，可是馬撤走出去時，也向我使眼色，表明他明白我的意思了。

法官看著我的眼睛開口說：「你是被控偷了牛關進牢來的，你真的偷了牛沒有？你好好地將事實招出來吧。」

我的牛是在優雪爾買的，所以我告訴他，是優雪爾的獸醫偕我去買的。

「這樣我查一查就知道了。」

「請你查查看吧。」

「你們為什麼要買那牛呢？」

「我們想把牠牽到斜巴隴去，送給那養育我的親切的奶媽。」

「奶媽叫什麼名字？」

「她叫做寶蓮。」

「哦，寶蓮不是前年在巴黎受了傷的石工耶路姆的妻子嗎？」

「是的，她是耶路姆的妻子。」

「這樣，也讓我查一查就知道了。」

我這次可不能像他說要查問獸醫那樣，爽直地請他去查問了。

法官看見我為難的樣子，更加追問起來。我想告訴他，若是去查問寶蓮，我們的王子的母牛那段夢想，就會暴露了出來，但這樣幼稚的夢想，畢竟難以開口。

在這為難的當兒，我又感到了片刻的滿足，因為法官既然知道寶蓮，而且要向她查問我的話的真偽，那麼寶蓮一定還沒有死無疑了。

馬上我又感到了第二次滿足。在查問的時候，法官向我說耶路姆前日已經到巴黎去的事了。我心裡寬了很多，對法官的回答也講得更清楚了，而且我們已經談到只要優雪爾的獸醫來證明一下，就可釋放的事了。

「你在什麼地方得到這麼多錢來買牛呢？」法官問。

馬撤最擔心的，也是這問題。

「我賺了錢積起來的。」

「什麼地方？怎樣賺來的？」

我告訴他，這是我從巴黎到渦魯斯的三個月間，和在渦魯斯到蒙特間，節衣縮食，一個銅板兩個銅板積下來的。

「為什麼到渦魯斯去呢？」

「在巴黎，我有一個兄弟一樣的朋友，因為他在那裡和一位做礦工的伯父同在煤坑裡做工，所以我去找他。」

「這是什麼時候的事？」

「兩個月前。」

法官的眼睛奇怪地閃爍起來，說：「你從渦魯斯就到這裡來的嗎？」

「不。我的那小兄弟受了傷，所以我就替他在坑裡幫忙推車子，不意坑裡淹了大水，我就和其餘的礦工們被活埋了……」

法官打斷了我的話，用很溫柔的聲調說：「你們兩人中，有一個叫做路美的嗎？」

我吃了一驚，回答他說：「路美就是我。」

「你有什麼證據嗎？據憲兵說，你們連執照都沒有呢。」

「什麼都沒有。」

「那麼，你告訴我你被活埋時的情景。我在報紙上看過了，你要是真的路美，我馬上就可以辨別出來的。你說說看。」

法官的言詞很親切溫柔，我覺得他已經是我的同情者了，我毫無凝滯地將我的故事講了出來。他用柔和而充滿著情愛的眼睛凝視著我；我以為他可以馬上就放我們自由的，誰知他一聲不響，離開我跑出去了，大概是再去查問馬撒，看我們的話是否一致吧。

我想著種種的事情，過了一會，才看見他帶了馬撒進來。

「我馬上到優雪爾去打個照會，明天就可以放你們出去。」

「母牛呢？」馬撒問。

「牛也還給你們。」

「誰會給牠草吃嗎？牛奶又怎麼辦呢？」

「這事不要你們擔心。」

「若是有誰去把奶榨出來，我們想把它當晚飯吃……」我得寸進尺地說。

等法官走了後，我告訴馬撤兩個喜訊——寶蓮還活著，耶路姆到巴黎去了。

「王子的母牛萬歲！」馬撤叫了一聲，在牢房裡亂唱亂跳起來，結果我也被他勾引了起來，攜著手同在室裡亂跳；剛才躲在房角上縮做一團的卡彼也情不自禁，用後腳立起來，參加了我們的遊戲。

獄卒吃了一驚——他擔心那些洋蔥會被我們踏壞吧——跑到牢房前喝阻道：「我以為你們想破獄逃走呢，牢房不是跳舞場，你們安靜點！」

不過他的聲調和樣子都不像當初一樣，我們知道事情一定很順利了。果然，過了一會，獄卒拿了一大瓶牛奶及一個盛著大而白的麵包和冷牛肉的盤子進來。並且放了下來，說這是法官的贈品。

像我們這樣受優待的囚人，恐怕不曾有過吧。歡天喜地吃著牛肉，喝著牛奶，我對於牢獄得了一個新的觀念了——牢獄的確比我所想像的好得多了。

馬撤也同我一個意見。他笑著說：「不用花錢，有吃有宿，哪裡有這樣便宜的事呢！」我還想嚇他一嚇，口裡說：「假使優雪爾的獸醫萬一得急病死了，怎麼辦呢？我們不是沒有第二個證人了？」

「你這樣嚇我，有什麼用呢？我只有在遭到不幸的時候才會什麼事都吃驚，可是在這樣高興的時候，我的腦子可不能容納你的怪念頭啊。」

chapter 35 寶蓮媽媽

牢房的床，在習慣了星夜露宿的我們看來，也不見得怎樣難睡。

「我做了一個夢，夢見了王子的母牛的進宮。」馬撒早上一爬起來時說。

「我也夢見了。」

八點鐘時，牢門開了，昨天的那法官和我們的朋友——優雪爾的獸醫走進來。獸醫是為了要釋放我們，自己親身特意跑來的。

法官不僅在昨天親切地給了我們一頓晚餐，今天還拿了一張蓋了印的執照給我們。

「這是你們的執照。只要有這個東西，你們就可走遍天下了，祝你們一路平安。孩子們。」

法官同我們握手，獸醫還同我們親吻呢。

我們是那樣倒楣地被帶到這村裡來，可是今天離開的時候卻趾高氣揚，得意洋洋地牽著我們的牛，把頭抬得高高地走著；我們轉過半個頭去，從肩膀上斜眼看那些站在家門口、呆望著我們的村人。

馬撒望了望我說：「我只有一件不滿意的事，我很想碰一碰昨天捉我們的那個憲兵呢。」

「憲兵也不好，可是世界上的人也太壞了，他們總愛虐待不幸的人們。」

「我們袋裡還有兩塊錢呢，有了兩塊錢，就不能算是不幸了。」

「你昨天還可以這麼說，今天就不該這樣說了，這個世界上還是有好人的，不是嗎？」

我們因了昨天的經驗，再不敢將母牛的韁繩放開了，我們的牛雖然溫和，可是膽子卻很小。不一會，我們到了初次和李士老人住宿的村裡。從這裡越過一片荒野，爬過一道山，就是斜巴隴了。

在村裡剛剛走到彼奴偷肉的那店前時，我忽然想起一件事，連忙告訴馬撤說：「我不是告訴過你，說要在寶蓮媽媽家裡請你吃薄餅嗎？做薄餅應該有奶油和麵粉雞蛋呢。」

「很好吃吧。」

「當然好吃呀，捲一捲滿塞嘴裡，連舌頭都吞下去啦！可是寶蓮媽媽家裡，連什麼奶油、麵粉、雞蛋都沒有，所以我想買了帶去，你以為怎麼樣？」

「好。」

「那麼，你牽牢牛，可不許再把韁繩放開了呵，我到店裡買奶油和麵粉，雞蛋讓寶蓮媽媽到臨近去借幾個好了，要是在這裡買了，說不定要在路上打破的。」

我走進店裡，買了一斤奶油和兩斤麵粉，我們想讓母牛慢慢地走，可是心裡太急了，腳步也自然而然快了起來。

還有三里，還有二里，還有一里，真奇怪，越走近，越覺得寶蓮媽媽家為什麼那樣遠。回憶起當日別了媽媽從這裡走過、掉眼淚時的往事，更想起今日又要再會的情景，心裡真跳得厲害。

我頻頻拿出錶來看，一面和馬撤談著。

「我的故鄉好吧？」

「你的鄉下一棵大樹都沒有。」

「那裡，過了這道山，到斜巴隴，就可以看見很多的大樹，楮樹、栗樹等等。」

「會長栗子嗎？」

「當然會，在寶蓮媽媽家，還有我小時候常當馬騎的梨子樹呢。那梨子長得像你的頭一樣大，甜得真的要把舌頭都吞下去。」

我的心裡自以為將馬撤帶到了一個非凡、無物不好的國度裡來了。至少這地方在我是這樣好的。從我落地呱呱的第一聲，到懂得人事的日子，都是在這裡過的，不知什麼叫做不幸，只是幸福地成長的，也是在這裡；我見識到人間最深的親情，也是在這裡。我生涯中最初受到的這些可貴的印象，比起我離鄉後的種種艱難辛苦的經歷更加強烈，越走近故鄉的村落，那幸福的回憶越像波濤般在我的心中和腦海裡翻湧，這裡的一切，在我眼裡都是美好的，這裡的空氣中也彷彿有著使我陶醉的芳香。

這種醉人的回憶，也感染了馬撤，他也好像回到了出生的故鄉。

「假使你到我的故鄉特里奴時，我也要讓你看到一些好東西。」

「我們一塊到特里奴去不好嗎？等到會過了葉琴、麗色和澤民以後。」

「你願意到特里奴去嗎？」

「你不是也和我一塊兒到斜巴隴來了嗎？我也要和你一塊去看你的媽媽和妹妹。而且，假使你的妹妹不很大，我還要抱起她來和她玩呢，你的妹妹就是我的妹妹啦。」

「啊，你！」馬撤含著淚，只能這樣說了一聲，再接不下去了。

不一刻我們就到了山頂。過了這山尖，道路就筆直地通到斜巴隴寶蓮媽媽家了。

再過一會，就到了那小墩——這就是當時我為了多望一望那不可再見的舊家，向李士老人懇求讓我多休息一會兒的地方。

我把韁繩交給馬撤，跳上了那小墩，腳下的景色依舊，雜樹間的舊家屋頂還是隱約可見，我看得要跳起來了。

「你做什麼？」馬撤問。

「喂，看得見啦。」

馬撤也走近了來，母牛還在吃草，所以他不能夠爬上來，只踮著腳尖望一望。我指著對他說：「喂，那就是寶蓮媽媽家，我的梨樹也看見了吧，還有『我的庭園』。」

馬撤沒有什麼可以追懷的東西，他一定覺得不十分興奮吧，但是他也不作聲。剛巧這時候，煙囪裡吹出黃色的煙，筆直吹上了寂靜的山谷間。

「寶蓮媽媽在家啦，哈！」我叫了出來。

樹梢的微風將煙氣吹到了這邊來，我覺得那煙有楮樹的葉子香，馬上我的眼裡不自主地掉下淚來了。我突兀地跳下了小墩，抱著馬撤和他親吻，卡彼跳到我的身旁時，我也抱著牠親吻。

「快點下去吧。」

「可是，寶蓮伯母既然在家，我們不是就不能嚇著她了嗎？」馬撤說。

「你先把牛牽進去，說這是奉了王子之命牽來的，那麼她一定會吃一驚，問你是哪裡的王子，這時候我就走進去好啦。」

「把音樂奏起來進去，那才再好不過呢！」

「喂，不要再胡鬧了吧。」

「不要緊，我再不會那樣胡鬧了，可是王子的母牛本來應該是有音樂陪著才對呢，沒有法子，算了吧。」

轉過了山尖，剛走到當著寶蓮媽媽房子頂上的轉角處時，我馬上看見了庭前有一塊白頭巾。那正是寶蓮媽媽。她推開柴門，走到街上，向村裡走去了。我停了步，呆望著她的影子。

「寶蓮伯母不在家，我們的計畫又要……」馬撤臉上有點為難了。

「那麼，我們再想別的方法好了。」

「什麼方法？」

「那我可沒有想到。」

「那麼，乾脆在這裡叫她不好嗎？」

實在我也不知道多麼想叫她，可是忍住了，我怎麼能夠將這幾個月來想使她驚喜的計畫放棄了呢。

不一會，我們到了我住慣的舊家的柴門前，我像從前走進去時一樣，推開柴門走了進去。

我早就知道寶蓮媽媽的習慣，她每當出去的時候，總不會把門上鎖，只是虛掩著就算了，所以我知道我們能夠不費事就可以進屋子裡，不過，我們現在得先把牛牽到牛欄裡去不可。

我以為牛欄不知道要變成什麼樣子了，跑去一看，還是當年的光景，只多堆了些雜亂的薪柴。我喚了馬撤，將母牛繫在牛欄前，兩人趕快把柴堆在一角上，這也用不了多少時間，因為寶蓮媽媽的積柴並不多。

把這事弄完後，我向馬撤說：「到屋子裡去吧，我想像舊時一樣，靜坐在火爐邊。等寶蓮媽媽回來推柴門的聲音一響時，你就帶著卡彼躲在那邊的床後。待她看見了從前一樣的我，一定要嚇她一跳吧。」

我們這樣子議定了，跳進屋子裡，我就坐在寒冬的夜裡常在那裡取暖的火爐邊。我的長髮不能剪得像從前那樣，所以只好藏在上衣的領內，把手足縮成一堆，裝得像從前的路美——媽媽的小路美一樣。

因為我坐著的地方，剛巧從窗子裡可以望見門，所以我不用擔心她會從我們背後突然進來。我靜坐著望望屋裡，覺得自己似乎是昨天才離開這裡一樣，一點也沒有變，一切都還保持著從前的位置，我敲破的玻璃窗還是當年用紙補起來的那樣，不過紙色卻變得灰黃了。

我很想走近那些傢俱，一一憶起舊情，但是因為不知道寶蓮媽媽什麼時候回來，所以還是不能夠移動自己的位置。

一會兒，我就看見了白色的女人頭巾在柴門前出現了，同時聽到了開柴門的聲音。

「快點躲起來。」我對馬撤說，自己更縮得小起來。

門推開了，寶蓮媽媽的影子在門洞中出現，看見火爐邊的人影，她就開口問：「誰呀？誰在這裡？」

我不作聲，只望著她。

她站在那裡奇怪地凝視著我，忽然雙手發抖，口裡喃喃說：「呵！我的天！不是做夢嗎？可是……」

我站了起來，跑到她的身旁，伸出兩手把她抱住。

「媽媽！」

「呵，路美！是路美啦！」

等到我們將抱著的手放開，拭眼淚時，不知道是過了多久。她看了又看地說：「要不是我天天在想著你，恐怕一定會認不出你來了，你變了許多，長大了，身體也強壯很多。」

聽見床後短急的鼻息，我想起了馬撤，我叫了他一聲，他才鑽了出來。

「媽媽，他叫馬撤，是我的兄弟。」

這時，她的眼睛很奇怪地放著光輝，說：「那麼，你碰見你的父母了嗎？」

「不，不是的，他是像兄弟一樣的好友，這是卡彼，牠也是我的好友！喂，卡彼，向你的隊長的母親見個禮。」

卡彼照樣用後腳站了起來，一隻腳放在胸前，鄭重地彎一彎腰，行了一個敬禮。這引得寶蓮媽媽發笑，使她的眼淚也乾了。

這時，馬撤沒有像我那樣，因一時的喜悅就把一切忘記了，他馬上對我使眼色，使我想起了母牛的事，我裝得似乎沒事般地向寶蓮媽媽說：「媽媽，到後邊去看看吧。馬撤說要看看我從前當馬騎的梨樹呢。」

「好的，你也到庭園去看看，我一點也沒有動過你的東西，因為我心裡總以為你一定會再回來的。」

「我種的菊薯呢？好吃嗎？媽媽。」

「哦，是你種的嗎？我不意間發現菊薯，驚喜了半天，我也猜一定是你偷偷地種的，你總愛使我出其不意的歡喜。」

我以為時機已經到了。「媽媽，牛欄怎樣了呢？——牛販要把路熱特拉出去時，牠也像我那一次媽媽不在家時被拉去一樣地，用後腳頂住了不肯出去。」

「自從路熱特不在以後，就是那樣，只堆了一些乾柴。」

一路說著話，我們走到牛欄前，寶蓮媽媽想要將牛欄裡面給我看，所以推開了門。這瞬間，我們那肚子餓的母牛，大概是以為有人拿東西來給牠吃了吧，哞地叫了一聲。

寶蓮媽媽吃了一驚，倒退一步，眼睛睜圓地說：「噯唷，母牛啊！牛欄裡有一隻母牛！」

此時已經用不著再欺瞞了，我和馬撤都齊聲大笑起來。

寶蓮媽媽呆呆地望著我們。一頭奶牛拴在牛欄裡，這真是一件難以相信的事。儘管我們在笑，她還是弄不明白。

「這是我們商量好來嚇嚇你的禮物，菊薯使你出其不意的驚喜，但是這一次更使你驚喜得厲害吧，媽媽。」

「呵，這樣呀！呵！這樣呀！」寶蓮媽媽還是嚇得轉不過來，只是重複地說著。

「媽媽，我不想兩手空空地到你那樣養育我這棄兒的家裡來，所以就想帶一點有用的禮物來，當然是買一頭替代路熱特的母牛最好了，我就將我和馬撤賺來的錢，從優雪爾買了來。」

「噯唷，你是多麼孝順的好孩子！」她又緊抱起我。

我們因為要使她品評我們的母牛——現在算是她的了——就走進牛欄裡去。當她發現了這牛的每一個長處時，總是發出滿足和驚嘆的叫聲：「多麼好的一頭母牛啊！」

突然，她回顧著我們說：「那麼，你已經成大財主了？」

我不作聲，馬撒卻笑了起來說：「是大財主了，袋裡只有一塊兩角錢呢。」

寶蓮媽媽凝望著我們，過了一會才說：「你們真是好孩子啊！」

我真高興，寶蓮媽媽的心中，把馬撒和我一樣地看待了。

這時候，母牛叫個不停。

「想是要擠奶了吧。」馬撒說。

我跑家裡去找白鐵的奶桶，這本來是從前榨路熱特的奶時用的，我剛才看見它還是掛在舊時的地方——雖然母牛早已沒有了。

我先倒了一些清水在桶裡，把那鋪滿了灰塵的奶桶洗乾淨，看見奶桶裡盛滿了白沫的奶汁時，寶蓮媽媽真是高興得無法形容。

「比路熱特的奶更多嗎？路美。」

「是的，奶質也再好不過哩。」馬撒插嘴說：「有柳丁的香氣呢！」

寶蓮媽媽不明白馬撒的意思。

「哦？什麼是柳丁的香氣？」

「那是我因生病在慈善醫院裡喝的很好喝的牛奶。」非得把心裡的事說出來不可的馬撒說。

把牛奶擠好，韁繩也解了開來，讓牠在庭子裡隨便走，我們回到屋子裡。其實我剛才去取擠奶桶的時候，早已把拿來的麵粉和奶油放在餐桌上顯眼的地方，所以她看見了這第二次「驚喜的事」，又不斷地發出了感嘆之詞。

我阻止了她，笑著對她說：「媽媽，這是我們的東西哩，我和馬撤都餓得不得了——把這個拿來做薄餅吧，你也好吃的。媽媽還記得嗎？在謝肉祭的那天，媽媽說給我做薄餅，把什麼東西都弄好了，後來卻被耶路姆全都倒了去，可是今天就再不怕有那樣的事發生了。」

「哦，你知道耶路姆到巴黎去了嗎？」

「是的。」

「哦，那麼，你知道他是為了什麼事去的嗎？」

「不知道。」

「那是和你有關係的事哩。」

「什麼，和我有關？」我的臉嚇得變白了。

「可是不是使你不幸的事。」她看看馬撤，表示這不是可以在他人的面前說出來的話。

「媽媽，在馬撤面前，什麼都可以說的。我剛才不是告訴了你，說他是我的兄弟的嗎。」

「不過這話說來長著呢！」寶蓮媽媽有些吞吞吐吐，看來她還是不想在馬撤的面前提起。我不能強迫她說，而且馬撤也許會難過，所以只能由她去。

「媽媽，耶路姆不會突然跑回來吧。」

「不，你放心好了，他不會突然回來的。」

「那麼，你等一會再慢慢告訴我。」我覺得安心了，「快點來做薄餅吧，誰也不會來掀了我們的鍋子的，今天才是我們的世界呢。媽媽，有雞蛋嗎？」

「沒有，家裡一隻雞也沒有了。」

「我怕會在路上把雞蛋打破，所以沒有買。媽媽，你到鄰家去借幾個吧。」

寶蓮媽媽有點為難的神色，我馬上知道她一定是借得太多了，沒有還過。

「那我去買來好了，到蒙克家就可以買得到吧，媽媽把麵粉先用牛奶調起來，並叫馬撤去把柴砍好。」

我連忙跑到蒙克的家裡，買了一打雞蛋，還分了一些豬油來。等到我回家時，麵粉已經調好，只要打下雞蛋去就行了，不過為了心急的緣故，我怕我們沒有時間等麵糊發起來了，我們實在太餓了，即使煎餅硬一點，我們的胃也不會抱怨的。

寶蓮媽媽把打下的雞蛋拚命地攪拌著。

「路美，你那麼想我，為什麼到現在總沒有一點消息給我呢？我心裡時常想，萬一路美死了也說不定，不然，一定會告訴我一點消息的。」

「可是媽媽不是一個人住，媽媽同那得了二十個法郎將我賣了的爸爸住在一塊呢。」

「路美，不要再說過去的話了吧。」

「不，我並不是抱怨什麼，爸爸那樣把我賣了，要是我再有信來時，他查出我的住所，恐怕又要將我轉賣了，所以嚇得我不敢寫信來。當我的師父去世的時候，我真的想把我的事情寫信告訴媽媽呢。」

「路美，那帶你去的玩狗的音樂師已經死了嗎？」

「呀！師父死的時候，我不知道哭了多久，我今天所以能夠獨立，全是靠了他……這兩年，我又在巴黎近郊的一家親切的花匠家裡度過了一段日子。我想我若是寄了信來，爸爸或者會來找我，或是到那照料我的家裡去要錢，這兩樣都是我不願意的，所以我只能忍著不寫信。」

「這樣嗎？我明白了。」

「我雖然沒有寫信來，但是無論快樂或傷心的時候，沒有不想到媽媽的，我得到了身體的自由後，馬上就想跑到媽媽的地方來，可是這樣我又不能買牛來送你，所以我就花了很多時間，和馬撤走到這裡來。像我們這樣的小孩，誰也不會給我們一塊錢的，只好一個銅板兩個銅板地積存著；拖著疲勞的腿在街上跑，一邊還要流汗忍餓，才存得起來呢，我們真的遭遇了無數的辛苦，可是越辛苦越快樂這句話，也是事實呀，對不對？馬撤。」我看著馬撤說。

「是的，每天夜裡計算那天的收入時，真是快樂啊。」

「不單是計算當天的收入，連從前存的錢，也希望它能夠增加，一定都倒出來數一數。」

「這樣嗎？你們真是一對好孩子。」

在說著話時，寶蓮媽媽將糖放進麵粉裡去一起攪拌。馬撤砍好了柴，放進灶裡去，引起火來。我把盤子、叉子、杯子排在桌子上，還到外邊汲水去。

汲水回來時，火已經燒得很旺，寶蓮媽媽把鍋子放在火上，用刀尖取了奶油放入鍋裡，奶油馬上就融化了，發出愉快的聲音。

「呀，奶油唱起歌來了，我來陪著奏樂吧。」馬撤立刻取起提琴，慢慢地彈著，合著煎奶油的聲音。寶蓮媽媽開口大笑了起來。

但是現在不是可以專心聽音樂那樣悠閒的時候，寶蓮媽媽用鐵勺掬起麵粉，倒到鍋子裡。她拿鍋子的柄輕輕一敲，很精巧地向上揚了揚，一張薄餅就離開鍋子，飛起來了，這使馬撒吃了一驚，但是用不著擔心會弄到灰，飛出的薄餅在半空裡翻了一個筋斗，燒好的一面朝上，又安全地落到鍋子裡。

我拿盤子遞過去，圓而扁平的薄餅就滑到盤裡來。第一個先給馬撒，把他的手指燙了，嘴唇燙了，舌頭燙了，喉嚨也燙了，但是他也再顧不及了。

他塞滿一口，還嚷著：「呀，真好吃。」

第二個是我的了，我也像馬撒一樣，顧不得燙了。

等到做好第三個，馬撒又想伸手去接時，卡彼就吠了起來，請求牠的份。牠這請求也是應當的，所以馬撒就擲給牠，寶蓮媽媽反而覺得奇怪，眼睛睜大了。

她也像這裡的鄉下人一樣，對狗總是當成畜牲看不起，把餅也要分給牠吃，這使她覺得太沒有道理了。我為了要使她明白，就向她說明卡彼是有才幹的狗，是我們的夥伴，有了牠，我們才能買得到母牛；並告訴她，非得像對待我們一樣，也把大餅給牠吃不可。

chapter 36 舊家庭和新家庭

我們惟恐寶蓮媽媽來不及做地大吃了一頓，這次要讓她來吃了，由我接手，把奶油塗在鍋子裡，再將麵粉倒下去，這是沒有問題的，不過要把鍋子一敲，將大餅拋到半空裡翻筋斗，然後又用鍋子接住，就是一種把戲了。我有兩次幾乎拋到灰裡去，馬撤連忙用手接住，還遭了燙傷。

等到麵粉都吃完了，知道寶蓮媽媽心事的馬撤，假託是要去看牛，好給機會讓寶蓮媽媽和我說話。

實在我口裡也想著要詢問耶路姆到巴黎去的理由，急得不得了，只因忙著做餅，才把它稍為忘記了。

我總覺得，大概耶路姆是到巴黎去找李士老人，向他討這幾年不曾給的我的租金吧。要是這樣，那麼，李士老人已經死了，他也就沒有辦法，總不至於向我討吧。可是若是不是這回事，而是為了想把我帶回來呢？如果落到他手裡，只要有人付給他一筆相當數目的錢，他就會把我隨便賣到什麼地方、隨便賣給誰。

在他的手臂還沒有伸到我的脖子以前，我早就決定了和法國作別，和馬撤一塊兒到義大利去了。不論美國也好，甚至逃到天涯海角，我再不能隨便被耶路姆給賣了。

我心裡懷著這種心情，對寶蓮媽媽說話時，也不能不小心一些。這並不是我會懷疑她，我知道她是多麼愛我，多麼為我盡力的，但是我同時知道，她一到耶路姆的面前，就像老鼠看見貓一樣怕得發抖，假使我不小心將種種的事說出來，她可能在無意中把我說的重複給耶路姆聽，尋出找我的法子，所以對她也不能隨便亂說，我須得嚴密提防，至少不要在我自己身上出漏子。

看見馬撒走到庭外後，我才開口說：「媽媽，現在只有我們兩人了，你把爸爸為什麼到巴黎的事告訴我吧，這事是對我有益處嗎？」

我含著苦笑這樣說時，寶蓮媽媽卻認真地回答我：「是的！是一件可喜的消息。」

可喜的消息?我真莫名其妙。

寶蓮媽媽在啟口前，先跑到門口望了望，看見沒有人，才放下心，跑到我的身旁，含笑低聲地說：「你家裡的人似乎在找你呢。」

「哦，我家裡的人！」

「是的，路美，是你家裡的人哩！」

「呀，那麼，我還有親人嗎？我？媽媽，棄兒的我還會有親人！」

「你應該相信，他們當初並不是自己情願把你扔掉的，他們現在正在找你呢！」

「那是誰在找我呢?媽媽，請你快點告訴我。」

我這樣說後，突然像發了狂似的叫起來:「媽媽，那是假的!絕沒有這個道理，是耶路姆在找我吧。」

「是的，耶路姆也在找你，不過，他是受了你家人的囑託。」

我不想再上耶路姆的當，就對她說：「他一定是想把我找到，好又賣給別人。要是這樣的話，我可不再讓他找到了。」

「噯喲，你說什麼話呢！你以為我會幫著耶路姆來欺騙你嗎？」

「是爸爸騙了你啦。」

「你好好地聽我說，真是不懂事的孩子，你聽我說完後再下判斷好了，讓我把聽見的話都告訴你。到下禮拜一剛巧一個月前，我正在廚房裡做事的當兒，一位罕見的漂亮的先生跑到屋子裡來，他用很鄭重的口氣問，這一位是不是耶路姆先生？耶路姆就告訴他，自己正是耶路姆。他又問，在巴黎的傷兵醫院前大街上拾了一個棄兒，抱回家裡來養的，是不是你？耶路姆又告訴他，那正是自己。那位先生又追問說，那小孩子現在在什麼地方呢？耶路姆反問說，你這樣問，究竟為了什麼事？」

我屏息聲氣傾聽著，寶蓮媽媽又接著說下去：

「你早知道的，在這裡說話的聲音，在廚房裡也可以聽得見。我想這是關於你的事，非得留心聽不可，就想伏在牆上偷聽，誰知腳下沒注意踩斷了一根枯樹枝，那位先生就說：『啊，看來這裡不光是我們兩個人？』『不，那是我的妻子。』耶路姆說。那位先生又說：『這裡太熱了，讓我們到外邊去談吧。』那兩人就一起出去了，一定是到村裡的咖啡店去了，過了三四個鐘頭後，只耶路姆一個人跑了回來。我總覺得那位先生就是你的真爸爸，所以我等不及耶路姆快點回來，問他們談了些什麼，可是他不肯詳細告訴我，只說那位先生不是你的父親，不過是受了你家人的委託，來這裡找你的。其他的話，他就不肯透露了。」

「我的家在什麼地方呢？我有爸爸嗎？有媽媽嗎？」

「我跟你一樣，也這樣問耶路姆，可是他說他什麼也不知道，只告訴我，他要去巴黎尋找那位把你租去的音樂師，這位音樂師曾留下一個地址給他；所以他要到那裡去看一看。第二天他就出門去了。那地址我還記得，待我告訴你，那是住在巴黎支那街一個叫做喀爾的音樂師的家哪。路美，你好好地記住吧。巴黎的支那街……」

我打斷她說：「媽媽，喀爾的家我很熟悉。……爸爸到了巴黎後，有沒有什麼消息來呢？」

「不，一點也沒有，他一定是拚了命在找你的。我剛才說，那位先生拿了五十塊給他做盤費；到了巴黎後，我想他還會再拿到錢的，加上我們把你抱來時包著你的那漂亮的襁褓，你的父母一定很富有，所以看見你回到家裡來，還以為你已經找到了父母，所以才把你的夥伴當成了你的親兄弟了。」

這時候，馬撤正巧從門口經過，我叫住了他。

「喂，兄弟，我的父母在找我呢！我有家啦！真的家呢！」

奇怪，馬撤聽到這可驚的消息，也不像我那樣的興奮，並且似乎不明白我的快樂一般。我覺得有點沒趣，將剛才聽見的話告訴他。

那天夜裡，我睡得很不好，不過少時睡慣的床，是再令人懷念不過的，屈著身體，縮在被窩裡，我在這床上睡過多少的美麗之夜呢。在星空下露宿的夜裡，夜寒朝露，使我不知道多少次想起了這床。只要想到自己還能夠在這樣懷念的床上睡覺，我就不能不感謝上帝的恩惠。

不一會，因為晝間的疲勞和昨夜獄中的疲勞，在不知不覺中入睡了，但是馬上又醒來，之後就再不容易睡得著了。

「呀，我的家庭！」我朦朧地入睡時，想到的正是這個家；我夢見了家、父母和兄弟姐妹。我和初次見面的陌生人一起生活了大概有幾分鐘光景。奇怪的是，馬撤、麗色、寶蓮媽媽、美麗甘夫人和亞沙都是我家裡的人，而李士老人卻做了我的父親。老人還活著，並且成了富人，前日以為被狼吃了的彼奴和朵兒都找到了，和他住在一起。

醒來後，我還像是和這些人在一起過了一夜似的，清楚地看見他們的影子，聽見他們的聲音，我再也睡不著了。

我的家人在找我，這是無可置疑的，可是要能會見他們，非經過耶路姆的接洽不可。只要想到此事，我的快樂就減了幾成了。我真不高興他來雜入我的幸福，但是又有什麼法子呢？他向李士老人說過的，自己是因為想得到隆重的謝禮，所以才把我養到今天，這話我一點也還沒有忘記啊！

由他這語氣就可明白，他之所以撿了我，不是為了哀憐之情，而是為了包著我的漂亮綢緞，有一天將我送回我的父母時，他可以得到利益的這些念頭。然而因為他的夢想不容易實現，所以就把我賣給了李士老人，到現在，他才算達到了最初的目的，預備將我賣還我的父母。

耶路姆和寶蓮媽媽是多麼不相同啊！寶蓮媽媽的愛我，絕不是為了幾個臭錢！我想找到一個讓寶蓮媽媽而不是耶路姆受益的辦法！

我在床上翻來覆去地睡不著，苦思許久，什麼法子也沒有找到，仍是一籌莫展。一想到將我帶到我父母前的是耶路姆，受他們的謝禮的也是他，而非寶蓮媽媽時，我不能不感到失望了。

最後，我對於耶路姆的事，只能斷了念頭不想，但是我既已成了富家子弟，那就等到以後我有錢的時候，自己來算這筆帳了，我要親自向寶蓮媽媽道謝，報答她。

目前我得先去找著耶路姆不可，因為他不是會將出門後的地方告訴家中的那種人，寶蓮媽媽只知道他是去巴黎，可是他住在巴黎的什麼地方呢？他到巴黎後，也沒有來過一次信，所以寶蓮媽媽也不能夠寫信給他。不過，他從前總常住在姆哈達街的幾間便宜旅館，到那幾家店去問一問，恐怕可以問得出來吧。

我們一心想在寶蓮媽媽家裡過幾天平穩幸福的日子，玩玩孩子時的遊戲，然而命運卻使我們不能不即日出發。

我們本來打算離開寶蓮媽媽家後，就到海邊的越斯南去看葉琴的。我想無論如何非得去看看那樣對我親切，疼我的葉琴不可，但是這時我沒有餘暇，不能不忍著心中想法了。而且看了葉琴之後，還要到都魯斯去拜訪麗色，將兄姊的消息報告她。這也非得像要去看葉琴一樣地斷了這念頭不可嗎？

我為了此事煩惱了一夜，左右為難，躊躇不決，只是翻來覆去。最應該快樂的一夜，卻在最煩悶的心情中度過。

第二天早上，我們三人聚在爐邊等著燒牛奶時，我將昨夜解決不了的問題提出來，徵求他們的意見。

寶蓮媽媽說：「你得馬上先到巴黎去不可啦，你的父母在找你呢，快點去給他們歡喜，那才是孝道哩。」

我覺得她的話很對。「那麼，我們馬上就到巴黎去吧。」

然而馬撒卻對我的決定顯出不平之色。

「喂，馬撒，你不贊成我們馬上就到巴黎去嗎？媽媽告訴我應當到巴黎去的理由，你也說說你的理由好嗎？」

馬撒搖搖頭。我逼著他，好容易他才開口說：「我以為就算有了新家庭，也不應該將舊家庭忘了。你從前的家，不是葉琴、亞歷、澤民、麗色他們嗎？這四個人不都是你的兄弟姐妹，真心愛你的人嗎？現在，在你面前出現了一個你還不認識的家，它除了把你扔在街上外，並沒有為你做過什麼好事，你卻為了這個對你不好的家，拋棄了那個對你這麼好的家，我覺得這樣做是不公平的。」

寶蓮媽媽插嘴說：「那一定不是路美的父母將他遺棄的，可能是壞人偷走了孩子，恐怕那時候路美的父母就一直在找他也說不定呢。」

「這我倒不知道，不過，麗色的爸爸亞根將倒在門前垂死的路美救活了，做了他重生的恩人，將路美當家中的人看待，在他患病時，又給他請醫生；而且亞歷、葉琴、麗色們都愛他勝過自家的兄弟，所以我以為那樣疼愛路美的人，比你的家庭——雖然我不知道是他們自己遺棄你的，或是別人偷了來丟棄的——更加應該看重，不應隨便忘記……」

馬撒似乎是在生我的氣，不看我的臉，也不看寶蓮媽媽，聲音發抖地說。

他的話很使我傷心，然而我並沒有因受到譴責而失去判斷是非的能力。

「馬撒說得對。我絕不是那樣薄情，會把葉琴、麗色他們忘記的，那麼，巴黎讓我們以後再去吧。」

「可是，那你的父母呢？」寶蓮媽媽的口氣是堅持她原來的意見。

我想了一會兒，決定採取一個折中的辦法。

「葉琴那兒先不要去，因為到越斯南去，要兜一個很大的圈子，她識字也能寫信，我就寫一封信給她好了。可是在沒有到巴黎之前，先到都魯斯去，這會耽誤我們一點時間，但那算不了什麼。麗色不識字，而且我這次的漂流生活也大半是為了她，所以我一定要去那裡一趟，告訴她亞歷的事。葉琴的回信，也叫她寄到麗色那兒，我再把信的內容念給她聽。這樣不就好了嗎？」

馬撒聽到這話，才笑顏說：「唔，這樣就好。」

決定了明天動身後，我費了半天的功夫，寫了封長信給葉琴，向她解釋我沒有像原先打算的那樣去看她的原因。

第二天，我又一次忍受了離別的痛苦，但是這和上一次跟著李士老人離開斜巴隴時，有天壤之差，至少現在我可以親親寶蓮媽媽，並且答應她很快就同我的父母一道來看她。事實上，在離開她的前一天晚上，吃完晚飯後，我們三個曾一起商量該送點什麼東西給她好呢。

那時候她就說：「你再給我什麼好東西，也不及那母牛好。也不能使我得到比你在貧困時給過我的快樂更多的幸福了！」

我們和母牛也不能不有傷心的離別。馬撒在母牛的臉上吻了十多次，母牛也似乎很高興，在每次親吻的當兒，總是伸出舌頭來。

一會之後，我們又再變成街頭的流浪者了，背上背著背囊，肩上掛著樂器，卡彼走在前頭，我們大步跨著，似乎背後有人推著一樣地快步趕路，想著快點到巴黎的念頭，在不知不覺之中，使我們的腳步加快起來。

馬撤跟著我趕了一段路程後對我說，照這樣下去，不用多久，我們兩個人就要精疲力竭連一步也走不動了，於是我放慢了腳步，但過不了多久，我的步子又快了起來。

馬撤抱怨地說：「你的性子真急啊。」

「是的，我很性急，可是你也可以性急一點哩，我的家族，不就是你的家族嗎？」

馬撤含愁搖搖頭。

每當我說到家族時，馬撤不知道有多少回變成這樣子，我不但感到傷心，而且有點生氣了。

「你和我不是兄弟嗎？」

「呀，在我和你之間，我們是兄弟，我現在是你的兄弟，以後也是這樣，不過……」

「不過什麼呢？」

「不過，我不是你父母的兒子，假使你有真的同胞兄弟，我也不能算是你的兄弟的兄弟哪。」

「那麼，假使我和你到你的故鄉去，你的妹妹也不能和我做兄妹嗎？」

「那是可以的！」

「那為什麼只有你不可以做我的兄弟？」

「事情不同啦，完全不相同。」

「為什麼不同？不是一樣的嗎。」

「我不是像你一樣，生出來就有綢緞包裹啊。」

「綢緞又怎麼樣呢？那不是一點關係也沒有嗎？」

「不，大有關係呢。你心裡也不是正像我一樣的明白嗎？假使你到我的家裡來——你要是富家子弟，你絕不會到我家來的——我的家是沒有隔日糧的窮人家，但是你的父母，要是像寶蓮伯母講的那樣的有錢人，那麼，他們一定會擺起架子，看不起窮人；像我這樣的小窮鬼，還能夠走近他的身旁嗎？」

「那我也不是同你一樣的小窮鬼嗎？」

「現在是一樣的，可是一到明天，你一變就成富家少爺了。我呢，明天還是這樣窮酸啦。你的父母會把你送到學校去，也會給你請老師吧，我卻是孤單的一個人，一直到死時仍在路上徘徊，想著你過好日子。你也會想起我來嗎？」

「喂，馬撤，你為什麼要說這些話呢？」

「我將心裡想說的話說出來了，我實在能和你一起感到高興、快樂。從前，我總沒有想到會因為此事和你分離，心裡滿以為能夠永遠像現在一樣，做著幸福的好夢呢。我並不是說要像現在一樣地，一輩子在街邊討生活。我們兩人拚命用功之後，能夠成為可以在華麗的舞臺上演奏的音樂家，而且兩人永不相離地過日子，我日夜總是這樣設想著。」

「我們不是還可以做到嗎？只要我的父母真的是有錢人，那就會像對待我一樣地對待你。我到學校去，你也去，兩人互相勸勉用功，無論什麼時候都在一起過活。你是這樣想，我又何嘗不是呢。」

「你的心情我知道，不過恐怕以後就不同了，你既有了父母，就不能自由了，不是嗎？」

「你聽我說，我的父母既然在找我，那一定是很愛我的，既然愛我，那麼，我所說的要求，就沒有不答應的道理。我的要求就是，從前我做孤兒的時候，那些待我親切的人，我現在都要使他們幸福。要父母幫助寶蓮媽媽，將亞根從獄裡救出來，再把葉琴、亞歷、澤民、麗色交還給他；將你和我一起送入學校去。所以，我的父母要是真的有錢人，正不知多麼可以『成人之美』呢！」

「而我呢，他們如果是窮人，我才高興呢！」

「你真是傻子。」

「也許我是傻的。」

馬撤再不作聲，喚著卡彼。

剛巧是吃午飯的時間，我們就在路旁休息。馬撤抱住卡彼，像對人一樣地說起話來：「喂，卡彼，你也像我一樣，認為路美的父母要是窮人就好了吧。」

聽見我的名字，卡彼照例發出滿足的吠聲，把前腳放在胸前。

「路美的父母要是窮人，那我們三個人就會像從前一樣，能夠自由地生活，能夠隨便到高興去的地方——英國也好，義大利也好——而且只要拍拍『老爺貴客諸位』的馬屁就得了。」

「汪！汪！」

「假使他的父母是有錢人，卡彼，你就要被關在用鐵柵圍起來的狗籠中，用鎖鏈捆起來了。那不是像我們時常捆在旅館裡狗欄中的粗麻繩，是很好的鐵鍊啊！可是無論怎樣好，鎖鏈總是鎖鏈。有錢人家裡的狗，是不讓牠到屋子裡去的，所以要用鐵鍊鎖起來啦。」

我自從聽了寶蓮媽媽的話以來，總是耽溺在那快樂的幻想裡，而馬撤卻不同，反而希望我的父母是窮人，我雖然不能不有幾分生氣，然而他之所以這樣的傷感，也是很容易明白的。他絕不是在詛咒我的幸福。只要知道那全是因為對我的強烈的友愛，和對離別的極度害怕的結果，那麼，我又沒有可以怨責他的地方了。不但如此，我反而因為知道了他對我的愛之深，而感到幸福。

假使我們用不著為每天的麵包去掙錢，我是會不顧馬撤怎樣的叫苦，也會繼續加快步伐的。然而我們必須在路旁的各大村鎮裡進行表演。在我富有的父母還沒有把他們的財產分給我們之前，我們不能不在街頭巷尾，汗流浹背地討到三五個銅板而自足。

一般從斜巴隴筆直走到都魯斯，並不需要多少日子，可是我們還非得在各地住下表演不可，所以就費了很多時間。

若只是為了取得糊口之資，我們倒用不著那樣賣力，不過，我們又有別的野心產生了。我記牢了寶蓮媽媽對我說的話，窮時的禮物比富有時候的禮物不知道要使人歡喜多少倍——就想要像使寶蓮媽媽歡喜一樣，也使麗色快樂。若是一旦我已經做了富翁，當然也要分給她的，不過，這只是把既有盈囊的餘財分給別人，誰也做得到的。我的想法，是像對待寶蓮媽媽一樣地，用自己辛辛苦苦掙來的錢送她禮物——「拿著貧窮時的禮物去」。

我用到特斯以前賺來的錢，買了一個洋囡囡——一個不像窮人可以送得起的、漂亮的、大的洋囡囡，幸而價錢不像母牛那樣貴。

從特斯到都魯斯的途中，除了斜橋村之外，其餘都是偏僻的寒村，沒有人理睬淪落鄉下的音樂師的我們，因此我們只好急速趕快了。

我們沿著運河河岸行走。綠樹成蔭的兩岸，靜靜的河水以及在水面上徐徐滑行的遊艇，把我帶到了曾經使我感到幸福的那些日子。那「白鳥號」現在又在何方呢？我不知有多少次向別人打聽，問他們是否看見有一艘遊艇駛過，這艘船有著遊廊，佈置豪華，它是很容易辨認的。

每當我看著從那邊有馬拖著的船來時，總是心跳，等待著它或許會是「白鳥號」，然而每次都沒有「白鳥號」的影子。

現在正是秋天，天色黑得早，無法像夏天那樣可以多走些路。我們在沒有入夜之前早點到了村裡，找到宿處。到都魯斯的那天，是趕得很快來的，可是進村裡時，已是太陽西墜了。

到麗色的姑母家去，只要沿著運河走去就得了，卡特林姑母的丈夫是在看守閘門的，所以他們住在村旁的閘門邊的小屋裡。

我們向這所房子走去，我的心劇烈地跳動著，屋內的壁爐裡生著一堆火，火光把窗子照得透亮，不時忽閃出一片片紅色的火光，照亮了我們的路。

我們走近屋子一看，只見門窗是關著的。透過既沒有百葉窗也沒掛窗簾的窗戶，我瞧見麗色坐在餐桌前，卡特林姑母坐在她的旁邊，一位像是她的姑丈的男子，背向著我，坐在麗色的對面。

「他們正在吃晚飯，來得正是時候。」馬撒說。

我做手勢讓他安靜，一隻手將卡彼拖到背後，從背上取下豎琴，預備彈奏。

馬撒小聲地說：「唔，是的。彈一支良夜曲，真是個好主意。」

「不，你不要彈。讓我自己來吧。」

我不唱出聲，只彈起了「拿坡里之歌」的調子。因為一唱出聲，她馬上就會辨別出我的聲音。

一邊彈著，一邊看窗內，我看見麗色馬上抬起頭，側耳聽了聽，那大眼睛突然發出光亮來了。

麗色從椅子上跳下來，向門口跑。我連將豎琴交給馬撤的時間都沒有，她已經抱著我了。家裡的人們將我們叫了進去。卡特林姑母和我親吻之後，就在桌上排下兩個人的餐具。

「姑母，請你多排一個位子，我還帶了一個小客人來呢。」我這樣說時，把裝在紙盒內慎重地拿來的洋囡囡取出，讓她坐在麗色邊的椅子上。

麗色此時看著我的目光，我一生也不會忘記。如果不是我們急於要到巴黎的話，恐怕還要在那裡逗留很久的吧，我和麗色都有說不盡的話沒有說呢。

麗色真幸福，自從她到了都魯斯後，很得到姑母夫婦的疼愛。卡特林姑母養過五個孩子，可是一個也沒留下，這是許多家庭的共同不幸，婦女往往把親生的孩子隨便一扔，到巴黎去給人家當奶媽，所以現在家裡一個孩子都沒有，只把麗色當親生孩子一樣疼愛。

麗色用種種法子，告訴她在這個新家庭裡，是怎樣消磨日子的，我則將別後的情形詳細告訴了她，我是怎樣在挖煤的礦井裡險些死去，我的說話的大部分，還是關於我的富有家族的事，我告訴她，我要將亞根從獄裡救出來，讓大家都得到幸福，請她安心等待著。

沒有像馬撤一樣處世經驗的麗色——又幸而沒有在喀爾的把戲班那樣地方住過的麗色，單純地以為世界上再沒有像有錢人那樣幸福的。她知道只要有錢，就什麼事都可以做得到，所以她不像馬撤那樣地說那種話，真心歡喜我變成一個有錢人。

爸爸亞根之所以進牢，也是為了貧窮，只要有錢，馬上就可以出來了，這世界上再沒有用錢做不到的事。我和麗色兩人之中哪一個變成了有錢人，在她都是一樣。我們感到了無上的幸福。

我們不止談話度日，時常還偕了馬撤三人，抱了洋囡囡，帶了卡彼，在森林裡或曠野中散步，不知多麼高興。

黃昏，我們又把小桌子搬到庭前。——濃霧的時候就在家裡，馬撒和我各顯本事彈唱。麗色最愛聽的卻是我唱的「拿坡里之歌」，上床時，她一定要我為她高歌一曲。

然而，馬上非得和麗色告別不可的時刻又到了。我對她的最後一句話是：「下次來接你時，是用駕四匹馬的馬車來接你。」

麗色表示她絕對相信我的話，並且等待著。

chapter 37

耶路姆的行蹤

從都魯斯到巴黎之間，若是沒有和馬撒在一起，我一定只求賺得當日的麵包錢，之後就是用全速趕到巴黎去了吧，現在為什麼還要費力地幹活呢？我們不是用不著再買母牛和洋娃娃了嗎？只要每天能吃飽不就可以了？我又用不著帶錢給我的父母，但是馬撒卻不是同我一樣的想法。

「能多賺還是多賺些好，到了巴黎，也不知道會不會馬上找到耶路姆的所在。」

「不要緊，早上找不到，下午總找得到的。姆哈達街又不是很長，一家一家地問，也沒有多少家。」

「要是不在姆哈達街呢？」

「只要打聽到他的住所就得了。」

「萬一他因為找不著你，又再回斜巴隴去也未可定，那麼你就得寫信去，又得等到他的回信不可了。這段期間若是沒有錢，那到什麼地方去找飯吃呢？你也應該知道巴黎是一個什麼樣的地方，你不曾忘記跑馬廳的一夜吧。」

「我當然不會忘記了。」

「我也忘不了餓得要死，靠在聖麥達爾寺壁被你救活的那事，我再也不願意在巴黎挨餓了。」

「可是一到我父母家，就有很好的晚餐吃了。」

「我不願意只待等著晚飯，就把午飯省了，因為晚飯一誤了事，那就不得了呀，想法子做到早飯中飯都可以吃得到吧，就想成是要買母牛去送你的父母，多賺一些吧。」

這當然是很聰明的忠告無疑，但我承認，要我再像為了買寶蓮媽媽的母牛，或者為了買洋囡送麗色時那樣拚命的彈唱，我是再也不幹了。

「你要是做了富翁，一定會變成一個懶惰鬼！」馬撤說。

不久，我們漸走近了巴黎，到了我和馬撤第一次聯手表演，那次演奏是為了一個婚禮晚會。那對新婚夫婦還記得我們，他們留我們吃晚飯，讓我們住下，並要求我們再演奏一次，好讓大家再跳一次舞。

第二天離開這裡，我們就在那天到了巴黎。回想我們離開的時間，恰是六個月又十四日。比起上次離開巴黎時，季節變得陰鬱而寒冷，天上沒有太陽，地下也沒有花草，只有秋霧罩住山野。從路旁的牆上落到頭上來的，不是紫羅蘭的花瓣，而是枯黃的落葉。

然而陰晦的天氣又算得了什麼，我們的胸中充滿著喜悅，沒有須要借外界的風景來振作精神的必要。當然，在這裡說是我們，或者不正確，因為充滿喜悅的似乎只有我一個人。其實，越走近巴黎，馬撤似乎越是沉鬱，他一聲不響，只顧默默地走路。

馬撤雖然沒有明說，可是我知道，他一定是在作離別的想像，以為我會和他分離的緣故；我又不想再將說了好幾次的舊話來安慰他，所以我也不作聲。

我們走到巴黎的堡壘前，剛剛是午飯的時刻，再踏進一步，就是巴黎了，所以我們想先裝飽肚子，就坐在堡壘的石頭上，將預備的午飯拿出來，吃的時候，馬撤才開口將鬱悶在心裡的事情講了出來：

「你知道我要進巴黎時，心裡想著什麼？」

「不知道，不過……」

「我在想著喀爾的事。……我怕他或許出獄了，我只知道喀爾關了進去，但是真可恨，我沒有問他要關到什麼時候，現在不知道他是否出獄了，又回到支那街去。支那街和姆哈達街都在同一個方向，萬一到姆哈達街給他看見了，又怎麼辦呢……他總算是我的主人，而且是伯父。被他抓著，就逃不了啦。我怕他，就像你之前怕耶路姆是一樣的，一被他抓了去，就再看不見你，也不能回故鄉去看我的媽媽和妹妹了……」

我只為了我自己的事興奮，完全把喀爾的事忘記了。馬撤的擔心不是沒有理由，假使被喀爾看見了，那就糟了。

「那麼，怎麼辦呢？你不想到巴黎去嗎？」

「不，只要不到支那街附近，他不會抓到我的。」

「那你不要到姆哈達街去好了，讓我一個人去，我們先約定午後七點在什麼地方等著吧？」

我們約定七點鐘在聖母院前碰頭，就走進巴黎了。

一塊到了義大利廣場後，馬撤帶著卡彼和我分手了，我像再不會見面一樣，心裡很難過。他帶了卡彼向植物園方向走去，我則向離那裡不遠的姆哈達街出發。

這一個月來，我不偕馬撤，不帶卡彼，一個人在巴黎的街上走，是第一次，心裡感到一陣辛酸，似乎就要哭出來，但是現在正是要找到我的家庭的好日子，我不應該流下不吉利的眼淚，我的心裡這樣勉勵自己。

我把寶蓮媽媽告訴過我的，說到那裡大概就可以知道耶路姆消息的兩三家的旅館名，抄在本子裡帶來。但這不過是為了安心，實在我並沒有打開簿子來看的必要。不需要查看，我早就記住了那三家旅館的名字了。

走進姆哈達街，最初碰見的是一家菜館。我跑了進去。我詢問耶路姆消息時的聲音，有點發抖。

「那耶路姆是什麼人？」

「是從斜巴隴來的耶路姆？」

「從斜巴隴來的耶路姆？他是幹什麼的？」

我告訴他，耶路姆從前是做石工的，又把他的面貌——那也是我好幾年前他從巴黎回家時看見的面貌——告訴了他。

「這裡沒有那樣的人，我完全不認識他。」

我向他道了謝走出來，又到第二家去問。這家是一邊開水果店，一邊租房子給人家住的。我踏進店裡。最初我得不到他們的回答，他們夫婦都十分忙，丈夫用刀在切菠菜一類的東西，妻子正同顧客在爭論錢的多少，兩個人沒有一個理睬我的。

我第三次發問時，才得到了回答。

「哦，是的，斜巴隴的耶路姆……他在這裡住過，是四年前吧。」丈夫對他的妻子說。

「已經五年了，他還欠我們一個星期的房租呢！這個混帳東西，現在他在哪兒？」

我如果知道他的下落，還用得著來向他們打聽嗎？我失望地走了出來，心裡擔心起來。現在只剩一家了，要是在那裡也問不出耶路姆的下落，那怎麼辦好？到什麼地方去問，才曉得他的住處呢？

最後一家也同最初的一家相同，是一間小餐館。我走進去時，主人正忙著做飯端菜，已經有好幾個客人坐在桌子上等著了，我提出了我的問題，他手裡拿著勺子，正在為客人盛湯。

「耶路姆嗎？他不在這裡了。」

「那麼，在什麼地方？」我聲音帶抖地問。

「在什麼地方呢，我可不知道。」

我眼裡發暈，周圍的東西似乎轉了起來。

「到哪裡去可以找得著他呢？老伯伯，請你告訴我吧。」

「他沒有留下地址，想找也找不到。」

聽見這話，我失望的樣子一定很難看，而且很可憐吧，坐在桌邊吃飯的一位男子，就問我說：「究竟你找耶路姆幹什麼？」

我不能將事實老實告訴他，所以說：「我是從斜巴隴來的，他的妻子叫我給他帶了話來。她告訴我，來這裡問，就可以知道他的下落……」

主人向那對我說話的男子說：「若是你曉得耶路姆的住所，就告訴這小孩子吧，他不像是會害耶路姆的……喂，小孩，不是嗎？」

「是的，是的。」我的心因希望而跳動。

「他大概住在奧斯頓橫街的簡達爾旅館吧。以後我雖然沒有碰到他，可是三個禮拜前他還住在那裡，現在也沒有搬吧。」

我謝了他們走出來，奧斯頓橫街大概是在奧斯頓橋的左近，到那裡剛巧要經過支那街，那麼，我剛好打聽喀爾的消息，好讓馬撤知道。

到了那橫街，我看見第一次和李士老人到這裡來時看見的那老頭子，將襤褸的破衣掛在院子的牆上。我問他：「老伯伯，喀爾老闆回家來了嗎？」

老頭子望了望我不做聲，只咳嗽，我認為我使他知道我也曉得喀爾的去處好，所以就裝著滑頭滑腦的樣子說：「他還在那裡嗎？不知道多麼無聊啊。」

「是吧，很無聊吧，可是還不是一天一天地過去。」

「老伯伯，總沒有外邊這樣過得快吧。」

老頭子哈哈地笑了起來，那笑聲立刻就變成強烈的咳聲，我等他咳完了，說：「不會馬上就回來吧？」

「還有半年哩。」

喀爾還要坐六個月監啦，馬撤放心吧，有這麼長的時間，待我求求我的父母，一定有法子使喀爾和他的侄兒隔離。

我走出這裡，飛足向奧斯頓橫街急行，心裡充滿了喜悅和滿足，對耶路姆也有了寬容的心情了。也許耶路姆不像外貌那樣的那樣刻薄吧，要不是他，我大概早就凍死、餓死在傷兵醫院前了。雖然是寶蓮媽媽把我養大的，而拾回我的畢竟還是耶路姆，我再沒有半點可以怨他的地方。

我心裡這樣想，碰見耶路姆時，我應該用笑顏來對他。

趕快到奧斯頓橋一問，奧斯頓街就在附近。簡達爾旅館是一家老舊破爛的旅店，店主是一位腦袋晃得厲害的半聾老太婆。

「斜巴隴的耶路姆是住在這裡嗎？」

我問她，老太婆用手遮在耳後，向我做手勢，叫我走近點說。

「我有點聽不大清楚。」

「我是來找耶路姆的！找從斜巴隴來的耶路姆！他住在這裡吧？」我在老太婆的耳旁大聲說。

她沒有回答我，突然向空中舉起雙手，那隻在她腿上睡覺的貓嚇得跳到了地上。

「天哪！天哪！」她喊叫起來。然後，她的眼睛盯著我，頭搖得更加厲害了。

「你是那小孩嗎？」

「哦？那小孩是誰？」

「他在找的……」

聽見這話，我的心胸似被抓住般的微抖了。

「那耶路姆……？」

「是的，那死了的耶路姆……」

我頭發暈，連忙靠住豎琴才站住了。

「哦！耶路姆死了嗎？」

我叫得連那老太婆也聽得見了，聲音像破裂了似的。

「是的，他死了，八天前在安特尼慈善醫院死了。」

我失神地呆站在那裡，耶路姆死了！那我怎樣才能找到我的父母呢？

老太婆又接著說：「你真的是那小孩嗎？耶路姆在找的，說要交還他有錢的父母……」

我抱著萬一的希望，打斷她的話頭說：「老婆婆，把您知道的告訴我吧。」

「我聽耶路姆說過，據他說，他十幾年前拾得的小孩的父母，現在在找那小孩，要是找得到來還他，就可得到很多的錢，所以他到巴黎來……」

「我的父母住在巴黎嗎？」我喘著氣問。

「哦，你真的是那小孩子啊。你就是那小孩子！你就是！」老太婆晃著頭，左右上下望遍了我的面孔。

但是我不能讓她慢慢地端詳。「老婆婆，請你將知道的事情都告訴我吧。」

「呀唷，這小孩子，我說錯了……少爺，我實在也不曉得其他的事情。」她突然說得鄭重起來了。

「耶路姆沒有對你講過關於我的家庭的話嗎？你想一想告訴我吧。我是這樣沒有辦法，你也是知道的。」

老太婆不答，又高舉兩手向空中。

「真是，命運都由天定啊！」

這時剛巧有一個像是女僕打扮的女子走進來，老太婆就把我丟下，向她說話。

「呀，真的是奇怪的命運啊！這小孩——這位少爺，就是耶路姆說的那棄兒……噢，對不起，他就是……耶路姆在找尋著的少爺。耶路姆那麼樣拚命找不到，現在他自己跑了來，耶路姆卻死了，真的是奇怪的命運啊。」

「老婆婆，耶路姆有沒有說及關於我父母的事呢？」

「他講過不下二十次了，那是一個有錢的家庭。」

「這家人住在什麼地方？叫什麼名字？他沒有說過嗎？」

老太婆聳了聳肩，「那事情他無論對誰都不肯說，守著秘密呢，他想自己一個人獨吞酬金啦。他是惹不得的人啊。」

呀，這個耶路姆！他一死，把我出身的秘密也一起帶走了，我在幾乎已經達到目的的時候卻又失去了。啊！我的美夢！我的希望！

「老婆婆，耶路姆有什麼談心的人，請你告訴我。」

「耶路姆不會這麼傻，他太狡猾，他對誰都不信任。」

「我的家人有沒有來找過耶路姆？」

「從來沒有。」

「你知道耶路姆有什麼朋友，就告訴我吧。」

「他沒有朋友。」

我把頭埋在兩手中，但是這時候應該做什麼好，我一點也想不起來，我真混亂極了，只有茫然地呆立著。

「哦，對了。」老太婆想了一會說：「他收到過一封掛號信。」

「那是從什麼地方寄來的？」

「我不知道……郵差當面交給他的。」

「那麼，能找到那封信嗎？」

「他死了以後，我們在他的遺物中沒有找到過任何東西，嗯，這當然不是出於好奇，只是為了能通知他的妻子。我們沒有找到什麼地址，也到醫院裡去找過，同樣什麼也沒有，他的衣服裡沒有任何證件，要不是他時常說起斜巴隴的事，人家還真的沒法通知他的妻子呢。」

我再沒有再可以詢問的話了，老太婆什麼都不知道，耶路姆不會留下一點可以找出關於他發財機會的線索。

我束手無策，也不曾和那老太婆道謝，踉踉蹌蹌向門口處走。

「你到哪裡去？」

「我還有朋友在等我。」

「哦，你還有朋友嗎？他住在巴黎嗎？」

「不，我和我的朋友今天剛從鄉下到巴黎來……」

「那麼，旅館呢？」

「旅館還沒有定。」

老太婆馬上就抓到機會了。「那就住在我們這裡好嗎？現在有很好很舒服的房間空著，不是我自己說自己的好話，我們素來很老實，住客也很安心。你不要到其他的壞旅館去，而且，若是少爺的家人等耶路姆的消息等不到，來找他時，一定會到我們這裡來的。你就住在這兒吧，我絕不會騙你的。少爺，除了我們之外，再沒有線索可以找到你家人的地方。我老太婆是為了少爺的利益才對你說的……你的朋友年紀多大了？」

「比我小一點。」

「呀唷，你們兩個到巴黎來！巴黎是一個無情的地方啊，你們只是兩個孩子，沒有大人看顧，他們才不理你呢。有許多旅店是壞人常去的地方，我們這裡就沒有這種事了，真的是很安靜而且可以放心。」

我可不相信這個街區會像她說的那樣安靜，而且就這箇達爾旅館說，我雖然在各地流浪中也看過骯髒齷齪的房子，但是還沒有見過這樣破爛的房子的。對這老太婆的招攬，我們恐怕只好領情辭謝，然而現在不是可以嫌人家的時候，假使我立刻能夠找到父母，那麼就在豪華的旅館裡住一夜，或是他們是住在巴黎，那我更可以到漂亮屋子中，舒舒服服地睡覺了。但是這兩樣現在都得不到了。

我現在應當先考慮眼前的事，住箇達爾旅館，費用不會太貴，可以替我們節省一點開支。現在想起來，我才知道從都魯斯到巴黎期間勸我拚命賺錢的馬撤，要比我聰明得多。假使我們袋裡不是還有七塊錢，我們又成什麼樣子了！

我對那老太婆說：「我和我的朋友兩個人，房錢要多少？」

「一天算兩角錢好了。這樣便宜的房錢，實在是蝕本生意……」

「那我夜裡再來……」

「你快些來吧，巴黎夜裡是很危險的。」

chapter 38 到倫敦去

接下來就是要去與馬撤會面了。距約定的七點鐘還有很多時間，我百無聊賴，只好走進植物園裡，找了一個無人的角隅處坐下。

我坐在樹蔭的椅上，含著眼淚，心裡悶悶在沉思的時候，看見了一位紳士和太太，帶了一個曳著馬車小玩具的小孩子走來，坐在和我對面的椅上。

那對夫婦一坐下去，就叫喚那小孩子的名字，小孩子丟下馬車，伸著兩手跑到他的父母的地方去。父親先抱著他，在他蓬鬆的髮上親了一個吻，那聲音連我在這地方也聽得見。父親然後把那小孩子交給母親，母親也一樣地抱著他，也在頭上同一地方親了幾次吻。在親吻的當兒，小孩子笑嘻嘻地用滾圓的小手拍在他父母的頰上。

看著這對父母和孩子的幸福歡樂，我的眼淚不禁奪眶而出；我從來沒有被自己的父母這樣地抱在手裡親過，現在，我真的有和父母親吻的希望嗎？

我產生了一個念頭，拿起豎琴，為小孩演奏起一支華爾茲舞曲，那孩子聽著，還用他的小腳踏著拍子。父親走到我的旁邊，遞給我一枚銀幣，我很客氣地謝了他，並將他的手推回去說：

「不，我不能接受你的賞賜，我是彈給可愛的小女孩聽。是我自己高興的。」

他用親切的眼睛看了看我。

就在這時候，走過來一個看守公園的警察，儘管這位紳士抗議，但是那警察還是說，要是不馬上走開，就要用違反公園規則的罪名，將我捉到警察局去，惡狠狠地將我逐走了。

我把豎琴背在肩上，離開了那裡；我幾次回過頭去，見那位先生和他的太太一直用溫柔的目光看著我遠去。

走出了公園，要到聖母院去的時間還沒有到，所以我走到聖涅河畔，走來走去的閒逛。

過了一會兒，天已入夜，街頭的瓦斯燈已經點起了火。我才慢慢地走向那兩個高塔直立在黃昏後紫色的空中的聖母院去。

不到幾分鐘，我走到了聖母院前，時間尚早，馬撤還沒有來，我感到似乎多走了路般的疲勞，腿像木頭一樣，幸而看見了那邊有椅子，我忙坐了下去，又耽溺在傷心的深淵中去了。

我坐下以後，陷入了痛苦的沉思。我從未感到過這樣的疲勞和頹喪。在我自己身上，在我的周圍，一切都顯得無比悽涼；我在滿是燈火、車水馬龍的巴黎，比在廣袤的荒野和森林中更感到茫然。

從我身邊匆匆走過的人們有時回過頭來看看我，但是，他們的好奇或者同情對我有什麼用，我所希望的，並不是這些同我並不相干的人的一時的關切。

我只是聽著院中的鐘聲，計算著時間的經過，馬撤溫柔、快活的眼睛和他慰藉的言詞，在這時候的我，是多麼的必要啊！

差不多到七點鐘的幾分前，我忽然聽見了很高興似的狗吠聲，向那方一看時，在暗夜中，有一件白色顯眼的東西向我跑來。卡彼一跳跳到我的膝上，舐著我的手。我抱住了牠，和牠的面孔親吻。

馬上馬撤也在那邊走來，從遠處就問我：「怎麼樣了？」

「耶路姆死了！」

等到馬撤走近我，我簡單地將聽來的話告訴了他。馬撤對這悲傷的消息，真心地對我表示同情，我在傷心之中，感到了不可言喻的欣慰，我知道他想要找到我父母的心情，實在不少於我。

馬撤用親切的言詞安慰我，勉勵我不要失望：「你的父母一定在等耶路姆的消息，假使耶路姆斷了消息，他們一定會不放心，到簡達爾旅館去吧，我們就到那裡去住不好嗎？你何必失望呢，只不過是遲幾天就是了。」

這話正同那晃著頭的老太婆同出一轍，可是在馬撤的嘴裡說出來卻大有力量，大有道理。真的，這不過是時間的問題罷了，見到父母的日期多延遲幾天罷了，一點也用不著失望的。

我的心稍為平靜了，我把聽來的關於喀爾的事告訴了馬撤。

「啊！還有半年！」馬撤叫了起來，在街中亂跳。

馬上他又停止了跳舞，走近我的身旁說：「你的家和我的家是多麼的不同，你因找不到家而失望，我卻因失去家而高興。」

「像喀爾那樣的伯父還能算家嗎？假使你失去了你的妹妹，你也能夠像現在這樣地跳舞嗎？」

「喂，不要亂說！不要講這樣的話好嗎。」

「你看！」

我們沿著河邊，走到奧斯頓橋，澄清的秋月下的聖涅河，在充滿著種種的感情的我的眼中，是多麼的美麗啊！

簡達爾旅館或許是家誠實的旅館，但是那骯髒齷齪的程度，走進去時才會使人吃驚呢。我們住的房子，是在閣樓上的一間，在房子裡，假使一個人想站著，另一個人就非坐在床上不可。這實在是一間這樣小、這樣難住的房間。

到巴黎來，還要住在這樣骯髒的豬圈一樣的房子裡睡覺，真是我做夢也沒有夢到的。而且這床鋪，只鋪了一張完全褪色、木板一樣硬的舊棉被，和寶蓮媽媽說的我那漂亮的襁褓多麼不相稱啊！晚餐也只有塗了義大利乾酪的麵包，這比之於我想到巴黎後請馬撤吃的大餐，又是相差得多麼遠啊！

幸而不是沒有希望，只要忍耐一些時間就好了；我這樣想地鑽進了骯髒的床裡。

第二天早上，我寫一封報告消息的長信給寶蓮媽媽。並且懇求她假使有我的家族或有信給耶路姆時，請她馬上寫信到簡達爾旅館來，並留心不要將我家族的名字忘記了。

寫完信後，還有一件非做不可的事。那就是到獄裡去看亞根爸爸的事。我去都魯斯看麗色時，和她約定了，我到巴黎，一看見我的有錢父母後，馬上就將亞根救出來，並且我還要自己去接他，然而，我現在卻不能不空手去看他了，但是我想到自己將葉琴、亞歷、麗色的消息告訴他，不知道要使他如何的高興，便鼓起勇氣，決定馬上到克利斯監獄去。馬撤也說要看看監獄，所以就帶了他同去。

因為我已經知道探監時要辦的手續，這次再用不著像之前一樣在獄門前踱來踱去了，兵士就讓我們進去了。在會面室中等了一會兒，亞根走了出來，很高興地說：「你又來看我了！」他抱著我，和我親吻。

我先告訴他亞歷和麗色都很平安，然後要向他解釋不能去看葉琴的理由時，他卻打斷我的話：「你的父母找到了嗎？」

「哦，爸爸也知道了？」

亞根告訴我，約莫在兩個禮拜前，耶路姆到這裡來找過他。

「耶路姆死了啦。」

「什麼？耶路姆死了，還沒有看見你就死了嗎？」

亞根還告訴我耶路姆來找他的始末，據說耶路姆是靠了李士老人寫給他的地址先去找了支那街的喀爾，可是那時喀爾已經被關在獄裡了，所以他又到獄裡去找，才聽到說李士老人已經去世，我被收留在花匠亞根家。他又馬上到亞根那兒，探悉亞根在克利斯監獄的事，所以他才又到監獄裡找到了亞根。亞根告訴耶路姆，說我正在法國到處表演，雖然不知道我的所在，不過遲早會到他散在各地的孩子們的地方去的，耶路姆並求亞根，要他寫信到都魯斯、渦魯斯及越斯南去。寄到都魯斯去的信，大概在我離開那裡之後就到了吧。

「耶路姆有沒有提到我的家族的事？」我問。

「他沒有說得太多，只說你的父母到傷兵院附近的警察局去查，知道了某月某日在傷兵院前丟了的小孩，是被石工耶路姆拾了去，就到斜巴隴去找著了耶路姆，所以耶路姆才出來找尋你。」

「他沒有說出我父母的名字嗎？也沒有說出地方或是什麼嗎？……」

「我問了，他說以後再告訴我。我知道他是怕從你的父母處得來的好處會分給別人，想一個人獨吞這筆酬金，因此那樣守密。他還認為像我這樣算得上是你半個父親的人，也一定會打你父母的主意、想搞點甜頭，我討厭這種人，把他攆走了，以後再沒有見過他。啊，我當時沒有想到他會突然死去的，這樣看來，完全是為了他的貪欲，竟把你垂手就可見面的父母又失去了，現在把事情搞得這樣糟，你真的是倒楣。」

我告訴他，這也用不著失望，只不過是時間的問題，亞根就說：「是的，一定。你的父母會找到耶路姆，耶路姆也能毫不費力地找到喀爾和我，那麼，別人也一定會到簡達爾旅館來找你的，你暫時忍著等一等好了。」

這番話又使我壯了膽，使我高興起來。我的事已經說完了，我又將麗色、亞歷和我在渦魯斯時被活埋的事，詳細告訴他。

亞根每聽到一事，即驚駭地說：「這一行太可怕了！亞歷真可憐……想起來，從前種紫羅蘭花時是多麼幸福！」

「馬上又會變成從前一樣的。」

「路美，要是這樣就再好沒有了。」

和馬撤走出監獄後，馬撤對我說：「我們不能餓著肚子來等你的父母，所以我想今天天氣又好，我們何不表演一場再回去？我當巴黎就像自己的家裡一樣，到什麼地方去會有錢賺，我都知道。」

我只有聽從他的主意。馬撤真的熟知賺錢的方向，由前次的經驗就可知道，兩人一塊賺錢，是非常可靠的，而且我們已經很熟練了，天氣也不壞，由馬撤指導，在各處表演了好一會，回旅館時，袋裡積了五塊多錢，這是近來意想不到的收入。

第二天我還是被馬撤拉了出去賣藝，這一天也賺到了差不多四塊錢。剛巧各處都在鬧著秋祭，所以正是賺錢的好機會。

馬撤高興得了不得。「照這樣子看來，我們不用靠你的父母，也會馬上就成富翁了。自己掙得來的財富，是再沒有比這更神氣的事了。」

在簡達爾旅館住了三天，旅館老太婆的回答總是那句老話——今天沒有人來找耶路姆，也沒有寄給耶路姆或少爺的信——可是第四天早上就不同了，她終於交給我一封信。

那是寶蓮媽媽的回信。不過她不認得讀寫，那麼，這不用說，是人家代筆的了。

據信中說，寶蓮媽媽在沒有收到我的信前，就得到耶路姆的訃報了，而且在訃報的前幾天，還接到耶路姆給她的信。信裡是有關於我的家族的事，所以就把信一起寄來給我。

「趕快把信念念看。」馬撤眼睛睜圓地說。

我心頭亂跳，兩手發抖著打開了耶路姆的信來看。照錄如下：

我現在安特尼慈善醫院中，命在垂危，恐怕再看不見斜巴隴了。我現在幾乎連寫信的力氣都沒有，所以也不能告訴你，我為什麼會病得這樣厲害。不過即使告訴你，也沒有什麼用，還是在沒有斷氣前，將要緊的事趕快告訴你。假使我死了，你就寫封信到倫敦林肯隱青公園克瑪達法律事務處，這克瑪達就是路美父母的法律顧問，找路美的就是他們。

你在信中可告訴他，說知道路美下落的，只有你一個人。你最要緊的是要想法子多得到酬金。只要得到這筆款子，你以後就能安心過日子了。你還須再寫一封信給現在在巴黎克利斯監獄的一位花匠，叫做亞根的，他應當能夠告訴你路美的下落。切記！凡是你寫出去的信，一定要教堂的牧師幫你寫，千萬不要請別人代筆。最重要的是，在沒有確知我已經死去前，你什麼事也不要管。再會吧！我們永別了！

我還沒有念完最後一句時，馬撤就跳起來說：「喂，到倫敦去！」

我讀著來信，正在吃驚不已，不能十分明白馬撤的意思。

馬撤接著說：「信上說是兩個英國律師負責尋找你，這意味著你的父母是英國人。」

「但是……」

「你不願意做英國人嗎？」

「我想和麗色、亞歷是一個國家的人。」

「我倒希望你是義大利人才好哩。」

「可是我要是英國人的話，就變成和亞沙他們同一個國家的人了。」

「你一定是英國人啦！假使你的父母是法國人，他們又何必到倫敦去託人來找住在法國的你呢？既然你是英國人，就應該到英國去。這是同你父母團聚的最好的辦法。」

「寄一封信到倫敦的法律事務處就得了。」

「你到現在又躊躇起來了嗎？你不想快點看見你的父母嗎？當面找著他們談話，要比信來得快得多，馬上就可以明白啦。」

「那也是……」

「到倫敦去不成問題，我們到巴黎時剩下七塊錢，第一日表演得了五塊多，第二日又是四塊，昨日五塊，合起來二十一塊多，只用了三塊多，還有十八塊。有這麼多錢，大可以威風凜凜地到倫敦去。」

「你沒到過倫敦吧？」

「是的，我沒有去過，不過我從前住了兩年的馬戲班裡，有兩個丑角是英國人，他們時常告訴我倫敦的事，而且教我說英語。我們因為要使老闆娘不會聽出我們講了什麼，所以時常用英語聊天，所以普通的英語我都可以說，我帶你到倫敦去吧。」

「我也跟李士老人學了英語的。」

「你是很久以前學的，恐怕已經忘記了吧。我到最近還說的，一定可以做你的翻譯。而且我要到倫敦去，並不是專為想和你做翻譯的，實在我還有其他的理由……」

「什麼理由？」

「因為假使你的父母到巴黎來找著你，他們一定不會將我帶到英國去的，但是，若是我到了英國，他們大概就不好意思趕我回來了吧。」

馬撤懷疑我的父母，這樣的想法使我不快，但嚴格分析起來，他的懷疑是很有道理的，所以我更決定採納他的意見了。

「那麼，馬上就到倫敦去吧。」

「真的嗎？」

我們不要兩分鐘，就把行李收拾好，到樓下去。

老太婆驚得眼睛睜圓地說：「少爺，你就要走嗎？那麼，你不在這裡等你的父母嗎？我們這樣地鄭重對待你，也好給你的父母看看……」

只憑老太婆的這點口才是無法把我留住的，我在付清房錢之後，正想走時，老太婆說：「那麼請你將地址留下，說不定還有哪一位會來找你。」

這是很有道理的，所以我就在帳簿上寫下了倫敦的法律事務處的地址給她。

「呀唷，你們要到倫敦去！兩個小孩子還要漂洋過海到倫敦去！」

我們決定在武倫乘船，但是在沒有離開巴黎之前，想去和亞根告辭，所以一出旅館，就到克利斯的監獄去。亞根很高興我不久就能夠找到我的家族，我告訴他，不久等我和父母再到法國來向他道謝，亞根說：「那麼，不久再會吧，祝你萬事如意，假使你不能那樣快到法國來，就寫封信給我好了。」

「我一定馬上就來。」

當天我們到了麻若，便在一家農家中借宿。因為我們想省下錢，不要弄得船費不夠的緣故。從巴黎到武倫之間，我拚命地跟馬撤學英國話，我在快樂之中，也有種種的擔心。我的父母會說法語或是義大利話？假使只會說英語呢，那就糟了。要是我還有兄弟姐妹，那我要怎麼樣和他們寒暄呢，言語不通，不能夠談話，那不會就像個外國人一樣了嗎？

我此次從斜巴隴出發以來，心中想著種種的夢幻，現在卻為了語言的問題而苦惱，實在是意想不到，早知道這樣，我就將退步的英語天天溫習起來了，可是現在悔已無及了。

從巴黎到武倫，我們走了八天，因為我們雖不敢想多賺錢，至少不要用去以前的積蓄，所以就不能不在途中比較繁華的村鎮中表演，多費時日了。

開赴倫敦的汽船，預定明天早上的四點鐘出帆，我們在等船的地方坐到三點多鐘，在天還沒有全亮的時候，就走上船了。我們躲在甲板上堆著很多箱子的地方，避開寒冷的北風，望著他們整頓出帆的準備。

滑車的聲音，搬貨物的聲音，船夫們的聲音，雜在一塊；不一會，汽笛的聲音一響，這些聲音都寂靜了。這回是出帆的鐘響起來，大繩丟到水裡去。船向前進了——朝著我的祖國。

我對馬撤說過好幾次，世界上再沒有像在船上那樣舒服的，它在水面上輕輕滑動，你意識不到它已經走了許多路，真是妙不可言。每當這時，我總想起了「白鳥號」在南方的運河上滑過時的快樂。

殊不知大海並非運河，船一旦駛到海裡去，船就彷彿一下子向海底沉去，然後升了上來，接著又向更深的水底沉去；我們像踩在一塊其大無比的鞦韆板上，連續大起大落了四五次。

這時候，船身在劇烈地搖動、顛簸，我們看到煙囪裡放出一股白色的氣柱，發出一聲刺耳的、尖厲的長鳴。在這以後，我們四周變得寂靜無聲了，只能聽見舷輪在打水，聲音時而在左舷，時而在右舷，那是船體在不停地左右傾斜的緣故。

自從昨天看見海之後，馬撤就反駁說海是骯髒的，今天再碰著風浪，他更是沉默地蹲著了。

不久馬撤突然站了起來，我吃驚說：「你怎麼了？」

「我胸口很難過。」

「你暈船了。」

馬撤踉踉蹌蹌走到欄杆旁，我抱住馬撤，讓他的頭在我懷裡休息，但都沒用，絲毫不能減輕他的痛苦。他呻吟著，不時站起來跑過去扶著船舷，幾分鐘後又回來蜷縮在我懷裡，每次總他每次跑回來都要向我伸伸拳頭，半真半假地說：「這些英國人，不安好心！」

到了第二天，太陽升得很高了，水蒸氣還是深罩著，天空是陰鬱的，不久就看見了英國的海岸，雪白地屹立著了。更向前進時，各處都有停泊著的大船，我們的船也不十分動搖，向運河平靜的地方慢慢地駛進去。

「喂，到英國了。」我向馬撤說，但是他對於我這可喜的報告，一點也不覺得怎樣，還是照舊在甲板上，說：「算了，讓我再睡一會吧。」

等到船傍岸時，馬撤的頭痛也好了，爬了起來。不一刻，我們便順利在倫敦的中心處上岸了，走路的人都很奇怪地望著我們，大概是因為我們的服裝不同的緣故吧，但是沒有人來和我們說話。

我向馬撤說：「這裡用得著你的英國話了。」

對於自己英國話的能力一點也不疑懼的馬撤，信心十足地走到一個長著棕紅色鬍子的胖子身旁，把帽子拿在手上，彬彬有禮地問他去格林公園的路。

我覺得馬撤似乎花了很長時間一直在向這個胖子解釋，胖子也似乎有好幾次要馬撤重複同樣的字或幾句同樣的話·當然，我是不願意懷疑我的好朋友的英語程度的。

後來，那人似乎明白了，馬撤回到我的身旁，說：「沒有問題啦，跟著這湯姆士河一直走上去就得了。」

然而倫敦卻不像巴黎，沒有那聖涅河一樣的河岸道路，起碼在那個時代還沒有，所以我們不能不沿著那沿著河流的道路前進。

那道路也都是黑暗，陰鬱，泥濘滿身的馬車，貨車和各種大包小包的東西，我們想要在這些不斷出現的障礙物中間成功地穿過去是很不容易的。我用一條繩子拴著卡彼，讓牠跟著我；這時候，才不過是午後的一點鐘，然而商店裡都已經點上了燈，天空飄落著煤灰的細雨。我最初看見倫敦時的印象，絕不是愉快的。

我們往前走著，馬撤不時地向人打聽我們是不是離格林公園還很遠；這一回，他問完後對我說，人家告訴他，在我們所走的這條馬路上，前面橫著一座大門，只要穿過大門，離目的地就不遠了。老實說，我感到有點奇怪，懷疑他是不是聽錯了，但我又不便明說。

然而馬撤一點也沒有聽錯，我們果然來到了有一道弓形的大門，有兩扇側門的大拱廊前面。我們又重新問路，人們說只要向右轉個彎就到了。

現在，我們已經離開了車來人往、鬧鬧嚷嚷的大街，來到一些互相交錯的寂靜的小街小巷中間，我們從這條小街轉到那條小巷，就像在原地轉圈似的，並沒有前進多少，很像進入了一座迷宮。

正當我們以為已經迷路的時候，突然，我們發現自己是在一座有著許多墳墓的墓地前，墓碑全是黑的，墓石都像用煤煙或鞋油塗過一樣的骯髒漆黑。那就是格林公園。

馬撤在向路人問路的當兒，我的胸口憋得透不過氣來，我停下腳步，極力穩住自己狂跳的心。

的屋子前了。

跟著馬撤的背後前進，我們走到一家門口釘了一方白銅牌，上面寫著「克瑪達法律事務處」

馬撤想按門鈴，我連忙阻止了他，馬撤驚怪地說：「為什麼阻止我？……哦，你的面孔全變白了，怎麼了？」

「沒有什麼，你讓我定一定心神吧——喂，好了。」

馬撤按了門鈴。守門的開了門，我們就走進去。

我的心頭亂跳，無法看清楚周圍的一切。我們像是走進了一間辦公室，在煤氣燈的燈光下，有兩三個人正俯身在辦公桌上埋頭寫字。

馬撤向其中的一個人講了幾句話，不用說，馬撤是受我的囑託，向他辦交涉的。我在他的說話中，聽到他幾次重複「小男孩」「家庭」「耶路姆」等我也能夠明白的字眼。我明白他是在解釋，說我就是我的家庭委託耶路姆去找尋的那個小男孩。

耶路姆這個字似乎可以說明一切，辦事員都停了筆來望我們。和馬撤說話的那辦事員站起來，向我們做了個手勢，我們就跟了他去，他推開裡面的房門，讓我們進去。

那房間裡堆滿了書籍，在一個紳士坐著的寫字檯旁，有一位戴著假髮、穿了一件黑色法衣般的衣服、手裡拿了很多綠色書的紳士，兩個人正在談話。

辦事員簡單地將我們來訪的理由說明了，那兩位紳士從頭到腳望了我們一會。

「你們兩人，哪一個是耶路姆養大的？」坐著的紳士用法語說。

因為他說的是法語，所以我安心地走前一步說：「是我。」

「耶路姆怎麼了？」

「他死了。」

兩位紳士互看了一眼。戴假髮的紳士說了幾句話，就抱著書出去了。

「那麼，你們是怎麼來的？」留在臺前的紳士不經意似的問我們說。

「從巴黎步行到武倫，從武倫到倫敦是坐輪船來的。才剛到。」

「你們向耶路姆拿了旅費來的嗎？」

「不，我們來不及看見他。」

「那你們怎麼知道要到這裡來？」

我盡力簡單地說明我們旅行的始末。我忙著敘述自己的故事，又急於要知道我的家族的事。但是我以為說完了的時候，紳士又向我說話，要我說明從生長到今日的生活方式怎麼樣。沒有法子，我簡單地將我在傷兵院前給耶路姆拾了去的事，養到九歲時給李士老人買了去的事，李士老人死後給亞根撫養的事，和亞根入獄後，我又再回到舊時街頭生活的事，全都說了出來。

我講的時候，紳士一邊做著記錄，用一種使我感到窘迫的眼神瞧著我。應該說，他的面孔是冷酷的，微笑中隱藏某些狡詐的東西。

「那麼，那一個小孩子是誰？」紳士用筆指著馬撤說，這正像是對馬撤瞄著弓矢一樣。

「他是我的朋友，我的夥伴，我的兄弟。」

「唔，他是在街頭認識的嗎？」

「他同我比真的兄弟還要好。」

「哼，是嗎？」紳士冷淡地回道。

我以為此時是我發問的時候了。「我想問，我的家族是不是住在英國？」

「唔，現在是住在倫敦。」

「那麼，我現在馬上能夠看見嗎？」

「可以，我馬上就叫人帶你去。」

紳士說時，按了按電鈴。

「請你等一等，我還有話要問……我有父親嗎？」

「不止有父親，還有母親，還有兄弟，還有妹妹呢。」

「啊！」我眼睛睜圓地叫道。看看馬撤，他的眼裡滿含著淚。

剛巧這時，房門開了，辦事員走了進來，紳士似乎對他發了命令，那是把我們送到我的家裡去的。

跟著那男子要走出去時，那紳士叫住了我，說：「我忘記說了，你的家姓漆，漆德興，那就是你父親的名字。」

我不顧那紳士的冷淡，拉著了他的手想親吻，可是他揮開了，卻用那隻手指著房門。

帶我去父母家的那個辦事員，是一位臉色蒼白、滿面皺紋的矮子，他穿著骯髒可笑的禮服，戴著過時的禮帽，結著雪白的領帶，我們走出門口時，這男子屈著指頭作響，揮動兩腕。然後像要把腳上的後跟已經穿壞的皮鞋踢出去似的，交互振動著他的兩條腿，他又將鼻頭向著天空，深吸了好幾口霧氣。

「喂，樓上有臭金雞納霜氣味呢。」馬撤用義大利語說。辦事員瞪了我們一眼，默默地只是「肅！肅！」像喚狗一樣地，在牙齒間發出聲音來。我們知道那是叫我們跟著走的意思，所以就緊跟著他走。

我們馬上就到了馬車頻繁的大街上，辦事員喚了一輛和巴黎所看見完全不同、車夫是坐在屋頂一樣的高座的馬車，讓我們坐了上去，立刻就和車中人交談起來。

我聽見他們好幾次說起「別斯那爾葛林」這幾個字，我以為這一定是我的家族所住的地方無疑。

我曉得英語的「葛林」就是綠的意思，所以我以為我們現在要去的地方，一定是植遍了美麗的樹木的所在，是住得舒服的地方吧，而且比之倫敦這樣只有陰鬱的煤煙、漆黑的建築物、齷齪的街路，是有著天壤之別的。

給我們帶路的人同馬車伕之間出現了爭執，爭執的時間還相當長。有時是這個人抬頭伸長著脖子，衝著小窗孔作出各種解釋；有時是另一個人似乎要從他站著的位置上一下子鑽進小窗孔裡來，申明他根本不知道對方問他的事情。

我把卡彼夾在股間，和馬撤一塊兒無聊地坐著，聽著他們的交談。我的心中以為像「別斯那爾葛林」那樣美麗的地方，這倫敦的車夫竟不認得，天下哪有這樣奇怪的事。而且我們走過的地方，都是煤煙蒙天的地方，像這樣的倫敦，會有很多綠葉暢茂的地方嗎？

過了一會，那車夫似乎總算明白了，在馬背上加了一鞭，馬車迅速地走過了幾條大街，又穿過幾條小街，仍是在大街接連的地方前進。這些地方都給濃霧罩住，朦朦朧朧地，所以我們不能看清街路的情形。尤其是冷空氣和濃霧並加，我們覺得不舒服起來。

從事務處出來到現在，馬車走得很遠了，然而還沒到，我的父母大概是住在鄉下吧。我以為不久這馬車就要離開這樣骯髒齷齪的街路，到暢快的鄉下地方去。然而馬車不但不向鄉下走，反而跑進更狹窄的小路裡。

我有點不放心，叫馬撤問問我們的引路人，我父母家到了沒有。馬撤的回答回答是令人失望的，他說，法律事務處的辦事員說，他從沒有到過這樣盜賊住的地方來過，所以連他也不知道。無疑地，這是馬撤弄錯了，要不然就是他不明白那辦事員的話。

然而馬撤硬說沒有弄錯，辦事員說了一個「瘦夫」，那就是法國話的「禾拉兒」同一個意思，同是指著盜賊的意思。我更是驚駭了，但是我馬上就明白了，一定是那辦事員說，因為到鄉下去的道路很僻靜，恐怕有盜賊的意思吧。

我告訴馬撤，馬撤也表同意，大家暗笑那辦事員的膽怯。沒有踏出都市一步的人，是多麼沒見識的啊！

然而沒有任何顯示鄉下就要出現的跡象，但這也沒有什麼好大驚小怪的，英國這國家，是倫敦的石塊和泥水造成的城市，誰說不是呢，現在汙泥濺滿了我們的車子，一塊塊黑泥一直濺到我們身上；一股股惡臭從四面八方把我籠罩起來，這表明我們現在正在倫敦最下流的所在。

的確，此地不是「別斯那爾葛林」，車夫和辦事員越吵越厲害了，結果辦事員發脾氣，給了車夫車錢，就跳下了馬車，照樣地還是發出那「肅——肅！」的聲音，我們知道他是在叫我們也下車來，所以就下來了。

我們茫然屹立在罩著濃霧的泥濘的街中，忽然看到一家燈火輝煌的繁華的店家，燃著的瓦斯燈光在鏡中反射，在室內的鍍金面處反射，在酒瓶中反射，通過了濃霧，射到街上的泥水潭裡，也映著閃閃的火影。那就是英國人所謂的杜松子酒的酒店，裡面是專賣杜松子酒和其他種種烈酒的。

「肅！肅！」我們的引路者又發聲了。我和馬撒就跟著他走進店裡。我從來沒有到過這樣豪華輝煌的地方，那才是大錯而特錯呢。我以為我們是到一個下流的地方，那才是大錯而特錯呢。店裡到處都是鏡子，到處都是鍍金的傢俱，賣酒的櫃臺就像是銀做的，這實在是驚人的地方。然而看聚在這漂亮的賣酒處站著喝的，或是靠在壁上，或是坐在吧檯上喝酒的人們的樣子，卻都是穿著骯髒的衣服，其中甚且有不穿鞋子、露出一雙泥腳的。全都是下流的人物，沒有一個像紳士。

辦事員走近了賣酒櫃臺，叫他倒了一杯白色的酒，和剛才在霧中吸氣的姿勢一樣，一口氣喝光了。喝完酒，算了帳後，他又和旁邊的一個男子攀談起來。

他是在向他問路，這不用馬撒的翻譯，我也聽懂了。

出了酒店，我們大跨著步前進，跟著引路人的背後，惟恐追不及。

現在這條路更加狹窄了，雖有濃霧，也能夠看得清楚兩側的房屋，房屋前掛著繩子，繩子上吊了洗好的衣服和破布之類的東西。我們到底到哪裡去呢？我更加擔心了。馬撒似乎看透我的心似的，時時望望我，然而也不做聲。

走過了幾條這樣狹窄的街路，兩側的人家更是不堪了，法國骯髒的街路絕沒有像這樣的。說是房子，其實也不過是堆東西的小屋一類的東西。要是其中沒有女人和小孩子的聲息，絕想不出它是住人的房子。

這些女人都是面色蒼白，小孩子們呢，也都不穿衣服，只在背上貼了一塊破布。街上甚且有豬群在街當中攪拌著泥土，那惡臭直貫著鼻孔，真是令人不堪。

我們的引路人又停步了，大概是迷了路吧。剛巧此時有警察走過，他們兩人就談了起來。那警察就走在前頭給我們引路，我們默默地跟著他走。

通過幾條彎曲的街路和十字路口之後，我們到了一個中間有一個像小池一樣的水塘的廣場，警察就站住說：「這裡是紅獅子庭。」

為什麼警察要停在這裡呢？「別斯那爾葛林」沒有在這裡的理由。或者我的父母竟住在這樣的地方嗎？

我正莫名其妙的時候，警察就跑到對著這廣場、一家圍著木板的小房子的門前，敲敲那扇門。我們的引路人謝了警察，就讓他走了。那麼，我們已經到了嗎？

牽著我的手的馬撒，更加握得緊了，我也緊握著他。我們能夠相互瞭解，我心中的苦惱，同時也是馬撒心中的苦惱啊。

我的心完全混亂了，也記不得那時的門是怎樣開開的。總之，我們走進去時，在大而空洞的房間中，只有一盞煤油燈和暖爐中的火光照著，人影朦朧地映在我的眼裡而已。

在火爐前，有一位頭上繫著黑頭巾，蓄著雪白鬍子的老人。他靠在用草編成的安樂椅上，一動也不動。再離開一點，在一張食桌前，和這老人對面，坐著一個男子和一位婦人。男的約莫有四十二三歲，穿著灰色的天鵝絨的衣服，面色很好，然而很嚴肅。女的比他小五六歲樣子，淡褐色的長髮，垂在白和黑的十字格子的披肩上。

室中除此三人之外，還有四個小孩子。兩個男的，兩個女的，頭髮的顏色都和那婦人一樣，年紀呢，男的約莫十三和十二歲，女的最小的差不多是三歲，蹣蹣跚跚在室內擺來擺去。

在我們的引路人正在向他們說明的時候，我一目瞭然就看見這些情景了。

克瑪達法律事務處的辦事員不知道說些什麼，我沒有聽到，等他說明完，全部的視線都像約好似的，注到我和馬撤的身上。就是那像擺飾不動的老人，也望了望我們，只有那最小的女孩卻被卡彼吸引住了。

「你們哪一個是路美？」穿著天鵝絨衣服的男子用法語說。

「我。」我說。

「哦，你是路美嗎？到這邊來和你的爸爸親吻。」

在我的想像中，我以為一看見父親時，一定自然地會忘記一切，飛跑著去抱住他親吻的。然而事實上，我卻沒有那樣的心情。雖然沒有心情，我還是走上去，向爸爸親了一個吻。

爸爸放開了我說：「那邊坐著的，是你的祖父。這是媽媽，小孩子們都是你的手足。」

我先走到母親的身旁，抱住了她。媽媽不做聲讓我吻她，可是她並不吻我，只對我說了兩三句話，而我也一點都不懂。

「去和祖父握握手，」爸爸說：「要慢點，祖父中風了。」

我聽了他的吩咐，跑去和祖父握手，然後又和弟妹們也握了手。我還想去抱抱那最小的妹妹，可是她正和卡彼玩，把我推開了。

當我從他們面挨個走過去的時候，我不由得對自己感到生氣，唉，這是怎麼啦！我終於回到了自己家裡，卻一點也不感到喜悅。我有了父親、母親、兄弟姐妹，我還有祖父，我和他們團聚了，但我心裡還是冷冰冰的。我曾經那麼焦急地等待著這個時刻，我將要有個家，將要有親愛的父母，我將愛他們，他們也將愛我，一想到這些，我曾經高興得瘋了一樣；然而，現在我卻用審視陌生人的眼光看著他們，這是怎麼啦！

使我感到困惑的是，我心裡並沒有什麼話想同他們講，連一句親熱的話也找不出來。我難道是個沒有心腸的人？難道我是那種不配有家庭的人？

如果我是在一座宮殿而不是在木板房裡找到我的父母，難道我心裡也會像現在那樣感覺不到那種溫暖的感情嗎？而在幾個鐘頭以前，我對自己還不認識的父母是滿懷這種感情的，為什麼在我親眼看到他們的時候，反而不能表達出這種感情呢？

這種想法使我感到羞慚，我又走到我母親的跟前，又一次擁抱她，緊緊地親她。也許她並不明白我這樣和她親吻的動機。她不回應我的親吻，只用懶洋洋的眼神望著我，然後稍微聳了聳肩，對她的丈夫，也就是我的父親，說了幾句我聽不懂、但使她丈夫笑得很起勁的話。

這一個的一臉冷漠和那一個的一臉訕笑，使我的心痛得再也無法忍受了，我對父母如此熾熱的激情，看來在他們眼裡連個屁也不值。

我悄然沉思著，然而父親還不給我餘裕，又指著馬撤說：「喂，路美，這小孩子是誰？」

我向他解釋我和馬撤深切的關係，盡力在話中強調馬撤對我的誠摯的友愛，同時極力說明我還欠馬撖許多恩情。

「哦，那麼他是來倫敦玩的嗎？」

我正想作答時，馬撖搶著說：「是的，一點不錯。」他自己回答了。

「那麼耶路姆呢？為什麼你沒和耶路姆同來？」

我說到了巴黎就聽到耶路姆死了的事，因寶蓮媽媽的信而發現線索，才和馬撖到倫敦來的始末，父親似乎又把我的話翻譯給母親聽。母親好幾次說：「那就好，那就好。」這句話我聽懂了。但不明白耶路姆死了有甚麼好處。

「你不會說英語嗎？」父親問我。

「不會，但是我會說一點義大利話，那是從耶路姆處買了我去的師父教我的……」

「唔，是叫李士老人的把戲師父嗎？」

「爸爸曉得此事嗎？」

「唔，前次我到法國去找你去時，碰到了耶路姆，聽他說的。這十四年中，我置你於不顧，現在忽然又找起你來，你一定以為很奇怪吧。」

「是的，我奇怪得不得了。」

「那麼，到火爐邊來。我告訴你個詳細吧。」

進來時，我把豎琴倚在牆上，但是背囊還是背著的，所以我就到父親指示的爐邊去。

當我把一雙黑泥腳向火爐處伸出時，祖父像生了氣的老貓一樣，向我吐了一口痰。祖父生氣的原因，用不著說也知道，所以我趕快把腳縮了回來。

這當兒，父親對我說：「不要緊，老人不喜歡別人走近他的火旁，但是你也冷吧，不要客氣，把腳伸出去好了，用不著和這老頭客氣。」

我聽見父親對這白髮龍鍾的老翁說出這樣的話來，吃了一驚。我以為即使對他人用不著客氣，然而對這樣子的老人總應該客氣一點才是道理，所以我就把潮濕的腳縮到椅下去。

據父親說，是這樣的：我是父親的大兒子，是他和母親結婚後一年生的，那時父親已經有好些財產了。父親結婚當時，還有一位戀慕父親、父親也喜歡她的女子，所以她以為父親一定會和她求婚，然而父親卻和母親結婚了，所以那女子起了嫉妒心，偷偷計畫著報仇。

父親和母親一點也不曾留心到此事，我出生六個月後，那女子就乘機將我偷走，帶到法國去，丟在傷兵院前。父親和母親上天下地的想找到我，但是再也想不到會被人丟到巴黎去，所以沒有到法國去找，無論如何，探不到我的行蹤以為我死了，也就斷了念頭。

然而距現在三個月之前，那女子患了重病死了，臨死時，她將懺悔地說出此事，所以父親馬上到法國，到丟掉我的地方的轄區警察局去查，知道我被斜巴隴的石工耶路姆撿回去養育了。父親又到了斜巴隴，找著耶路姆一問，才知道我已經賣給了李士老人，在法國四處流浪。但是父親不能跟著在全法國中去找李士老人，所以給了耶路姆旅費，託他去尋我，假使找到時，就通知受理他業務的克瑪達法律事務處。父親所以不把地方說出來，是因為這一家只有冬季在倫敦，其他的季節，父親就把全家都帶著，到英國全國去做生意，不在家中。

父親說完後，又接著說：「你明白了嗎？這就是你離開家十四年後又歸來的經過。你現在還不十分熟，所以有點害怕，這也不能怪你。而且你不曉得他們的話，他們也聽不懂你說的話，自然有點不方便，然而這也是暫時的，不久就會熟悉，大家親近起來了。」

當然會親近起來，一定的。和自己的父母兄弟在一塊還不能親近，那才是奇怪的事呢。漂亮的襁褓並沒有表明我的家庭的實際情況，這對寶蓮媽媽、麗色和亞根他們，是再不幸沒有的事了。我不能將從前幻想的事，來對這些人實現。因為是流動商販，尤其是住在木棚裡做小生意的人，他們是不可能富有的，但這一切又有什麼要緊！我終於有了一個家。在一個孩子的夢想中，母親就是財富，愛撫比財富更有價值。我需要的不是錢，而是愛。

父親在給我說話的當兒，餐具已經擺上桌子，她們拿了一個鐵的大盤，放在食桌當中，盤裡盛著煮好的大塊牛肉，肉的周圍排著很多的馬鈴薯。

「你們肚子餓了嗎？」父親問我和馬撒說。

馬撒開口笑了笑。

「那麼，就坐攏來吃好了。」

父親這樣說後，先把祖父的椅子推上前，讓他向著餐桌，父親自己也背著火爐坐下，然後做起主人的任務，將鐵盤拿近了，切了那大塊的牛肉，把上等的肉片和馬鈴薯給了我們。

chapter

39

馬撤的疑心

儘管我不是在那種講謙恭、重禮儀的上等人家中長大起來的，我還是注意到我的弟弟和姐姐經常用手抓著吃，還把手指蘸上的湯放進嘴裡舔著，而父親和母親都裝著看不見的樣子，似乎並不介意。我也注意到我的祖父，他關心的只是自己的盤子，那隻唯一還聽他使喚的手一刻也不停地在盤子和嘴邊往返忙碌，當因為不靈便，致使東西掉到地上時，我的兄弟們就當面嘲笑他。

晚飯吃過後，我以為一定是一家團圓，歡欣談天的，誰知父親說：「你們睡覺去。」就點了蠟燭，將馬撤和我帶到寢室去。那是放馬車的車庫，裡邊放著兩輛流動商人販貨所用的馬車。父親打開其中一輛的車門，車內設了一張雙層床鋪。

父親離去時，將蠟燭留給了我們。可是他卻把馬車門鎖了起來。我們只好睡覺。

儘管這一天的事是這麼多，我們卻沒有像往常的晚上那樣聊天，也沒有談論各自對這些事的印象，只各自說了句：「你睡呀，馬撤。」「你睡呀，路美。」就默默地鑽進床裡去。

不願意說話，絕不是因為想睡覺的緣故。蠟燭雖然吹熄了，可是我還在這張窄小的床鋪上翻來覆去地尋思著這一天發生的事。

我聽見睡在上鋪的馬撤似乎也和我一樣地翻來覆去。我小聲說：「還沒有睡著嗎？」

「沒有。」

「身體不舒服嗎？」

「不，謝謝你。我自己倒沒有什麼，但是周圍的東西有點不大對頭，它們在旋轉。它們一忽兒升上來，一忽兒沉下去，就象我現在還在船上似的。」

馬撤之所以睡不著，難道只是因為暈船嗎？他現在想的事，不也正是我在想的事嗎？我們的心意是如此相通，我感覺到的，他當然也能感覺到。

我們還是一絲睡意也沒有。時間一分鐘一分鐘地過去，有一種壓在我心頭的隱約的恐懼也隨著一分鐘一分鐘地增大起來。

起初我不明白我那些不安、惱火的感覺是從何而來，後來才漸漸明白那就是恐懼之念。對於什麼的恐懼呢？我越是想趕走這種恐懼感，心裡卻越是感到驚慌和不安。

時間一個鐘頭一個鐘頭地過去了，因為四周沒有報時的鐘聲，我不知道夜到底已有多深。突然，我們庫房的門上發出很大的響聲，我說的這扇門，是開向另一條街道的，並不是開在院內的那扇庫房門。接著，在幾聲規律的敲打後，一束亮光射進了我們的車子。

我非常吃驚，趕緊往四周望了望，這時靠著我床鋪睡的卡彼也被驚醒了，發出了低沉的吠聲。

我發現亮光是從開在我們車身板壁上的小窗裡照進來的，我們的雙層鋪就貼著這扇小窗，但在我們上床的時候，我並沒有注意到車身上還有著這扇小窗，因為它被一塊掛在車身裡面的窗簾擋著，窗簾上半部緊貼著馬撤的床，下半部貼著我的床邊。

為了不讓卡彼把院子裡的人都驚醒，我用手捂住牠的嘴，然後撥開一點窗簾，朝外面望去。

我父親悄悄進入庫房，他不發出一點聲音，靈活地打開臨街的這扇門，放進兩個人，他們肩上都扛著沉重的包袱，接著，他輕手輕腳地又把門合上。

父親用手指壓住嘴唇，叫那兩個人不要做聲，然後指指我們睡著的馬車，我知道他是吩咐他們不要驚醒我們的意思。

父親幫著他們，將包袱拿了下來，再回到正房去，回頭再出來時，並帶了母親。父親回正房子去的當兒，那兩個男子將包袱打開，一個是裝的布料，一個是裝的帽子、披肩、絨線衣服、內衣、襪子、手套等之類的東西。

最初我吃了一驚，但是一想，我就知道是商人拿了貨來賣給我的父母去做生意的了。

父親把貨物一一在燈前照了照，就遞給母親裡。這使我莫明其妙，而且在這樣三更半夜跑來賣東西，也夠奇怪的了。

父親一邊檢查貨物，一邊小聲地和那兩人談話。要是我能夠聽得懂英語，那麼我或許可以明白，但是我不懂，所以他們說的什麼，我完全不明白，只不時地聽見他們說了警察兩個字。

等貨物檢查好之後，父親母親就同那兩個男子到正房去了，車庫中又黑暗起來。不用說，他們四個人是進去算帳的了。

我對自己說，剛才看到的一切都是最正常不過的，然而，我卻不能說服自己，為什麼這兩個人要在半夜三更從後門進來呢？為什麼他們說到「警察」這個字眼的時候，聲音放得這麼低，好像生怕被人聽見呢？為什麼母親要把買來的東西的標籤剪掉呢？

這些問題攪得我無法入眠，我越是要不想它，心裡卻越想得厲害。隔了一會，燈光又射進馬車內。我偷偷地抬起頭，從窗簾隙處探窺那光亮的一邊。

初次探窺時，我覺得這是很自然的，可是這次探窺，使我很心虛，我的心中叱責自己不應該看，不應該知道，然而自己卻不能不繼續窺看。

兩個男子似乎是回去了，已經不在，現在只有父親和母親，母親將解開的包袱重新包好，父親用掃帚將車庫角落的土掃開後，用掃帚柄將地板一掀，現出了一個地蓋。

父親將地蓋掀起來，母親就把包袱拖到方邊。蓋下有一個大洞，我不知道它有多深，但我看見母親用燈照看，父親把兩個包袱用繩子捆好吊了下去，再將地蓋蓋好，又用掃帚將沙土覆蓋好，不讓它露出痕跡，並到附近去拿了一些麥秸撒在上面，一切弄完後，父親偕母親又進正房去了。

正房的門關起來時，我覺得馬撤的床似乎動了一動，馬撤已經看見剛才一切的事了嗎？然而我沒有向他開口的勇氣，我明白我為什麼恐懼了，我從頭至腳都浸透了冷汗。

不久雞聲啼唱，已經天亮了。聽見雞啼聲後，我反而睡著了，然而總為噩夢纏擾著。我從鎖頭的聲音中驚醒。我以為是父親來給我們開馬車的門了，裝睡蒙著頭時，聽見馬撤的聲音說：「是你的弟弟來給我們開的，他已經走了。」

我們爬了起來。馬撤也不問我睡得好不好。我也不問他。有一次馬撤看著我時，我就將眼睛轉向別處。

我們走進正房，父親和母親都不在那裡。祖父還是坐在安樂椅上，好像從昨天以來他根本沒有挪動過似的。叫奧立葉的大妹子在擦桌子，叫金佐的弟弟在打掃房間。我走過去想和他們握手，他們卻只顧幹他們的活兒，根本不搭理我。

我想向祖父問安，跑到火爐邊時，祖父又對我吐了一口痰，所以我又停住了。我忍著想掉淚的心情，對馬撤說：「請你問問祖父，我的父親和母親到哪裡去了？」

馬撤畏畏縮縮地向祖父說了，祖父一聽見馬撤用英語和他說話時，馬上面色就變和藹了，高興地和他談起話來。

「喂，祖父怎麼說？」

「他說，父親今天一天不在家，母親在房裡睡覺，你們隨便去逛好了。」

這翻譯又似乎太短了。

「喂，祖父只說了這些嗎？」

馬撤似乎有點難為情。

「有些我不知道是什麼意思……」

「那就挑你聽懂的說吧。」

「他好像說，如果我們在城裡碰上好機會，就不該放過。他還加了一句：『記住我的話，我們是靠傻瓜養活的。』這句話他肯定是說了。」

我的祖父大概猜到了馬撤對我說了些什麼，因為他在聽到最後幾個字的時候，用他那隻沒有癱瘓的手，做著往他的口袋裡放什麼東西的樣子，同時還眨了眨眼睛。

「我們出去吧。」我對馬撤說。

我們在外邊走了兩三個鐘頭，不過怕迷路，只敢在附近兜圈子。我發現白天所看見的「別斯那爾葛林」比夜間所看見的還要不堪，在人們身上看到的或是房子的樣式，都是令人心酸至極的貧窮景象。

我們時時對望了望，但是沒有說一句話。

過了一會，回家裡一看，母親已經從臥室裡走出來了。從進門處，我就看見母親的頭趴在桌上不動，我以為她是生病了，然而自己又不會說話，所以想和她親個吻，跑到她的身旁，將她抱住。母親抬頭看了我一眼，大概在她朦朧的眼睛中看不見我吧，我只感到她吹了一口熱氣在我的臉上，帶著濃濃的酒氣，我倒退一步，母親的頭又栽倒在攤開在桌上的她的兩條胳臂中間。

「那是杜松子酒。」祖父帶笑對我說，以後還說了些什麼，但是我聽不懂。

我一動不動地呆在那裡，像失去了知覺一般。幾秒鐘後，我看了看馬撤，馬撤也看看我，他的眼裡充滿了淚水。我向他使了個眼色，兩個人又去外邊了。

我們互相緊握著手，沉默地，無目的地，隨足之所至，走了好一會。

馬撤擔心地說：「喂，這樣走到什麼地方去呢？」

「不知道，可是這樣會走到一個可以和你談話的清靜的地方吧。我有話要對你說，在有人的地方又不方便……」

我在李士老人處就學會了，在馬路中絕不說要緊的大事，大概因為這習慣，所以我現在也想走到沒人的地方，告訴馬撤心中的事。

不久，我們走到一條清靜的大路上，路的一端隱約可以看見樹林，我們就向那角落前進。那是一個大公園，有如茵的草地，處處還有小樹的叢林，這是最好的談心地點了，我們就坐在草地上。

「我心裡所想的，你大概明白吧，我正是出於友誼，我才要求你陪我來到我的父母家裡。你不會懷疑我對你的友誼吧，是嗎？」

「你真是個傻瓜！」他強裝出笑臉回答我。

「我……」我突然心裡一陣辛酸，「你或者會嘲笑我吧，我在家裡想哭也哭不出來呢。除了你之外，我再沒有一個人可以向他流淚的。」

我突然倒在馬撤的懷裡淚如泉湧了，當我還是孤兒時，也沒有一次是這樣感到自身的不幸的。我嗚咽了一會兒，才勉強收住淚。我將馬撤拖到公園來，並非為了自己的哭泣的，也不是為求得馬撤的憐憫，是為了對馬撤有話要說才來的啊。

「我想叫你馬上離開這裡，回到法國去。」

「啊！我絕不會讓你一個人留在這裡，自己到別的地方去的，我怎麼能夠這樣做呢？」馬撤堅決地說。

「我知道你一定要這樣說的，你這樣說，我不知道多麼歡喜。可是這樣我就滿足了。你無論如何非得離開這裡不可。不管到法國去也好，或是回到你的祖國義大利去，總之，只要不是在英國就好了。你快點離開倫敦吧！」

「但是你呢？你到什麼地方去？」

「我？我不能不留在這裡，留在我的家裡，留在父母的膝下，這是我的義務……這裡是我們用剩的錢，我個一銅板也不要，你拿去做路費吧。到法國去恐怕還要更多。」我將錢包拿出來，放在馬撤的面前。

馬撤動也不動它。

「你別說這些了，我絕不回法國去，如果誰應該離開的話，正相反，不是我，應該是你。」

我吃了一驚。「為什麼？」

「因為……」馬撤沒有把話說下去，兩隻眼睛避開了我詢問的目光。

「馬撤，我有話問你，你應該用真話回答我，要坦率，不要轉彎抹角，不用擔心我受得了還是受不了，不要害怕，昨天晚上你是不是沒有睡著？你都看見了？」

馬撤垂下眼皮，用憋住氣的聲音說：「我沒有睡著。」

「你看見了嗎？」

「都看見了。」

「那麼你都明白了？」

「那些拿來的貨物，並不是他們兩人買的，你的父親生氣問他為什麼不走前門，卻來叩車庫的門時，那傢伙就說前門處有警察。」

「喂，馬撤，你明白了吧，你之所以非得離開這裡的理由。」

「要是我非得離開這裡的話，那麼你也非得走不可，我們兩人是一樣的。」

「你先聽我說。我之所以帶你到倫敦來，是因為聽了寶蓮媽媽的話，相信我的雙親一定是有身分的富翁，而且以為我的家庭能使我們倆都受到教育，我們也可以從此不分開；但事實並非如此，夢想……落了空，我們只好分開了。」

「絕不！」

「請你不要這樣，好好地聽我說。你應該理解我的心情，不要再加重我的痛苦了，我問你，假使我們在巴黎遇著了喀爾，你被他抓回去了，那時候你會勸我也和你一塊做他的弟子嗎？……不會吧，你一定會說我剛才說的一樣的話，道理是一樣的。」

馬撤沉默不答。

「怎麼樣？你認為我的話說對了，就說對了吧。」

馬撤想了想，說：「你也聽聽我說的話吧。在斜巴隴時，我聽見了你的家人在尋你的話，我真的非常痛苦。你能夠找到你的家人，這是多麼可喜的事，我應該與你同喜的，但是我只想著自己的事而傷心。你有了兄弟姐妹，你就會像愛我那樣去愛他們，可能愛他們勝過愛我；他們有錢，有教養，受過好的教育，我嫉妒了。明白了吧，這就是我應該向你坦承的真話。我要求你饒恕我，如果對這樣自私的感情你肯饒恕的話。」

「啊！馬撤！我和你之間還有什麼恕不恕的話好講呢。我早就知道你的痛苦，我沒有責怪過你。」

「那是因為你太傻，你是個誠實的大傻瓜，應該恨那些心壞的人，過去，我的心就很壞。你所以能原諒我，那是因為你的心太好；我的心不好，所以我不會原諒我自己。我有些念頭，你並不知道，我曾對自己說，『我和他一道去英國，先去看看再說，他要是很得意，在他沒有功夫再想到我的時候，我就趕緊走，一口氣跑回特里奴，去擁抱我的妹妹。』但是你現在並不幸福；你不但沒有錢，而且你……就是說，你並不像我當初想的那樣會忘掉我。這樣，我就不該走了，我的兄弟，我的好路美。」

這樣說後，馬撒拉起我的手熱情地親吻，我的眼眶充滿了眼淚，這是我從來未有嘗過的苦淚，是火熱的淚。我非常感動，然而我的決心卻不因此而推翻。

「無論如何你不能留在我家，我求你吧，請你回法國去，對寶蓮媽媽、亞根、麗色他們說明我之所以不能如約的理由，你只要告訴他們，我的父母並沒有像我所想像的那樣有錢就好了，這樣他們就可以寬恕我了。不是嗎？馬撒，不是有錢人也不是可恥的啊。」

「你不是因為父母貧窮所以叫我回法國去的，不是嗎？那麼，為什麼呢……一定是你恐懼昨夜看到的事，在為我擔心……」

「喂，請你不要再提了……我求你，馬撒！」我慚愧極了，用兩手來掩住漲紅了的面孔。

馬撒接著說：「假使你是為了我，怕我會變成那樣的一個人的話，那我又何嘗不是那樣想呢，我無論怎樣，總不願意你去剪那偷來的東西的商標，所以我也不是不離開這裡，只要你肯同我一塊兒走，逃回法國，去看寶蓮伯母、麗色、亞歷他們去。」

「但是這不是做不到的事嗎？你跟我的父母並沒有關係，所以能夠自由；但是我呢，他們是我最寶貴的父母啦，我無論如何得和我的家族在一塊兒不可。」

「你的家族！患中風病而且向你吐痰的祖父，和喝醉了倒在桌上的母親嗎，那樣的家庭……」

我瞪視著馬撒說：「喂，馬撒，就算是你，我也不能讓你講這樣無禮的話，就是中風，不仍是我的祖父嗎？醉了也是我的母親啊。既然是我的父母祖父，就非尊敬孝愛不可啦，所以你也非得尊敬他們不可。」

「我知道，如果是你真的父母，我一定尊敬他們，但是假使不是你的真祖父，也不是你的真父母的話，那你也非得尊敬他們，孝愛他們不可嗎？」

「你不是聽了我父親說的話了嗎？」

「可是一點證據也沒有，他們弄丟了一個和你同年的小孩，這次卻找到一個和那小孩同歲的你。」

「然而那小孩是丟在傷兵院前，我也是同日在傷兵院前被拾到的，哪裡還會錯呢。」

「但是，又怎能說在傷兵院前沒有兩個小孩子同一天被丟棄呢？警察局長難道在這件事情上就肯定不會弄錯嗎？」

「荒謬，怎麼會有這樣的事呢？」

「我說的話有可能是荒謬的，那是因為我的腦子笨，要是換一個人，他就會把事情解釋得比我清楚、比我合理了。並不是事情荒謬，是我這個人太笨。總之，就是這麼回事！而且，我告訴你吧，你一點也不像你們家裡的哪一個人呢，不像你的父親，也不像你的母親，也不像你的祖父。頭髮的顏色也不像其他的兄弟姐妹。使我最奇怪不明白的，就是你那並不是有錢的父親，拿出那麼多錢來找你……這樣推想起來，你絕不是那一家的人無疑了。所以我勸你和我一塊兒逃走，然而，若使你執意要留在這裡的話，我也要和你在一塊，我已經下了決心了，無論你怎麼說都不行。但是你寫封信到寶蓮伯母那裡，問問她你的襁褓的事不好嗎？由她的回信，知道你的襁褓是怎麼樣的，然後問問你的父親對一對質好了，這不就可以明白真實的事情了！是的，你一定要這樣子做。未到那時候之前，我一點也不能動。每天偕你帶著卡彼去賺錢好了。」

我們還談了很久的話。午飯時買些麵包充饑，在這美麗的公園中，散步了一整天。

我們回到紅獅子庭時，已是日落西山後了。

chapter 40 賊犬卡彼

偕馬撤回家一看，父親已經歸來，母親也清醒了。父母親對於我們在外嬉遊的事，並不說一句話。不過在晚飯後，父親說有事要對我們兩人說，把我們叫到爐邊，朝著我們說：「你們在法國是怎麼樣糊口的，講給我聽聽。」

我就簡略地將我們賺錢的情形說給他聽。

「你們那樣就不怕餓死嗎？」

馬撤答說：「一次也沒有遭遇過，我們還將賺到的錢積了下來，買過一頭母牛呢。」

「買了母牛？為什麼呢？」

「買來送寶蓮伯母——路美的奶媽的，值得八十五塊錢的上等的母牛哩。」

「那麼你們的技藝似乎很好，你們試在這裡弄弄看吧。」

我拿了豎琴來，彈了一曲，但是那最得意的「拿坡里之歌」，我卻沒有唱。

「好的，好的。」父親點點頭，這次他向馬撤說：「馬撤，你會什麼？」

馬撤先彈了提琴，然後又吹喇叭。馬撤在吹喇叭時，聚在我們身邊的兄弟姐妹們都拍掌稱讚他。

「那麼卡彼呢？」父親望望卡彼，「這隻狗也似乎會玩什麼技藝。你們不會是無故養狗取樂的，這傢伙也一定會賺到自己要吃的食物的吧。」

我最自誇的就是卡彼的技藝，那不僅是對卡彼的誇耀，還是我對死去的師父的誇耀呢。卡彼遵了我的命令，做了幾套把戲，卡彼得到了大喝采。

「真不錯的搖錢樹，這隻狗！」父親說。

卡彼受了讚賞，真使我高興，我還告訴父親，這狗無論教牠怎麼樣做，牠馬上就會記住，其他的狗所做不到的事，牠也會學得成功。

父親將我所說的話翻成英語告訴大家，而且還講了幾句我所不懂的話，大家聽了，都笑起來。母親也笑，小孩子們也笑，連祖父也笑了，眼睛亂溜地說了好幾次：「好狗，真是好狗！」這句話我也懂得的。

父親還接著說：「既然這樣，我有一件事和你商量，可是我想要先問馬撤，怎麼樣，你願不願意留在英國和我們一塊兒過活呢？」

「我願意和路美在一塊！」馬撤用力地說。

父親不知道這句話的弦外之音，似乎很滿意。

「唔，這樣很好，那麼我就和你們商量商量，我們是這樣的窮人，不能不各自去找工做。等到天氣漸暖，就要到各處去做生意，可是在這樣寒冷的時候，沒有什麼好生意，無可奈何只得在倫敦過冬，但是我們也不能優遊過日，所以路美和馬撤還是要像在法國時一樣，到街上去彈唱賺錢。倫敦一定很好賺的，尤其是在聖誕節前後，還有金佐和傑克，也不能只顧玩，就叫他們兩人和卡彼一塊兒，多少去尋幾個錢。」

我想我怎麼能離開卡彼呢，所以連忙插嘴說：「爸爸，卡彼沒有我，是不肯獻技的……」

「不要緊的，伶俐的狗一定馬上就可以同他們去討生活的，這樣分配，才可以多賺錢。」

「但是只有我和馬撤賺不到那麼多的，沒有卡彼，就不能賺得那樣好……」

「好了好了，我說這樣就是這樣，那就是我的家規，你既是我的家人，所以非得服從家規不可。曉得了嗎？」

既然不許反駁，我只好一句話也不說，但我暗自想道，我為卡彼也設想過一些美夢，但它們實現的時候竟也如此悲慘，同我為自己所設想的美夢一樣，都落了個可悲的下場。我不能不和卡彼分開！為什麼傷心事這麼樣多！

我們又到馬車裡去就睡，父親今夜卻不來鎖門了。

我馬上就睡下了，比我脫衣服來得慢的馬撤走近了我的枕邊，細聲地和我說：

「喂，你明白了吧，你的父親實在沒有一點父親的氣概，他養小孩只為了要賺錢。他不是連你的狗也奪去了的嗎？所以我勸你早點醒悟吧，明天就寫信去給寶蓮伯母吧。」

第二天，我抱住卡彼，在牠的臉上親吻了幾次，並向牠說明不能不同我分開，和金佐他們去賺錢的事。呀！可憐的卡彼！望著我，專心聽我的吩咐時的那可愛的樣子！

等到將卡彼的繩子交給金佐時，我還吩咐了牠無數的話。卡彼真是聰明而且柔順的狗，臉上露出傷心的樣子，然而一點也不反抗，跟著兄弟二人出去了。

我和馬撤呢，父親將我們帶到最容易賺錢的地方去。我們走過了長長的倫敦，到了一條很多漂亮房子的街上，而且各處散佈著紀念碑和雕像，像給美麗的花園圍著一樣的地方。

寬闊的人行道上，再沒有像我們家裡附近那樣的，穿著破衣服，赤腳，面孔像有三四天不吃飯的樣子的人的影子了，眼裡所映的，只有打扮漂亮的女人，鏡子一樣發亮的馬車，頭上塗了髮油的肥胖的車夫，和強壯光澤的馬。

我們在這樣的地方討了一天的生活。回家時已經很晚了。因為我們賣藝的地方西倫敦到我們家，是很有好些路的，回到家裡最高興的，就是卡彼搖著尾巴跳到我身上的事，牠全身都濺了污泥，可是還很快活。我們就用乾草給卡彼擦身，將污泥弄掉，我把衣服將牠包著，讓牠和我一塊睡在床上。

就這樣一連過了好幾天，我和馬撤每天早出晚歸，在各個區表演我們的節目，至於卡彼，每天被金佐和傑克帶出去賣藝。

但是，有一天晚上，父親對我說，我第二天可以帶卡彼出去，因為這一天他要把金佐和傑克留在家裡。這不知道多麼使我們歡喜。我和馬撤計畫，明天一定要好好地做一天，多賺些錢，讓父親知道將卡彼和我們拆開是不合算的。

第二天早晨，我們將卡彼化裝停當，根據這幾天的經驗所得，知道最賺錢的，向河兒蓬到牛津街那方面出發。

但是，不幸得很，昨天來的濃霧還不曾放晴，反而有更濃的情勢，五六步前的東西就看不見了，不是有急事的人是不會外出的，所以道上的行人極稀疏，平時卡彼一玩起把戲來時，房子裡的人一定會打開窗子來看的，但是今天因為濃霧，不能再從窗子望得見了。我們的收入銳減，當然也用不著說了，馬撤不斷地詛咒著這倫敦有名的濃霧，哪裡知道這霧在一刻後，卻給我們極大幫助呢。

我將卡彼帶在背後，時時喚著牠，使牠不會離開我。

不久，我們到了河兒蓬。這裡是人所共知倫敦最繁華的商業街，我在這裡突然看不到卡彼的影子，找一找，也沒有。

這等的事，從前絕不會發生的，但是我們以為等一等牠就會回來的，剛巧那裡有一條橫街，我們就站在街角處等待。從遠處看不到我們的影子，所以我們不斷吹著口哨。

我擔心起來，愁著牠不會是被人偷去的時候，突然卡彼在霧中跳到了我們的地方。一看，牠嘴裡銜著一雙羊毛襪子，尾巴搖個不停。牠把前肢趴在我身上，把襪子遞給我，讓我接住。牠似乎有點洋洋得意，好像成功地演完一場難度很高的節目後，來向我討賞似的。

我正莫明其妙，呆呆地望著牠時，馬撤匆忙地從卡彼的口中將襪子搶過來，抓住我的手，拉進橫街裡去。

「快走！但不要跑。」這樣地趕了一會，馬撤才放慢腳步，說明逃走的理由。

「剛才我和你一樣，正嘀咕這襪子是怎麼來的時候，突然聽到有人在喊『小偷在哪裡？』，這小偷，你知道，就是卡彼。沒有這場濃霧，我們早被當作小偷，被抓著了。」

我完全明白過來了，我驚呆了，他們竟把善良誠實的卡彼養成賊犬了！

「馬上回家去吧！」我對馬撤說：「你用繩子把卡彼拴好。」

我們拚命地趕回「別斯那爾葛林」，回到家裡一看，父親、母親、小孩子們都圍住了食桌，在折布料。我變了臉色，走進去，將拿回來的襪子往桌上一丟，金佐和傑克看見這襪子，倒很高興地笑起來。

「這襪子是卡彼偷來的，牠本來不是那樣的狗，一定是家裡的人把牠教壞了。但是，我希望這不過是為了好玩才這樣做的吧！」

我講的時候，人有點發抖，但我的語調從來也沒有這時候那樣的堅定。

父親瞪了我一眼說：「假使是有意的又怎麼樣？我倒想聽聽。」

「我就用繩子把卡彼的脖子用麻繩捆起來，丟到湯姆士河裡去，儘管我很愛牠，與其使牠成一個盜賊，我寧可將牠殺了。就是我自己也是如此。要是我也被迫成一個賊的話，我也要和卡彼一塊兒死在湯姆士河裡。」

父親瞪眼看著我，裝著要打我的姿勢。他的眼睛著了火般似的，但是我一點也不肯低頭，注目看他，父親的面色漸漸變柔和了。

「唔，你說的也有道理。這不過是個玩笑罷了，所以，為了避免再次發生這種事情，從明天起，卡彼還是交還給你吧。」

真是意外的結果，卡彼以後絕不會離開我了。

chapter 41 美麗甘叔父

無論我怎麼對他們好，我的弟弟們總是對我表示著敵意，他們擺明了不認我是哥哥。尤其是在卡彼的那件事後，敵意更加深了。他們一遇機會，就想摧殘卡彼，我口裡雖然不好說出來，但是每次都握著拳頭向他們表示，如果他們膽敢碰卡彼一根毫毛，我絕不會答應。

弟弟們不認我，但我不是還有兩個妹妹嗎？我總希望她們會有點友愛之情。可是那個大的，也就是叫奧立葉的那個，她對我的感情並不比她的兩個弟弟更好些。和他們一樣，我的好心換來的從來不是好報；而且，她總是天天要出點主意來跟我搞些這樣那樣的惡作劇來戲弄我。在這一點，她有著和年齡不符的壞聰明。

弟弟們和我作對，奧立葉也不和我親近，只有那不懂人事的三歲的小妹妹，因為年紀太小，還不懂得和她的哥哥姐姐們結成一夥。她隨意讓我親吻，我時時叫卡彼玩把戲給她看，而且每當從討生活處回來時，就把看把戲的小孩子們說是給卡彼的糖果或糕餅帶了回來，給她做禮物，所以只有她非常戀慕著我。

當我踏上英國國土的時候，我的心中對我的家庭充滿了許多的愛意；而現在，能夠真心接受我的愛的，卻只有這三歲的小妹妹一人。

呀！是多麼無情的家族啊！

馬撤察覺到我的心情，對我說：「喂，你寫封信給寶蓮伯母問一問不好嗎？」

我以為無論如何不應該對自己的父母起疑心，所以最初當馬撤勸我寫信去問寶蓮媽媽關於我的襁褓的事時，我拒絕了他，到最近，我也覺得有些疑心了，假使我真的是這家的小孩，那麼，即使是在外國長大，不能夠溝通，也總應該有點像親子的對待才對。然而家中的人竟像對路人一樣對待我，這使我覺得未免太殘酷，不能不有所不平了。

我寫了一封信，寄給寶蓮媽媽，又恐怕她的回信會寄到家裡來，所以我就叫她的來信寫到郵局轉交給我。過了兩三天後，我們每天總兜一個圈子，去郵局查問寶蓮媽媽的回信有沒有到，撲了很多次空後，總算接到了回信。

郵局絕不是適合看信的地方，我們出了郵局，找到一個僻靜的地方，按住亂跳的心胸，拆開了寶蓮媽媽的回信。不用說，當然是斜巴隴教會裡的牧師代筆了。

親愛的路美：

我接到你的信，吃了一驚。從逝世的耶路姆時常所說的話，和那來斜巴隴找你的人回去後，耶路姆告訴我的話合想起來，我以為你一定是生在富裕的世家的。我所以這樣想，也因為耶路姆在巴黎拾到你時，你身上的襁褓不是沒有錢的人家可以穿得起的。你要我告訴你當時穿的什麼襁褓嗎，這很容易，我好好地將證據都收好了，一一詳細地告訴你吧。

你當時身上的東西——金線和絲線編成的美麗的帽子，嵌花邊的內衣，白羊毛的襪子，有絲絨的白鞋子，白法蘭絨的長上衣，法蘭絨的墊褥，繡花的連帽長外套。而且我還要告訴你，這些東西上面沒有徽章。在繡徽章的墊褥一角，被剪去了。假使有必要，我馬上就把這些東西寄給你。

我絕不因為你不能送我禮物而傷心。你節衣縮食買給我的那頭母牛，在我的心中，絕不輸世上的任何寶貝。那牛仍很壯健，仍舊有很好的牛奶，只要這樣就使我無比幸福了。在我愛著那母牛時，我總想起你和馬撒。

請你時時寫信來報告你的平安，我每天在等著呢。你的家雖說不富有，但你是溫柔的好小孩，我想你的父母兄弟一定很疼愛你，你一定過著幸福的日子的。這就使我安慰了。

再會，路美，身體珍重，並代我問馬撒好。

寶蓮

信的結尾使我很傷心，寶蓮媽媽始終待我這麼好，她疼愛我，便認為世上所有的人都應當像她一樣地疼愛我！

「呀，寶蓮伯母念著我呢。」馬撒高興得不得了，「知道了襁褓的事這樣詳細就得了，這和你家裡被偷去的小孩的襁褓不同，你父親的說明一定是不對的了。」

「或許父親忘記了也說不定。」

「不會的，證據只有那時候的襁褓，忘記了那證據，會找得著小孩子嗎？」

「這也有道理，但是，在沒有聽到父親的回話以前，請你不要提起這事，好吧。」

這天我們裝著沒事回家，但是向父親正經地問他那時我被偷時的衣服是怎麼樣的，實在是不容易的事。假使我是偶然地問到的話，那當然不成問題，心裡一有了鬼，膽子就小了，無論如何總難說得出口。

這樣地過了兩三天，我總沒有說出來，有一天到外邊去時，適值下雨，我們趕早就回來了。母親和小孩子們都不在家，只有祖父和父親沒有出去，我以為這是時機了，鼓起勇氣，提出詢問。

父親似乎看穿我的心一樣地瞪著我，他的眼光，正像平時我有什麼事忤逆了他時的一樣。我也大膽地看著父親，表示我不得到回答不休的決心。

父親怒容滿面，但是忽然又像前次一樣，和順了起來，變成笑顏了。這是可怕的，有刺的笑顏，然而笑顏總歸是笑顏。

「路美，你要想知道，也沒有什麼問題，我就告訴你吧，就是因為有了那襁褓的頭緒，才會找到你。你聽著吧，金線和絲線編成的帽子，嵌花邊的內衣，法蘭絨的上衣和墊褥，白毛襪子，白鞋和繡花的白外套，你的身上就穿了這些東西，而且在內衣和墊褥處繡有漆喬治的簡筆字，可是被裁去了。曉得了嗎？漆喬治就是你的原名。我還藏有你受洗時的登記證，你要看，我順便還可拿來給你看看。」

父親在櫃子上的抽屜中探了一會，拿了一張蓋滿了印的大紙來給我看，但是我看不懂，所以就問他說：「我叫馬撒替我看好嗎？」

「好的。」

馬撒總算好歹把它翻譯了出來，那上面寫著，我生於八月二日星期四，是漆德興和妻子瑪色的長子，名字是漆喬治。我還有什麼疑問嗎？我是真真正正的漆德興的兒子啦。

然而馬撤還是不滿足。走進馬車就寢時，他又屈身在我的枕上說：「話語雖然說得很好，可是一個鄉下做小生意的商人，哪裡能夠給小孩子金絲編的帽子和繡花的外套穿戴？」

「一定是因為做生意的人，所以買了便宜貨來的，而且父親不是說，他那時候還沒有這樣窮嗎？」

馬撤吹著口哨搖搖頭，又再對著我的耳朵說：「我想，你不是漆德興的兒子，而是他偷來的！」馬撤一說完，就爬上床睡覺去了。

假使我與馬撤易地而處，那麼，我也會像他一樣，或許比他有更豐富的想像力。然而換了我，卻是不許可的。在馬撤看來，漆德興只是漆德興罷了，可是在我呢，他是我的父親。

我想也學馬撤一樣，當他是一個普通的漆德興來看時，父親的這個名頭就壓住了我。馬撤可以隨便地想像，因為漆德興只是一個平常的人，我呢，我有非得尊敬父親不可的義務。

我也承認，我的家庭裡，我的身邊，確實有著不少離奇的現象，但我不能用同馬撤一樣的觀點去對它們進行分析和研究，因為我沒有這個自由，馬撤可以懷疑，而我，懷疑是不許可的。

馬撤時常發出以下的疑問：

「為什麼金佐和傑克和奧立葉和那三歲的小妹妹長相都相似，而你獨不像呢？為什麼弟妹的頭髮都像母親的淡褐色，你的卻不然呢？」

「為什麼家裡的人，除了那三歲的小妹妹之外，都當你像路旁的癩皮狗一樣看待呢？」

對於這些疑問，我當然不能有什麼解釋，可以使馬撤信服，但是我卻有以下的反問：「假使我不是父親的兒子，那麼，就算知道了我的所在，他不是不會理我的嗎？為什麼送耶路姆那麼多錢，要他去找我呢？耶路姆為什麼還要去拜託那克瑪達法律事務處，那樣有漂亮招牌的人呢？」

「我無法向你解釋我現在解釋不了的問題，但是我能感覺得出來，你不是這家的孩子。不，你不是，你也不可能是。這一點，總有一天會真相大白，那是肯定無疑的；現在，由於你的固執，不肯把眼睛睜開來看看，才把這個時刻推遲了。我明白，說來說去，還是那個應該孝敬父母的想法把你的思路堵住了，但也不該連腦子都不敢動一動！」

「那麼，你說我要怎麼辦好？」

「我想帶你一塊兒逃回法國去。」

「這事怎麼做得到啊？」

「那是因為你要對家族盡義務才這樣想，若是那不是你的家族，那不是沒有問題了嗎？」

這樣的議論不但沒有止境，反而將我帶到不幸中去。

呀，還有什麼能比懷疑更可怕的？我不想懷疑，然而我不能不懷疑：這個父親是我的生身父親嗎？這個母親真是生我的母親嗎？這個家庭真是我的家庭嗎？

將這些懷疑說出來，是多麼可怕的事！當我沒有家庭、孤獨一人的時候，也沒有像現在這樣的不幸和受到折磨。誰又能料到，我當初為了沒有家庭而傷心哭泣，現在卻因為有了家而在絕望地痛哭？

在這一團漆黑中，真相究竟是什麼？誰能向我揭示真相？我怎樣才能瞭解真相？

然而，在我內心有著如此深刻的悲痛的時候，我還得每天上街表演，為別人演奏歡樂的歌曲，對觀眾咧嘴裝出勉強的笑容。這樣，星期日便成了我最好的日子，因為這一天的倫敦街頭是不許奏樂的，我就利用這一天和馬撤帶著卡彼到外面去散步，隨意地讓自己沉浸在深深的愁思之中。

有一天的禮拜日，我正想照舊偕他們出去散步時，父親對我說，他有點事要我幹，讓我留在家裡，他只放了馬撤出去。真奇怪。祖父也在臥室裡不出來，母親帶了奧立葉和那小妹妹出去了，家裡只剩我和父親兩人。

約莫過了一個鐘頭，有人來叩門。父親跑去開門，帶了一個人進來。那男子完全和平時來找父親的人不同，真的是英國人所謂的「紳士」呢。身上穿著漂亮的衣服，頭上戴了大禮帽，十足是上流社會的樣貌，只是面龐帶了疲於世故的痕跡，年歲約莫五十歲左右。

最使我吃驚的，是他的笑容。他的兩片嘴唇一動，潔白鋒利的牙齒便露了出來；那牙齒像小狗的犬牙一樣，這使他的模樣更具有顯著的特徵，看他縮唇露齒一笑時，我以為與其說是笑，寧可說他像要吃人一樣可怕。

這紳士用英語和父親談話時，始終望著我，但是當我的眼睛碰著他的時候，紳士又看到別處去了。

我吃驚著這紳士到這裡來做什麼，這時候，紳士停止了英國話，用法國話談起來了。他的法國話說得真流暢，沒有普通一般英國人講法語時的腔調。

「這就是你對我講過的小孩嗎？」紳士看著我說。

「喂，路美，不回人家的話嗎？」

「你，身體健壯嗎？」紳士問我說。

「是，還很健壯。」

「到現在，你有生過病嗎？」

「有一次患了肺炎。」

「哼，為什麼會患肺炎？」

「在一個很冷的時候，和師父在雪中睡著了，那時候師父凍死了，我卻遇救了，就在那時患了肺炎。」

「那是什麼時候的事？」

「三年前了。」

「以後你再沒有肺炎的症狀了嗎？」

「一點也沒有。」

紳士站起來，走近了我，捲起袖子來看我的手臂，摸摸脈搏，還叫我脫了上衣，將手按按我的心臟，將耳朵伏在我的胸前，叫我像跑步時用力深呼吸。然後又叫我咳嗽。

弄完了後，紳士看了我好一會，我以為他要動手吃我了。

那紳士並不對我說話，他跑到父親面前，又用英語交談起來，而且馬上兩人就走出去。也不走前門，卻從到車庫去的後門出去了。

我一個人被丟下，在想著這究竟是怎麼一回事，那紳士為什麼要問那麼多的事？他似乎是想要雇我去做僕人，要是這樣，我就非得和馬撤、卡彼分開不可了！然而我決心，無論父親怎麼說，我一定不去給人家做僕人，尤其是做那不知是笑或是吃人的那險惡的紳士的僕人，我更是不幹。

不一會，父親自己一個人回來了，而且向我說，那紳士本來是想試用你的，但是為了別的事情不要你了，所以你隨便到什麼地方去玩好了。

我沒有想到外邊去逛的心情，然而坐在這樣悲鬱的家裡，只有更加使人氣悶，還是去散散步比較好吧。

外邊下著微雨，我想去拿件皮大衣來，走進馬車裡一看時，大吃一驚！應該是出去散步的馬撤，正好好地睡在那裡呢。

我想叫他，馬撤倉忙掩住了我的嘴，小聲地說：「靜靜地開車庫的門，到外邊去，我也偷偷地跟著你出去，我不能讓他們知道我在這裡。」

我驚疑著有什麼事，趕快取了皮衣披在身上，靜靜地開了車庫的門，幸而沒有誰出來，所以跟著我的馬撤，也不會被人看見。

到了街上，馬撤就對我說：「喂，你以為剛才來的那位紳士是誰？」

「是誰……」

「是你在尋找的亞沙的叔父啦，他就叫做克森・美麗甘。」

我像化石一樣地站住了，馬撤拉著我的手，邊走邊接著說：

「我跑出來散步，但是只有我一個人，而且又下雨了，寂寞的倫敦的禮拜日，一點意思也沒有，所以我想不如睡午覺好，從後門走進來睡覺。正在模模糊糊的時候，你的父親就和別的男子談著話，到車庫中來了。我無意中聽到一個生人的聲音說：『……岩石一樣的身體，別的小孩恐怕就會死了，但是現在一點肺炎的痕跡都沒有……』我知道這是關於你的事，趕忙在窗口探頭一窺，那不是一位漂亮的紳士嗎？

「我相信他們說的是你，所以用心聽著，但話題很快變了，你父親問：『您侄兒近來怎麼樣？』回答是：『好多了，這一次又叫他逃過了，三個月前，所有的醫生都判了他死刑，可是那愛子如命的母親又把他救活了。』『哦，這個美麗甘夫人倒還真是個好母親。』一聽到美麗甘夫人，我的心就亂跳起來了。你父親繼續說：『如果您侄子身體好轉，那您的那些措施不是全白費了嗎？』先生回說：『目前也許是這樣，不過我是絕不會允許亞沙活下去的，他能活下去，那將是個奇蹟，而奇蹟在當今世界上是沒有的，我必須在他死的那一天，不受任何妨礙地收回全部產業，我應該是唯一的繼承人，我，克森·美麗甘。』你父親說：『請放心，我向您保證，事情將會如願以償。』紳士說：『那就看您的了。』他後來又加了幾句我聽不太懂的話，而且聽起來好像沒有什麼意思，但我還是可以大體上把它們翻譯出來。那位先生說的是：『到那時候，我們再看著辦吧。』說完這句話，他就走了。」

聽了馬撤的這番敘述，我的第一個想法是趕快回家，向父親要美麗甘先生的地址，以便得到亞沙和他母親的消息。但同時我又明白，那是再蠢不過的想法了，怎麼可以向一個急不可耐地等待著他侄子死訊的人，去打聽他侄子的消息呢？而且躲著偷聽的事，只要給那紳士或父親知道了，也絕不會有好結果的，只要能夠知道亞沙還沒有死，病又漸好的消息，就是我退一步的歡喜事了。

chapter 42 聖誕節的前夜

現在，亞沙、美麗甘夫人和克森・美麗甘，他們三個人已成了我們談話的唯一內容。

亞沙和他的母親在什麼地方呢？到什麼地方才能夠找得他們二人呢？

克森來我們家裡的事，使我們產生了一個想法。他既然來過一次，就還會來第二次、第三次，這幾乎是可以肯定的；重要的是，這個人同我父親之間究竟有些什麼勾搭的事，這是必須弄清楚的。

他不認識馬撤，下次再來時，馬撤可以跟蹤他，瞭解到他住哪裡，然後可以想辦法讓他的僕人講出點東西來，這個辦法甚至有可能把我們帶到亞沙身邊。

我們像從前一樣，從早到晚都在外邊討生活忙碌，就算克森來了也不一定知道，幸而以後的二十日間，我們白天不用出去討生活，只做夜間生意了。因為一到十二月，就是聖誕節的季節了，白天既然留在家裡，我們兩人就輪流守候，假使亞沙的叔父來時，不讓這機會逃過。

商定了此事之後，馬撤再不說要回法國去的話了。

有一天，馬撤對我說：「你不明白我為什麼這樣急於要找美麗甘夫人吧？」

「為什麼呢？」

馬撤躊躇了好一會之後，說：「你不是說夫人對你很親切嗎？而且……我以為夫人一定……會給你找到你的父母的……」

「馬撤！」我罵了他一聲。

「你聽我說到此事就會生氣，可我憋不住，我沒法不說，我連一分鐘也不能同意你是漆家的人哩。你好好地看看你的家人，再看看你自己，不光是面貌和頭髮。你有像你祖父那樣的舉動，那麼的笑容嗎？你有像漆德興那樣將布料藏到洞裡去的詭計嗎？你有像你母親一樣地躺在桌上醉倒嗎？像金佐、傑克他們一樣，唆使卡彼去偷人家的襪子嗎？你什麼都做不到吧。瓜藤只能夠生瓜呢，假使你和漆家是同一條藤的，那你也是同樣的瓜，卡彼銜襪子來時，你就會將它塞進袋子去吧，但是李士老人被捕入獄時，你怎麼樣？沒有飯吃，你不是也不會去偷東西嗎？你絕不是同一條藤的瓜啊！簡單地舉個例子，假使我不是我父親的兒子，也絕不能不學就會拉提琴、吹喇叭、吹笛子，就是因為我的父親是一個音樂家，所以我才生而為音樂家。這不是當然的事嗎？你生來就是紳士的兒子，若是碰見了美麗甘夫人，那時候你才是成了真的紳士呢！」

「那是什麼意思？」

「我有我的想法。」

「你把你的想法告訴我吧。」

「不能說，絕不能說！」

「為什麼？」

「因為這個想法也許很蠢。」

「那又怎樣？」

「你不會忘了別斯那爾葛林的事吧，以為是草木繁生的漂亮地方，然而卻成了骯髒的沼澤地，假使我的想法也錯了時，也是一樣的，所以我現在不想說。」

我不再勉強馬撤，我們只有等待時機的到來。

這樣，我們每天拖著木頭一樣的腿，在倫敦街上來回，因為我們不是那些有特權的樂師，他們在街上有自己的地盤、自己的觀眾；我們是新來的，又年輕，要充當這樣的老闆還太早。我們必須向這些懂得用各種手段維護他們的佔先權的人讓步，因為他們所使用的手段常常是我們無法對抗的。

這樣的事已經不知發生過多少次了，當我們剛演完最拿手的節目，正要收錢的時候，幾個彪形大漢便向我們走了過來，我們見到他們逼近，總是二話不說拔腿就跑。

這些穿著褶裙，露著腿，肩上披著格子花呢長巾，頭上戴著有羽毛帽子的人，他們用不著伸出拳頭，只消吹一聲風笛，就足以使我們嚇得躲起來。其實馬撤的短號完全可以勝過風笛，但我們無法同吹風笛的人較量。

有一天，我們正在這樣充當他們的觀眾的時候，我看到他們中間那個最稀奇古怪的人在向馬撤打招呼。起初我以為他是在嘲弄我們，他大概想用什麼粗俗的惡作劇來逗笑觀眾，因而我們馬上要成為他的滑稽節目的犧牲品了，但我大吃一驚，馬撤竟然親熱地和那人打招呼。

我驚駭著問：「你認識他？」

「那是李順啦。」

「李順是誰？」

「他是我時常對你說的，那馬戲班的我的好友啦，我不是對你說，那班裡有兩個英國人嗎？他就是其中的一人，教我說英國話的，就是他哩。」

「最開始時，你沒有認出他就是李順嗎？」

「在馬戲班時，他臉上抹的是麵粉，現在他卻塗上了黑鞋油。」

表演完一套節目後，李順離開他的夥伴，跑到我們這邊來。看他和馬撤談話的樣子，便可以知道馬撤是多麼得人愛的小孩了，無論是怎樣要好的兄弟，也不能表現出此時李順眼中的快慰，和他說話時聲調的滿足，從此我們就多了一個朋友；多虧了他的經驗和忠告，我們在倫敦的街頭生活變得安逸和自在起來，這是我們直到這個時候為止還從來沒有感到過的。

李順常常羨慕地對我們說，他如果有卡彼這樣一條好狗，他一定很快就會發財。他不止一次地建議我們三個人，也可以說是四個人，即他本人、馬撤、卡彼和我，大家一起合夥，可是我不想離開我的家；我既然連回法國去看看麗色和我的朋友都不願意，那更無意跟著李順去跑遍整個英國了。這時候，我做夢也想不到，李順後來竟有一日會幫了我們的大忙。

不久，聖誕節漸近了，我們每天出去的時間，現在變成夜裡的八九點鐘，到了這個時刻，我們便向選定的一些地區走去。

我們先是在馬車絕跡的小街上演奏起來，適當的寧靜對我們來說是必要的；唯有這樣，我們的樂聲才能穿過緊閉著的門窗，去喚醒酣睡在床上的小孩，使他們知道聖誕節漸近。

隨著時針一圈又一圈地逐漸指向半夜，我們離開小街和廣場。走上大街；這時，戲院已經散場，滿載最後一批觀眾的馬車已經駛過，夜的寂靜代替了白天的嘈雜聲，我們的時刻到了。我們開始演奏最動人、最柔和的曲子，這些曲子都具有感傷的或宗教的純淨特色。

當我們停下來休息片刻的時候，晚風給我們送來了遠處別的歌唱隊的樂曲，我們的音樂會結束了，「先生太太小姐們晚安！聖誕節愉快！」

睡在溫暖的被窩裡聽音樂，一定是很愜意的吧。然而奏著音樂的我們呢，指頭凍得就像快斷了，潮溼的霧氣使我們的內衣也濕透了，尤其是北風緊吹的寒夜，更是凍得直刺肌骨！聖誕節的氣候，實在是對我們最殘酷的時期了，儘管這樣，連續三個星期的節日中，我們天天晚上出去，一夜也沒有漏掉過。

在店鋪關上門窗之前，我們不知有多少回在家禽店、水果店、雜貨店和糖果店的門前張望。漂亮的肥鵝！肥大的法國火雞！橘子山和蘋果山，成堆的栗子和梅子乾，不論你的眼睛看到哪裡，處處都讓你垂涎三尺！

世上有些幸福的孩子，他們只要撲在父母的懷裡，就可以得到他們想吃的甜美食物，像我們這樣可憐、貧窮的孩子，只有在心中想像著這些節日可以和貴族氣派的莊園裡的一樣美好。快樂的聖誕節，是為那些有人愛著的人而來到的。

在此期間，克森沒有來。最少我們沒有看見他過。過了聖誕節，我們又是大清早就出去了，所以差不多沒有看到克森的機會。

馬撒把我們正在等候克森的這件事向他的朋友說了，他問李順有沒有法子找到那個始終陪伴著她的殘廢兒子的美麗甘夫人的地址，不然，只要知道那叫做克森・美麗甘的紳士的地方也好。

李順說這簡直像捕風捉影一樣的無頭緒，倫敦不知道有多少人姓美麗甘，在鄉下，這個姓的人更多了，假使不曉得那人的身分和職業，便沒有找尋的法子。

我們完全沒有想到此事，在我們的眼中，以為美麗甘夫人只有亞沙的母親一人，克森就是亞沙的叔父，馬上就可以查明白了。從此以後，馬撒又時常提起要回法國去的話，我為了此事，不知和他吵過多少次。

「你不想找到美麗甘夫人嗎？」我說。

「但是沒有一點證據，可以證明美麗甘夫人住在英國。」

「到法國去找她，不是更無希望嗎？」

「我可不那麼想，我以為假使亞沙的身體再壞時，他們一定又會帶他到法國去的，倫敦這麼冷，將他帶到法國去，那不是當然的嗎？」

「但是氣候良好的不只是法國。」

「亞沙第一次是在法國養好病的，所以一定又會到法國去的，無論怎樣，我總不相信亞沙會在這樣冷的英國，所以你下個決心，回到法國去不好嗎？」

馬撒還接著說：「而且，我以為不久就會有災難要落到我們頭上……我們快點想法子逃出英國不好嗎？」

chapter 43 聖喬治教堂的盜賊

以後這一家對我的待遇，還是一點不變，祖父還是不喜歡我；父親除了命令之外，不向我開口；母親就算我在她身旁，也不看我一眼；兄弟們總是窺隙想出種種與我為難的壞事，奧立葉時常對我表示敵意；但是我總不能聽從馬撤的勸告，逃回法國去，而且當馬撤硬說我不是漆姓的家人時，我也不願相信他。

時日閒靜地流過了，然而一日接一日，一周接一周，竟到了我們舉家離開倫敦，到別處去做生意的時節了。

兩輛車子都重新上過漆，種種的貨物依序搬進車裡。那車子裝的東西，超出了我們的想像之外，使我們吃了一驚。布料，毛織物，帽子，女人的披肩，毛巾，襪子，女人的內衣，背心，線，針，剪刀，剃刀，鈕釦，棉花，絨線，肥皂，香油，耳環，戒指，鞋油，給馬和狗治病的藥粉，牙痛藥，生髮藥，染髮藥，其他還有種種的東西。當然，那些藏在洞內的東西占大部分。

這樣地將兩部車子都裝滿貨物之後，有四匹強壯的馬也來了，我們完全不知道馬是買來的還是怎樣弄來的，我們只看到馬被牽了來，便知道出發的準備工作已經就緒了。

然而我們兩人怎麼辦呢？是和從沒有離開過倫敦的祖父在一塊兒，留在這紅獅子庭的家裡？還是像金佐、傑克他們一樣，在各處拿著商品沿街求售？或是跟在車後，在各村鎮中繼續賣藝？

父親看見我們用提琴和豎琴謀得糊口之資，便決定叫我們仍舊繼續著音樂家的生活。在出發的前一夜，我們就得到了通知。

這天夜裡，我和馬撤之間又發生了激烈的辯論，馬撤主張要乘這個機會逃走，但是我執著不肯答應，所以他又沉默了。

第二天早晨，我們跟著馬車，離開「別斯那爾葛林」。我們像遇救一樣，揮別刺鼻不潔的臭氣，能夠吸到新鮮的鄉間空氣，我們便感到新的心情了。

這一天，我看到父親是怎樣叫賣他的標價極賤的東西了。

我們來到一個很大的村子，先把車輛停放在大廣場上，然後放下車身後面的擋板，所有的貨物就很快擺開在好奇的顧客面前了。

父親提高嗓子說：「照碼大減價！請看看定價吧！空前未有的大減價！不顧血本，特別廉價，欲購從速，請勿後悔，虧本生意，等於送你們的。大減價！請看看定價多買一點吧！欲購從速！」

我聽見看了定價走開時的人這樣說：「那一定都是偷來的貨品。」

「唔，大概是吧，他自己也那樣說哩。」

假使他們看到了我通紅的臉孔時，他們的疑心不知道要加強多少倍。

他們都沒有注意到，然而馬撤卻留心著了。那天夜裡，他就對我說：「你每天紅著臉，受著良心的苛責，你能夠永遠這樣忍耐下去嗎？」

「請你不要提起此事吧，給你一說，我只有更增加痛苦……」

「我並不是想使你增加痛苦，我是為了要救你啊。我前次也預言過了，不久一定有災難降臨的，我已經這樣感到了，不會錯的。不久警察就會來查問減價的理由，或是金佐和傑克做了小偷……」

「喂，馬撤！」我變了色制止馬撤。

馬撤還不停。「你自己不願意想這個問題，那我就來替你想！無論我還是你都沒有幹壞事，但遲早人家會把我們統統逮捕起來。到那時候，我們將怎樣為自己辯護我們什麼也沒幹呢？我們不是用這些賊贓換來的錢吃飯嗎？」

這種想法從來沒有在我腦子裡出現過，我感到好像有人在我頭上重重地敲了一錘，我極力想反駁這個想法：「可是我們不是仍舊自食其力的嗎？」

「是的，然而同盜賊住在一處，我們怎麼能夠證明自己不是盜賊？你的父親和兄弟去坐監，我們也要去吧，我是可憐的小孩，自然沒關係，但是被貼了一個盜賊的標籤在頭上去坐牢，我是不願意的。你一定會比我更不願意吧，假使你真的家庭聽說你做賊被捕，會多麼悲痛呢！而且對你自己也將是一個多麼大的恥辱。再說，我們被關進去以後，又怎麼再去尋找你的家、再去通知美麗甘夫人，說克森先生要加害她的兒子亞沙呢？趁還來得及，我們趕快逃走吧！」

「你自己逃吧。」

「你又說蠢話了，我們要麼一起逃，要麼一起被抓走。我並不是因為自己害怕要逃，只因為了救你才想走的，如果你認為你的家人需要你，所以堅持要留在他們身邊，那麼，此話又當別說了，可是他們根本不需要你；沒有你，他們過去生活得不錯，將來也會生活得很好，我們還是儘快逃走吧！」

「你讓我再想一想吧。」

「躊躊躇躇，恐怕惡魔的手已經伸來了啊。你快點決定吧。」

馬撤的話從來沒有這樣深地打動過我的心，但是我還是無比躊躇，在心中交戰不已，我自己也感到我的遲疑不決是一種懦夫的表現，我對自己說，我應當要拿出一個主意來。

不久，發生了一件事，才算開了我的眼，然而已經遲了。

離開倫敦好幾個星期之後，我們來到一個市鎮，它的郊區將要舉行一次賽馬會。在英國，一個地方的賽馬會總是當地的一個盛大節日，這種時候，從五六日前起，就有很多的把戲班、江湖藝人和流動商販趕到那裡去舉辦熱鬧的集市，所以我們也急匆匆地趕去，要在這個集市上占一塊地盤。

然而父親卻很奇怪地在僻靜的地方停住了。這一定是富有經驗的父親，看透了這邊更有生意吧。

因為到此地太早，還沒有到做生意的時間，我便和馬撤到離此地不遠的跑馬廳去看看情形。在跑馬場的廣闊草地上，各處散著帳篷、木造的小屋、馬車屋等小房子，早餐的炊煙一縷縷的從屋頂上吹出。

我們正在這些小房子間徘徊的時候，忽然在一間停車的小房子前，看見了正在將鍋子放到火上去的李順。同時看見我們的李順，也歡喜得不得了。

李順是和其他兩個夥伴同到這裡來賣藝的，但是因為奏音樂的人不能來，所以他正在擔心表演能不能夠成功。他一看見我們，就提議要我們來給他們伴奏，賺到的利益均分，當然卡彼也得到相當的分額。

我看看馬撤的眼色，知道我若是首肯，他一定很高興，所以馬上就答應了。李順高興得不得了，尤其是盼望卡彼能夠來。我們和李順分手回家後，把此事告訴了父親。

「你們去給他伴奏也不要緊，但是我想用用卡彼，你就把牠留下吧。」

我為此話害怕了，並非因為怕李順失望，怕的是父親會不會將卡彼派去做壞事！

我正在躊躇不決時，父親察覺了我的樣子，就說：「我並不為別的，只因卡彼的耳朵很好，我想留牠在這裡，明天可以看車子。這裡人多太亂，會有人來偷我們的東西，所以我想叫卡彼看車，預防小偷，你就和馬撤到李順那兒好了。大概表演要到半夜才完，你們回到昨夜住過的奧加旅館來好了。我們天黑時就會離開這裡，在那裡過夜。」

奧加旅館是在村外曠野中的一個孤立的旅館，半夜表演完後再到那裡去是很費事的，不過，我也只有聽從父親的吩咐。

第二天早晨，帶卡彼出去散步之後，給牠一點吃的，然後吩咐牠好好地看顧車子，再用繩子將牠捆在車旁，我就偕馬撤向著跑馬廳去了。

我們到跑馬廳不久，就開場排演，直到入夜沒有停過，我的指尖像針刺一般疼痛，馬撤也吹喇叭吹得連氣也喘不過來。然而我們只在吃晚飯時休息了一下，又非繼續著彈吹不可了。

漸近夜半時，李順說這是最後了，更是拚命地賣力。我已經不知道自己彈的是什麼了。馬撤也是一樣。這樣疲勞的並不只是我們，李順的人也完全筋疲力竭了，因而他們在表演中，曾不止一次地出現過當場失手的尷尬場面，最不幸的一次，是那根供他們表演用的大木棍在倒下的時候，正好打在馬撒的腳上。

我驚喚了一聲，馬撒也發出了痛苦的號叫。我以為馬撒的足被壓斷了，和李順兩人左右扶著他，幸而傷並不重，只是皮肉壓破，沒有損及骨頭。但也並不是輕傷，馬撒已經不能行走。馬撒今夜只好留宿在李順的馬車裡。

不過，我就得一個人回到父親他們投宿的奧加旅館去不可了。

馬撒對我說：「路美，我不願意你今夜回去，等明天早晨和我一塊回去不好嗎？」

「假使明天回去，家裡的人誰都不在了，怎麼辦？」

「那更好，那樣我們就自由了。」

「不，我不願意就這樣子和家族訣別。」

「那好吧，如果你要去，我們明天去！但今天晚上別去，我害怕。」

「怕什麼？」

「我不知道，我是為你擔心。」

「讓我走吧，我向你保證，我明天一定回來。」

「假使他們不放你來呢？」

「那麼，我把這豎琴留在這裡，無論如何，他們就非得讓我來不可了。」

馬撒對於我的離去，有不少恐怖的想像，但是我還是和他分了手，一個人孤單地走出了跑馬廳。

我雖然疲倦得很，但是很快趕著路，不久就到旅館了。院子裡不見有馬車，廄裡也沒有繫馬，父親似乎不在這裡。

我繞了旅館一周，看見一個窗子裡還有燈影，我以為是還有人沒睡，畏畏縮縮地敲門。

白天看見的店主人，皺著眉頭，手裡拿著蠟燭走了出來，認出我是白天來過的小孩，但是他不讓我進去，卻將蠟燭藏在背後，望望四周，側耳聽了聽後，小聲地告訴我說：「你們的車子走了，到路易去了，你連夜趕上去好了，這是你父親吩咐的，曉得了嗎？」

店主說完後，劈面把門關上了。

我來英國已有相當的時日，這幾句話，我能夠聽得懂，然而說是路易，到底是遠是近？在哪個方向？我完全不知道。

店主在我想發問以前，就像怕給人家聽見似的，無情地將門關上了。欲問無人，就算父親說了要我連夜趕上，也不能連方向都不清楚地跑去；而且我不能丟下馬撤，雖然雙腿像棉花一樣，也只好回到跑馬廳去再決定了。

曳著疲倦的腿走了約莫一個半鐘頭，才回到跑馬廳來，不過總算能夠和馬撤並枕地鑽在稻槁裡睡覺，也就是幸福了，我只簡單地告訴他們今夜冒險的經過，因為太疲勞，而陷入睡鄉中去了。

到了第二天睡醒時，我的力氣已經回復了，所以只要還在睡著的馬撤能夠走路，我就想在今天追到路易去。

我到車外一看，比我早起的李順，正在前面的草地上生火。他趴在地上，對著一口鍋底下的火種使勁吹著。這當兒，我看見警察拉著一隻像卡彼一樣的狗從那邊走來。

我心裡有點奇怪，仔細一看，真的是卡彼，我呆望著，卡比認出了我，使勁掙脫了警察手裡的繩子，跑到了我的身邊，再跳進我的懷裡。

警察走到我身旁，說：「這隻狗是你的嗎？」

「是，是我最寶貴的狗。」

「那好，你被逮捕了。」他的手緊緊地抓住我的胳膊。

看見了這光景的李順，離開了火旁，踱到警察的身邊說：「你為什麼要拘捕這孩子？」

「你是他的哥哥嗎？」

「不，是他的朋友。」

「昨天夜裡，一個大人和一個孩子用梯子從一扇窗戶鑽進了聖喬治教堂，叫這狗把風；牠給他們報了信，他們慌慌張張逃跑的時候，來不及把這狗一起帶走。我們是在教堂裡發現牠的。我想，用這條狗肯定可以循線找到小偷，所以就帶牠來查探，果然發現了這小孩。喂，那個大人在哪兒？」

我覺得一種不可言喻的痛苦，張開的嘴巴也合不攏來。現在我一切都明白了，至少我可以推測事情的經過，我父親需要狗，並非為了看顧車子，並且一入夜就離開街市，到曠野中的旅館去也非無因，他們是想讓車子連夜就出城，毫無疑問，這是他們早已策劃好的。要說車子沒有在這家客店停留，那是因為行竊已被發覺，必須儘快逃走。

然而我現在不是想父親的時候了，眼下的問題，是怎麼樣能夠使自己脫罪。我想不要累及家族，只要找出自己無罪的證據。那首先要證明昨晚是如何過夜的就行了。

我正在想的當兒，馬撒睡醒了。他聽見警察的聲音和圍著警察看熱鬧的人的吵鬧聲，便走出車子，一瘸一拐地跑到我跟前。

我向李順用法語說：「請你證明我無罪，我和大家在這裡玩到一點鐘，然後到奧加旅館去！和店主說了幾句話，馬上又回到這裡來了。」

李順照樣翻譯了，警察反為疑心起來。

「那賊偷進教堂時，正是午前的一點一刻，這小孩說他是一點鐘左右離開這裡的，和偷進教堂的時刻正相符合。」

「到市上去也得二十分鐘啦。」李順說。

「跑去只要十分鐘，而且，誰又能證明這小孩子是一點鐘走的呢！」

「我可以證明。」

「哼。」警察笑著說：「總之，這小孩子我要帶走，你若有話，到法庭去說好了。」

這時候，馬撒投到我的懷裡，一邊和我親吻，一邊附著我的耳邊說：「不要怕！我們一定會救你的。」

我用法語說：「好好地看著狗吧。」

警察似乎聽懂了這句話。「狗我還要帶走，還要查出共同偷東西的賊哩。」

我這次被帶去的監獄，不是像法國鄉下曬著洋蔥的隨便的監獄，這是一間窗子嵌著鐵條，絕對無法逃脫、堅固的監獄，而且裡面只有一張椅子，一張床鋪而已。

我無力地倒在椅上，想著自己的傷心境遇。馬撒告訴我一定救我，叫我不要失望，但是像馬撤那樣的小孩，怎麼能夠營救我呢？就算李順幫他，然而，這兩人不可能從監獄裡將我救出去的。

我推開窗子一看，粗大的鐵條緊嵌在石壁裡，石壁也有三尺厚。而且窗下的地面，都是石鋪的，成了一個細長的院子，院子的那邊，屹立著約莫一丈二尺高的牆壁。無論何種朋友的義俠和友情，也絕不能穿過這層牆壁，而我將永遠地被留在監牢中嗎？什麼時候才被帶到法庭去呢？被帶到法庭後，對於我的狗在教堂裡的事，將怎麼辯解呢？要怎樣才能證明我的無罪呢？只是李順和馬撤的證明，法官會相信嗎？……呀！我只覺得越加煩愁了。

這苦熬的長日，一點點地過去，到了將近黃昏時，獄卒拿了我的晚飯——麵包和馬鈴薯來。我想起從前在讀著囚人的故事中，有從外邊送來的食物中，藏著寫了信的字條的事，所以我以為李順和馬撤或許會有信藏在裡面，將麵包撕成粉碎查看，並將馬鈴薯弄碎了才吃，但是一點屑屑也沒有。

呀！這一夜真難以入睡，傷心斷腸的，到何時才忘得了呢？

第二天早上，獄卒拿了溫水和洗臉盆來，說是今天開庭，叫我好好地洗漱。他親切地告訴我，弄得乾淨一點出庭，通常有很大的好處。我聽了他的吩咐，洗淨了臉，梳好頭髮，衣服也穿得整整齊齊。

過了一會，獄卒又來了，叫我跟著他走。我跟他走出了牢房，通過好幾折走廊之後，到了一扇開著的門前。

「喂，進去！」溫暖的空氣衝塞了咽喉一般地吹到我的臉上。我聽見很多像蜂鳴聲一樣的混雜的嘈聲，走了進去，那就是法庭。

我被引上罪人的席位，覺得腦裡似乎發了暈，但是還能夠看到法庭的情景。

法官坐在高一級的地方。前面稍低的地方坐了兩三個人員，之後我才知道那一個是檢事，一個是收領償金的，一個是辦事員。其他還有穿著法衣，戴著假髮的人坐在我的席前，那就是我的律師。

我哪裡來的律師？誰給我請的律師？我一點也不明白，總之，我有律師這是確實的。

在同我對面的其他的席上，有李順和他兩個夥伴，奧加旅館的主人，捉我的警察，和其他兩三個我完全不認識的人，這些都是證人，被喚了來的。

旁聽席中，也有相當的人數，其中，我的眼睛碰著了馬撤。真奇怪，我突然覺得膽壯起來了，而且勉勵著自己不應該失望。

檢事先站了起來，述說了下面的事：昨夜一點一刻時，有一個男子和一個小孩子用梯子爬進聖喬治教堂，敲破窗子，偷進教堂。那賊還將一隻狗帶入院子裡看風。

剛巧夜深有走過那裡的路人，看見了教堂內奇怪的火光，同時聽見了敲破窗子的聲音，心裡懷疑，喚起了看守的人，叫他留心。看守的人帶了很多人跑到教堂裡，看見這班人，狗就不斷吠起來。小偷慌張得一點東西沒有拿到，從窗口逃了出去，爬上梯子，越過牆頭，不見影跡了。但是狗不能爬上梯子，只在那裡踱來踱去，所以把狗抓來。由這狗的引導，抓到一名共犯。這個小孩就是，主犯的線索也已經探到了……」

法官向我問了姓名，年齡，職業，我用英語回答了姓名叫做漆喬治，在倫敦的別斯那爾葛林的紅獅子庭與家人同住，然後又得了許可，用法語說明了教堂的事發生的當夜，自己的行動。

「然而你的狗在教堂內的事，你怎樣辯解？」

「我不知道怎樣辯解，我一點也不明白我的狗為什麼會在教堂裡。只是卡彼有一天一夜沒有同我在一塊兒了，那天早上我將牠繫在我們的車子旁的。」

我不能再說下去了，因為再說下去，就非得有對父親不利的陳述不可。我望望馬撤，他做手勢叫我接著說下去。但是我卻做不到。

這時輪到看教堂的男子做證人，他被喚了上去，他的陳述對於我沒有多大的關係。

我的律師和那看守人發起了問答。看守人說他鎖門時，教堂內絕沒有狗。律師說他大概在鎖門時，不知狗已經進去了吧，以後又查問那看守人喝不喝酒，結果他說自己很愛喝酒。那狗是小偷帶進來的？還是早就被關進去的？亦記不清楚了。

因為律師的辯護，關於卡彼的問題很有益處了。李順也做證人上去陳述，奧加旅館的主人也陳述了。全部證人的陳述是一致的，不過不能證明的，就是我在幾點鐘離開跑馬廳的那一點，證人的陳述一點也不能對我有益。

過一刻，訊問就告終結，法官使人念了口供之後，就宣告在沒有確定要不要解交重罪法庭之前，將我移到沙禾奴監獄去。

呀！重罪法庭！

我為什麼不早聽馬撤的話呢？

chapter 44 李順

我被重新送回牢房很久以後，才捉摸出法官為什麼不宣告我無罪的原因，他是想等抓住了鑽進教堂的主犯以後，再判定我是不是他們的同謀。

檢察官說「我們正在追捕他們」，看來很快我就要既羞愧又痛苦地和他們一起出現在重罪法庭的被告席上了。

呀，這一時刻什麼時候到來呢？我將在什麼時候被押解到郡監獄去？這個監獄是什麼樣子？在什麼地方？對些問題，我需要動腦筋去好好想想，這樣一來，時間比前一個晚上要過得快多了。

我知道，不該像患了熱病那樣煩躁不安，應該等待。於是，我有時踱來踱去，有時坐在凳子上，就這麼等待著。

離天黑還有一段時間，我忽然聽到一陣短號的吹奏聲，我立刻知道那是馬撒。馬撒正想告訴我，他在念著我，並且外邊看守著我。喇叭的聲音，是從窗子那邊的牆外響來的。我聽出這是馬撒，他是要讓我知道，他在守著我，他在想念我。

馬撒顯然是在牆的另一邊的街上，我們之間的距離僅有一牆之隔。在喇叭聲外，我還聽到了群眾的腳步聲和波濤一樣的人聲，我知道馬撒和李順在那裡賣藝了。

他們為什麼要選這塊地方呢？因為此地的生意好嗎？抑是為了要向我打記號嗎？

突然，我聽見了用法語大聲叫的馬撤的清澈聲音：

「明天黎明！」我並不用什麼特別的頭腦，便明白馬撤這句話，絕不是對著觀客而發的。但是對於這句話的意味，也絕不是容易推測得出的。我發揮了全部的智力，不願使馬撤失望，然而明天的黎明，到底他想幹什麼，我一點也不明白。

因為要在明天的黎明前醒來，所以我一到天黑，就躺在床上，希圖入睡。卻睡不著。附近的大鐘的聲音，不知聽見多少次。到最後，那魔就在它的翼上將我載著去了。

我睡醒時，還是深夜。天空的明星，從窗裡還可望得到。世上寂靜無聲。離天亮還有很多的時間吧。

我下了床，偷偷地坐在椅上，又唯恐驚動了看夜的，在室內不敢走動，只有靜靜地等待著，不久大鐘響了三下。我覺得起來太早了，可是再睡下去，又恐怕睡得太熟了，說不定會在黎明還睡著，只好決心這樣地等到天亮。

我唯一的任務，就是數著那十五分鐘敲一次的大鐘的聲音。可是這十五分鐘多麼長啊！我有好幾次在鐘還未敲時實在以為鐘又在敲了。

我背靠著牆壁，眼總望著窗子。不久，透過玻璃的星光漸漸淡白，天空也似乎變白了。這不是我的心情使然。真的是黎明了，遙遠的地方已經有幽微的晨雞聲了。

我站起來，躡足跑去開窗子。想要推開這造得不好的窗子，而又要它不響，這不是容易的事。我耐著心慢慢地不怕費時，總算能夠滿足地將它推開了。

我不知道馬撤要怎樣營救我。但是除了這扇窗子外，沒有可以救我的地方。而且那邊還有粗大的鐵條，笨厚的石壁，嵌鐵的門。希圖能夠從這獄裡救出我去，真是沒有常識的傢伙。然而我又不能拋棄遇救的希望。

星光漸薄，從窗外透進來的早晨新鮮的寒氣使我發抖，然而我絕不離開窗旁一步。頂住足尖站在那裡，沒有自主的目的，卻瞪著眸子凝望，側著耳朵傾聽。

廣大的白幕一般的東西升空到天上，地上的東西大概可以分出形態來了，這就是馬撤所說的黎明。我想到這裡，屏息著聲氣，側著耳細聽。沒有一點聲音。只聽到自己心臟的鼓動。

過了一會，我似乎聽見高牆的那邊，有人抓爬的聲音。但是我沒有聽清楚，以為是聽錯了，我更側耳細聽，抓爬的聲音還是繼續著。突然我看見牆上伸出一個頭來。天還是暗的，不能看清那是誰的面孔，不過很奇怪，我馬上知道那不是馬撤的頭顱，而是李順的。

李順一看見我貼在鐵窗內，就說：「噓！」更做手勢叫我離開窗子。我不知道什麼道理，總之聽從了他的吩咐，離開窗子，站在旁邊窺看。李順拿起一根玻璃管似的光亮的東西，頂在嘴上向窗子瞄準。

我立刻明白了這就是吹矢。我聽見「拂」的一聲，李順吹氣的聲音，同時看見了一個小白球掠過空中，從窗子滾了進來。瞬間李順的頭顱就在高牆的那邊消失，再沒有半點聲音了。

我走到室中滾落的白球旁，拾了起來。那是用薄紙包了鉛珠，紙上似乎寫著很細的蠅頭字，然而天還是黑的，沒有法子看得清楚，我只好等著天亮。為了慎重起見，我偷偷地關攏窗子，緊握著那鉛珠，仍舊躺在吊床上。

那天的天亮真是漫長！我以為今天的天是不會亮了。不久窗上漸變黃色，過一會又轉成薔薇色，室內光亮起來了。我慎重地剝下那包著鉛珠的紙條，打開一看，果然有如下的文字：

你被決定明天午後的火車移送到沙禾奴的監獄。你將被一個警察護送著，乘二等車到那裡去。記得，你要坐在靠近車門的地方。開車後四十五分鐘（注意時間），火車會放慢速度過岔道。你這時要馬上打開車門，勇敢地跳下去。跳的時候要向前一衝，兩手前伸，要讓腳先落地。一跳到地上，立即爬上左邊的斜坡，我們有一輛馬車和一匹很好的馬在那裡等你，把你帶走。什麼也不要怕，兩天後我們就到法國了。滿懷希望、鼓足勇氣吧！要注意跳得遠一點，讓腳先落地。

我似乎已經遇救一般，我不用到重罪法庭去，用不著受和父親們見面的恥辱了。呀！馬撤！呀！李順！我要怎麼樣感謝你們！

尤其是這次的事，一定是李順想出來的。沒有李順，馬撤絕不能這樣準備周到的。對於我這普通的朋友能夠這樣幫忙的李順，真是一位義士，我一輩子也不會忘了他。

我讀了兩三次「四十五分，左邊的斜坡，腳先落地……」我完全記在心裡了。就算跌死也不打緊，大膽地跳下去吧。與其被用盜賊的名義來受罰，倒不如死了好得多。

兩天後就到法國了！我歡喜得無天無地了，可是突然想起卡彼時，我又為之斷腸了。但是我再一想，馬撤絕不會丟下卡彼不顧的。能夠想出法子來營救我的馬撤，一定也能想出法子來救卡彼吧。

我最後一次念完信後，就把那信嚼碎吞了下去。此後只有靜靜地睡覺了。這樣，等到獄卒送早飯來時，我還是睡在吊床上。

時間迅速地過去了。到了第二天下午，一位我沒有見過的警察走進來，叫我跟他走。看那警察的樣子，是很和善、五十來歲、有點遲鈍的男子，我心裡歡喜，心想這就好了。一切的順序，像馬撤的信中一樣地執行了。

我乘上車子時，依馬撤的吩咐，緊靠坐在入口的門邊。警察也不加干涉，只坐在我的對面，整個車廂裡只有我們兩個人。

「你會說英語嗎？」那警察問。

「是，我會說一點點。」

「你聽得懂吧？」

「是，慢點說時，我可以聽得懂。」

「那麼，我們慢慢地來談談吧。我要忠告你，在法庭上說假話是最不好的，做了壞事，就應該懺悔啦。尤其像你這樣的小孩，只要自己懺悔，罪就輕了。你尚未成人，或許立即就會放了你也說不定。我並不騙你，最好是趕快自首。你若是對我自首，我會讓你在監獄裡過得舒服些。怎麼樣呢？」

我想我沒有什麼可以自首的事，但是一想，和這警察議論起來，有點不妙，所以默默地裝著很佩服似地聽著他說話。

警察看見我這樣子，又說：「你想想看好了。可是你也不應該向誰隨便懺悔，應該找對你有好意的人來說。我是真心替你做事的，你好好地想一想好了。」

「是的，我想一想。」我這樣說，好先使那警察放心。

我很驚奇似的望著車窗外的風景，過了一會向那警察問，我可不可以站在門邊，看看外面的風景。警察也似乎要得我的高興，允許了我的要求。

火車正用全速前進，過了一會，那警察因為從窗裡吹進來的空氣太冷，縮進裡邊去了。但我是從來不怕冷的，我把左手悄悄伸到車門外，轉動把手；右手緊緊地抓住車門，預備著隨時都可開門的姿勢。

似乎已經過了四十五分了，我看見那邊有一株就是所說的白楊樹。我的心正在亂跳時，火車拉響了汽笛，漸漸放慢了速度。

呀，時機近了！馬上就是轉彎的地方，白楊樹近在眼前了。我以為時機到了，匆忙擰開把手，推開車門，電閃雷掣地盡可能地向遠處一跳，跳到了一條濠溝裡。幸好我的手是向前伸著的，它們碰撞在長滿青草的斜坡上。我的頭雖然沒有碰上什麼，但身體的震動畢竟太大，我在地上打了幾個滾，失去了知覺。

我再醒來時，還以為仍是在火車上，因為我是睡在很快的車子裡。我覺得身體被搖得亂滾，而且是睡在乾草之間。

真奇怪，有人在舐著我的面孔，熱烈的親吻如雨一般降在我的頰上、我的額前。張開眼一看，一隻黃毛骯髒、使人難堪的狗靠著我，在舐我的面孔，我的眼睛同時又碰著了伏在我身上的馬撤的眼。

馬撤推開了狗和我親吻，一邊嚷著說：「你得救了！」

「這裡是什麼地方？」

「這裡是馬車裡哪。李順在駕著車呢。」

李順聽見了話聲，回頭看著說：「身體怎麼樣了？」

「怎麼樣，不知道。似乎不要緊了。」

「動動手腳看看吧。」李順說。

我躺在乾草上，遵著他的吩咐，動動手腳看。

「呀，不要緊了，什麼地方都沒有傷！」馬撤很高興地說。

「我為什麼會到這地方來？」我有點奇怪。

「你照著我的信跳下車子，但是因為振動太厲害，跌在溝裡昏了過去。我們盡等你總不來，所以我拿住馬韁繩，李順走到堤下去看，他一看見你昏了過去，就把你抱到車上來，那時我們以為你死了，不知道多擔心。現在你逃脫了，安心吧！」

「警察呢？」

「他和火車一塊兒去了，火車沒有停車哩。」

大概經過我已經明白了，我望望我的周圍。那隻骯髒的黃狗，用像卡彼一樣溫柔的眼光望著我。但牠明明不是卡彼，因為卡彼是乾淨的白狗，而這隻是骯髒的黃狗。

「馬撤，你把卡彼丟了嗎？」我心痛地說。

在馬撤沒有作答之前，那黃狗跳上我的身上，一邊吠一邊舐著我。

馬撒笑了說：「牠就是卡彼啦，我們將牠染成了黃色。」

我急遽抱住了卡彼，和牠親吻了不知多少次。

「為什麼把卡彼染色？」

「其中有故事啦，讓我告訴你吧。」

但是李順阻止了他，說：「馬撒，那話放在後面說吧。你到這裡來執住韁繩和馬鞭驅馬，過一會就是稅關的柵門了，我把這馬車弄得人家看不出來才好。」

那馬車是非常粗陋的二輪車，頂上蓋著粗麻布的布篷。李順把布篷取去，把篷輪也收了，疊成四折，蓋在我的身上，將我藏了起來。他又去和馬撒換了位置，於是，馬撒爬了起來，鑽進那疊好的布篷下，本來是三個人乘在有布篷的馬車的，一霎時卻變成了無篷，乘客也只有一個人，外觀完全變了一個樣子，照這樣子，就算有人趕了來，也看不出吧。

當馬撒鑽到我的旁邊時，我就向他說：「到什麼地方去呢？」

「到一個叫做小喊頓的地方去。那是一個小港，那裡李順的哥哥有一艘帆船，要到法國的羅曼地方去買乳酪和雞蛋去的。那船今夜就要出帆，所以我們就搭那船逃回法國。要是此次逃得脫，那完全是靠李順，那一切都是他的計畫，像我這樣的一個小孩能做什麼呢，用吹矢將信送入監裡，和使你從火車跳下來的，都是李順的計畫；預備好快馬，接洽船讓我們到法國去的，都是李順。坐輪船去是不成問題的，但是那麼樣做，立刻就要被抓到……你瞧，只要有朋友就什麼都不用怕。」

「卡彼呢？是誰偷出來的？」

「是我，不過將牠染成黃色，使警察認不出來的卻是李順。那警察正牽著卡彼在人叢中走時，我乘他不注意，偷偷地叫喚卡彼，卡彼就扯開繩子跑來。李順是偷狗的名人，所以他在旁邊等著帶了來的。」

「你的腳好了麼？」

「似乎好了。我可沒有時間去管它啦。」

英國的道路，不像法國那樣的自由，到處都有稅關的柵門。依著貨色，不能不付若干的錢。到了這柵門時，李順吩咐我們不要聲張也不要動，他自己卻和看柵門的人說著笑話，從從容容通過去。看門的人也因看見了這只有一個車夫的寒酸的馬車，所以不加審問讓他過去。

李順本來是馬戲班的小丑角色，對於此道，很有奇怪的才智。面孔也裝得好，他此時裝的是一位中年的農夫，說話舉動無一不是農夫的樣子，就算平素相知的人們也看不出來。

我們跑得真快，馬是駿駒，而李順又是馬戲班裡出來的，很會驅車，所以我們跑得很高興。不過為了使馬喘息和吃草，中間不能不休息。然而我們不像平時一樣地到路旁的菜店去，看見樹林時，我們就驅車進去，解開轅讓馬到小溪裡去喝水，再將麥袋掛在牠的脖子上。

這時已經是夜裡了，不愁有人來追了，我們便從布篷下鑽出來，知道這時就向李順說話也沒有關係，所以為了謝謝他，我想將心裡的話說出來。

但是李順不許我說，只用力緊緊握住我的手說：「你幫了我們的忙，所以我們又幫了你們的忙，世間是恩恩相報的，而且，你不是馬撤的兄弟嗎？為了馬撤，誰都願意盡力啦。」

我問李順到港口去還有多少路程，李順說非有兩個鐘頭不可，不過因為潮水的關係，船會提早出帆也未可定，所以趕得及的話，還是得趕快不可。我和馬撒又鑽進布篷下的乾草中，馬又重新迅速地前進了。

「你還是不放心嗎？」馬撒問我說。

「唔，也不是完全放心。我覺得似乎再要被抓，也許不會了，不過，逃走就等於白白犯下罪一樣的。我最不願意他們這樣想，假使被抓住了又怎麼辦？」

「不要緊的，等到火車到了站，警察再來追我們已經遲了，而且他們斷沒有想到我們會在小喊頓上船的道理。」

然而我不能像馬撒那麼樣樂觀，搜索隊即時四處找起我來時，是很危險的啊。

我們的馬隨著李順的驅策，用全速在田路上飛跑。有時也遇著了別的馬車，但是沒有一輛趕得過我們的。途上的村落也都靜默了，窗上還有殘燈的，寥寥幾不可多見。只有一些狗們，看見了我們的馬車跑得太快，時常要趕著吠幾聲而已。

在上斜坡的地方，李順又讓馬息了息。我們下了馬車，撲在地上細聽。就是那比誰都要靈敏的馬撒，也不能聽到一點聲息。

我們已經沒有再躲入布篷下的必要，然而夜越深越冷了，而且從海邊吹來的風，強烈地撲著臉孔，所以為了避免風吹，我們還是用布篷蓋著身子，用舌頭舐舐嘴唇時，有點鹽味，我們知道海已經很近的了。

不久我們的眼中，映著了時隱時現的強烈的火光。那就是燈塔，我們已經到目的地了。

李順羈住馬，慢慢地走到了橫路，吩咐我們抓住韁繩，在那裡等他。自己則去看哥哥的船有沒有開出去。

從李順去了後，時間像無限的長，我和馬撤都噤不出聲。我們聽見了岸上的波濤聲隨著風的加強，越加單調地凶起來了，而且我們的感情也越加興奮。

馬撤也像我一樣地抖著，馬撤小聲說：「那是因為天冷。」但這絕不是因為天冷的緣故吧。等得不耐煩的當兒，我們終於聽見路上有了腳步聲，無疑是李順回來了，我的命運就要決定了！

李順不是一個人，還有一位穿著厚油布大衣，戴著羊毛帽子的男子。

「這是我的哥哥。」李順說：「他很願意你們搭他的船，他將帶你們一起走。我們只好在這裡分手了。我不能讓太多人知道我到這裡來。」

我想對李順道謝，但是他阻止了我，緊握著我的手說：「那話不要再說了，大家本當互相幫忙，我很高興為馬撤效勞。總有一天我們還會見面的。」

我們跟在李順的哥哥後面向港口走去，很快走進了僻靜的街道。拐了幾道彎後，我們來到一個碼頭，海風朝我們撲面吹來。

李順的哥哥不做聲，指了指停在碼頭旁的一艘單檣帆船。五六分鐘後，我們上了那船的船梯，船長——李順的哥哥立刻讓我們下到一個小艙裡，他像李順一樣的語調說：「還要再等兩個鐘頭才開船。在沒有開船前，待在這裡別做聲，要是引起人家的注意就麻煩了。」

在他把這間小艙的艙門鎖上的時候，馬撤不聲不響地撲進我的懷裡親我，他不再發抖了。

chapter 45「白鳥號」的行蹤

有一段時間，船一直靜靜地停泊在那裡；這時只聽見風在船桅間嘯響，浪拍打著船底發出汩汩的聲音。但船上慢慢地開始熱鬧起來，繩子落水聲，滑車聲，錨鏈捲動聲，揚帆的轆轤聲等等雜音。

突然，船先是朝左邊傾斜了一下，接著前後顛簸起來。我們上路了，我得救了。

開始的時候，船緩緩地、輕輕地晃動；不一會兒，這種晃動變得又急又快，船體在打著旋兒往下降。突然，我感覺到有猛烈的海浪不斷打在船柱上或是右邊的船舷上。

「可憐的馬撒！」我執住馬撒的手說。

「沒有關係，好在你得救了。再說，我早料到會這樣的，當我們還在車上的時候，我看著那些被風吹得搖擺的樹梢，心想到了海上，我們就要跳舞了，現在真的東西舞了起來啊。」

這時候，有人來給我們開門。

「已經出了海，再不怕有人追來了，想到甲板上，就上去好了。」那是李順哥哥的聲音。

「怎樣才不會暈船呢？」馬撒問他說。

「睡著最好。」

「謝謝你，那麼我就睡在這裡。」馬撒躺了下去。

「我就叫茶房拿個銅盆或是什麼東西來，你這樣忍著好了。」

我想留在馬撤的身邊，但是他總不答應。

「你用不著守著我，好在你已經得救了，不管怎麼說，暈船的味道還真不錯。暈船能讓我感到高興，這可是我從來也沒有想到過的。」

我到甲板上去，因為船的傾斜和強風，我站不住，只好抓住帆索，面前是深夜的黑暗，辨不出一點東西，視線最遠也只能見到眼前那片被海浪湧起的白色泡沫。就在這片泡沫上，我們的小船在滑進；它傾斜著，好象就要翻沉了，但它並沒有翻沉，相反，它被浪頭升舉了起來，它在浪波上跳動著，乘著了背後追來的西風，突破巨浪，像矢一樣地前進。

我回頭看看陸地．碼頭上的燈光在霧氣濃密的黑暗中，變成了暗淡的小點；在我的眺望中，它們愈來愈微弱，一點接著一點地消逝了。我懷著愉快的獲救的心情，向英國告別。

「假使風是這樣吹，黃昏就可到法國了，再沒有比這『月蝕號』這麼樣快的帆船的。」李順的哥哥自誇地說。

「還得在海中再過一天，呀，可憐的馬撤！而且他說暈船也歡喜啊……」

時間在流逝，我不知道該做些什麼，只好從甲板走到船艙，再從船艙走到甲板，來消磨我的時間。有一回我和船長聊天，他伸手向西南方向指了指，我看見一根高大的白色柱子映襯在藍色的天空裡。船長指著西南方說：「那是瑪爾拿。」

我連忙跑下甲板，到船室裡向馬撤報告這可喜的消息。我們已經看見法國了！

不一會，我們的船駛進伊西尼灣了。天時已經入夜。李順的哥哥留我們在「月蝕號」過了一夜。

第二天早上，大家分手時，李順的哥哥和我們緊握著手說：「什麼時候再想回英國去時，我這『月蝕』號每個禮拜二在這裡出發，你們不要客氣，來找我好了。」

這是個慷慨的建議，但我們卻無意接受，馬西亞和我各有各的苦衷，都不想那麼快重渡英吉利海峽。

我們的行李，只有各人的樂器，除了隨身衣服之外，再無長物地跑上了法國的海岸。

我留在李順家裡的豎琴，是馬撤給我帶來的。我們的背囊卻放在漆家的車子裡，沒有拿來，這很使我們不方便。因為襯衣、襪子、手巾等等東西，都是放在背囊裡，尤其是我那張法國的地圖，現在更是必要，亦是放在背囊裡，不曾帶來。

幸而馬撤節儉積下了五元，和與李順賺來的分了十一元，也放在馬撤處，所以我們總共還有十六元的現錢，這在我們當然是大宗的款項了。

馬撤本來想將我們的分額，送給李順當為代我們奔走的謝禮，但是李順卻說，做事是為了友誼，不應該看錢做事，一個銅板也不肯收。

我們上岸後最初的事，是先買兩個舊的背囊，兩件襯衣，兩雙襪子，一塊肥皂，一把木梳，線，鈕子，和一張我們的生意中不可缺的法國地圖。

說實在，我們到什麼地方去呢？走哪一條路好？這是我們下了「月蝕號」，走上伊西尼港時最先想起的問題。

「朝左或者朝右走都行，我可說不上該走哪條路更好，我只有一個要求。」馬撤說。

「什麼要求？」

「不論哪條河都好，我想沿著河邊走，或是順著運河去。我有我的打算。」

我不做聲。

馬撤又接著說：「我告訴你我的打算吧，亞沙患病時，他的媽媽就帶他在船上在法國旅行是吧，而且你碰見他們的，就在那時候。」

「但是亞沙的病已經好了啊。」

「只是好了一些吧，是說病很重，得了母親的看護才得無事的，我認為要使亞沙真的完全好，一定又會讓他在『白鳥號』上旅行，所以沿著河岸或運河走，就有機會碰著『白鳥號』。」

「不過我們又不知道『白鳥號』有沒有在法國。」

「『白鳥號』又不能到海裡去，假使在的話，一定是在法國，而且像『白鳥號』那樣的船，法國也不多見，一定很容易找得到的。」

「但是我們不能只顧找『白鳥號』，而把葉琴、麗色、澤民、亞歷他們忘記了。」

「一邊找『白鳥號』，我們不是一邊還可以去探訪他們嗎？所以，你查查地圖，看這附近有沒有河或運河，我們就沿著它走吧。」

我們立刻就將地圖鋪在道旁的草上查看，從這裡去，最近的就是聖涅河。

「那麼，就沿著聖涅河上去吧。」馬撤說。

「沿著聖涅河上去，就到巴黎哩。」

「到巴黎去也很好吧。」

「不很好，我聽我死去了的師父說過，要找人就到巴黎去，所以假使英國的警察跟著找我時，他一定要到巴黎去。我不願在英國逃出來，卻到巴黎來被捕，那我又何苦那麼樣地逃出來呢。」

「你以為英國的警察會追到這裡來嗎？」

「我可不知道，假使是追來那就麻煩了。我不願意到巴黎去。」

「那麼，不要到巴黎去也好，到了巴黎附近，我們再兜個圈子，繞過巴黎後，再重新回到它的河岸走下去。因為我也不想見到喀爾。」

「唔，是從監裡出來的時候了。」

「那麼，就那樣做吧。沿著聖涅河到巴黎的附近，途中順便問問駛船或拖船的人們，有沒有看到『白鳥號』，那是法國中不多有的奇怪的船，看過一次，就一定不會忘記的，他們一定可以告訴我們。若是誰也沒有在聖涅河上看見過『白鳥號』，那麼就一定是沒有到聖涅河來過，我們就到羅亞爾河或加倫河，凡是法國的河川，一切的運河中去找，最終我們總可以碰到它的，不是嗎？」

對馬撤的想法，我提不出反對的異議，我們就決定沿著聖涅河溯流而上。

我們自己的事情考慮周全之後，該是替卡彼操心的時候了，被染成黃色的卡彼好像已經不是我的卡彼了，我們買了肥皂，在我們遇到的第一條河裡，使勁替卡彼擦洗起來，洗得手都麻了才停。

李順似乎是用很好的顏色染的，很難洗褪，我們兩個流著汗拚命地擦，也只洗脫了一半，以後我們每遇有機會就給牠刷洗，這樣洗到卡彼回復原狀，我們費了六七個禮拜。

我們總算到了聖涅河，立刻就問本地的人們有沒有誰看見過「白鳥號」的，可是誰也沒曾見過那樣的船。

在沒有碰見過「白鳥號」的人中，我們不覺已走過了巴黎，到了瑪倫河和聖涅河分流的地方了。正在這裡迷失方向時，我們偶然聽見了「白鳥號」的消息，據說，約莫在兩個月前，「白鳥號」沿著聖涅河逆航向上流駛去了。

回答我們問話的，是一位看船的老翁。就船的構造，以及船中有一位少年病人，一一都和「白鳥號」相符合，我們再無置疑的餘地了。

當我和老頭的問答中，馬撤一個人在堤上跳起舞來，而且馬上又取出提琴來，像發狂的人一樣地奏起凱旋曲。

兩個月以前，那就離得很遠了，不過還不是半年或一年前，遠雖遠了點，但還有追上的希望。我們是步行的，而且還有每日要找尋麵包的重大問題，實在是不容易的事，然而我們絕不願意放棄希望。不過只是時日的問題，我相信遲早總有碰到「白鳥號」的日子。

我們用不著再逢人便問了，「白鳥號」在我們的前頭，我們只要沿著聖涅河前進就是了。

走到了蒙利時，羅昂河又與聖涅河合流，各方探詢之後，我們知道「白鳥號」還在聖涅河。到了蒙特羅，在這裡約涅河又同聖涅河合流，這次「白鳥號」卻捨了聖涅河而取道約涅河。「白鳥號」離開蒙特羅時，是在兩個月連十日前。他們說，那青藤纏繞著的甲板上，曾有一位英國貴婦與一位睡在床上的少年在。

我們到這裡，又比最初遲了十天，只得又趕快向約涅河上追去。

我們一邊趕著「白鳥號」，同時漸近麗色所居的都魯斯。我按著亂跳的心頭，打開地圖一看，約涅河只是聖涅河的一支小支流，所以「白鳥號」當然不能直駛上去。我們無論如何非得取道通到此河的兩運河中之一，而這兩運河中，就有一條是流過麗色的家門前的。

假使「白鳥號」也選了這條運河，通過了麗色的門前，那麼，麗色一定會看見「白鳥號」的。

自從我們跟在「白鳥號」後面奔跑以來，我們不再花很多時間去演出了，所以我們的收入也就一天不如一天，而我們積攢的法郎也就不得不一天比一天少下去，我們已經把掙錢的事遠遠拋在腦後，因為我們有更要緊的事要做！

我們早起夜息，然而誰也不說疲倦，只有卡彼莫明其妙，時時望望我，跟著走。

為了省錢，我們緊縮了開支，一天只吃麵包和一個水煮蛋，分做兩人吃，不過水是用不著客氣的，隨便喝個夠。

不久，我們到了麗色家前的運河了，每到一個船閘，我們總會問起「白鳥號」的消息，這條運河的水上交通並不繁忙，所有的人都看到過這艘不同尋常的遊船。照這樣看來，我們大概可以從卡特林姑母和麗色那兒聽到很多關於「白鳥號」的消息吧。

越近都魯斯，人們越說得起勁。他們不只說船的模樣，還說美麗甘夫人是「一位慈善的英國貴婦」，說亞沙是「時常睡在飾滿花草的迴廊下的溫柔少年——不過有時他也倚在柱旁站著」。那麼，亞沙的病恐怕是好了很多吧。

我們漸漸近了都魯斯。再兩個鐘頭，再一個鐘頭，再十五分！好容易才看見了前次在清秋的陽光下、偕麗色去散步的那個樹林。過了一會，運河的閘門和卡特林姑母的房子都看得見了。

我們嘴裡雖然不做聲，腳步卻像約好了似的加快了。我們不是步行，而是飛跑了。卡彼的確是看見了麗色家了吧，牠最先飛跑了去。卡彼是去告訴麗色我們來了的事，麗色會跑出來迎接我們吧，然而從家中出來的並非麗色，我們反而看見了一邊吠喚、一邊被趕了出來的卡彼。

我們停下腳步，面面相覷，不知究竟發生了什麼事，我們默默地還是向前走。卡彼回到我們身旁，此次卻是畏畏縮縮地跟在我們的背後。

家中走出了一位男子，手中揮著閘門的閘板一樣的東西，向閘門那邊去了，那不是麗色的姑丈。我們擔著心到家旁一看時，一位從不曾看過的婦人在廚房裡忙著做事。

「卡特林姑母不在家嗎？」我試著問，那婦人很奇怪地望著我們，說：「她不在這裡了。」

「那麼在什麼地方呢？」

「她到埃及去了。」

我和馬撤靜悄悄地相覷著，卡特林姑母到埃及去了！我們從前也曾聽過埃及，然而埃及這個國家，是何等的國家呢？我完全不知道，連它在什麼方向都不明白，只以為它是在很遠很遠的海的那邊的一個國家。

「麗色也到埃及去了嗎？」

「麗色！」那婦人端詳了我一會說：「你是路美嗎？」

「是的。」

「哦，那麼，我倒要對你說幾句話，卡特林的丈夫因水難死了。」

「什麼?水難……」

「怪可憐的，他在閘門中，跌下水裡去了，不湊巧偏偏身上的衣服鉤住了船底，浮不起來，就那樣一命嗚呼了。卡特林正在莫可奈何的時候，剛巧她從前做過奶媽的那戶人家要到埃及去，希望卡特林再到他們那裡去，所以她就決定到埃及去了。但使她為難的是她的侄女麗色。正當她尋思著該怎麼辦的時候，有一天，運河裡來了一艘從未見過的漂亮的船，那船中的一位英國太太就到卡特林的地方來訪問。」

我們吃了一驚，為什麼美麗甘夫人會來找尋卡特林姑母?

「那麼，那位英國太太是特意來找卡特林姑母的嗎?」

「她是來找路美的啊，詳細的事我可不知道，聽說他們在報紙上看見了說你在什麼渦魯斯的煤坑內做了一件好事，所以她很想看看那小孩子，寫了一封信到渦魯斯去。」

那婦人又接著說:「然後她就接到了一封回信，說路美在何處不知道，不過大概是到都魯斯的這家去了，剛巧他們到了這附近，所以順便駛進這運河來，到卡特林的家裡來找。」

「原來是這樣。」我答了一聲，和馬撤互相看著。我對於這樣思念著我的美麗甘夫人，不禁產生了感謝之念，我的眼中也充滿了熱淚。

但是我擔心著麗色的事，所以追問道:「麗色怎麼樣了呢?」

「哦，真的沒有像她那樣幸福的小孩，那位英國太太在聽說了種種事情之後，就說既然這樣，麗色就讓她領去，一邊給那患病的小孩子做伴，一邊受她的照料，卡特林歡喜得不得了，馬上就把麗色托付給那位太太，自己到埃及去了。」

我是那樣的震驚，連一句話都說不出來了。

「你知道那英國太太的行蹤嗎？」不像我那樣失魂落魄的馬撤問。

「大概是到法國的南部或是瑞士去，等定了下落時，麗色就應該有消息來的，不過現在還沒有消息，似乎還沒有一定的下落哩。」

我還是茫然站著，馬撤轉身向那婦人說：「謝謝你！伯母。」他輕輕地將我推到路上去。

「喂，走吧！」馬撤快活地叫了聲，「不單是美麗甘夫人和亞沙，連麗色都可以看見哩。事情不是很樂觀嗎，這就叫做好運來了啊。我們到現在，已經受夠苦難和不幸了，就算時運到來也不為早了吧，吉兆已經臨頭了，不知還有多少好事在等著我們呢。」

我們一刻也不願虛度，除了睡眠的時間和獲得麵包的時間之外，我們一心向「白鳥號」的背後追趕。

從羅亞爾河到中央運河，又再下沙翁河，我們到了里昂。在這裡使我們為難的，就是不知道「白鳥」是向龍河下游到法國的南方去？或是逆向上游到瑞士去？

里昂是一個大地方，船隻往來如織，人們也對往來的船隻不大注意到。「白鳥號」的行蹤到這裡就不確定了。

我們只好多問多打聽。在問過水手、船伕，問過所有住在碼頭邊上的人之後，我們終於得到了可信的消息，「白鳥號」是往瑞士去了。於是我們沿羅納河向瑞士方向前進。

「到了瑞士也就可以到義大利。看著吧，還要交一次好運！但願我們追著美麗甘夫人的背後，最後一直跑到特里奴，就可以和妹妹親吻了！」

呀，可憐的馬撒。他為我拚命地找著美麗甘夫人和亞沙，然而我卻不為他做一點事。

從里昂追著「白鳥」的背後，由龍河上前，這河從這裡起，水勢漸急，「白鳥號」也一定不能駛得很快。在克羅斯探問時，我們已經知道「白鳥號」只比我們先六個星期離開那裡。在查看地圖時，我發現這段水路很短，我們未必能在進入瑞士前就趕上它，這樣一來，我們就有點不放心了，誰叫我們身邊沒有一張瑞士地圖呢？

這樣那樣，我們到了一個給龍河分開兩段叫做雪雪的地方。河中架著吊橋。我們為了探聽「白鳥號」的去向，跑到河邊去，無意中看見對岸時，我的吃驚是怎麼樣的啊！

「白鳥號」正停泊在那裡呢！

chapter 46 襁褓

我跑上了吊橋，那的確是「白鳥號」。

不錯，那是「白鳥號」，但是活像被遺棄了的船一樣，沒有人的影子，用木柵一類的東西保護似的圍著停在那裡，甲板上鎖住了，迴廊裡沒有一朵好花。

「怎麼了？該不是亞沙有什麼事吧？」

我們臉望著臉，停止腳步，心裡像裂了一樣。

然而這不是可以躊躇的時候，壯了膽走近船旁，問了在那裡碰見的一個男子。幸而他是看管「白鳥號」的，馬上就答覆了我們的問話。

據他說，美麗甘夫人現在平安住在瑞士，「白鳥號」到了這裡，再駛不上去了，所以在這裡離船登岸，雇了一輛四輪馬車，夫人就同兩位小孩子、一個女佣人乘著去了。其餘的佣人們帶著行李，跟著夫人之後走了。夫人到秋天再到這裡來，搭上「白鳥號」，到法國的南方過冬去。

「太太現在住在什麼地方？」馬撤說。

「據說是在日內瓦湖邊，在越比越的附近租了房子，不過實在的情形卻不曉得。」

我們馬上就以越比越為目標，向瑞士國境出發。

到了日內瓦時，就買一張瑞士的地圖吧，只要有一張地圖入手，到什麼地方都不怕了。美麗甘夫人既然已住定了鄉間的別墅，我們可以不必像從前那樣子緊趕，只要找到那地方就得了。想到這裡，我們的膽子壯了不少。

五天後，我們已到了越比越的附近，還好走到了，因為我們的袋裡只有七個銅板，鞋底也都走穿了呢，矚目望去，從綠蔭的日內瓦湖畔，直到那背後的碧綠的山，無數的漂亮莊園並立著。大概這些莊園中，就有一家是美麗甘夫人帶著亞沙和麗色住在那裡的吧。我們只要找著那家就好了。

然而到來一看，覺得越比越不是一個小村落，這是一個繁華的地方，是比普通村鎮要大得多的大都會，我們最初以為只要簡單地詢問那帶了一位身體不自由的男孩和一位啞巴女孩的英國貴婦，就可以知道了，誰知這完全是不切實際的想法。走近那沿著湖邊的郊外，差不多全是住了英國人和美國人，男的女的，就像倫敦郊區的一座娛樂城一樣。

為了要知道美麗甘夫人的住家，我們只好一家一家地去詢問這鎮裡和附近的莊園。但是這在我們也不算什麼困難的事，在越比越這地方奏著樂器尋遍就好了。

只花一天，我們便轉完了這市鎮，得了不少的收入。在想買母牛和洋囡囡的那時節，每當收入倍增的夜裡，我們便感到了無上的幸福，但是現在跋涉奔波，卻不是為了金錢，就是賺到了銀錢，那又算得什麼？走遍了全越比越，還不能得到關於美麗甘夫人線索的我們，夜裡卻只有疲勞煩累，鑽入被窩裡。

第二天，我們又到越比越的郊外去尋訪。沒有一定的目標，隨足所自，遇著別墅式的房子，不管它窗子有沒有開，我們一定在外邊奏起音樂來，從湖畔到山腳，從山腳到湖畔，往還不知多少次，而且在行人當中，一看有親切的面孔的人，就向他詢問，然而一切只是徒勞而已。有人說大概是住在山頂上的別墅的，又有人說恐怕是住在湖畔的英國婦人，跑去看時，卻都是弄錯了。

這天也走得全身疲倦，回到家裡來，然而我們絕不失望。今天尋不到等明天，明天尋不到等後天，我們總是懷著新的勇氣出去。

我們有時向兩側圍著高屏的街上走，有時踱過了葡萄園或果樹園中間的小徑。而且屢屢走過了在那大栗樹繁茂的葉子、遮蔽了蒼空和陽光之下、生著美麗的天鵝絨一般的青苔的通路。

在這樣的小徑或道路的左右，每五步或十步之間，排著綺麗的鐵格子門，或木造的風雅的柴門。從這些門望進去，有鋪著細沙的花園中的小路，這小路在種滿了修整的常青樹和花草的碧綠草地上，像蛇一般蜿蜒著，直到了盡頭處，就是極盡繁華的漂亮房子，或是攀繞著藤蔓的鄉村式的風雅的房子。無論哪一家，都從建築上的設計，使住在這裡的人可以從樹木間看見那淡紫色的阿爾比士山，和翡翠一般的日內瓦湖。

這些連花園的別墅屢屢使我們失望，因為花園太大的緣故，所以從門外到家裡的距離很遠，以致我們的演奏不容易傳到屋子裡去。因為要使屋子裡的人聽得見，我們就只有盡力彈唱，因而夜裡一回到家時，我們的疲勞真是不可形容的了。

一天下午，我們在街上演出。我們的面前有一排柵欄，我們正對著它放聲歌唱，完全沒有注意到我們背後還有一堵矮牆。當我聲嘶力竭地唱完了我的「拿坡里之歌」的第一段，正要唱第二段的時候，聽見有人在我們背後，在矮牆的那邊，用一種奇特的、但很微弱的聲音唱著我正要唱的歌。

我和馬撤是多麼驚駭！我想不到這廣闊的世界上，竟有人知道我的「拿坡里之歌」，而且能那樣唱得出來，然而牆後正是那樣地歌著。

「不會是亞沙吧？」馬撤說。

然而這的確不是亞沙的聲音。亞沙的聲音，我一聽就明白了。

卡彼一聽見了聲音，突然發出喜悅的吠聲，總是向那矮牆亂跳。

我無法抑止自己的激動，喊道：「是誰在唱歌？」

同時矮牆後也有同樣的呼聲：「路美？」

我和馬撤呆呆地對看的時候，忽然看見矮牆的一端，矮籬笆的那邊，有一塊白帕子揮動，我馬上向那裡跑去。

只看見帕子，我還不知道是誰在揮動。等到了籬笆前，我才明白那帕子的主人——是誰呢？那就是麗色啊！

我們終於找到麗色了，那麼亞沙和美麗甘夫人也住在這裡吧，但是唱歌的是誰呢？這是我們看見麗色時發出來的疑問。

「是我。」麗色答。

麗色會唱歌，麗色會說話啦！我幾乎不敢相信自己的耳朵，吃了一驚，睜圓著眼睛說：「呀！麗色會說話了！什麼時候開始的？」

麗色的舌頭還不能十分靈轉地說：「就是現在！」

「什麼？」

據醫生說，麗色總有一天會說話，這很可能會發生在一次強烈的感情震動之後；而我過去一直認為是不可能的，但是醫生的判斷真的實現了，她真的說話了，奇蹟終於出現。麗色本來以為永遠也不會再見到我了，可我現在正在她面前唱歌，正在她的身邊，她感情上的震動可想而知是何等強烈，因而成了會說話的動機。

我也感動非常，緊抓著籬笆呆立著，不過這不是發癡的時候，所以我整一整心緒，問麗色說：「美麗甘夫人和亞沙在哪裡？」

麗色想要答我的問話，動了動嘴唇，不過一遇到繁複的言語，她還不能夠說出來，她急著用手勢和眼色向我指指花園的那邊，樹下的小徑處。

我瞥見在花園的遠處，在一條林蔭道拐彎的地方，一個僕人推著一輛長長的小車，車裡躺著亞沙，跟在車子後面走著的，當然就是他的母親了……我緊貼籬笆，把身子伸了出去。想看得更清楚點，……啊！是克森・美麗甘先生！我不覺倒退了幾步，我忘了克森不認得馬撤的事，叫他也趕快藏起來。

這瞬間的驚愕一過去，我立刻想到了麗色莫明其妙地還站在那裡，偷偷地走近籬笆說：「我們是因為看見那位克森先生才躲起來的，因為假使被他看見，我們就會被趕回英國去的。」

麗色很吃驚地舉起了雙手，我又對她說：「不要動，不要對人提起我們來的事……明天早上九點鐘，我們再到這裡來，你也一個人到這裡來吧。你到那邊去好了。」

麗色還是躊躇不決，我催促她說：「快點去吧，要不然不知道要惹出怎樣大的事情來也未可知。」

我們說完這句話，就躲在矮牆下，偷偷地走進那邊葡萄園茂盛的地方。

在那裡我們才放了心，馬撤便對我說：「我不能像你那樣等到明天，克森那傢伙說不定今夜就會將亞沙殺死，我想我自己一個人跑去見美麗甘夫人，將我所知道的事告訴她。克森不認得我，所以就算給他看見，也絕不會累及你的……那麼美麗甘夫人就會指示我們應該怎麼做好吧。」

我以為馬撤所說的也有道理，馬上就表示同意，叫他到美麗甘夫人的地方去，我呢，在那邊看得見的綠葉蔭鬱的栗樹下等候，假使萬一克森到那路上來時，我也可以躲在樹幹後。

我跑到栗樹下，躺在鋪了毛氈一樣的青苔上，一刻千秋似的等著馬撤。

我等了很長時間也不見馬撤回來，我不下十次地問自己，是不是我們把事情搞壞了。但是，馬撤終於陪著美麗甘夫人一起回來了。

我趕快跑到夫人的面前。拿起夫人伸出來的手來親吻。夫人將我摟在懷裡，彎著腰，溫柔地向我的額上親吻。

夫人親吻我，這是第二次。不過第一次——在「白鳥號」上分別時，她卻沒有像這次將我抱得那麼樣緊。

「可憐的孩子！」夫人用那雪白秀麗的手指，抓著我的頭髮，含淚的眼睛看了我好一會之後，口裡喃喃地說：「……呀……不錯的……」

她說後，又嘆了一口氣。

這句話是夫人對她自己說的，我一點也不明白她的意思，我只感到夫人溫柔的真情和那滿含著親愛之情的眼光，使我嘗到切身的幸福。除此之外，我沒有想到其他的餘暇了。

夫人凝視著我說：「路美，剛才你的夥伴告訴我的事，實在是非常可怕，我要你親口告訴我，你把你在姓漆的家裡所知道的，和克森來時的情形，詳詳細細告訴我吧。克森不在這裡，你用不著擔心。」

我把她問的事情都講了一遍，夫人只有在要求我對重要的幾點講得更詳細一點的時候才打斷我的活，別人還從來沒有這樣專注地聽過我講話，她的眼睛一刻也不離開我的眼睛。

我說完後，夫人還是默默地看了我好一會，才又開口說：「這事對於你我都是很要緊的，我們應該慎重小心地行動才好，我馬上就去找一個可以指導我們的人來，和他商量，在這期間，你們……你是亞沙的朋友……」

夫人說到這裡，稍微猶豫了一下，但又很快接下去說：「從今天起，不止你，連你的同伴，都非得停止你們悲慘的生活不可。兩個鐘頭後，你們就到亞爾布士旅館去好了，我馬上就派人去訂房間，我們明天在那裡會面。今天我不能再和你們細談了。」

夫人這樣說時，又向我親吻，和馬撤握手，然後快步離開了。

等到看不見夫人的影子時，我對著馬撤說：「你到底對夫人說了什麼？」

「我說了夫人現在對你說的，還有一些話！真是慈善的夫人！我再沒有看見過這樣好的夫人！」

「一些話，是什麼話？」

馬撤含笑說：「一些話就是一些話啦……但是我不能說出來。」

馬撤這樣說時，他就真的不會說的，所以我就轉了話題說：「你看見亞沙了嗎？」

「我遠遠地望見了他，但看得出來，他是個溫柔的小孩子。」

我不知道馬撤對夫人說了些什麼話，質問馬撤，他總是躲躲閃閃，避而不答，或者有意跟我繞彎子，這樣，我們就只好聊些無關緊要的事，藉以消磨時間，不久到了指定的時間，我們就向亞爾布士旅館走去。

這是這裡林立的漂亮的旅館之一，我們做夢也夢不到會住在這樣奢侈的旅館。我們正自慚服裝之不整，然而旅館的人們卻沒有看不起我們的樣子，穿著燕尾服戴著白領結的茶房殷勤地將我們帶到了房間裡。

我們的房間之漂亮，從裝飾至窗簾地氈，無不盡善盡美，其中還有雪白柔軟的兩張睡床並排著。推開窗子就是陽臺，朝下一望，蔚藍澄清的湖水中，浮著張了翼的鳥一樣的帆船，白鳥也像繪畫樣地浮在水上，阿爾比士山的影子浸在湖面。我們只有疑心世界真的有這樣好景色的地方嗎？

飽餐了秀麗的風景之後，我們才走進房裡來，馬上，那穿了燕尾服的茶房又直立著不動，問我們晚餐時所要的菜色了。

「餡餅有嗎？」馬撤說。

「是，各種餡餅都有。」

「那麼，將各種的餡餅都拿來吧。」

茶房立正著，無論我們說多可笑的話，他總是絲毫不動地立著。

「幾種都拿來嗎？」

「是的。」馬撤很大方地答。

「還有肉、燒禽、野菜等類的菜品，要拿什麼來？」

馬撤睜圓眼睛，一點也不畏縮，大大方方，說了很多的菜品。

「這樣就夠了嗎？」

「唔，夠了。」

茶房致了一禮，向後轉，走出去了。

馬撤喜容滿面地說：「喂，這裡的菜一定比漆家的好吧！」

第二天，美麗甘夫人帶了裁縫師和賣襯衣的人來。據夫人說，麗色拚命地在學說話，現在可以向人寒暄幾句了。夫人和我們在一起待了一個鐘頭，臨走的時候，她親吻了我，和馬撤握了手。

一連四天，她天天都來，對我一次比一次親熱、溫柔，不過我覺察得出來，她心中似乎有所隱藏。有什麼事使她為難。

第五天，那位我從前在「白鳥號」上認識的女佣人，坐了一部兩匹馬拉的馬車來接我們。我們的服裝也完全改變了。

路途很短，我們馬上被帶到華麗的客廳裡，在那裡，夫人和睡在長椅上的亞沙，還有麗色都在等待著我們。

我們一踏進去，亞沙就向我伸長兩手，我走近他，抱住他和他親吻。我又抱著麗色親吻，然後夫人親熱地吻了我說：「你恢復從前的身分了。」

我不明白這是什麼意思，望著夫人，夫人也不向我說明，只站起來，推開別的房間的房門。

在那裡，寶蓮媽媽——真真正正的斜巴隴的寶蓮媽媽，抱著嬰孩的襁褓，白外套，花邊的帽子，鞋子等類的東西，站在那裡。

我等不及寶蓮媽媽將這些東西放到桌上，就跳到她的身上，投在她的懷裡和她親吻。

這時候，我聽見夫人喚來女佣人，吩咐她些什麼，大概是去喚克森的聲音，所以我馬上面色變青，可是夫人卻溫柔地對我說：「不要害怕，你到我的身旁來，握著我的手好了。」

這時候，客廳的門開了，那露出尖銳牙齒，含著微笑的克森進來了。一看見我，這副笑臉立時就變成了一副可怕的怪相。

美麗甘夫人不等他開口，就說：「我請你來，不為別的。」夫人的聲音帶抖，然而很鎮靜地說：「是為了向您介紹我的長子，我終於有幸找到了他，所以我想叫他見見你。」

夫人緊握著我的手，接著說：「這小孩子就是，你想必早已知道了吧。因為在偷走他的人家裡，你已經檢查過他的身體了。」

「這到底是怎麼一回事……」克森還想裝做不知情，但是面色已經完全變了。

「那男子做賊去偷教堂的東西，現在被關在英國的獄中，他已經把這件事完全自首了。這裡有封信就是證明，他把怎樣偷走這個孩子，怎樣把他扔在巴黎的傷兵院前，為了不讓別人發現這個孩子，又怎樣小心地剪掉了孩子內衣上的徽章；這裡還有孩子的襁褓，這位慷慨扶養了我兒子的善良的女人一直由保管著這些東西，您要不要看看這封信？看看這些衣服？」

克森像石像一樣動也不動地站了一會，心裡肯定在琢磨是否要把我們一個個都勒死。然後他朝門口走去。正要出門，他突然又轉過身來，說：

「我們走著瞧吧！這小孩子是不是真的，你有一天會知道就是了。」

美麗甘夫人——這次我可以喚她作媽媽了——鎮靜地說：「隨便你到法庭去起訴好了，但是我不願意和逝世的丈夫的兄弟打官司，就算他做了壞事。這點也請你明白。」

門關起來了，我叔父的影子不見了時，我伸開兩手，向我的媽媽撲去，媽媽也伸開兩手抱住了我，我們兩人同時互相親吻。

我們的激動稍稍冷靜時，馬撤走近了我，含笑說：「你告訴媽媽，我給你守了秘密的事。」

「那麼你早就曉得了一切嗎？」

回答我這問題的，是我的媽媽。

「是的，馬撤早就察覺你是我的兒子了，但是太早就說了出來，恐怕後來或者有什麼錯誤，反為不妙，所以在沒有找齊證據之前，我就叫馬撤要嚴守秘密。詳細的事，待我慢慢再告訴你。總之，你比亞沙早一年出世，養了六個月後，就被人偷了去，一直沒有下落。現在起我們將永遠在一起，以後絕不再分開了。不單我們，就連你不幸時的朋友……」媽媽指著馬撤和麗色說：「這兩個人也是我們一輩子離不開的朋友。」

chapter 47 十年後

若干年的幸福的日子，像飛矢一般地過去了。

現在我們是住在我們先祖傳下的「美麗甘莊園」裡，一個曾經不斷地被命運任意捉弄、因而流離顛沛的小孩子，現在才有了真心相愛的母親和弟弟，並且還有享名的家聲和先祖遺下的巨萬財產。

這「美麗甘莊園」是在十年前，我和我親愛的朋友馬撒得了馬戲師父李順的救助，在他的哥哥的船上逃出來的港口西岸約二十里的地方，我現在和母親、弟弟、妻子，同住在這城中。

自從我們定居在這裡以來的六個月中，我常在家裡書房中過日子。每日關在這保存著很多關於美麗甘一家的日記、財產目錄、證書、記錄等的書房裡，並非為了想查這一家的記錄或其他的東西，我來這裡，在先祖傳下來的古舊的大書桌上，展開紙來記述冒險的事呢。

我等到在我的長子——小馬撒舉行洗禮的時候，利用這時機，想將我不幸時的舊友全部請到這美麗甘莊園來，將他們都在內的冒險記錄，當作我的感謝的紀念品送給他們，所以將零碎寫成的東西，都付之石版印刷商人之手印了出來，今天我正是等著將這本自傳送給我的賓客們。

這次聚會不但來賓多不明內容，就是我的妻子也不知道。我的妻子並不知道今天可以見到她的父親、姐姐、兄弟、姑母。只有我的母親和弟弟卻與我共此秘密，一切的賓客各不相知而會合在這美麗甘莊園中過上一夜。我呢，在大廳中，看到了我不幸之日的全部舊友了。

只因在這聚會之中缺了一人，這是我無限的遺恨。然而就算積起千千萬萬的寶貝，也不能使死者復生。可憐的李士老人！眷懷的師父！到哪一世我才得聽到你親口說的那熟耳之音「小孩子們，開步走！」呢！然而將你的白骨移到巴黎的蒙巴爾那斯墓地裡，又為你建了你的前身——名振全歐洲的歌人卡爾・羅巴爾提尼的半身銅像，紀念你的永遠，也就是報你厚恩於萬一了。那銅像的模型，現在正安置在這美麗甘莊園內。

我在你的像上提起了筆，時時仰望著你憶起了舊事而動筆。今日賓客的列席者當中，我也應該先乞你的降臨。

呀，我永世勿忘的恩師！我之所以有今日，也是賴吾師的福蔭。假使沒有你的教訓，沒有你高貴的示範，我哪得有今天這日子，成為俯仰天地而不愧的獨立獨行的人呢！呀！真的使我眷眷不能忘的吾師！今天的席上，沒有吾師的光臨，是多麼痛恨的一回事啊！

現在母親從掛滿先祖肖像的迴廊那邊走來了，母親那富有品格、充滿溫柔和慈善的面容，比在「白鳥號」上時，沒有半點差異，不過那時候永罩在她面上的憂愁面紗，都無蹤無跡了。

現在母親倚在亞沙的腕中，因為亞沙已經不是得靠母親的扶持才可站立的當年的亞沙了。他現在不論狩獵、划艇、乘馬，都已成了一位完全的運動家了，他自從離開叔父的毒手之後，身體復元，成了一位見人無愧的青年了。

在母親的背後，跟著一位穿了法國鄉村式服裝的老婆婆，老婆婆的腕上，抱著一個包在白外套中剛出世不久的嬰兒。這年老的婦人，就是斜巴隴的寶蓮媽媽，抱著的嬰兒，就是我的兒子小馬撤。

當年我找到母親之後，就想喚寶蓮媽媽來我們家裡，但是她不答應。她說：「路美，你的心情我真歡喜，但是我現在不是可以到你母親身旁去的日子，你今後非得要進學校，拚命用功不可，否則我就是到了你那裡，也是無所用處，不過，我們也不是一輩子再不會見面的，等到你長大成人時，你就會討一位好媳婦吧。那麼，你們就會養小孩子。假使那時我還活著，而你又願意的話，我就來給你們抱小孩子，我不能像養你那樣時做奶媽，不過看顧小孩子是做得到的。而且年紀大的人可以不用多睡覺，所以絕不會像你那樣，讓小孩子給人家偷去。」

寶蓮媽媽如願回了斜巴隴那裡去過她安逸的生活，當我的兒子快要生的時候，我差人到斜巴隴去一說，她馬上就答應了，離開她的故鄉，別了母牛到英國來。

亞沙離開了母親，將手中的《泰晤士報》放在我的桌上，問我有沒有看過，我說還沒有看過時，他就指著報中的一欄給我看，那是維也納的通信：

「名小提琴家馬撤將赴倫敦訪問，馬撤曾在本城連續舉行個人音樂會，每場均獲驚人成功。聞彼在英國與友人有舊約，因不願爽約，故日內將離此前往，他不僅是一位具有偉大威力和可驚的創造技能的音樂家，同時他是現代首屈一指的大作曲家。總之，他是提琴界的蕭邦。」

我不用借這則消息，也早已知道當年的街頭藝人、我的夥伴、我的弟子馬撤，現在成了大藝術家。我和亞沙和他三人受了教師的監督，在一塊兒念書的時候，他的拉丁文和希臘文的進步極其緩慢，不過我的母親選給我們的音樂教師，卻為了他的進步而咋舌。蒙特的理髮師兼音樂先生甘特拉先生的預言，果然說中了。然而《泰晤士報》的維也納通信，使我感到了由衷的驕傲和喜悅，如同我也聽到了那震耳的掌聲一般。馬撤永遠是我的朋友，我的兄弟。不，寧可說是我的手足。正像我的幸福就是他的幸福一樣，他的勝利也就是我的勝利。

讀完《泰晤士報》時，僕人拿了一封電報來。那正是馬撤打來的——他現在剛到英國。大約四點十分到斯其達火車站，而且從維也納出發時，順路經過巴黎，將他的妹妹沙麗也帶了來，所以要我們派馬車去接他。

我把這電報給亞沙看，對他說馬撤帶了沙麗來的話時，亞沙的面孔泛了紅暈。亞沙是愛上了現在在巴黎接受高尚教育、變成絕世麗人的沙麗了。

「哥哥，我去接他們好吧。」亞沙有點難為情似的說。

「當然好！」我說。

已經是時候了，亞沙就去預備馬車。

差不多同時踏進來的，是我的妻子。我的妻子是誰，想各位早已猜到了吧，那就是可憐的花匠亞根的小女兒麗色。

麗色已經不是啞巴了，她在我的母親的膝下受了十年間的教育，現在成了一位品性兼優的淑女了，而且美麗更是逐年加豔。

最初我向我的母親請求讓麗色做我的妻子色時，感到了很大的困難。由於這是一樁門不當戶不對的親事，親戚們都極力反對，好像我娶了麗色，就有非和他們絕緣不可的形勢。然而也有一部分的親戚，卻知道了麗色的品格和她的溫柔，向我表同意的。幸而我母親極力做我的後盾，所以結婚能夠順利地實行，造成一個幸福的家庭。

妻子走近我的身旁說：「什麼事呢，大家都在竊竊私議的……而且亞沙也不說話就到火車站去，瑪特火車站也派了馬車去，到底是什麼事呢？你告訴我好吧。」

我和母親笑了起來，但是沒有回答她。

麗色就抱住了母親的脖子，溫柔地親了一個吻說：「媽媽，你也和他們一夥，那我就不用擔心，不過，我也想快點知道個明白啊。」

時間刻刻前進，到瑪特車站接麗色的家族的馬車差不多就要到，我就和我的妻子開玩笑，拿了船上用的望遠鏡，向著山麓的方向說：「你試看看這望遠鏡，那麼，你的好奇心就會滿足了。」

然而映在妻的眼裡的，只有雪白蜿蜒的街道。

我取回望遠鏡，拿到自己的眼前，說：「怎麼，你看不見嗎？我看海的那邊的法國，看得很清楚，一個灰色頭髮的老頭子，正在催促著兩個婦人。老人就是你的爸爸，兩位婦人，一位是卡特林姑母，一位是葉琴，卡特林姑母也上了年紀了，哦，他們三人都坐上馬車了。他們到哪裡去呢？或許是到法國來嗎？真不湊巧，濃霧起來，看不見了。讓我看看那邊吧……哦，有艘大輪船駛來了，甲板上有一位男子，他現在是從亞馬遜那兒去採植物回來的，他還拿了歐洲人不曾看過的花，這男子最初的遊記，大大引起了人家的注意，所以只要說到植物學者澤民，就有不少的人曉得他，他似乎正在著急不要搭不上船，可以去看他的妹妹和家族。」

我又將眼鏡轉向別處，口中說：「哦，這次連話聲都聽得著了，一位是七十來歲的老人，一位男子的年紀尚輕，他們現在車中談著話，『這次旅行真愉快啊，亞歷。』『真是愉快，先生。』『你當然更覺得愉快吧，你不單可以和路美握手，而且還可以看見你的家人們……總之，看了路美之後，再去看看英國的煤坑，圖謀改良渦魯斯的煤坑，但是伯父因害病不能夠來，很可惜。』他們正談著這些話呢。」

我還想再說下去時，麗色突然兩手抱住了我，說：「假使真的這樣，我不知怎麼歡喜呢。」

「假使你歡喜，那就應該謝謝母親，這都是母親的好意……你要再讓我講下去，我還要告訴你，那成了有名的把戲師父的李順和他的哥哥來了的事呢。」

談笑之間，馬車的聲音漸走漸近了。我們趕快走近窗際，在最先的四輪車中，麗色看見了父親、姑母和姐姐，兩個兄弟。亞歷的旁邊，坐了一位銀髮彎腰的老人，那就是「教館先生」。從反向側面走近來的馬車中，馬撤和沙麗來了，兩人揮著手和我們招呼。馬撤的馬車的後面，還來了一部馬車。那是完全變成了紳士的李順自己駕了來的。那和從前絲毫不異的他的哥哥船夫也坐在車上。

我們走下門前的石階，去迎接他們。不一刻，大家都坐在一桌上，開了歡樂的夜宴。我們談起了過去的舊事。

馬撤還說了他在賭場中看見克森的事，李順又說起漆德興一家的消息。據他說，漆德興以後又犯了重罪，處了流刑。他的妻子也因一夜喝醉，倒在火爐上被燒死了，金佐和傑克也犯了罪，跟他們的爸爸入獄了，家裡現在只剩那老而不死的祖父和那最小的姑娘，因為祖父還有一點積蓄，所以還能夠養著孫女安逸地過活。

飯後馬撤把我喚到窗邊說：「我有一個計畫，我們在過漂泊生活中，奏了很多次的音樂，但是對於我們愛的人，我們還沒有演奏給他們聽過。今天是很希罕的舊友的集會，我們兩個人做一次紀念的合奏不好嗎？」

我馬上就表示同意，說：「我唱一曲『拿坡里之歌』吧，使麗色開口說話的也是那首歌哩。」

我們將藏在漂亮的箱子中的家寶——各人的樂器取出來。但是那提琴是不值一文的東西，豎琴也是古舊不堪的樂器了。

人們將我們圍成一個圈，這時候，一匹老耄的白狗跑了來，那就是老卡彼。卡彼現在雖然聾了，可是眼睛還好，牠靜靜地睡在墊褥上，一看見豎琴就憶起舊情，蹣蹣跚跚離開墊褥跑了來。

我們且彈且唱，卡彼銜了盤子，搖搖擺擺在「老爺貴客」的面前轉來轉去，各人就丟了錢幣到盤裡，卡彼獲得了一筆令人驚歎的收入，拿到我的面前來。

卡彼得到這樣的收入，這是第一次，盤內都是金幣和銀幣，算一算共有六十多塊錢。我照例和卡彼親了吻，我小孩子時的不幸的記憶，使我想起了一個計畫，那就是將這六十多塊錢來做基金，設立一個保護在路上漂泊的年輕藝人的機構，不敷的款項，就由我的母親支出。

馬撤吻著母親的手說：「我願意盡點微力來幫助路美的計畫，假使你允許的話，我將此次在倫敦音樂會的收入，添上卡彼現在的所得。」

我的回憶錄手稿還短缺的一頁，就是我的「拿坡里之歌」的樂譜，馬撤是個比我高明得多的音樂家，他替我譜寫了這個樂譜，也替我完成了這部回憶錄的最後。

全書完

經典新版世界名著：34

苦兒流浪記【全新譯校】

作者：〔法〕埃克多・馬婁
譯者：章衣萍、林雪清
發行人：陳曉林
出版所：風雲時代出版股份有限公司
地址：10576台北市民生東路五段178號7樓之3
電話：(02) 2756-0949
傳真：(02) 2765-3799
執行主編：朱墨菲
美術設計：吳宗潔
業務總監：張瑋鳳

初版日期：2025年3月
版權授權：鄭紅峰
ISBN：978-626-7510-52-0

風雲書網：http://www.eastbooks.com.tw
官方部落格：http://eastbooks.pixnet.net/blog
Facebook：http://www.facebook.com/h7560949
E-mail：h7560949@ms15.hinet.net
劃撥帳號：12043291
戶名：風雲時代出版股份有限公司

風雲發行所：33373桃園市龜山區公西村2鄰復興街304巷96號
電話：(03) 318-1378
傳真：(03) 318-1378
法律顧問：永然法律事務所 李永然律師
北辰著作權事務所 蕭雄淋律師

行政院新聞局局版台業字第3595號 營利事業統一編號22759935

定價：450元

國家圖書館出版品預行編目資料

苦兒流浪記 / 埃克多.馬婁著；章衣萍, 林雪清譯. -- 初版. -- 臺北市：風雲時代出版股份有限公司, 2025.01
面；　公分
ISBN 978-626-7510-52-0 (平裝)
876.59　　113018628